终极理论之

致命代码

The Omega Theory

【美】马克·阿尔珀特 著
张兵一 译

重庆出版集团 重庆出版社

版贸核渝字（2011）第94号

图书在版编目（CIP）数据

终极理论之致命代码 /（美）阿尔珀特（Alpert, M.）著；张兵一译. —重庆：重庆出版社，2012.5
ISBN 978-7-229-05144-0

Ⅰ. ①终… Ⅱ. ①阿…②张… Ⅲ. ①长篇小说-美国-现代 Ⅳ. ①I712.45

中国版本图书馆CIP数据核字（2012）第103460号

终极理论之致命代码
ZHONGJI LILUN ZHI ZHIMING DAIMA
（美）阿尔珀特（Alpert, M.） 著
张兵一 译

出 版 人：罗小卫
责任编辑：吴向阳 肖化化
责任校对：杨 婧
装帧设计：重庆出版集团艺术设计有限公司·黄 扬

重庆出版集团
重庆出版社 出版

重庆长江二路205号 邮政编码：400016 http://www.cqph.com
重庆出版集团艺术设计有限公司制版
自贡兴华印务有限公司印刷
重庆出版集团图书发行有限公司发行
E-MAIL:fxchu@cqph.com 电话：023-68809452
全国新华书店经销

开本：850mm × 1 168mm 1/16 印张：19 字数：330千
2012年6月第1版 2012年6月第1版第1次印刷
定价：32.00元

如有印装质量问题，请向本集团图书发行有限公司调换：023-68706683

The Omega Theory

著名作家及媒体对马克·阿尔珀特的《终极理论之致命代码》的赞誉

真实的人物和科学，巧妙而具有爆炸性的命题，以及惊险刺激的情节，共同成就了这一部具有扎实科学根基的最佳惊险小说，很长时间以来我们都没有见到这样的作品了。《终极理论之致命代码》确实无与伦比。

——《纽约时报》畅销书《亵渎》和《恐龙谷》作者：道格拉斯·普雷斯顿

马克·阿尔珀特的《终极理论之致命代码》无可争辩地证明了一个道理：科学之利刃犹如剃刀般锋利，犹如宝剑般致命。这是一部节奏紧张、真实有趣的作品，让人爱不释手。

——《纽约时报》畅销书《末日密钥》作者：詹姆斯·罗林斯

《终极理论之致命代码》具备我喜欢的小说所应有的全部特点：惊心动魄的紧张气氛，令人惊奇的曲折故事和引人入胜的科学知识。马克·阿尔珀特让物理学变得如此惊险迷人，是我万万没有想到的。

——《纽约时报》畅销书《尸骨花园》作者：苔斯·格里森

哇！爱因斯坦肯定会喜欢这本书。这是一部了不起的惊险小说，政治与科学交融，趣味无穷而又真实可信。他曾经梦寐以求发现一个能够解释全部自然之力的统一理论，现在，这部书让他的梦想成为了鲜活的现实。

——《纽约时报》畅销书《爱因斯坦》作者：瓦尔特·艾萨克森

阿尔珀特先生不愧为一个真正的写作高手，下笔如有神。身为《科学美国人》杂志的编辑，他极其擅长把深奥的科学概念以简单明了的语言表达出来，《终极理论之致命代码》无疑充分展示出了他的这种才能……这是一部应用科学的杰作。

——《纽约时报》

围绕着一个巨大的悬念，推出一个个扣人心弦的情节，直至一个动人心魄的结局。

——《出版商周刊》

一部让航空旅行变得顺畅而精彩的读物。

——娱乐周刊

一部扣人心弦的处女作。

——《多伦多太阳报》

一部高智商的末日惊悚小说，其中的科学理论娓娓道来、美不胜收，让人难以忘怀……这是一次高智商和高风险的冒险，读来如芒在背却乐趣无穷，直至在惊悚恐惧中最终收获心智的满足。

——《书目杂志》

致 谢

在我创作大卫·斯威夫特系列科学悬疑小说的第一部《终极理论》的时候，许多人曾经帮助过我，使其得以完善。这次创作还是这些人再一次帮助了我。我在《科学美国人》杂志社的同事们慷慨地给予我支持和鼓励。我的写作小组的成员们——里克·艾森伯格、约翰娜·费德勒、史蒂夫·戈德斯通、戴夫·金、梅丽莎·诺克斯和伊娃·梅克勒——仔细研究每一页原稿，并耐心地指出我的错误。“作者之家”的丹·拉扎尔作为我的代理人确保了此书按期完成，而出版商炉边试金石公司的苏雷·赫尔南德斯对本书的编辑不仅细致入微而且极富想象力。当然，我更要再次感谢我的妻子，是她让我时刻不要忘记自己有多么幸运。

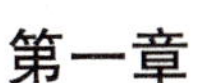

第一章

星期四下午4点46分，迈克尔·古普塔正在上曼哈顿自闭症治疗中心接受行为治疗，门外传来了一阵敲门声。帕森斯医生站起身向门口走去。就在他即将走到门口的时候，门突然被推开，迈克尔随即听到了一声短促的闷响，只见帕森斯医生应声仰面倒下，头重重地撞到了地板上。他的身躯丝毫没有抽搐，运动衫的胸口处出现了一个锯齿状的黑洞，转眼间殷红的鲜血从洞口中喷涌出来。

迈克尔所在的这个房间是上曼哈顿自闭症治疗中心的电脑室，每周一至周五的下午他都要到这里来接受治疗。他现在已经19岁了，学校的老师们都说这两年他的病情已经大为好转，不过他还需要进一步改善他的社交能力，这样在熙熙攘攘的人行道上行走才不至于感到紧张，当人们无意中碰到他身体的时候才不至于声嘶力竭地号叫。为此，帕森斯医生特别为他选择了一个叫做“虚拟接触”的电脑治疗程序，这个程序可以在屏幕上模拟出逼真的街道和在街道上行走的人群，其目的是要让迈克尔逐渐意识到人与人之间的日常交往是没有危险的。就在帕森斯医生准备告诉迈克尔如何启动这个程序的时候，他们听到了那一阵敲门声。

帕森斯医生倒下后不到2秒钟，身着宽松深蓝色工装的一男一女走进了房间。男人身材高大，留着平头，脖子一侧有一道长而弯曲的伤疤。迈克尔没有抬头去看他的脸，因为他讨厌与他人目光接触，而且在大多数情况下他也看不懂人们脸上表情的含义。女人也是个高个儿，头发像那个男人一样剪得很短。迈克尔之所以看出她是女人，是因为她工装上凸起的胸部。她的左手有三根手指缠着绷带，右手里握着一把手枪。

迈克尔对枪械很熟悉,他不仅经常在电脑游戏中见到,在过去的生活经历中也见到过。她的手枪枪口上装着一个粗大的灰色圆筒状部件,那是消声器。正是因为这个东西,刚才的枪声才变成了一声低沉的闷响。就是这个女人刚刚枪杀了帕森斯医生,现在她要来杀他了。

看到她迈步向自己走来,迈克尔立刻发出一声尖叫,随即滑下椅子,将身体蜷成一团躺在油毡地板上。他紧闭双眼,开始在心中默念斐波那契数列(注:斐波那契数列(Fibonacci sequence)由13世纪的意大利数学家列昂纳多·斐波那契发明。这个数列由0和1开始,之后的每一个数都等于前两个数的和。随着数列项数的增加,前一项与后一项之比越来越逼近黄金分割的数值0.6180339887……因此它又被称为"黄金分割数列")——每当他感到恐惧的时候,他都会默念这个数列。迈克尔继承了外曾祖父的数学才能,虽然他不能四处张扬自己同阿尔伯特·爱因斯坦的关系,但是他毕竟是他的外曾孙。斐波那契数列十分好记:每一个数都是前两位数的和。这些数字在他紧闭的眼睑后闪现,就像电视机屏幕下方不断出现的说明文字那样,迅速地从右向左一一呈现出来:0,1,1,2,3,5,8,13,21,34,55,89……

那个女人又向他走近了两步,来到他身边俯身看着他。迈克尔恐惧地睁开了眼睛,虽然他的前额仍然紧紧地贴着地面的油毡,但是他还是能够看见她映在地面上的身影。

"别害怕,迈克尔。"女人对他说道。她的话轻柔而舒缓:"我不会伤害你的。"

他立即用更大的声音号叫起来,企图压倒她的声音。

"你不用怕。"她接着道,"我们一起去做一次旅行,一次大大的冒险。"

这时,迈克尔听到了一阵刺耳的声音。他从眼角往一旁看去,眼前出现了两个轮子——那个男人正把一个救护车担架推进房间里。然后,他拉动操纵杆,把担架降到了离地面最低的位置。与此同时,女人伸出一只手一把抓住了迈克尔的手腕。他想大声叫喊,但是女人的另一只手已经紧紧地捂住了他的嘴巴。然后,她抬头对那个男人说道:"把芬太尼(注:一种镇痛作用比吗啡强100倍的镇痛麻醉类药物,可用于各种剧痛。与麻醉药合用,可减少麻醉药的用量)拿过来!"

迈克尔开始挣扎,一边使劲踢打双脚一边拼命扭动着身体。后来,每当他想起这件事情,就只记得自己的反应像个狂躁的疯子。他们终于用皮带把他绑到了担架上,并且捆住了他的手脚。接着,他们又把一个塑料氧气面罩扣到了他的脸上。迈克尔感到自己再也无法喊叫，甚至也不能呼吸，他绝望地一次次抬起头往后撞击着担架，直撞得担架两边的护栏“咔咔”作响。女人拧开了旁边一只钢桶上的开关，开关下连接着一根塑料管，管子的另一头连接到迈克尔脸上的氧气面罩上。他感觉到一股气体涌进了面罩，闻起来有一种又甜又苦的味道。几秒钟后，他的四肢瘫软下来，再也无法动弹一下。

迈克尔陷入了似醒似睡的状态，他虽然仍然能够看到并听到身边发生的事情，但是一切都显得非常的遥远。这两个身穿深蓝色工装的一男一女推着担架出了治疗室的门，然后沿着走廊向紧急出口处推去。他们直接用担架冲开了紧急出口的活动门，然后向停放在第98街和百老汇拐角处的一辆救护车走去。迈克尔看见了人行道上的一群人，他们一个个都停下了脚步，好奇地看着从他们身边经过的担架。他感到自己的头十分沉重且神志迷糊，根本无法抬起头来，但是他还是强迫自己努力看清楚人群中的每一张脸——他想找到大卫·斯威夫特。两年前他陷入困境的时候，是大卫挽救了他，从那以后他就一直住在大卫的公寓里，同他儿子乔纳睡在同一张床上。现在他们都是大卫一家的成员，除了他们俩，还有大卫和他的妻子莫妮卡，再加上一个新生儿丽萨。迈克尔坚信，大卫随时都可能出现在大街上，跑到他身旁再次挽救他的性命。

然而，大卫并没有出现，人行道上的行人都是陌生的面孔。留着平头的男人打开了救护车的后门，同那个女人一起将担架塞进了车里。女人跟着担架上了车，关上车门，男人则走到救护车前部，坐到了驾驶的位置上。女人在担架旁的一张折叠椅上坐下来，她的双膝离迈克尔的头只有几寸远。接着，救护车开动了。

迈克尔向上看着车顶上的控制面板，开始计算显示屏上滚动出现的数字。这时，女人俯下身体看着他，挡住了他的视线。她拿掉了他脸上的氧气面罩，对他说道：“好了，这样就舒服多了。你哪儿都没有受伤吧，对吗？”

迈克尔深深地吸了一口气。摘掉面罩后，他的脑子也开始清醒起来。他把头转向一旁，不想看到这个女人的脸，但是她却用缠着绷带的手指抓住了他的下巴，使劲把他的头拧了回来。“对不起，我们只能带上你就走，”她对他说，“因为我们的时间很紧迫。”

她进一步俯下身体，把脸凑到了迈克尔的眼前，这使得他不得不看着她的脸。她长着一对棕色的眼睛和一个细长的鼻子，两条眉毛酷似两个巨大的黑色逗号。她咧着嘴唇，露出一副微笑的表情，让迈克尔感到很迷惑：她为什么要对他微笑呢？

“我叫塔玛拉,”她接着道,“你真是个英俊的小伙子,知道吗?”

她松开抓着他下巴的手,开始抚摸他的头发。迈克尔很想再次大声号叫,但是他的喉咙仿佛被人紧紧地卡住了,根本发不出声音来。她仍然用缠着绷带的手指慢慢地抚弄着他的头发。

“我要带你去见‘赛勒斯兄长’,”她告诉他说,“他正盼望着见到你呢。”

迈克尔闭上了眼睛,想再次默诵斐波那契数列,但是这次出现在他脑海里的却不是那些数字而是一行从右到左迅速闪现出来的德语文字:**广义相对论至今仍然是领先的……**

“你会喜欢‘赛勒斯兄长’的。他可是个大好人。不过,他现在非常需要你的帮助,这件事非常重要。”

迈克尔仍然紧闭着双眼,也许只要他坚持不理睬她,她就会闭上嘴知趣地走开。但是,几秒钟之后他却感到这个女人的手再一次伸到了他的脸上。

“你在听吗,迈克尔? 你明白我说的意思了吧?”

他点了点头。那一行德语文字仍然在他的脑海里闪现,接着那些公式也一一出现在他的眼前。那是一长串希腊字母和数学运算过程,其中还有许多符号,有的像蛇,有的像干草叉,还有的像十字。这些东西都是他的秘密,也是他的宝藏。他早就向大卫・斯威夫特作出过承诺,绝不向任何人透露这个理论。

他睁开了眼睛,对她说道:“我是不会帮助你的。你杀了帕森斯医生。”

“我很抱歉。那是无法避免的事情,我们必须执行命令。”

迈克尔回想起医生当时的情景:他向后倒在地板上,运动衣的胸前有一个洞,鲜血正从洞口涌出来。大卫曾经预言过,类似这样的事情很可能还会发生。他说,这个世界上有一些坏人,他们想利用这个秘密理论制造出可怕的杀人武器。迈克尔还问过“那是什么样的武器”,大卫回答说:“比原子弹更加可怕的武器,一种只要一次发射就能杀死地球上一半人的大炮。”

这时,那个叫塔玛拉的女人又伸出了手,想再次抚摸他的头发,但是他坚定地摇了摇头,大声道:“我什么也不会告诉你的! 你们想用那个理论制造武器!”

“你说的是‘统一场论’吗? 就是记在你脑子里的那些公式?”

迈克尔咬住了自己的嘴唇,他决定不再多说一个字。

“我让你放宽心吧。我们已经知道了‘统一场论’中的一些公式,如果我们想用它们制造武器，早就造出来了。”她伸手牢牢地握住他的下巴，让他无法转过头去，“你给我听好了，‘赛勒斯兄长’是一个和平人士，就像先知以赛亚(注：以赛亚(Isaiah)是《圣经》人物，希伯来预言家)那样的人。你读过《圣经》的‘以赛亚书’吗?”

塔玛拉热烘烘的呼吸不断地喷到迈克尔的脸上，使他感到一阵恶心。她离他太近了，而他又无法躲避。他叫喊道：“放开我！我要回家！”

“‘豺狼必与绵羊羔同居，豹子必与山羊羔同卧。小孩子要牵引它们。’”她微笑道，“迈克尔，那个‘小孩子’就是你。所以‘赛勒斯兄长’才需要你，你将帮助我们实现先知的预言。”

迈克尔又开始大声号叫起来，除此之外他还能干什么呢！

塔玛拉并没有放开握住他下巴的手，而是把另一只手伸向担架旁的那只钢筒，拧开了开关。“看来，你现在需要休息。我们的旅途还长着呢。”

随即，氧气面罩再次扣到了他的脸上。

第二章

下午4点52分，在哥伦比亚大学物理系普平楼的前厅里，再过不到10分钟，大卫·斯威夫特就要宣布“世界物理学家和平大会”正式开始。就在这个时候，有人给和平大会的另一位组织者的iPhone手机上发来了一条惊人的消息：伊朗伊斯兰共和国宣布成功地进行了第一次核试验。这个消息立刻在数百名前来参加会议的科学家和记者中传播开来，他们纷纷涌到前厅的电视机前收看新闻报道。美国有线电视新闻网的一位记者神情忧郁地站在白宫前面，一遍又一遍地重复着刚刚得到的有限的新闻信息。屏幕上还播出了伊朗议会庆祝核试验成功的场面，虽然画面不够清晰，但是仍然能够看到那些身穿黑色长袍、留着络腮胡子的男人们激动地彼此拥抱在一起。紧接着，一张伊朗地图呈现在整个屏幕上，一个红色“X”标示出了这次地下核试验的地点——卡维尔盐漠。

“美国国务院的官员尚未对此事发表评论，”新闻节目主持人介绍说，“但是情报分析专家表示，这次核试验显然已经取得了成功。他们估计，核试验的爆炸当量在10 000至15 000吨之间，即相当于当年将日本广岛夷为平地的那一枚原子弹的威力。”

没有任何人对这一事件表示意外，因为在过去的近10年以来，所有专家一致预计伊朗将最终生产出足以制造一颗原子弹的高浓缩铀。尽管如此，人们在美国有线电视新闻网的节目中亲眼看到预言变成了现实，仍然感到震惊。大卫紧紧地盯住电视屏幕，感到了内心的空虚和焦虑，胃部一阵痉挛。他抬起手擦了擦额头上冒出的汗水。

“总统和他的顾问们正在白宫椭圆办公室里进行紧急磋商。根据白宫的消息来源,今晚 9 点总统将就此事向全国发表讲话。”

大卫沮丧地摇了摇头。过去两年来,他为防止类似这个事件的发生所做的全部努力都已经白费。虽然他的正式身份仍然是哥伦比亚大学科学史专业的教授,但是他已经把绝大多数精力都投入到了“物理学家和平事业”之中,利用自己在科学界的众多关系,创建了一个由全世界 2 000 多名物理学家组成的和平组织。他这个穿着破旧花呢夹克的活动家已经 46 岁,是这个组织的主席、发言人和主要筹款人。他已经好几次出现在美国有线电视新闻网的节目中,不遗余力地向人们大肆宣扬国际友谊和合作的重要性。其实,他本人内心里也一直怀疑是否有人真正相信他的话。对电视和报纸等媒体而言,他恐怕只是无数猎奇新闻报道中的另一个“怪胎”,另一个不修边幅、满脑子荒诞念头的疯教授。对他人而言,他所宣扬的那些奇谈怪论的东西偶尔引用一下未尝不可,但是对现实世界其实毫无意义。

“国防部长在一个简短声明中表示,五角大楼正在研究各种应对措施。一个由美国海军‘西奥多·罗斯福’航空母舰率领的航母舰队已经改变航向,正驶往波斯湾海域。”

大卫怔怔地在那儿又站了 5 分钟,一遍又一遍地听着新闻主持人急促地重复着这个重大新闻。5 点钟到了,他本该走进报告厅为大会致欢迎词,但是他却一动不动地待在原地。他觉得这个大会已经失去了原有的意义,如果全世界都在备战,他还能继续谈论和平吗?他想取消致辞,干脆回到家里去,也许可以带上丽萨到中央公园里溜达一圈,要不就同乔纳和迈克尔练练投垒球。

这时,他听到身旁有人清了清嗓子。他转过身来一看,是莫妮卡。他妻子略微歪着脑袋,正在向他微笑,一只眉毛稍稍扬起,在前额上形成一个高出另一只眉毛几毫米的漂亮的弧形;她深棕色的脸庞看上去就像一颗心。“教授,是不是该你发表演讲了?”

一看到她,他的心情就变得疏朗多了。莫妮卡是美国物理学界最为看重的理论物理学家之一,虽然她也参与了“物理学家和平事业”的工作,但是她事先告诉过大卫她今晚不能到会聆听他的开幕词,因为她必须到电脑实验室里继续她的研究项目。她同哥伦比亚大学物理系的另一位物理学家准备在那台超级电脑上运行一个粒子碰撞的模拟程序,而这台超级电脑的使用率非常高,给他们俩安排的时间根本无法更改。“怎么回事儿?”大卫问她,“你的超级电脑出故障了吗?”

她摇了摇头。她还是穿着平日里的工作服装——褪色的牛仔裤、旧运动鞋和一件印有鲍勃·马利(注:鲍勃·马利(Bob Marley),牙买加著名歌唱家,1964 年成立“哭泣者”乐队,在其后的 20 多年里,他的歌曲及其所代表的“雷鬼音乐”风靡欧美。他的代表作品包括《我仍在哭泣》《孤独是一种痛》《不,女人不要哭泣》等。鲍勃·马利 1981 年死于癌症,年仅 36 岁)头像的 T 恤衫,但是她看上去仍然是整个普平楼里最迷人的一个人。她的头发梳成了一排排迷人的小辫子,整齐地下垂在后背上。她回答说:“没有出故障,只是推迟了。他们的时间表出了问题,我们同别人的时间重叠了 20 分钟。所以,我刚好有足够的时间赶过来祝你好运气。”

他对她还以微笑:“是吗,我现在最需要好运气。”他用手指了指电视屏幕接着道:“你看到新闻了吧?伊朗人试爆了首枚原子弹。”

莫妮卡的表情立即变得严肃起来,她紧咬着嘴唇、眯缝起双眼,“大卫,忘掉这个新闻吧。你必须……”

“我怎么可能忘得掉?现在所有人的注意力都放在这件事情上了。”

“不对,你错了。这些人从世界各地来到这里,就是要听你讲话。他们希望听到的是和平而不是战争。”

“这倒是让我想起了一句老话:和平活动家不能结束战争,但是战争能结束和平。”

“我不同意这种观点。绝不!”

这时,在她两道漂亮的眉毛之间出现了一道垂直的细小皱纹,大卫很清楚那意味着什么。莫妮卡是一个顽强的斗士,她出生在华盛顿特区最贫穷的阿纳科斯蒂亚社区里,在贫穷和被漠视的艰难环境中长大,完全靠着自己的艰苦奋斗从贫民窟中走出来,进入常青藤联盟的大学里学习,并最终成为了世界上最好的大学物理系里的一名教授。轻言放弃绝不是她的本性;她甚至从未想到过应该放弃。

大卫俯过身去,在她额头上深情地一吻,用他的嘴唇摩挲着那条垂直的皱纹,“好吧,我这就去引导众生。谢谢你的鼓励。”

“随时愿意效劳,亲爱的。”她把一只手伸进他的夹克衫里,在他腰上亲昵地拧了一把,“模拟程序运行完成后我就赶回家里,行吗?对你做出的艰苦努力,我会给予一个小小的奖励。”她朝他挤挤眼,转身向出口走去。

他目送着她离去,眼光盯在她的牛仔裤上。然后,他向他的一个研究生做了一个手势,这个学生立即开始招呼参会人员向前厅的楼梯口走去。几分钟后,人们已经全部回到了报告厅里,在一排排上过清漆的坐椅上坐了下来。这些椅子已经半个多世纪都没有更换过。大卫之所以选择这里作为会议的地点,部分原因是这里所具有的象征意义——普平楼的这同一层楼曾经是一个实验室,原子弹时代就是从这里开始的。72年前,由恩里科·费米领导的一个科学家小组就是在哥伦比亚大学这个实验室的一台回旋加速器上开始了分裂铀原子的实验。虽然这些科学家们后来转移到了位于新墨西哥州洛斯阿拉莫斯的一个更大的实验室里,但是因为最初的工作是在位于纽约曼哈顿的哥伦比亚大学里开始的,因此原子弹研制计划才被称做“曼哈顿计划”。现在,当年的那台回旋加速器已经不复存在,它早已经被拆除、运走,作为废铜烂铁卖掉了,但是大卫仍然能够感觉到它的存在。他认为,在这里讨论世界和平是再合适不过的了。

大卫大步向报告厅前部的讲台走去,他发现整个听众席都已经坐满,一些人不得不站在通道上和最后一排椅子的后面。参加这个大会的大多数物理学家和媒体记者他都认识。他看到坐在前两排的记者们都聚精会神地看着他,他忽然觉得“物理学家和平大会”的意义现在再一次变得重大了。

他把发言提纲放到讲台上,然后调整了一下麦克风的高低。“欢迎各位!”他开始致辞,“欢迎你们参加‘物理学家和平大会’首次年度会议。我必须承认,我对这次会议的规模确实感到有些吃惊,因为根据我个人的经验,让如此众多的物理学家齐聚一堂是非常困难的,而且我们并不提供免费啤酒和比萨。”

会场里发出一两声笑声,接着又安静下来。显然刚才的消息都让他们很忧虑,普通的幽默已经无法引起应有的共鸣。

“你们多数人都知道,我并不是一个物理学家,而是一个科学历史学家,所以我在这里完全是个门外汉。我的工作所关注的是现代物理学的奠基者们,比如阿尔伯特·爱因斯坦、尼尔斯·波尔、埃尔温·薛定谔,等等。我一直在研究他们的伟大发现是如何改变这个世界的,无论这种改变是好是坏。”

大卫停顿了一下。他看到了坐在第三排的两位诺贝尔物理学奖获得者——发现陶子(注:陶子(tau particle)为12种轻子之一,包括带有一个单位负电荷的电子、渺子和陶子三种粒子,和它们分别对应的不带电的电子中微子、渺子中微子和陶子中微子三种中微子,再加上这6种粒子各自的反粒子。1975年美国物理学家马丁·佩尔发现陶子,他因此获得了1995年的诺贝尔物理学奖)的马丁·佩尔博士和坐在他旁边、为超导理论作出巨大贡献的利昂·赫希博士。他们的到来让大卫感到受宠若惊。

“过去50年来,”他继续讲道,“物理学的进步催生了一场技术革命,导致了激光、电脑、磁共振成像机和iPhone的发明。但是与此同时,军队领导人也在利用这些科学成就,制造出了越来越精密的杀人武器,比如弹道导弹、截击卫星、‘掠夺者’无人侦察机、‘地狱火’导弹,等等。当然啦,还有原子弹,而且很不幸的是这种武器刚刚又扩散到了另一个国家。人类似乎已经下定了决心,要发明更多的方法来毁灭自己,许多科学家都为自己的工作成就被用于军事目的而感到恐惧。也正是因为这个原因,我们才发起召开了这次‘物理学家和平大会’。”

说到此,大卫伸手拿起了讲台上的水杯,整个报告厅里寂静无声,等待着他讲下去。当然,他不能告诉他们他投身这个事业的详细原因,否则那就意味着向人们宣告“统一场论”的存在,并道出两年前他同死神擦肩而过的痛苦经历。而且,大卫也清楚地知道,要想推动世界和平,就绝不能泄露“统一场论”存在的事实。

他轻轻地喝了一口水,然后放下水杯:“‘物理学家和平运动’的工作是基于这样一个前提,即我们这个世界上的人所具有的共性要远远大于个性。我们都渴望长命百岁,想过幸福的生活,而且希望确保我们的子子孙孙也能长寿、幸福。这些都是人类共同的要求,无论是伊朗人、俄罗斯人、巴勒斯坦人,还是美国人、意大利人或以色列人,人们对幸福生活的追求都同样的强烈。但是,我们的政府却不断地告诉我们人与人是不同的,我们无时无刻不生活在仇恨和冲突之中。美国政府就告诫自己的公民要害怕伊朗人,而伊朗政府也教导自己的人民要仇视美国人。”他摇了摇头,继续道:“我不相信美国政府的这一套理论,我要同其他国家的人民对话,希望他们也都能看清这个问题。我发现,我的许多同事都和我有着相同的感受,因此我们发起了建立一个国际科学家网络的事业,甩开我们各自的政府,另辟蹊径来加强我们彼此之间的交流。到目前为止,我们的成员已经遍布世界50多个国家,包括巴基斯坦和叙利亚,也包括伊朗。虽然我们今天刚刚得到的消息让人失望,但是我坚信,我们为和平所做的努力比过去任何时候都要更加重要。”

他扫视着报告厅里的听众,希望看出他们都有什么反应。他深知,物理学家都是一帮冥顽不化的家伙,他们多疑的性格可谓臭名昭著;他们最为擅长在争论中找出对手的弱点。然而,当大卫审视整个报告厅时,他感觉到了人们心神不宁的情绪。因此,他决定改变致辞的内容。他拿起讲台上的发言提纲在空中挥舞了一下,说道:“这是我为今晚准备的发言提纲。不幸的是，伊朗发生的事情让这个提纲变得一文不值。因此，我要改变计划，不再继续发言，而是要听听你们的见解。作为一个刚刚开始从事和平事业的人，我已经学到了非常重要的一点：我们都应该多听听别人的意见，少说高谈阔论的废话。"

他把发言提纲揉成一团，丢弃在一旁。然后，他略微前倾身体，将双肘置于讲台上，说道："刚才，我们都看到了有关伊朗进行首次核试验的消息，我很想知道各位对此有何高见。我们应该如何应对这一新情况？它对我们的和平使命又将产生什么样的影响？"他向报告厅里的听众伸出双手，请求道："拜托了，有谁愿意开一个头？我希望听到尽可能多的意见。"

报告厅里立刻响起一阵低沉的交谈声，但是并没有任何人站出来发言，那些物理学家们只是在座位上变换了一下自己的坐姿而已。坐在第三排的两位诺贝尔物理学奖获得者正在交头接耳，看来赫希博士准备举手发言，发表他的观点。但是就在这个时候，大卫却听到了从报告厅后面的站立席中传来的一个低沉而沙哑的声音："没错，你是应该改变一下自己的使命了。今天发生的事情证明，你的这个组织已经失败了。"

大卫觉得这个声音很熟悉，他越过后排听众的头向后望去，立即认出了讲话的人是雅各布·斯蒂尔。他今天的穿着相当保守，一套蓝色的三件套西装松松垮垮地穿在他枯瘦的身体上。自从雅各布离开马里兰州立大学高等量子所主任的职位后，大卫已经有5年没有再见到过他，看到自己这位老朋友在短短的几年中变得如此虚弱，他感到非常震惊。大卫和雅各布同年，但是看起来他至少比大卫老了15岁。

"你的国际网络并没有阻止伊朗发展核武器，"雅各布继续说道，"他们显然根本不在乎你们所做的一切。"

雅各布从站立的人群中走出来，沿着报告厅中间的通道向大卫走来，手中的拐杖随着迈动的脚步"咚咚"地敲在地板上。等他走近后，大卫发现他的两眼和双颊都深深地陷了进去，几乎完全秃顶的头上布满了老年斑。雅各布在到马里兰州立大学之前就诊断出患有白血病，而让大卫感到更为痛苦的是，20年前他们俩在哥伦比亚大学物理系毕业班同堂学习的时候，雅各布曾经是学校里有名的运动员。虽然他并不看重篮球运动，但是每次打篮球大卫都远远不是他的对手。雅各布真正在乎的是物理学。

"大卫，请不要理解错了，我十分赞赏你远大的理想。但是，当你同恐怖主义者打交道的时候,理想却毫无用处。当你们竭尽全力宣扬和平和友谊的时候,这个世界上的无赖们却在磨刀霍霍。"

大卫深深地吸了一口气,早在雅各布离开哥伦比亚大学之前,他们之间的友谊就已经不存在了。当大卫不得不从物理系退学,决定转向研读科学历史博士学位之后,他们两人就彻底地分道扬镳了。虽然他们曾经是非常亲密的朋友,但是现在大卫却感到难以用专业的语言反驳雅各布提出的问题。"我们今天确实遭遇了挫折,这一点毫无疑问。"大卫回答说,"但是,和平是一项长期的使命。就目前而言,我们正尽力同各个方面建立起联系和合作关系,相信有一天我们的成员们会在他们各自的国家为和平事业而大声疾呼。"

这时,雅各布已经走到了大卫讲台前几尺远的地方,他脸上的痛苦表情丝毫没有改变,但是却突然大声喊道:"哈! 哈!"

"这可真是让人感动啊,大卫。一个美丽的梦想。不过,遗憾的是,我们可不能坐视不管,傻乎乎地等待你的乌托邦成为现实。现在,伊朗人已经成功地试爆了他们自己的核武器,下一步他们会缩小核弹头的体积,直到它能够被装进弹道导弹的弹头中,或者装进任何一个圣战士兵的手提箱中。到那个时候,你恐怕才刚刚把开明的科学家们召集到这个和平网络之中,而半个中东已经成为核辐射下的荒漠之地。也许,部分美国的领土也已经成为焦土。"

整个报告厅呈现出死一般的寂静。大卫感到,在场的科学家们对雅各布·斯蒂尔提出的问题也都不知所措。雅各布是个孤独高傲的教授,他很少参加学术大会并且从不同其他物理学家合作共事;他虽然发表过许多关于量子计算和信息理论的论文,而且也颇有新意,但是他的学术观点却并不知名。而现在,他那一副病态的枯槁形容又让人望而却步,大卫从内心里为他感到痛心。虽然他并不赞同雅各布的政治观点,但是也并不想同他开展一场论战。于是,他说道:"那么,我们下一步应该如何做呢? 放弃沟通和交流吗? 如果放弃努力并不是解决问题的办法,那么办法又是什么呢?"

雅各布用力拄着拐杖,颤巍巍地转过身去,直接面对着所有听众道:"我们应该消除我们面临的威胁,立即向位于纳坦兹的伊朗铀浓缩基地发动打击,同时捣毁其所有核实验室和导弹基地,消灭他们的空军,除掉他们的军事领导人。这才是唯一可行的办法,几年前我们就应该这么做了。"

雅各布的这番话让在场的其他物理学家都忍无可忍,几十个人立即从椅子上跳起来,冲着他大喊大叫。这对一群热爱和平的科学家来说未免也有些过激了。两位诺贝尔奖获得者显得尤其愤怒,超导专家赫希博士指着雅各布的鼻子大声喊道:"你是个疯子!"他的脸已经气得通红:"那会挑起第三次世界大战的!"

整个报告厅随之也出现了一片声讨声。但是,出乎大卫意料的是,雅各布并没有开口为自己辩护,而是转过身,拄着拐杖一步步向讲台上走来。然后,他向大卫俯过身去,悄悄地耳语道:"我们得谈谈。现在就谈。"

"你说什么?"大卫感到莫名其妙,"你是想……"

"对不起呀,我在你这些崇尚和平的同事面前引起了一场轩然大波。不过,我这也是出于无奈。我到达这里的时候,你刚刚开始致辞,我可没有耐心等你长篇大论地说下去。"

"斯威夫特博士! 斯威夫特博士!"赫希博士在喊,他还不停地向大卫挥手,以引起他的注意。他已经从第三排座位中挤了出来,站在了通道上,一只手仍然指着雅各布:"我要同这个疯子理论、理论!"

大卫手掌向外伸出双手,像一个作出停车手势的交通警察。他说:"且慢,且慢!每个人都有机会……"

"我还要宣布一件事情!"赫希把手里的 iPhone 手机高高举过头顶,"我刚刚收到了一条信息,美国'忧思科学家联盟'(注:"忧思科学家联盟"(Union of Concerned Scientists)是一个非营利性质的非政府组织,成立于 1969 年,由全球 25 万多名科学家和各界人士组成。该组织由美国麻省理工学院的师生们倡议组建,其宗旨是以科学为根据,推动实现更健康的环境和更安全的世界,从而保证我们和我们的星球都有光明的未来)已经对伊朗核试验事件发表了一个声明。能借用一下你的麦克风吗,让我把这个声明读给大伙儿听听?"

大卫不得不叹了一口气,要想让一群物理学家规规矩矩地开一个会根本就不可能,因为在这个报告厅里,智商的无序程度太高。就在这个时候,雅各布进一步把头靠近大卫,对他说道:"就让这个老糊涂慢慢读他的声明吧,我们俩到走廊里去谈。"

大卫盯着雅各布那张老迈的脸,一时间愣住了。然后,他转身对赫希道:"好吧,你读吧。我很快就回来。"

当这位诺贝尔物理学奖获得者走向讲台的时候,大卫和雅各布走到报告厅的左边,来到一个出口前。雅各布一边哼哼一边推开了出口的门。大卫跟着他走出出口,来到了报告厅和实验室之间的走廊里。就是在这个实验室里,曾经安放着哥伦比亚大学的那台著名的粒子回旋加速器。

雅各布拄着拐杖站在走廊中间,不停地喘着粗气。他对大卫说道:“大卫,你怎么变成一个和平主义者了,我觉得真可笑。你已经完全不是研究生院里的那个大卫了。实际上,在我的印象中你有好几次都表现得非常的好斗。”

说起研究生院里的事情,大卫很清楚雅各布是个喜欢搞恶作剧的家伙,所以他怀疑他的这位老朋友打断他的会议,会不会又是为了寻开心。但是转念一想,这件事又不像一般的恶作剧,雅各布通常只会拿他的朋友寻开心,而大卫和他早已经不是朋友了。“这么说,你想谈的就是这件事情?”大卫问道,“就为这个你居然扰乱了我的会议?”

“我还清楚地记得有一天晚上的事情,你在西区酒吧同数学系的某个家伙争吵起来,要不是我们一起把你按在地板上,你会宰了那小子。”

大卫已经想不起雅各布说的这个事件。在研究生院的那段时间里,他酗酒的问题很严重,因此那些年发生的事情在他的记忆里一直十分模糊。当哥伦比亚大学最终把他踢出物理系的大门以后,他的精神状况一下子跌到了最低点。他花了 3 个月的时间,历经痛苦才逐渐恢复,戒掉了酒,转而进入历史系学习。虽然他已经记不清自己长期酗酒胡闹的细节,但是那种羞耻感和失败感却依然伴随着他。他知道,别说把数学系的某个学生痛打一顿,比这更糟的事情他也干过。“雅各布,也许你刚才并没有真正意识到我正在主持一个大会。等我开完了会,我们再重叙旧情,好吗?”

“这可不行。你刚才仔细听了有关伊朗核试验的新闻报道了吗?”

“当然啦,我……”

“那么,你应该已经听到了五角大楼所提供的伊朗核试验的时间。核爆炸发生在东部夏令时今天下午 1 点整。”

“没错,我听到了。他们很可能是用地震仪监测到的。核爆炸会产生独特的隆隆声响,同地震发出的声响是截然不同的。”

“是啊,我也监测到了今天下午的爆炸,就在 1 点整。不过,我不是用地震仪监测到的。大卫,这就是我来这里的原因。当我看到‘神杖阵列’输出的数据后,就立即搭乘最早的航班飞到了纽约。这件事情,我们是不能在电话上讨论的。”

“神杖?”大卫倒是知道这个词的意思——在古罗马神话中,宙斯的信使叫墨丘利,是传递信息的神,他手中持有一根缠有两条蛇的神杖,因此"神杖"就是墨丘利神的象征。但是,他丝毫不明白雅各布所说的到底是个什么东西。"你说的这个'神杖阵列'到底是个什么东西?"

"我还必须同莫妮卡·雷诺兹谈谈。你们两个同这件事情都有关系。"

"什么,你等等……"

"我说过了,这件事不能等。"雅各布的声音在走廊里回荡,"雷诺兹博士在哪里?你自己的老婆在什么地方你总该知道吧?"

"知道啊,她在电脑实验室运行一个模拟程序。"

"给她打电话。告诉她无论她在干什么都要赶快停下来,立刻到这里来。"

"我不明白,你需要我们干什么?"

"你知道为什么。"雅各布的眼睛紧紧地盯着他,"你和雷诺兹博士掌握着别人没有的信息。"

大卫的胃里立刻感到一阵不祥的悸动。"听着,无论你想说……"

"大卫,你们是不可能永远保守这个秘密的。整个物理学界就像一个小镇子,人们总会聊闲话,尤其是涉及'统一场论'的事情。"

大卫惊呆了,一时间还以为自己听错了,但是他很快意识到那几个德语单词是不可能听错的。雅各布明明白白说的是"统一场论",也就是阿尔伯特·爱因斯坦最后的发现,是这个伟大的物理学家在其生命即将终结前成功计算出来的美妙绝伦而又具有普遍价值的万有理论。但是,正因为他意识到了这个理论的无比危险性,因此一直没有公之于世。大卫和莫妮卡两年前找到了这个理论,而为了全人类的利益,他们又将其深深地埋藏了起来。可是不知道什么原因,他们的一切预防措施显然已经失效,雅各布确实听到了风声。

大卫仍然坚定地摇了摇头,回答道:"我不知道你在说什么。"

"行行好吧,别再装模作样了,尤其是在眼下这种形式下!今天下午发生在伊朗的事件比一次单纯的原子弹试验要严重得多。'神杖阵列'监测到了时空的破裂,而它的源头就在卡维尔盐漠的核试验场,是从那里以光速向外扩展开来的。用一句外行人的话说,就是现实的结构出现了破裂;就在极其微小的那一刹那间,我们宇宙的连续性被割断,宇宙维度被撕裂,然后又立即恢复了常态。我们很清楚,在以往的无数次核爆炸中,这种情况都是从来没有出现过的;实际上,在整个宇宙过去的漫长岁月中,从

140 亿年前的创世大爆炸至今,这种情况也是没有出现过的。”

大卫感到自己的胃里已经开始翻江倒海。他虽然还是不明白雅各布话中的确切含义,但是其中的恐慌情绪已经十分明了,而雅各布是一个难得恐慌的人。“等等,你慢点儿说。”大卫回答道,“如果今天下午宇宙结构真的破裂了,我怎么丝毫也没有感觉到呢?”

“幸运的是,这个异常现象转瞬即逝,仅仅持续了一万亿分之一秒,所以没有人能够感觉得到它,除了我的实验室之外世界上其他的所有实验室也都没有监测到这一情况。但是,如果发生再一次规模更大的时空破裂,就会给我们带来灾难性的后果,整个世界的系统将瞬间崩溃。”雅各布一动不动地站在大卫面前,就连他的眼睛也丝毫没有转动一下。他神情严峻地接着道:“有人在故意干扰宇宙时。我们必须把所有人的智慧集中起来,看看我们能否共同设法阻止这个疯子。”

大卫已经感到头晕目眩了。过去两年来,他一直害怕这样的时刻到来。“统一场论”揭示了现实的基本本质,展现出宇宙中的所有粒子和力是如何从时空褶皱中产生出来的。但是,这个理论同时也说明了通过操控时空就能使其褶皱中包含的巨大能量释放出来。如果真有人再次发现了“统一场论”的那些方程式……

“好吧,”大卫回答说,“我相信了。我想知道有关这个‘神杖阵列’的所有情况。你刚才说……”

就在这个时候,“嘭”的一声响打断了他的话,报告厅的门被推开了。大卫以为是赫希博士跑来向他报告一场公开论战在“物理学家和平大会”上爆发了,但是出现在他们面前的却是一个身穿红色夹克衫、体格魁梧的 60 来岁的女人,紧随其后的是一个身着灰色西装、戴着墨镜的男人。自从大卫最后一次见到露西尔·帕克以来,这位联邦调查局特工的面容显得越发苍老了,前额和眼角又平添了许多的皱纹,但是她仍然步履矫健,淡淡的金黄色头发活像一顶戴在头上的钢盔,迈着奔赴疆场的海军陆战队士兵的步伐来到了他的面前。她向他大喊一声:“斯威夫特!你得跟我们走!”

露西尔和另一个特工分别走到大卫左右,各自抓住了他的一只胳膊。他想挣脱出来,但是却无济于事。他大叫道:“你们要干什么?出什么事儿了?”

露西尔皱了皱眉头,回答道:“坏消息。迈克尔出事了。”

* * * * * *

卢卡斯站在报告厅的后部,谨慎地混迹于人群之中。他特意为参加这个大会买了一套廉价的蓝色细纹夹克，夹克下的肩挎式枪套里插着一把“黑克勒—科赫”手枪。（注：“黑克勒—科赫”（Heckler & Koch）由德国黑克勒—科赫枪械制造公司制造。这家公司以生产诸多类型的手持武器著称，其座右铭是“在这个妥协的世界，我们不妥协。”）他的任务本来很简单，因为这个报告厅里既没有保安人员也没有金属探测装置，唯一的问题是下手的时间。按照计划，他应该在同其他几队人马大致相同的时间内完成任务，但是在报告厅数百名科学家的众目睽睽之下，他无法干掉他的目标。因此，他不得不等待时机。为了打发时间，他只好悄悄地祈祷，动嘴而不出声地背诵拉丁文的主祷文：“我们在天上的父，愿人都尊你的名为圣……”

幸运的是，几分钟后他的目标离开了报告厅。卢卡斯从另一个出口溜出来，在一个楼梯旁站好了位置，身体紧贴着墙壁向走廊里望去。这里真是他干活的理想之处：走廊里光线暗淡，除了目标只有一个证人需要消灭。卢卡斯把手伸进新夹克里，拔出那把“黑克勒—科赫”手枪，悄无声息地装上了消音器。但是，当他刚刚举起手枪的时候，通向报告厅的门突然打开了，另外两个人冲到了走廊里。卢卡斯一看便知道，一个是标准打扮的联邦调查局特工，另一个丑陋而凶悍的大块头女人显然是个头儿。卢卡斯立即后退几步，把自己藏进一个角落里。

他愤愤不平地想，自己的运气太差了。他不愿意闹出一场枪战，但是身为美国陆军的精英反恐武装力量三角洲部队的前老兵，他还是作好了开战的准备。在过去的20年里，他在索马里、波斯尼亚、伊拉克和阿富汗成功地消灭了几十个目标，虽然3年前他听从主的召唤离开了军队，但是他杀人的技能却丝毫没有荒废。两个联邦调查局特工现在背对着他，他很有把握自己能在他们拔枪之前就把他们双双干掉。于是，他举起手枪，首先瞄准了那个老女人的发际。他们过去教过他，在任何情况下都要首先消灭指挥官。

就在这个时候，他的运气瞬间又回来了：两个联邦调查局特工押着那个本该是目击证人的男子匆匆离开了，这个男子长着黑色的头发，身材十分匀称，上身穿着一件花呢夹克衫，下身着一条卡其布裤子。现在，走廊里只剩下了目标一人。卢卡斯耐心地等待着，直到那3人的脚步声最后消失以后，他才举起手枪瞄准了拄着拐杖的那个秃顶男人。

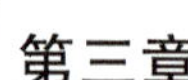

第三章

迈克尔的双手和双脚仍然被绑在担架上，所以他无法动弹，只能把头向右转，通过飞机椭圆形的舷窗眺望空中的云彩。这是他头一次坐飞机，开始的几分钟让他感觉很恐怖——随着飞机机身的颤抖，整个担架不停地敲击着地板，发出“咔咔”的声响；机舱里充斥着震耳欲聋的轰鸣声，而这个机舱又是一个仅有6米长、不足2米宽的圆筒。接着，迈克尔的双脚跟着担架向上抬起，头向下沉，恐怖的轰鸣声冲击着耳膜，深深地震撼着他的大脑。在巨大的轰鸣声中，他甚至连自己的号叫声也听不到了。

他不得不紧紧地闭上眼睛，好长时间都不敢睁开。等担架终于不再倾斜，平稳地躺在了地板上，轰鸣声也已经消失，代之以持续而低沉的“嗡嗡”声后，他才终于睁开了双眼。他抬起头，看见了坐在前方驾驶舱里的两个人。坐在副驾驶位置上的男人就是那个脖子上有一道伤疤的男人，而塔玛拉则坐在驾驶座上。这使他想起了过去玩过的一个电子游戏——“第八空军大队”，游戏中就有模拟的二战时期美国B－17“飞行堡垒”重型轰炸机飞越德国上空时驾驶舱中的场景。但是，在电脑游戏中，驾驶员和副驾驶员都是男人，也从来没有用飞机实施绑架或者直接向人射击的情节。迈克尔感到有些疑惑，于是回过头再次透过舷窗向空中望去，洁白而巨大的穹顶状云朵在淡淡的夕阳余晖映衬下从窗外滑过。看了一会儿，窗外美妙的景色让他渐渐镇静下来，开始集中精力把云朵各自不同的形状铭记在大脑中——每一条深沟、每一座高峰和每一个浪头。

就这样，他持续观察了云彩大约一小时。后来，飞机引擎的轰鸣声开始减弱，他的身体又随着担架开始倾斜，不过这一次是脚向下倾。恐惧感再度笼罩在他的心头，他不得不再次紧紧地闭上了眼睛。随着倾斜角度的不断加大，迈克尔觉得自己正在向下滑落，脚下方就像是一个无底的深渊。在他紧闭的眼皮下，出现了数百个红色的星星，整齐地从左向右划过。紧接着，他今天第二次看到了他的外曾祖父阿尔伯特·爱因斯坦写下的“统一场论”。13 岁时他就把“统一场论”的全部方程式记在了心里，从那时起到现在的整整 6 年中，那些方程式已经深深地植根于他的脑海中。现在，它们再次一排排地出现在黑暗中，那些奇怪的符号都闪烁着光芒。

又过了 15 分钟，迈克尔感到一阵颠簸，他睁开眼睛向舷窗外看去，眼前出现了一块平坦的空地，地面上交错闪耀着许多白色和红色的灯光。飞机正在惯性的推动下在跑道上滑行，机翼上的襟翼向上翘起，就像“第八空军大队”中 B－17 轰炸机降落时的情景一样。现在，夜幕已经降临，天几乎已经黑尽。当飞机的速度减慢下来之后，他看到了机场远处有一幢房子，那是一个带有弧形屋顶和一扇巨大的门的机库。但是除此之外，整个机场上再也看不到其他的建筑，也没有一架其他的飞机。他们的飞机在跑道尽头掉了一个头，随即便停了下来，引擎熄火，跑道上的灯光也随之关闭，迈克尔再也看不见窗外的任何东西。

在飞机的驾驶舱里，塔玛拉从驾驶员座位上站起身来，脱掉了她伪装成急救人员时一直穿在身上的连衣裤工装，露出了里面的迷彩裤和棕色 T 恤衫。由于飞机的空间不够高，她无法站直身体，只能向前弯着腰走进了机舱的过道里，然后挤进担架和机舱壁之间的狭窄空间蹲了下来。迈克尔立即把头扭到一旁，但是他很快还是感觉到塔玛拉缠着绷带的手指触摸到了他的下巴，她把他的头拧过来面朝着自己，然后向他俯下身来。她的嘴唇很湿润，洁白的牙齿闪着光。“你感觉怎么样，迈克尔?”她问他，“一切都还好吗?”

迈克尔拼命向左右两旁转动眼珠子，极力避开塔玛拉的眼光。他看到了机舱的门，想象着大卫·斯威夫特从那里冲进来。天哪，大卫现在在哪里啊? 他为什么不来救我?

“你这样躺着还舒服吗? 我很抱歉让你躺在担架上，我也想让你站起来伸一伸腿脚，但是不行。”她把手伸进迷彩裤的口袋里，接着说道，“不过，如果你饿了，我这里倒有一点吃的，算是一顿小小的快餐吧，是我今天早上买的。”她从口袋里拿出一条独立包装的巧克力棒，是著名的“银河午夜”牌的。“你瞧瞧。我给你撕开，再递到你嘴边上，你就可以咬一大口了。”

迈克尔固执地摇了摇头。在通常情况下,他是很喜欢“银河午夜”巧克力棒的,但是塔玛拉手中的巧克力棒不仅已经弯曲而且包装纸也揉皱了,即使是大卫拿给他他也不会吃的。

塔玛拉耸耸肩,把巧克力棒放回到口袋里。“我们在这里只是稍作停留,接下来我们即将开始最漫长的一段旅程。安吉尔马上会给我们的飞机加油和补充补给。”她扭头往驾驶舱里看去,那个脖子上带疤的男人正在按动一些按钮和搬动一些开关把手。她总算把她的头从他眼前转过去了,迈克尔如释重负地深吸了一口气。他很想闭上眼睛,让自己再次进入黑暗之中,但是塔玛拉近在咫尺,他又害怕她进一步把头低下几寸来,在他脸上咬上一口。

“我们在这里等候的时候,会有一个人来看望我们。其实,迈克尔,‘赛勒斯兄长’是专门来看望你的,他马上就要到了。”她放开了他的下巴,但是又把手指伸进他的头发里抚摸起来。她的手指移动到了他耳朵的后面,手指上的绷带摩擦着耳朵发出“嚓嚓”的声响。“他来以后,请你一定要十分尊敬他,除非他向你提问题,否则什么话也不要说。他是我们的领袖,应该得到尊重。”

塔玛拉露出满脸微笑,再次抓住了迈克尔的下巴,而且伸出另一只手用指尖在他的脸颊上划过。她对他说:“你得帮助‘赛勒斯兄长’,而且他也会帮助你的。绝不会有痛苦,没有人会折磨你。”她用一根手指在他的前额上轻柔地划了一下:“只有安宁,永久的安宁。”

就在迈克尔张开嘴准备号叫的时候,脖子上带疤的男人向他们喊道:“他们来了!”塔玛拉立刻放开了迈克尔,站起身向机舱前部的舱门走去。她用一只手抓住门把手,拉开了舱门,同时她的另一只手从腰间拔出了手枪,就是那把用来杀死帕森斯医生的手枪。

她站在机舱门口,举起枪对准了舱外的方向,两眼警惕地注视着黑暗之中。大约15秒钟之后,迈克尔听到了一辆汽车开来的声音,接着又听到汽车刹车的声音。又过了大约10秒钟,一阵脚步声从机舱外传来,只见塔玛拉立刻从舱门口后退一步,一个没有脸的男人迈步走进了机舱。

来人穿着黑色的裤子和黑色的夹克,一块黑色的厚围巾严严实实地包住了他的整个头,只留下一双眼睛。迈克尔紧紧地盯着这个人看,他已经惊呆了:那好像只是一个人形的黑影,悄无声息地飘进了机舱。这个人的个子并不算高——实际上他比塔玛拉还要矮一截——但是，却长着宽阔的胸膛和结实的臂膀，在狭窄的机舱里他的身躯显得很庞大；头巾之间露出一双明亮的眼睛。他径直向迈克尔的担架走了过来。

塔玛拉紧跟在他身后几步远的地方，她向迈克尔宣布道："这位就是'赛勒斯兄长'。迈克尔，向'赛勒斯兄长'问好。"

奇怪的是，迈克尔这时已经不再感到害怕，他在心里对自己说：这只是个游戏罢了。他把自己想象成电脑游戏中的一个角色，也就是他过去常常在"游戏男孩"游戏机上所充当的"我方"枪手之一。虽然他听从了大卫的劝告，不再玩那些较为暴力的游戏了，比如"战争勇士"、"沙漠突击队"和"美国陆军"等等，但是游戏里的那些形象却仍然记忆犹新。在所有这些游戏中，敌方士兵都同"赛勒斯兄长"一个模样——穿着黑色的军服、戴着黑色的钢盔，脸上不是戴着面具就是模糊不清，所以，你枪杀他们的时候心里不会感到不安。迈克尔极力告诫自己：只要这是个游戏，那就一定可以找到获胜的途径。不过，不幸的是他手中没有一把枪，而且他这个神通广大的"阿凡达"还被牢牢地绑在了一副担架上。但是，他也并不是毫无还手之力。

他避开了来人的眼睛，把注意力放到了包住他下巴的黑色头巾的褶皱上。他对黑影人说道："你好，'赛勒斯兄长'。"

"赛勒斯兄长"把双手抱在胸前，迈克尔注意到他的双手也戴着一副黑色的手套，全身上下竟然没有露出一寸皮肤。如此一来，他根本无法看出这个人是白人、黑人或者棕色人。

"你好，迈克尔。"他终于开口说话了，他的嗓音不高，而且由于裹着头巾还显得有些沉闷，"请原谅我的这副外表。几年前，一场事故毁掉了我的容貌。我发现，只要我把自己的脸掩盖起来，人们在我面前就会感到自在得多。"

迈克尔猜测着那是一场什么样的事故——一场大火还是一次爆炸？很快他就告诉自己，说到底什么样的事故都无关紧要，反正他讨厌看到人们的脸。他问他："你要把我带到哪里去？"

"别急，迈克尔，别急。我终于见到你了，让我很高兴。我年轻的时候曾经见过一次你的外祖父阿米尔·古普塔。那是在20世纪50年代，当时他是阿尔伯特·爱因斯坦的助手，对吗？后来，他娶了那位伟人的孙女为妻，对不对？""赛勒斯兄长"向迈克尔走近一步，略微歪着头，头巾上的褶皱也随之略微倾斜。"阿米尔本人就是个天才，是他同时代人中最杰出的物理学家之一。得知他去世的消息后，我非常难过。"

迈克尔不想谈论自己的祖父。阿米尔·古普塔背弃了自己的诺言，企图把“统一场论”公之于世。大卫曾经对他说过，不要把自己的祖父想得太坏，他老人家有病。大卫说，是病魔迫使他做出了那些可怕的事情，但是迈克尔并没有相信大卫的话。他想了想，决定再次提出刚才问过而“赛勒斯兄长”并没有回答的那个问题。“你要把我带到哪里去?”

这时塔玛拉走上前来，向他大叫道:“迈克尔！放尊重些!”紧接着，她弯下腰，照着他的脸就是一记耳光。

脸上火辣辣的疼痛和心头的惊恐使迈克尔的眼眶湿润了，但是他并没有扭头避开“赛勒斯兄长”的脸，他再次告诫自己这只是一场游戏，一场更加逼真的游戏而已。

“赛勒斯兄长”放下了抱在胸前的双手，用戴着手套的一根手指指着他，说道:“迈克尔，过去两年来我一直在观察你，所以我知道你是个了不起的年轻人。在某些方面，你比你那位声名显赫的外曾祖父更了不起。”他把手向他伸近一点，用一根食指对准了迈克尔前额的中心，“你听好了，我现在说的可不是你从你母亲家族中遗传下来的数学才能，也不是你能把那么多的数字和方程式统统铭记在你这个脑袋里的超人本事，我说的是你的天真无邪，是你纯洁的心灵。”

迈克尔很想第三次提出刚才那个问题——“你想把我带到哪里去?”但是，他又害怕塔玛拉会再扇他一个耳光，而且这一次肯定会比刚才更加凶狠。说不定，这个“赛勒斯兄长”也会用他那戴着手套的大手亲自教训他一顿。

“上帝赐予了你一个非凡的礼物，”“赛勒斯兄长”继续道，“那就是你的自闭症。没错。你不能撒谎，不能欺骗人；你也不能狠下心来施暴凌弱。你那脑子里生下来就缺少邪恶的脑脉冲，而人类所有的卑劣行为都是因为这种脑脉冲在作怪。在这个罪孽深重的世界里，你指出了我们获得救赎的出路。”他展开手掌，张开五指，在离迈克尔的眼睛几寸远的地方挥舞着。“你是新世界的使者，我的孩子，一个没有罪孽、腐朽和堕落的新世界。我们很快就会把这个‘天朝王国’带到地球上来。”

“阿门。”塔玛拉垂下头，两眼看着地板低声迎合道。

“赛勒斯兄长”收回手，后退一步，这让迈克尔松了一口气。不过，他那双在头巾包围下的眼睛仍然炯炯有神。“迈克尔，主交给了我们一项伟大的任务。阿米尔·古普塔去世后，我听到了一些传言，说他得到了一个举世无双的理论。后来，我通过我在美国联邦调查局和其他美国情报机构中的线人提供的情报，证实了那个理论就是爱因斯坦的‘统一场论’。于是我明白了，这是万能的主给我发出的信号，他要我找到‘统一场论’，因为这个理论就是打开神圣的‘天朝王国’的钥匙。”“赛勒斯兄长”举起双臂，把整个机舱比做他的天国，“在幸运之神的眷顾下，我掌握了重要的消息来源。我雇佣了一些专家，让他们把那些从情报机构中得到的方程式片段组合起来。”

听到这里，迈克尔的心一下子提到了嗓子眼里。虽然他当时尽量把保存着“统一场论”的所有电脑硬盘驱动器和磁盘都砸烂了，但是也有可能他做得还不够彻底。阿米尔·古普塔对那些方程式的管理非常随意。

“不过，我们还无法重建整个理论。”“赛勒斯兄长”继续道，“但是，我们得到的东西已经足以把我们引向救赎之路。为了实现主的意愿，我们制订了一个打开‘天朝王国’之门的周密计划，而且就在几个小时之前，万能的主又给了我们另一个信号——实验已经证明，我们的道路是正确的。现在，我们所需要的只是‘统一场论’中缺少的某些部分，也就是我们无法自己重建的那部分。”他再次用手指着迈克尔的眉心，整个戴着手套的手都在微微颤抖：“我知道你掌握着那些方程式，迈克尔。爱因斯坦把‘统一场论’分别托付给了他的几个年轻助手，而50年后他们又把它们传给了你。只要你把它们交给我们，我们就可以迈出最后的一步了。”

这时，塔玛拉抬起了头，充满渴望地看着迈克尔。她又向他俯下身体，伸手抓住他的左手说道：“你不用担心，迈克尔，这很简单。等我们到达营地以后，我会告诉你怎么做。”

迈克尔想把自己的手抽回来，但是手腕却被牢牢地绑在担架上动弹不得。他越挣扎，绳索就勒得越紧。他大声叫道：“我告诉你，我是不会帮你的！是你杀死了帕森斯医生！”

“赛勒斯兄长”点了点头，说道：“是啊，还会有更多的人要死，这非常不幸。但是，我们最终将会战胜死亡。主已经向我承诺过，那是他在我耳边轻声作出的神圣承诺：在他的‘天朝王国’中将不存在死亡，只有永恒的生命。凡是上帝的臣民，都将在那里复活，我们将在他充满爱的拥抱中获得永生。”

塔玛拉又一次轻轻地说了一声“阿门”。接着，“赛勒斯兄长”往一旁迈出一步，站到了她的身后。他把一只戴着手套的手放到她的肩上，说道：“姐妹，我必须先离开你了，后天我们将在会合地点再次重逢。”他走向机舱前部，直奔舱门而去：“记住，起飞前让安吉尔给这个孩子打一针镇静剂。到达目的地之前，他一定要休息好。”

“是,‘赛勒斯兄长’。你放心去吧。”

塔玛拉放开迈克尔的手,目送着“赛勒斯兄长”离开了飞机,直到舱门在他身后关闭后她仍然注视着那个方向。然后,她转向驾驶舱,大声向脖子上有一道疤痕的男人下达了命令。几秒钟之后,那个男人向他们走过来,把一个银色的针头插在了一个注射器上。

迈克尔现在再也不能假装这是一个游戏了,他拼命左右摇晃着脑袋,发出了声嘶力竭的号叫。

第四章

在纽约下曼哈顿联邦广场23楼的联邦调查局纽约总部里，大卫·斯威夫特和他的家人正待在一间审讯室里。大卫在铺着油毡的楼板上来回踱步，莫妮卡则怀抱着1岁的女儿丽萨轻轻地摇晃，希望她尽快入睡。大卫和前妻的儿子乔纳坐在审讯室中间的桌子前，两眼盯着手中的触碰式 iPhone MP3 播放器。屏幕上一片空白——虽然半个小时前乔纳就把它从背包中拿了出来，但是一直没有打开它。在通常情况下，这个金发碧眼的9岁男孩总是兴高采烈的，但是现在他却哭红了眼睛，脸颊上流着泪水。自从当天下午联邦调查局特工把他从课外空手道学习班上带走时开始，他就一直在哭。

大卫停下脚步，走到儿子身后，把一只手轻轻地放在他的肩上。“把你的 iPhone 打开吧，”他对儿子说，“听听音乐可以打发时间。”

乔纳一动不动，眼睛仍然死死地盯在播放器小小的屏幕上。

莫妮卡一边摇着怀抱中的女儿，一边踮着脚尖向他们走过来。婴儿丽萨的眼睛已经半闭着，她那张浅棕色的脸紧紧地靠在母亲的肩头。“嗨，乔纳，要不要我教你一种新的应用程序？”莫妮卡问道，“是银河系的3－D模型，只要点击旋涡星系的旋臂（注：旋涡星系（Spiral Galaxy）是由大量气体、尘埃和恒星所构成的旋涡状和扁平状星系。旋涡星系都有由其核心延伸出来的由旋涡和短棒组成的长而薄的区域，这个类似旋涡的区域即旋臂（the spiral arms））就可以将其放大，还有其他好多功能，酷极了。”

过了几秒钟，乔纳抬头看着大卫，又一滴眼泪沿着鼻子边上流了下来。他问道：“爸爸，我们是不是被逮捕了？”

大卫感到一阵心痛。他本想告诉儿子实情——这是联邦调查局为了保护他们的安全,避免家里的其他成员再次遭到绑架而采取的预防措施——但是,他又不想吓着自己的孩子。于是,他回答说:“不,不,我们并没有被逮捕。我们都很安全,没事的。”

乔纳生气地皱起眉头,“嘭”的一声把手中的 iPhone 播放器扔到了桌子上。他质问道:“那么,我们在这里干什么?迈克尔又到哪里去了?”

乔纳的第二个问题很难回答,因为就他所知,目前已经确定的事情只有两件:一是迈克尔在上曼哈顿的自闭症治疗中心被人绑架了,二是他的老师之一埃尔文·帕森斯医生被人用枪打死了。大卫能够猜出绑架的原因——绑架者是冲着“统一场论”来的,他们想得到迈克尔深深埋藏在他大脑中的那些方程式——但是,绑架迈克尔的那些混蛋是些什么人以及他们把他带到哪里去了,他却一无所知。“好吧,迈克尔失踪了。但是你不用担心,好吗?警察正在……”

“失踪了?他去哪儿啦?”

“我们只知道他离开学校后就不见了。”这个谎话编得很蹩脚,但是情急之下大卫也想不出更好的故事来。他心中一直想着绑架迈克尔的那些人,猜测他们会对迈克尔干出什么事来。“不过,你不用担心,警察会找到他的。迟早他们都会……”

“到底发生什么事了?他去哪儿啦?”

乔纳柔软的眉毛拧到了一起,他想装出一副挑衅的样子,但是他的嘴唇却在发抖。两年前,自从患有自闭症的迈克尔搬进他们家一起生活以来,他们两个已经成为十分亲密的兄弟。虽然乔纳比迈克尔整整年轻 10 岁,但是他承担起了照顾迈克尔的责任,是他把斯威夫特家的生活习惯和程序教给了迈克尔。他们一起玩过无数次“脑力挑战赛”游戏(注:“脑力挑战赛”(Stratego)是一种类似中国陆战棋的智力游戏,亦称“战略游戏”,双方各 40 个棋子,分别代表不同军衔的军官和士兵,以夺取对方军旗为胜),乔纳设计出了一些特别的计谋,每次都能夺得迈克尔的军旗。迈克尔木讷的性格有时也会让乔纳生气——迈克尔不懂得开玩笑,听到玩笑话也从来不笑——但是,乔纳在生活中已经学会了容忍迈克尔孤僻的性格,因为他一直希望有一个哥哥,而迈克尔的到来无疑满足了他的愿望。

当大卫呆呆地站在那儿,不知道如何回答乔纳提出的问题的时候,他妻子走上前把怀中的丽萨递给了他。女儿在他怀中不安地扭动了几下,不过很快还是安详地依偎在他胸膛上睡着了。莫妮卡在乔纳身旁的椅子上坐下来,安慰道:“听着,迈克尔不会有事的。过去这年他已经取得了不小的进步,他现在已经知道应该如何照顾自己。他会找回家里来的。你呢,只需要耐心一点,好吗?”

“他到底在哪儿?”乔纳的脸痛苦地扭曲着,眼泪再次流了下来,“他到底去哪儿啦?”

莫妮卡没有直接回答他的问题,只是用双臂抱住了男孩的肩头。乔纳一开始想挣脱出来,使劲扭动着身体,但是过了一会儿他放弃了,把头靠在她的T恤衫上抽泣起来,身体不停地颤抖。大卫看着他们俩,禁不住自己的眼眶也湿润了。

他和莫妮卡都已经深深地爱上了迈克尔。开始的时候,他们对他的爱主要还是出于行善济困的想法,只是一种帮助这个被家庭抛弃的可怜孩子生活下去的单纯愿望。大卫为他安排了纽约最好的自闭症治疗计划,并且每周都要同医生交流一次。几个月过去以后,迈克尔的行为大为改善:当你不经意碰到他的身体后,他已经不再像过去那样高声叫喊,并且不再整天沉溺于电脑游戏,而是开始阅读科学教科书。自闭症的阴影开始消散,从而让大卫开始看到了这个男孩真正的本性——温柔、好奇而且与人为善。尽管他知道迈克尔不可能完全从自我封闭的状态中走出来,但是他身上所表现出的良好品质已经让他心生热爱。

又过了几分钟,乔纳终于停止了哭泣。莫妮卡站起身来,从大卫怀中接过了早已熟睡的丽萨。她抱着孩子走进隔壁的房间,把她放进联邦调查局提供的一个折叠婴儿床里。当她刚刚回到大卫和乔纳身边的时候,审讯室的门打开了,露西尔·帕克大步走了进来。

她身上仍然穿着大卫两年前见过的那身行头:鲜红色的夹克衫,肥大的白色衬衣和白色的裙子,脖子上用一根珠状链条挂着一副老花镜。看上去,她哪里像一个联邦调查局的特工,更像是一个图书管理员。但是,大卫知道得很清楚,在那件鲜亮的夹克衫下面,一把“格洛克”17型手枪正插在她的肩挎式枪套里。

“我们找到凯伦·阿特伍德了。”她宣布道,还是他们熟悉的那种拉长了声音的得克萨斯腔调,“我们在宾夕法尼亚州的特工找到了她,现在他们正把她带到这里来。”

大卫长舒了一口气,终于放下了心。他和自己的这位前妻共同享有乔纳的监护权。得知迈克尔失踪的消息后,大卫不断地给她打电话,可她就是不回。她当时正在费城参加一个律师大会。尽管他无论如何也无法想象有人会绑架凯伦——她和迈克尔不同,因为她对“统一场论”一无所知——但是,得知她安全无恙的消息心里还是很高兴。

乔纳听到这个消息一下子跳了起来，急切地问道："你找到我妈妈了？她还好吗？"

露西尔冲乔纳微微一笑。她涂在嘴唇上的口红也同她身上的夹克衫一样鲜艳。"是啊，亲爱的，她很好。我们刚同她通过电话，她很想同你讲话。"她指着站在走廊里的另一个特工，一个身穿灰色套装、板着面孔的女人，"那是卡尔森特工，她会把你带到我的办公室去。去吧，你可以用我桌上的电话。"

乔纳迟疑地看着两个女特工，没有挪动一步。大卫在他肩上轻轻地拧了一下说："没事儿的，去吧。"

男孩向卡尔森特工走过去，卡尔森立即牵起他的手，带着他离开了。露西尔目送着他们离去并稍微等待了一会儿，然后关上门，转过身面向大卫和莫妮卡。她脸上的笑容立刻就消失了，额头和眼睛下面顿时出现了许多的皱纹。

大卫紧张地咽了一口唾沫，问道："怎么样？你们找到迈克尔了吗？"

她摇了摇头，回答道："我们向国土安全局和所有东北部的警察机构都发出了警告，但是到目前为止还没有收到任何消息。"她走到桌前，用手指一指几张椅子道："都坐下吧。"

大卫心急如焚，哪里还坐得下来。他又问："怎么会发生这种事情？那些人怎么能大摇大摆地走进自闭症治疗中心把孩子带走？"

露西尔拉出一张椅子，独自坐下来。她把两条腿在桌下伸展开来，脸上忍不住流露出痛苦的表情。"绑架迈克尔的人都是职业罪犯。他们伪装成医护人员，开着一辆从纽约市勒诺克斯山医院偷来的货真价实的救护车，看起来同真正的急救行动别无二致。"

"找到目击者了吗？"

"我们已经向当时在98街上的一些行人了解过，但是他们也无法提供有关那几个医护人员的身份情况。这种事很常见——当人们看到急救行动时，通常都会把注意力放在躺在担架上的病人身上，很少有人会去注意别的情况。"

莫妮卡走到桌前，同大卫并肩站在一起。"那么监控录像呢？"她问露西尔，"自闭症治疗中心里总会有几个摄像头吧。"

"没错，大约有五六个吧。但是就在绑架发生的前一刻，所有监视器都瘫痪了。

我说过,这些家伙是职业罪犯。”

“可是,还有救护车呢？找到那辆救护车应该不难,对吗?”

露西尔又皱起了眉头。“一小时前,新泽西州警察局已经找到了那辆救护车,绑架者把它遗弃在了新泽西草原地带一间废弃仓库的附近。他们肯定换了另一个交通工具。”

大卫心想:倒霉。新泽西草原附近有州际高速公路、纽瓦克船运中心和两个机场,现在迈克尔可能已经被带到了世界上的任何一个地方。“那么,你有何高见？黔驴技穷了吗?”

“斯威夫特,你先冷静下来。我们仍在追踪所有可能的线索。我们已经得到了自闭症中心两起凶杀案的弹道资料,而且……”

“两起凶杀案？除了帕森斯医生,还有别的人被害吗?”

露西尔神情凝重地点点头:“我们在一楼行为治疗室外的走廊尽头安排了一名便衣特工,绑架者首先枪杀了他,把他的尸体扔进了一个衣橱里,然后他们走进治疗室,枪杀了帕森斯医生。”她翘起上嘴唇,露出紧紧咬住的牙齿:“当我们发现这名特工同我们失去无线电联系时,就知道事情不妙。这就是我们能够如此迅速地发现这桩绑架案的原因。”

莫妮卡脸上露出了疑惑不解的神情,她歪着脑袋、紧紧地盯住了露西尔,问道:“等等,你们的特工怎么会在自闭症治疗中心?”

“你们应该能够猜得到。过去两年来,我们一直都把迈克尔置于严密的监视之下。”

大卫心想,这件事倒并没有出乎他的意料。阿米尔·古普塔事件之后,帕克特工把每一个有牵连的人都彻底审讯了一遍,她心里非常明白,他们肯定向她隐瞒了某些东西。虽然大卫和莫妮卡对“统一场论”的去向只字未提,但是露西尔显然已经推断出了那些方程式藏匿的地方。

“这都是我的错,”露西尔继续道,她两眼下的皱纹似乎又加深了,“我放了你们一马,让你们隐藏了那些秘密。但是我早就料到,一旦有人知道了迈克尔脑子里藏着那个东西,就绝不会像我一样宽容和手软,他们一定会不择手段地得到那个理论。因此,为了国家安全的大局,我下令对这个男孩实施保护。我们一直在对他进行监视,以防止外国势力得到‘统一场论’。不幸的是,我低估了危险的严重性。”

她内疚地低下头，两眼盯着自己的脚尖。转眼间，她看上去苍老了许多，虽然她刚刚60岁多一点，但是这一刻她好像早已年过七旬。在大卫的眼中，她就像一位腿脚不灵、早该从现职上退下来的老迈特工，看到她现在这个样子真让人有些心疼。两年前，露西尔还是那样的勇猛，穷追不舍地跟着他跑遍了大半个美国。当年，他只顾逃命，根本没有发现她已经上了年龄。但是，这一次的情况就截然不同了，帕克特工是在尽力帮助他们，而他们又非常需要她的帮助。

大卫认为他们应该给予她充分的信任，他已经把自己同雅各布·斯蒂尔的谈话告诉了莫妮卡，现在他也该把它告诉露西尔。“我可以给你提供一条线索，”他对她说道，“这件事同迈克尔的绑架案是否有关我并没有把握，但是可能性是很大的。”

露西尔抬起眼睛，目光立刻变得格外的犀利。她问道：“是什么事情？”

“就在你找到我之前，我正在报告厅的走廊上同雅各布·斯蒂尔谈话。他是马里兰州立大学高等量子所的所长。我们谈论的是伊朗核试验的问题，而雅各布告诉我说，他在这次核爆炸的同一时间监测到了时空的破裂。”

“时空是我们这个宇宙的坐标网，”莫妮卡解释说，“是空间的三个维度，也就是长度、宽度和高度，加上时间维度。爱因斯坦向我们证明，空间和时间是一个连续的统一体，在靠近巨大质量的天体时会弯曲，其轨迹也会改变……”

“我知道什么是时空。”露西尔说着从夹克衫的口袋里掏出一个笔记本和一支铅笔，“就是因为你们两个人，我不得不学了好多这样的物理学垃圾。”她在笔记本中写下了什么东西，然后转向大卫道：“详细讲一讲这个时空破裂的问题。斯蒂尔到底是怎么说的？”

“好吧。其实我们并没有机会详谈。他说，这次时空破裂是从伊朗的核试验场向外扩展出去的，在其向外扩展的过程中造成了时空维度的变形。他是用一台叫做‘神杖阵列’的仪器监测到时空破裂的。就物理实验而言，这个名字相当怪异，因为神杖的标志是两条缠绕在一起的蛇，是墨丘利神的象征。因为墨丘利又是医药的保护神，所以人们通常可以在医院和医生的办公室里看到这个标志。”

莫妮卡摇摇头说：“我从来也没有听说过这种仪器，雅各布在他的所有论文里也从来没有提到过。这肯定是某种新东西。”

“还有别的什么吗？”露西尔问道。

大卫竭力回想起雅各布当时的准确用语：“他说，这次时空破裂就好像现实的结构出现了破裂，就像宇宙的连续性被割断了。因此，这足以证明有人在故意扰乱时空。”

露西尔又在她的笔记本上记下了一些东西，然后继续问道：“你刚才说，时空破裂正好发生在伊朗核爆炸的那一瞬间，对吗？那么，也就像是核爆炸的一个冲击波？”

莫妮卡向露西尔走近一步。要说清楚物理学的东西她比大卫要强得多。“这不仅仅是一次爆炸。在宇宙中，大爆炸时刻都在发生，新星、超新星和伽马射线的爆炸都比任何原子弹爆炸的威力要大上万亿倍。这些爆炸释放出的能量能改变时空的形状，但是都不能把现实的构成撕裂。”她再次摇了摇头：“要想做到这一点，就必须懂得‘统一场论’。这个理论就像是宇宙的蓝图，揭示出整个时空的结构，一旦你拥有了这个蓝图，你就能知道如何改变现实的结构。”她一边讲解，一边用手指了指审讯室的四壁。她在普平楼做讲座的时候，大卫曾经见过这个手势。“两年前，阿米尔·古普塔想做的就是这件事情。他利用这个理论造出了一个武器，可以把巨大的能量聚集到时空的某一个点上。而今天发生在伊朗的事情看起来如出一辙啊。”

“照这么说，你们的意思是伊朗已经得到‘统一场论’了？而且正用它来制造一种可怕的武器？”

“谁能说得清楚呢？”莫妮卡无奈地举起双手回答说，“我们一直认为迈克尔是唯一知道那些方程式的人，但是说不定有人也已经把它们琢磨出来了。”

露西尔想了一想，她撅起嘴唇、用铅笔装有橡皮擦的一头轻轻地敲打着自己的下巴，然后道：“那好吧。但是，这一切同绑架案又有什么关系呢？既然伊朗人已经知道了‘统一场论’，他们绑架迈克尔干什么？”

莫妮卡正想回答，大卫抢先开口道：“想想看，这件事不可能只是一种巧合。我们应该找雅各布谈谈。我想知道他目前研究的具体内容。”

“对，我同意。”莫妮卡说，“这两件事一定存在着某种联系。我们同雅各布谈得越早，就能越快地找到迈克尔。”

接下来的几秒钟里，审讯室里悄然无声。露西尔把身体向后靠在椅背上，手中的铅笔仍在敲打着她的下巴。过了一会儿，她嘟囔了一声，从椅子上站了起来，说：“好吧。同那个家伙谈谈吧，反正也没什么坏处。”她向门口走去：“我去打几个电话。你们俩老老实实地坐在这儿。”

露西尔离开后，大卫在桌子旁的一把椅子上坐下来，他累了。过去几个小时的精神压力耗尽了他的精力。莫妮卡在他身边的椅子上坐下来，把一只手放到他肩上，轻轻地按摩起来。“大卫，这是个不错的开始。我想，我们已经有进展了。”

他点了点头，但是并没有信以为真。他一闭上眼睛，就会看见迈克尔在自闭症治疗中心治疗室里的情景——双手捂着耳朵蹲在地板上，在救护车里大声号叫。出现在大卫脑子里的这些场景是那么的恐怖，他根本无法把它们从大脑中驱除出去。

两人默默无语地坐在桌前，大卫低下头揉了揉自己的眼睛，莫妮卡抬起手为他按摩脖子上的肌肉，然后又开始为他刮背。审讯室里一片寂静，只听见头上方的日光灯发出的轻微的“嗡嗡”声。

几分钟后，莫妮卡再次打破了寂静。她的语气沉稳、平静，思路缜密，每当她自言自语的时候总是这种口语。“你知道吗，有件事我想不明白。雅各布的专长是研制量子计算机，而不是基础物理学研究。他从来没有写过一篇有关时空特性的论文。那么，他为什么会突然之间对这个领域产生了兴趣？”她停顿了一下，但是并没有等待大卫的答复，继续道，“你知道吗，是谁为雅各布的研究提供了绝大部分资金？就是我们的国防部。他们为他提供了1 000万美元用于量子计算机的研究，同一领域的其他人对此都很妒忌。”她又停顿了一下，然后接着道：“那个名字——‘神杖阵列’，确实很怪异。在天文学中，‘神杖’这个词同时又是水星的象征，但是水星同时空破裂又有什么关系呢？”

大卫终于抬起头来，他看着莫妮卡说：“我们必须找到他，必须找到迈克尔！”

“是的，亲爱的，我们一定会找到他的。”

“我们必须参与进去；必须说服帕克让我们协助他们。”

“我们一会儿就同她谈谈，好吗？我相信……”

“没有我们的帮助，她根本不可能找到他，因为这不是一桩普通的绑架案，是……”

这时，审讯室的门突然打开了，露西尔出现在门口，但是并没有走进来。她面无表情、目光深沉，唯有下巴上的肌肉在微微抽动。她对他们说道：“出问题了。有两个问题。”

莫妮卡从大卫背上把手收回来。他站起身急切地问道：“是什么问题？”

“我估计斯蒂尔的某个实验室助理可能仍在加班，于是就给马里兰州立大学斯蒂尔的办公室打了个电话。结果，我得到的信息说，整个大学的电话交换系统全部瘫痪了。”露西尔的脸颊紧张地抽动了一下。“我觉得很奇怪，于是打电话询问了当地的警察局。他们告诉我说，一小时前高等量子所发生了爆炸。”

“上帝啊！”大卫不由自主地抓住了桌子的边沿，“另一个问题是？”

“挂上电话以后，我看到我们在纽约警察局的一个联系人给我发来了一封电子邮件。他告诉我，哥伦比亚大学的一个学生在普平楼里发现了一具尸体，就在报告厅旁边的老实验室旁边。是斯蒂尔。”

第五章

总统独自坐在白宫的局势研究室里，目光停留在会议桌上的一大摞活页文件夹上。今天晚上，他已经把大部分时间花在了同他的国防部长和参谋长联席会议成员的会议上。8点钟的时候，参谋长联席会议的成员们都返回了五角大楼，留给他宝贵的几分钟时间思考他们向他汇报的情况。桌上活页文件夹中的报告，是他们制订的摧毁伊朗核设施的行动计划。

他把身体向后靠在椅背上，感到头部一阵阵剧烈的疼痛，很想抽一支烟。他一边用手按摩太阳穴，一边望着局势研究室前部那台平板显示屏上的画面，上面标示着美国部署在中东地区的打击力量——游弋在波斯湾的航母舰队和停泊在卡塔尔和科威特空军基地中的战斗轰炸机。看着这张地图，他不禁想到了他的妻子和两个女儿，她们已经在特勤局特工们的护卫下转移到了相对安全的戴维营。在他脑海里，浮现出两个小女儿坐在总统专车的后座上，透过有色的防弹玻璃看着车窗外飞驰而过的马里兰州森林的情景。

伊朗核试验是他的政府所遇到的最大危机，德黑兰的毛拉们不仅拒绝了他提出的所有建议，并且对他提出的警告大肆讥讽，现在他不得不作出回应了。容忍伊朗成为核国家存在着巨大的危险性——伊朗很可能会用核武器对付以色列，以色列也可能会对伊朗发动先发制人的打击。如果他尽快采取行动，还来得及根除他们的核计划，让整个世界松一口气。根据美国国家安全局截获的伊朗军方秘密通讯情报，伊朗革命卫队目前只拥有两枚原子弹，而且已经把它们转移到了伊朗北部的阿什卡内赫镇附近的一个安全设施中。美国侦察卫星拍摄到的照片已经确认了有关情报的可靠性，照片上可以清楚地看到行驶在崇山峻岭中的伊朗革命卫队的车队正把原子弹送往秘密基地。

他把椅子转了个方向,以便观看另一个平板显示器上的东西。这个显示器上展示出阿什卡内赫基地的卫星图像:在一座山的山脚处有一个混凝土入口,通向地下深处纵横交错的隧道和无数天然洞穴。不幸的是,这是个相当坚固的目标,根据探地雷达探测到的数据,部分设施建在地面以下300多米的深处,常用的掩体导弹无法达到这样的深度,唯一能够一举摧毁这种地下设施的武器是美国空军的钻地核弹头,它能够将整个地下网络彻底捣毁。当然啦,选择这种武器是不可能的——总统并不打算挑起一场核大战,但是他也不能允许伊朗发起核战争。

他转回身来,开始浏览活页文件夹中的报告。国防部拟订的多数方案都倾向于先使用常规掩体炸弹,然后派突击队进入设施底部,捣毁储藏在那里的原子弹。但是,问题在于伊朗人早就预料到了美国可能实施的这种战略,已经采取了相应的防御措施。这些实施被修建在伊朗境内遥不可及的山区地带,远离美国在波斯湾的航空母舰以及在阿富汗和伊拉克的美军基地。伊朗人还拥有相当先进的防空体系,在其沿海和广大边界地区修建了几十座雷达站和导弹发射台。五角大楼的几乎所有方案都把美军的伤亡人数估计为“数百人”。

但是,唯有一个方案除外。总统拿起了这个代号为“联合特种作战司令部‘眼镜蛇行动’计划”的文件夹。这个方案是由曾经在阿富汗担任美国特种部队指挥官的山姆·麦克奈尔中将拟订的。麦克奈尔战功卓著,这在同塔利班的整个战争中都十分罕见。他同时还是一个善于实施大胆军事行动的指挥官,战术奇袭是他这个计划最显著的优势,如果能够成功实现这个计划,特种部队就能从敌人难以意料的方向实施突然袭击。而在总统看来,这个方案最大的优势还是其对伤亡人数做出的估计:不超过30人。

他看了看手表,现在该回到椭圆形办公室里去了,20分钟后他将要向全国发表电视讲话。

他站起身,离开了局势研究室。他沿走廊走去,一名特工和一名助理紧随其后。他扭头向身后的助理说道:

“请给国防部长打电话,告诉他开始执行‘眼镜蛇行动’。”

第六章

在马里兰州立大学的计算机科学大楼前，停放着 3 辆消防车、2 辆核生化事故车和六七辆警车。大卫、莫妮卡和帕克特工于凌晨 2 点到达了现场，虽然现在离爆炸发生的时间已经过去了 6 个小时，但是现场仍然聚集着大量应急人员。露西尔花了整整 4 个小时从纽约开车来到了马里兰大学校园，她把自己那辆政府牌照的雪佛兰郊外运动型多功能汽车停在了一辆警车的后面。大卫坐在汽车的后座上，透过前挡风玻璃看着眼前这幢庞大的砖石建筑。从外观上看，这幢建筑毫发无损，既没有破碎的窗户也没有烟火熏黑的墙体，但是在被泛光灯照得通明的大楼入口处拉着一条黄色的犯罪现场警示带，警示带外站着一大群州警察、消防队员和便衣警探。

露西尔转过头，指着计算机科学大楼对坐在副驾驶位置上的莫妮卡说："我看损失不大。斯蒂尔的实验室在什么位置?"

"我想是在地下室，"她扭头看着大卫，"对吗?"

几年前，在斯蒂尔成为高等量子所的所长之前，大卫就曾经参观过这里，所以他知道它的确切位置。"是的，就在地下室。这正好说明为什么爆炸没有对大楼外部造成破坏。"

露西尔点点头表示同意。"那好。接下来，我们这么办。你们两个充当我的科学顾问，也就是说除非我征求你们的意见，否则你们就别说话，明白吗?"

她郑重其事地看了他们俩一眼。她虽然同意带他们俩一起来，但是内心却并不十分情愿，因为在通常情况下，联邦调查局特工是不会邀请平民百姓一起查看犯罪现场的。露西尔只是因为得知了雅各布·斯蒂尔被谋杀的消息，才不得不承认这个案件同迈克尔的绑架案很可能存在着某种联系。大卫和莫妮卡认为，要想知道这种联系是什么，首先就必须调查清楚雅各布正在研究的是什么课题。后来，露西尔也不得不承认，他们俩在量子物理学方面的专业知识应该是用得着的。因此，当凯伦·阿特伍德到达联邦调查局总部接手照料乔纳之后，莫妮卡又求她一起代为照看婴儿丽萨，这个要求虽然有些过分，不过凯伦还是答应了。在两年前那一次痛苦的经历中，大卫的前妻和莫妮卡已经建立起了一定的友谊，而且至今两人相处得一直不错。

这时，露西尔推开了运动型多功能汽车的门，大卫和莫妮卡也相继走下车。一个身材高大、身穿灰色西装的男人离开计算机大楼前的人群向他们走来。他把手伸进衣服口袋里，拿出了自己的联邦调查局徽章。

"帕克特工吗?"他问道，"我是纽约总部的迪金森特工，负责你同当地外勤办公室的联络工作。"

露西尔握了握迪金森的手，问："有什么情况？我们能够进大楼看看吗?"

"一小时前消防人员就已经宣布可以放行了。爆炸已经毁掉了实验室里的一切，但是并没有对整个建筑的结构造成损坏。我们的犯罪现场专家现在正在地下室工作。"

"发现什么没有?"露西尔又问，"做过爆炸残留试验了吗?"

"是的，夫人。初步结果显示爆炸物是 C-4 炸药。我们已经向国家反恐中心做了汇报。"

"你们询问过所有相关人员没有?"

迪金森再次把手伸进他的衣服口袋里，从里面掏出一个笔记本。他报告说："所幸的是爆炸发生时实验室里并没有人。虽然在大楼别的地方有一些仍在工作的人，但是爆炸发生前没有人看到过任何异常情况。"他打开笔记本，开始翻看记录，"我们同大学行政部门取得了联系，希望得到有关斯蒂尔的背景材料。还来过几位政府官员，了解爆炸造成了多大损失。其中一个人说，他正同斯蒂尔合作共事。"他翘起拇指指了指身后的计算机大楼，继续道："他的名字叫亚当·班尼特。现在同我们的一个特工一起待在地下室里，我估计你可能想同他谈谈，所以已经告诉他不要走开。他还不知道斯蒂尔已经死亡。"

大卫认识亚当·班尼特，他是美国国防部高级研究计划局的局长，这个局隶属于国防部，专门负责为国防科研项目提供资金。班尼特负责向科学家和工程师们提供奖励基金，涉及的领域十分广泛，从机器人、航空航天、通讯到计算机科学无所不包。就这个人本身而言，倒是个相当可爱的家伙。大卫曾经在一年前的一次学术大会上见过他，他不仅言谈举止优雅，而且也相当聪明。他当时刚刚读过大卫创作的爱因斯坦的传记，对这本书还提出了许多颇有见地的看法。但是，大卫同他交谈的时候总感到有些不自在。大多数人只知道美国国防部高级研究计划局资助了互联网的创立，却不知道它还资助了隐形轰炸机和"掠夺者"侦察机的研制。班尼特定期飞往科威特和阿富汗，实地测试各种高新科技成果，如监视机器人和激光制导子弹。大卫身为一个和平活动家，对这样的事情总是感到格格不入。

"班尼特为国防部高级研究计划局工作，"他向两位特工介绍说，"是该局国防科学办公室的头儿。他对物理学界的所有人都很熟悉，而且因为他是掌握资金大权的人，所以所有人也都认识他。"

"没错，他就是雅各布的'甜爹'（注："甜爹"（sugar daddy）为美国俚语，指讨好并在年轻女人身上大把花钱以博得她们青睐的老色迷）。"莫妮卡补充说，"国防部高级研究计划局一直在资助量子计算科学的研究，时间至少也有10年了。"

迪金森特工两眼疑惑地盯着他们俩看，显然想知道他们到底是什么人。从外表上看，他们完全不像新招募的联邦特工——大卫仍然穿着那条卡其布裤子和那件花呢夹克，就是参加"世界物理学家科学大会"的那套行头，而莫妮卡还穿着那件鲍勃·马利T恤衫。迪金森转过头用询问的目光看着露西尔，但是她却不予理睬。她对他说道："好了，我们还站在这儿干什么？去给那个家伙问个好吧。"

她迈步向计算机科学大楼走去，站在楼前的警察们为她让开了一条路，她撩起犯罪现场的警示带从下面钻了过去。大卫和莫妮卡紧随其后走进了大楼，迪金森也跟了进来。

他们在大楼前厅里向右转，沿着一段楼梯走向地下室，虽然空气中充斥着烧焦了的塑料的气味，但是周围的一切都完好无损，直到走下楼梯并沿地下室的走廊前行了30多米后，他们才看到了爆炸的痕迹。在一扇灰色钢门的上方挂着一块牌子，上面写着"高等量子所：捕获粒子之家"的字样。露西尔推开门，4个人一起走进了一片狼藉的实验室。

这个实验室颇似一个巨大的溶洞，里面光线很暗，只有消防人员带进来的应急灯和联邦调查局犯罪现场调查人员晃动的手电筒发出微弱的亮光。室内的空气热烘烘的,有一股刺鼻的酸腐味,由煤渣砖砌成的四壁已经被爆炸产生的烟雾熏黑。地面上铺满了一层湿淋淋的粉状物,成块地粘在了大卫的鞋子上。很显然,实验室天花板上的自动灭火喷头浇灭了火焰,但是实验桌前的长凳已经变得乌黑,保管柜被毁,所有电脑和显示器都已经被大火融化。扭曲的金属条散落一地,爆炸把它们抛向了各个方向。大卫仰起头向上看,发现爆炸的巨大力量在石膏天花板上留下了许多坑,铺设在天花板下的管道和电线也已经被摧毁,被炸断的光纤电缆像一条条蛇悬挂在天花板下,玻璃纤维从烧焦的绝缘体中露了出来。

迪金森特工带领他们穿过实验室,从地面上一个锯齿状的大坑旁走过,那里显然就是爆炸的中心。他们沿着一排应急灯走下另一个走廊,随着离开实验室越来越远,空气中刺鼻的酸腐味也渐渐减弱。接着,他们转过一道弯,走进了一间办公室,联邦调查局已经在这里设立了临时指挥所,办公桌上摆放着特工们带来的各种仪器设备:一部无线电话,两台笔记本电脑和一台用于分析爆炸残留物的便携式分光仪。一名留着小平头的金发特工正在调试无线电话,另一名年龄稍长、身穿黑色人字斜纹西装的男人坐在一把办公椅上。大卫一眼就认出了他——亚当·班尼特。

露西尔一走进办公室,金发特工便立即起身致意。班尼特也站起身来,先看了看帕克特工,然后又看了看大卫和莫妮卡。他一下子睁大了眼睛问道:“是斯威夫特博士吗?还有雷诺兹博士?你们到这里来干什么?”

班尼特大约65岁,头上长着稀疏的白发,一张一本正经的国字脸,灰色的眼睛,略带粉红的皮肤,一看就是一个经不起太阳晒的人。他的情绪很激动,这不难理解,因为国防部高级研究计划局资助的价值数百万美元的仪器设备刚刚被炸成了碎片。

露西尔径直走到他的面前,伸出一只手说道:“班尼特先生,我是露西尔·帕克特工,来自……”

“你怎么这么长时间才来?”他没有理会她伸出的手,不满地问道,“我已经在这个办公室里等了整整两个小时了。”

她并没有立即回答,只是略微地歪了歪头。留小平头的特工心领神会,立即带着迪金森离开了办公室。

班尼特仍然怒气冲冲地看着她。大卫禁不住觉得,这两个人面面相觑的样子十分怪异,因为他们俩看上去是如此的相像:班尼特不仅年龄同露西尔相当,体态也同样的敦实,甚至于他头发的颜色也同她别无二致,只是要稀疏得多。“雅各布·斯蒂尔在哪儿?”他问露西尔,“他还待在纽约吗?”

“坐下,班尼特先生。”

他仍然站着不动,脸色变得更红了:“你并不是这里唯一的联邦政府官员。这是美国国防部高级研究计划局的项目,我有权知道所有的情况!”

露西尔皱起了眉头,棕色的眉毛拧成了一团,眼角的皱纹向外展开。“好吧,我就告诉你所有的情况。今天下午,雅各布赶到了纽约,就是为了去见他们两位。”她用手指着大卫和莫妮卡说,“他想告诉他们他正在研制的一种科学仪器,叫做‘神杖阵列’。听起来耳熟吗?”

“不,从来没有听说过。”

“这不奇怪。因为没有人听说过这该死的玩意儿。不过不幸的是,雅各布并没有来得及把事情说清楚,当他今晚站在哥伦比亚大学物理系大楼走廊上的时候,有人用一把九毫米口径的手枪向他脑袋上开了一枪。”

班尼特哑口无言地站在那儿,呆呆地看着露西尔,好像正等待她说出下文。然后,他叹了一口气,后退一步,一屁股坐在了一分钟前他刚刚离开的那张椅子上。

“就在几乎同一个时刻,有人炸毁了雅各布的实验室。”露西尔继续讲道,“很显然,我们的对手是一个复杂而严密的组织,派出多个行动小组在同一时刻展开行动。这一切很有可能是某个恐怖组织所为。现在,你总该明白我们为什么如此慎重了吧?”

班尼特闭上眼睛,用手抚摸着前额,接着又捏一捏鼻梁,嘴里轻声地嘟囔着。

露西尔走上前,对他说道:“为了开展调查,我必须了解雅各布正在研究什么东西。这就是我到这里来的原因,这也是你现在必须停止发牢骚,立刻告诉我雅各布的研究目标的原因。”她向他俯下身体,问道:“你能做到吗?”

在露西尔犀利目光的逼视下,班尼特畏缩成一团。几秒钟后,他终于睁开了眼睛,双手抓住椅子的扶手,颤抖着摇摇晃晃地慢慢站起身来,脸上的红晕早已消失殆尽。“对不起,我要上洗手间。”

露西尔用手指着他道:“去吧,不过不要耽误太长时间。”她走到办公室门口,为班尼特拉开了房门。当他向门外走去的时候,她又向等在走廊里的两名特工做了一个手势,两人跟随班尼特沿走廊而去。接着,她“砰”的一声关上了门。

大卫感到很惊讶,立即问道:“你为什么让他离开?”

“等他回到这里时，会说出一切的。”她走到班尼特刚才坐过的椅子前，哼哼着坐了下来，“他显然有心事，否则为什么要半夜三更地跑到这里来？这肯定是一件他难以启齿的丑事。作为一个联邦政府机构中举足轻重的人物，他知道他不得不把事情向我们和盘托出，否则我们迟早也会从别人口中得到真相。不过，你们看到了吗，这家伙也是一个胆小鬼。他必须先躲到厕所里去，看着镜子里的自己冥思苦想几分钟，才能最终鼓起勇气来。典型的孬种，这种人我见多了。”

说到此她鄙视地摇了摇头，然后把手伸进红色夹克衫里面，从口袋里摸出一副乳胶手套。接着，她把椅子移到办公桌前，开始检查抽屉里的东西。她翻看了其中一个抽屉里存放的文件，又看了看另一个抽屉里散乱的电路板和其他各种电脑零件。大卫站在一旁看着，觉得很有趣：她把抽屉里的所有东西都飞快地瞥了一眼，她的目光是那么的犀利和敏锐。

不一会儿，她又拉开了另一个抽屉，从里面拿出了一个汤罐头大小、闪闪发亮的金属罐。罐底伸出几根电线，罐顶是一块圆形的玻璃板。透过这块玻璃板，大卫可以看到罐内平行安放着两排电极，电极之间有一个黑色的凹槽，大约3寸长、半寸宽。露西尔拿起用珠状链条挂在胸前的老花镜，仔细查看这个装置的里面。“来吧，现在是你们提供第一次咨询的机会。这是个什么玩意儿？”

莫妮卡走到桌前，越过露西尔的肩头看着那个金属罐，不到3秒钟她就认出了这个装置。她说：“这个是一个粒子陷阱，是雅各布研制的量子计算机的核心装置。还记得我在车上说过的话吗？就是关于量子计算机和普通计算机的不同之处？”

在他们驱车从纽约到马里兰州的4个小时里，莫妮卡向露西尔讲解了量子计算的基本原理。让人感到欣慰的是，帕克特工学得很快。“是啊，我记得。”她回答说，“量子计算机利用原子进行计算，而普通计算机是利用电流进行计算。那么，这同粒子又有什么关系？”

“所谓粒子就是一个带有电荷的原子。当你在一个原子里加入一个电子，就会得到一个阴离子；如果你从一个原子里拿走一个电子，就会得到一个阳离子。利用粒子的最大优势，就在于你可以轻易地控制它们。你可以把阳离子放在一个真空环境中，用两排正极将它悬浮在它们中间。”莫妮卡从露西尔手中拿过那个金属罐，指着里面黑色的凹槽接着说，“阳离子从这里输入，置于这两排正极之间的空隙之中。同极相斥，对吗？因此，来自两面的排斥力就会把粒子困住，使它无法动弹。接着，你可以再继续把更多的粒子囚禁在这个陷阱里面,把它们排列起来,就像算盘上的算珠那样,有序而等距离地排列在一起。”

“你把它们排列起来干什么呢?”

“每一个粒子都有一个磁定向,要么向上要么向下,就像一个转换开关。因此,它同普通计算机中的一个比特类似。你知道什么是比特吧?就是兆比特、千兆比特的比特?”

露西尔点点头道:“当然知道,不就是一台电脑的数据储存量吗。”

莫妮卡的脸上露出了微笑,她总是忍不住要向人们解释这些东西。“没错。一比特就是一个信息单位,它有两个可能的值:0 或者 1。8 个比特等于 1 个字节,每个字节代表计算机键盘上的一个字符。”她用手指了指放在露西尔身前桌子上的笔记本电脑,“这台电脑里有一个微处理器,其随机存取存储能力为 4 000 兆字节,也就是说它能够对 40 亿信息字符进行计算。这比使用一个电子制表程序或者播放在线视频节目所需的存储量要大得多,但是量子计算机的能量就更大。”

“有多大?”

“记得我说过每个粒子都具有磁定向,要么向上要么向下吗?那么,你想象一下,如果向上代表‘0’,向下就代表‘1’,那么每个粒子就包含了一个比特的信息——不是 0 就是 1。如果是一串 8 个粒子,一些向上一些向下,就包含了一个字节的信息。因此,我们就可以把一道激光束打到这些粒子上,改变它们的方向,从而实现改变其包含的信息量的结果。但是,最棒的事情还在后头。”莫妮卡停顿了一下,稍稍喘一口气,“当你同每个单一的粒子打交道的时候,量子理论所有的疯狂法则都适用。粒子就是波,波就是粒子,所有的一切都不是绝对精确和可以预料的。量子理论得出的结论很疯狂,其中之一就是我们可以让一个粒子处于‘叠加状态’之中,处于这种状态之中的粒子的磁定向就会同时指向上下两个方向。”

露西尔做出一个鬼脸,说:“你说什么呢?这不可能。”

“听起来似乎不可能,但是这就是事实。一个处于叠加状态的粒子就好像一个精神分裂症患者一样——它既是 1 也是 0,同时拥有了两个值。那么,再设想一下,如果你把两个粒子置于叠加状态之中,它们就同时拥有了四个值——0/1、0/0、1/0 和 0/1。而一个由三个粒子组成的粒子串在叠加状态下就会同时拥有 8 个值,你明白这种模式了吗?”

露西尔想了一想,点点头微笑道:“是的,明白了。每当你在这个粒子串上增加一个粒子,它的信息容量就会翻一番。”

“又对了。这种容量是按照指数方式递增的,因此一台拥有相对少量粒子的量子计算机就能储存非常大量的信息。而且,当那些粒子相互作用、开始交换各自的信息时,它们实际上就是在同时进行多个十分庞大的数字运算。如果你能够造出一台仅仅拥有100个捕获粒子的量子计算机,那么它就可以在一瞬间完成数以兆亿次的运算,而这样的计算机在未来的10年里是肯定会造出来的,同当今世界上最好的传统计算机相比,其完成某些任务的速度要快上兆亿倍。”

“你说的‘某些任务’指的是什么?是不是包括国防部高级研究计划局会感兴趣的某些东西?”

“噢,当然啦,许多东西他们都会感兴趣。量子计算机是在庞大的信息库中搜索信息的理想工具,比如说在千兆字节的声音中找出特定的声音模式,或者模拟极端复杂的现象,诸如能够引发核爆炸的冲击波。但是,国防部高级研究计划局最感兴趣的领域还是密码破译。比如公钥密码,目前在因特网上就被用来为信用卡的号码加密,军方也用它为其机密信息网络加密,一致被公认为无法破译的密码,但是一台量子计算机就能轻易将其破译出来。”

露西尔再次点了点头。她从莫妮卡手中拿回那个闪闪发亮、装有玻璃板盖的粒子陷阱,把它举到灯光下仔细地研究了好一会儿。

大卫也盯着它看,心中猜测着雅各布到底在研究什么东西。早在他们俩在研究生院读书的时候,雅各布就总是对自己的研究项目守口如瓶,他具有的职业谨慎态度已经走向了极端,唯恐其他研究生或博士后会偷取他的创意。虽然他对自己私生活的细节从不保密,常常把他风流韵事的每一个细节都讲给大卫听——他就是那个年代的唐璜——但是,雅各布从来没有同别人谈过他的研究课题;只要是涉及到他工作的事情,无论什么人他都是不会信任的。

大卫向桌前走去,准备把雅各布的这一性格特点告诉露西尔。但是,就在这个时候办公室的门打开了,梳小平头的联邦调查局特工带着亚当·班尼特回到了屋内。他的脸色比刚才更红了,两眼充满了血丝。大卫觉得他在洗手间里一定哭过,甚至呕吐过,因为在他的夹克衫上还留着潮湿的斑点。

露西尔把身体靠在椅背上,转过椅子面对班尼特问:“感觉好些了?”

他深吸了一口气，点点头。看来，帕克特工的估计是正确的，这个家伙现在准备开口了。

她拿起粒子陷阱让班尼特看。“在你上洗手间的时候，我们找到了雅各布的这个玩具。雷诺兹博士热心地向我讲解了它的工作原理。”她看了一眼双手抱在胸前、屁股靠在办公桌边沿上的莫妮卡，“那么，雅各布研制量子计算机有多大进展？”

班尼特盯着她手中的粒子陷阱看了好几秒钟，脸上流露出颇为不解的神情。他禁不住摇了摇头。“他取得的进展很小。”他的声音低沉而沙哑，“问题就出在这个东西上。”

“是吗？”露西尔把粒子陷阱放到桌上，用指尖轻轻地敲击着它的玻璃盖顶，“你给了他数百万美元，他还是没能成功吗？”

他不断地摇着头，大卫从来没有见过哪个人表现得如此的沮丧。“他拿出的最后一个原型机可以用一个 16 个粒子的粒子串进行计算，确实是一个突破，大大优于其他研究团队研制的同类原型机。但是，它离实际生产出一台量子计算机仍然相差十万八千里。”

露西尔用怀疑的目光看着班尼特，问道：“我原以为，一台量子计算机用不了多少粒子。这话对吗？”

“这个嘛，如果你需要它做的是一台普通计算机无法胜任的工作，那么最低限度也要多于 16 个粒子，应该说至少需要 50 个粒子。雅各布发现，要把他现有的原型机依样放大到 50 个粒子大小非常困难，很多技术难题无法解决。”他脸上再次流露出痛苦的表情，“目前的技术还做不到，这就是现实。物理学家们肯定迟早会造出一台实用的量子计算机，但是尚需时日。也许 5 年，也许 10 年。而雅各布已经没有那么多时间了。”

“你这话什么意思？”

班尼特转过头看着大卫，从露西尔开始审问他的那一刻起，他就一直没有搭理过他们，但是现在他却盯着大卫的眼睛问道：“你今天下午见到过雅各布，是吗？就在他被……”他的声音突然变小了：“依你看，他看上去如何？”

大卫清楚地记得雅各布那双深陷的眼睛和瘦削的脸颊。“他看上去很糟糕。他是不是得了白血病？”

“雅各布已经同白血病抗争好几年了，但是病情却一直在恶化。我每 6 个月都会到他这里来,检查一下他研究项目的进展情况,而每一次我都会发现他变得更加消沉和刻薄。他告诉我说,他已经浪费了他的生命;他在物理学上一直没有取得重大成就,以后没有人会记得他。"班尼特低下头,不再看着大卫,两眼愣愣地盯着地面,"雅各布希望在他死前做出一番大事业来,为此他已经发展到无所顾忌的程度。他知道,他已经不可能在量子计算方面取得突破。我认为,这也是为什么他改变了他所获得的资金的用途。"

听到此,露西尔一下子坐直了身体,这正是她一直在等待的难以启齿的丑事。她立即问道:"你是说他挪用了国防部高级研究计划局的经费去干别的事情?"

班尼特又深深地吸了一口气,"我看到的第一个证据是在 1 年前。当我检查他的项目进展报告的时候,发现他订购并安装了一套专用光纤电缆。这种重负荷的电缆十分昂贵,他用它们把实验室里的服务器同电话公司的通讯干线连接在了一起。"

大卫想起来了,那肯定就是他刚才在已经烧毁的实验室里看到的东西,那些像死蛇一样从天花板上垂下来的电缆。现在他突然联想到,用于通讯的线路数量很大,远远超过一个普通实验室的需要。他问班尼特:"他用这些电缆干什么?"

"当我问他的时候,他的答复非常含糊。他说他需要提高上网的速度,但是实际上,他订购的光缆的传输能力已经远远超出了他个人的需要,它们可以在 1 秒钟内传送数千万兆比特的信息,也就是说,他可以在不到 1 分钟的时间里把整个国会图书馆的全部书籍资料传输完毕。"班尼特又摇了摇头,继续道,"我当时已经感觉到事情不妙,估计他可能向我隐瞒了什么事情,很可能是一个完全不同的研究项目。所以,我就直截了当地问他:'雅各布,你是不是把我们拨给你的经费用到其他项目上去了?'他听后很生气,并矢口否认。虽然我心中仍有怀疑,但是还是相信了他的话。这都是因为我很喜欢他,知道吗。而且,我也很同情他的处境。"

"那么,后来的情况呢?"

"在他去年秋天提交的报告中,我又发现了更多奇怪的东西。他在计划中提出了研制一个包含 24 个粒子的量子计算机原型机的计划,但是却没有说明这台原型机什么时候完成。这个时候我就几乎可以肯定,雅各布一定是在研究其他的项目,只是我无法予以证明。我曾经找他的一个实验助手了解过,但是她也知之甚少。雅各布把他的秘密保守得滴水不漏。"

莫妮卡仍然坐在书桌的边沿上,用食指轻轻地敲击着自己的嘴唇。"也许,雅各布改变了他的研究战略,不是研制一台更先进的量子计算机,而是在研制一个用相同的原型机组成的阵列?在他的实验室里放一台量子计算机,而在其他不同的地方放上其他的几台量子计算机?如果是这样,就能够解释光缆线路的问题。也许,他用这些光缆把多台原型机连接在一起,在它们之间进行数据交换。"

班尼特耸耸肩道:"我不知道。也许有这个可能。"

大卫极力在脑子里拼凑出莫妮卡所说的情景:大量数据从一台计算机传输到另一台计算机,也许这就是雅各布把他的项目叫做"神杖阵列"的原因,用罗马神话中信使之神的象征作为名字。一个量子计算机阵列加上光缆线路,无疑可以在各个计算机之间来回传送大量的信息。但是,这样一个计算机阵列怎么可能完成雅各布所说的"神杖阵列"所做到的事情——探测到宇宙结构的破裂?"你是不是认为雅各布可能冒险进入了物理学的另一个研究领域?我是说,量子计算以外的领域?"

"对不起,你说什么?"班尼特用怀疑的目光看着他。

"我昨天见到雅各布的时候,他说'神杖阵列'监测到了时空的异常现象。他是否向你表达过对类似研究感兴趣?"

"很遗憾,没有。他从来没有提到过这种事情。"班尼特举起右手,摸摸自己的额头,脸上露出木讷的表情,"我可以告诉你,是我犯了个错误。当我第一次发现他工作中的不正常情况的时候,就应该阻止他。但是,我没有。我采取了袖手旁观的态度,没有采取措施。结果,现在雅各布死了,我却连他为什么死的都不知道。"他抬起另一只手,用手指挠了挠头,使得头上的白发蓬乱地竖立起来。

露西尔离开椅子走到他跟前,脸上的表情已经有所缓和。她对他说:"好吧,我们要做的首要事情就是要找出雅各布把那些数据传送到了什么地方。他的工作记录放在哪里?"

班尼特放下双手,喘着粗气道:"雅各布的所有记录都存放在服务器上,而服务器已经在爆炸中被毁掉了。不过,他一直使用的是电话公司的通讯干线,他们应该保留着所有数据传送的情况。"

"那好,我们去查一查。另外,我要看到你手中掌握的同雅各布的研究项目有关的所有文件。"

他点点头:"好的,当然可以。我随后就同我的办公室联系,保证让你拿到所有文件。"

露西尔转过身,不再面对着班尼特。大卫看得出来,她正在考虑更远的事情,计划着下一步的调查行动。“我们必须同接受这些数据的所有人谈话,”她接着道,“因为他们肯定知道雅各布在干什么。也许,我们也可能在他的某个报告中找出某个人的名字来。”

“我现在就可以告诉你一个人的名字。”班尼特说,声音小得就像是耳语,“我不知道这是否是一个真名,但是……”

露西尔猛地转过身来:“你说什么?”

“我……我刚才说了,我找雅各布的一个试验助理谈过,记得吗?我悄悄地问过她,雅各布同其他研究者是否有过接触。她开始说没有,但是后来又想起了那些电话留言,一共有7个,都在同一天,而且都来自耶路撒冷希伯来大学的一个计算机科学家。”

大卫同希伯来大学很熟悉,10年前当他为撰写爱因斯坦的传记做基础研究的时候,就在耶路撒冷住过两个月,查阅了大学里阿尔伯特·爱因斯坦档案中的数千封信件和手稿。这所大学的计算机科学系具有世界先进水平。

露西尔紧盯着班尼特的眼睛,追问道:“她告诉你的那个名字是什么?”

“这个名字很特别,所以我记得很清楚,叫欧拉姆·本·扎曼。”

“该死!”大卫嘟囔道。他在耶路撒冷的那个夏天里多少学了一些希伯来语。“这个名字太奇怪了。”

“是啊,我也是这种感觉。”班尼特说,“我很好奇,于是找了一本希伯来—英语词典查了查,结果这个名字的意思是‘宇宙,时间之子’。”

第七章

迈克尔醒来了，他发现自己躺在一张光秃秃的床垫上，床垫还散发出令人作呕的臭气。他立刻坐起来爬到一旁，远离那股臭气。这时，他感到自己的肩膀正隐隐作痛。他把手从T恤衫的袖口伸进去，摸到了贴在皮肤上的纱布，这才记起了在飞机上的情景，也记起了那个注射器和它头上那个闪闪发亮的针头。

现在他已经不在飞机上了，而是在一个黑暗而闷热的房间里，那张床垫就扔在地上。整个房间十分昏暗，他几乎连自己的脚都看不清楚。他歪着头看了看自己的身体，身上仍然穿着自己的牛仔裤、短袜和胶鞋，看来当他昏睡的时候没有人脱下过他的衣服，这使他感到庆幸。因为大卫·斯威夫特告诉过他许多次，不要让别人触摸自己的隐私部位，当然医生除外。不过，他的内裤已经湿了——夜里他尿了裤子；身上的衬衣也被汗水浸透。他不仅嗓子疼痛，而且又饿又恐惧，心中只有一个念头：回家。

床垫就放在房间的中央。迈克尔摸到了墙壁，墙面布满细细的沙粒。他扭头向身后看去，似乎隐隐看见了房间另一头有一件家具，但是光线太暗无法看清。房间里唯一的光线来自水泥墙上的一条缝隙，一缕纤细的阳光从那里挤进了黑暗中。这道裂缝大约有1寸宽，以大约20度的角度向下延伸，在地面上形成了一个平行四边形的黄色光影。从日光狭小的角度上看，迈克尔估计现在应该不是清晨就是傍晚，但是却无法判断出到底是前者还是后者。他的手表已经无法为他提供任何帮助——闪着荧光的指针指着11点，这显然不是正确的当地时间。他估计，带他来到这里的那架飞机肯定跨越了好几个时区。不能得知正确的时间让他很恼火，他觉得这比不知道自己身在何处更加难以忍受。

他站起来，向裂缝处走去。裂缝处在离地约2米高的墙上，而迈克尔的身高是1.87米，所以只要踮起脚尖他正好可以通过这个裂缝向外探望。他把眼睛靠近裂缝，就好像从一部望远镜的镜头里向外看一样。一开始，刺眼的阳光让他什么也看不清，但是几秒钟以后，他看见了一片棕色的山丘，或高或低，光秃秃地一直延伸到地平线。在离他最近的山丘下，两辆灰色的丰田“陆地巡洋舰”越野车停在沙漠中，12个身穿浅褐色军装的男人站在车前。

那些人显然都是士兵，肩并肩站成一排，但是看上去他们同“战争勇士”和其他电脑游戏中的动漫人物却完全不同。他们有的人穿着沙漠迷彩服，有的人穿着普通的卡其布军装，他们的服装既肮脏又不统一；他们手中的武器也是五花八门：有M-4卡宾枪、“公牛”冲锋枪（注：“公牛”冲锋枪（Bizon submachine gun）由俄罗斯联邦枪械制造商伊茨玛希工厂制造，有多种口径，是以AK-74和AK-100系列突击步枪为基础设计和制造的）和AK-47突击步枪。不一会儿，第13个士兵进入了迈克尔的视线，这是一个头戴黑色贝雷帽、身材魁梧的男人。他走到其他士兵面前停下脚步，把双手背在身后，然后大声吼叫着一些迈克尔听不懂的话。紧接着，其他士兵一起向右转，迈步走出了迈克尔的视线。迈克尔歪着脑袋紧贴着墙壁，希望从那个裂缝中更清楚地看到外面的情景。就在这个时候，他听到了“咔哒”的声响，接着整个房间里立刻明亮起来。他转身看去，塔玛拉走了进来。

她的左手抓着一根从头顶的电灯旁垂下来的链式拉线，而这个灯只有一个光秃秃的灯泡，用螺丝固定在天花板上。她的右手拿着一个长方形的托盘，深棕色，很像麦当劳餐厅里使用的托盘。托盘上放着7袋“亨氏”番茄酱和一袋“乐事”原味土豆片，标准的2盎司（注：约合1.13两）包装，餐厅里售价为99美分。除此之外，托盘上还放着一听雪碧。这一套搭配正是迈克尔最喜欢的快餐，每当他做了一件“好事”，大卫·斯威夫特就会为他买上这样一套快餐作为奖励。所谓“好事”其实很普通，比如独自到街角的熟食店里买东西或者连续3天没有发过脾气，等等。在四面水泥墙的包围中，看到塔玛拉用托盘送来这样一份快餐，让迈克尔感到十分疑惑，在那么一瞬间他竟然以为是大卫·斯威夫特为他准备了这一切，禁不住心跳也加快了——大卫也在这儿吗？他终于赶来救他了？但是，当他向塔玛拉身后看去时，却并没有见到任何人的影子，整个房间里除了他刚才睡过的那个床垫和不远处的一张大书桌之外，完全是空空如也。

塔玛拉向他走来,把托盘递到他面前:“晚饭时间到了,迈克尔。你看看,我带来了你最喜欢的东西。”

她站的位置离他很近,于是迈克尔后退一步,把身体靠到了墙壁上,并顺着墙根向左挪动了几步,拉开了他们之间的距离。现在,塔玛拉穿着同外面那些士兵同样的沙漠迷彩服,衬衣的左肩上冒出几根黑色的线头,好像有人把缝在那里的一块布撕去了。“快吃吧,”她说,“你喜欢在土豆片上抹上番茄酱,对吗?每一片2滴,不多也不少,是不是?‘赛勒斯兄长’说过,你对吃的东西十分挑剔。”

迈克尔摇了摇头。塔玛拉不是他的朋友,而是他的敌人。他把头扭到一旁,眼睛看着对面墙下的那张书桌。“我的名字叫迈克尔·古普塔,”他对她说道,“我住在纽约市西110街562号。”这一段话是大卫·斯威夫特特意让他背下来的,要他在迷路时说给别人听。“请不要接触我的身体,我患有自闭症,不喜欢别人触摸我。请你同我的监护人大卫·斯威夫特联系,他的电话是212-555-3988。”

塔玛拉一时间没有作出任何反应,只是呆呆地站在那儿,过了一会儿,她才点了点头,回答说:“好的,我明白了。我不会触摸你的身体。”

她转身走到了书桌前。这张书桌有5个抽屉,其中的3个已经没有了把手。塔玛拉把托盘放到了桌面的右边。在书桌的另一边,放着一台电脑、一台“太阳超级27”工作站和一台22英寸的显示屏。迈克尔对这种型号的电脑很熟悉,在自闭症治疗中心的娱乐疗法室里就有一台“超级27”工作站,他在那台电脑上玩游戏的时间不知有多少个小时。

塔玛拉拿起靠在墙上的一把金属折叠椅,打开椅子放在书桌前。然后,她往后退,一直退到了房间远处的角落里。她指着椅子对迈克尔说:“去吧,迈克尔。坐在椅子上,好好吃晚饭。我就远远地站在这里,看到了吗?”

迈克尔的目光停留在了那袋土豆片上,他已经很饿了,但是他不想去做塔玛拉要他做的任何事情。于是,他决定重申刚才那段话的最后一句:“请你同我的监护人大卫·斯威夫特联系,他的电话是:212-555-3988。”

塔玛拉仍然指着椅子回答说:“你已经有18个小时没有吃东西了,你都快饿死了。”

迈克尔心里很清楚,这是夸大其词。他现在还不至于饿死,人类不吃任何食物也能生存3至6个星期,这是他从大卫·斯威夫特的妻子莫妮卡·雷诺兹送给他作为

19 岁生日礼物的《简明科学百科全书》上读到的。每当人们用夸张的方式说话的时候，迈克尔就会感到十分迷惑；人们夸大事实，本来是为了幽默，但是他常常会信以为真。因此，他发现把《简明科学百科全书》背下来非常有用，因为那里面记载着这个世界上的大量真实事情，能够帮助他辨别夸大其词的东西。

“我不会饿死。”他告诉塔玛拉。但是他确实是饿了，而且口渴，而一个人没有水只能生存 3 到 7 天。

“我知道你感到恐惧，”塔玛拉说，“在飞机里飞了那么长的时间，现在又来到了一个你不熟悉的地方。但是无论如何，你都需要吃点儿东西。”

迈克尔又看了看那一袋土豆片，他知道自己不应该吃这个快餐，因为他并没有做任何一件大卫·斯威夫特列出的那些“好事”，不配得到奖励。但是，他又认为如果这份快餐是塔玛拉而不是大卫为他准备的，那么奖励的原则就不再适用了。即使她是他的敌人，食用她提供的食物也是可以的，因为食物能够增加他的体力，使他能够更好地同她斗争。

于是，他走到书桌前，在折叠椅上坐了下来。他实在是太饿了，当他打开一袋番茄酱的时候双手都在颤抖。他从纸袋里拿出一块土豆片，在上面挤上两滴番茄酱，每一滴约一个 10 美分硬币的大小。他把土豆片放进嘴里，急切地咀嚼起来，嘴里发出“喳喳”的声音，与此同时，他的两只手已经又在忙着准备下一块土豆片了。

他从眼角里看到塔玛拉开始向他走了过来，她没有遵守自己的诺言远远地站在一旁，但是他正手忙脚乱地吃东西，一时也顾不了这么多。

“哇，慢点吃！”她对他说道，“你会噎着自己的！”

她突然发出了几声尖利的叫声，迈克尔还以为她受了伤，是痛苦的叫喊，但是很快便发现是塔玛拉在笑。他不明白她为什么要笑，他也不想知道。他继续在两块土豆片上挤上番茄酱，然后把它们同时塞进了嘴里。他很快把它们嚼碎，在嘴里形成一个面糊状的团，然后用臼齿把这个团分开，依次咽进肚里。

塔玛拉继续向他走过来，一直走到离他只有大约半米远的地方。她对他说：“现在感觉好多了，是吗？你看起来也开心了，非常开心！”

迈克尔没有回过头看她，两只眼睛仍然盯在托盘上，同时又把另一块土豆片塞进了嘴里。然后，他拿过那听雪碧，打开来，深深地喝了一口。

“你的长相真有意思，”她接着道，“你祖父是印度人，对吗？我打赌，这就是为什么你长了一头漂亮的黑发。”

她伸出手摸了摸他的脑门,他清楚地感觉到了她缠着绷带的手指从他的左耳上穿过他的头发,迈克尔立即停止了咀嚼。她又违背了自己的承诺。他一动不动地呆坐了几秒钟,已经嚼烂的土豆片像一块泥团沉沉地滞留在舌头上,他强迫自己把它咽了下去。

“迈克尔,我知道你这一辈子没有享受过多少欢乐,‘赛勒斯兄长’已经告诉了我你所经历过的痛苦和辛酸。比如,两年前发生在你外祖父身上的事情,还有你的母亲伊丽莎白,你肯定很想念她。”

他不想谈论他母亲的事情。他把手伸进纸袋里,抓出了一把土豆片。

“‘赛勒斯兄长’告诉我,她吸毒成瘾,靠卖淫为生。你同她一起生活了 13 年,”她的手往下移动,手指上的绷带开始摩擦着他的后脖子,“后来,你外祖父把你从她身边带走了。我想,他做得对。不过,那样的日子肯定很艰难。”

迈克尔的双手又开始发抖,他勉强打开了另一袋“亨氏”番茄酱,但是却因为挤压过猛把番茄酱洒到了托盘上。

“目睹自己的亲人遭遇不幸是很可怕的事情。有些时候,你根本无法为他们提供帮助,爱莫能助。”塔玛拉的手滑到了他的肩头,“‘赛勒斯兄长’告诉过我,她是因服用过量毒品而死的,是甲基苯丙胺害死了她。”

迈克尔痛苦地闭上了眼睛。他母亲是在他搬到纽约生活的半年后去世的,大卫·斯威夫特和莫妮卡·雷诺兹专门为她组织了追思礼拜。在仪式现场,一名身穿黑色西服的牧师站在伊丽莎白棺材的后面,教堂里的灯光在漆黑的棺材表面闪烁不定。迈克尔要求打开棺材,让他最后看他母亲一眼,人们不同意,他便歇斯底里地号叫起来。后来,大卫·斯威夫特把真相告诉了他:当人们发现伊丽莎白的时候她已经死亡两个星期,尸体大部分已经腐烂,已经看不出她生前的容貌了。听到此,迈克尔才最终平静下来。

塔玛拉用手抓住了他的肩膀,那种感觉让迈克尔简直无法忍受。“我知道吸毒的人是什么样子,迈克尔。我的弟弟杰克也是一个吸毒者,他经常几个月消失得无影无踪。我苦口婆心地劝过他,但是任我说得口干舌燥他也无动于衷。我最后一次见到他是在肯塔基州路易斯维尔的一个‘灰狗’公司的汽车站,他的脸色蜡黄,大部分牙齿都已经脱落了,两只手臂上布满了注射器留下的针孔。”

塔玛拉的手抓得更紧了，但是不一会儿她又放开了手。迈克尔深吸了一口气，她终于没有触摸他了，让他感到如释重负。他继续等待了约10秒钟，然后睁开了一只眼睛，发现她正背靠在桌子右边的墙壁上，两眼盯着水泥地面，痛苦地摇着头。“杰克本来是一个非常漂亮的小伙子，就像你一样长着一头乌黑的头发。迈克尔，他笑起来也是那么灿烂迷人。一想到这些，就让我格外痛苦。”

他鼓起勇气，飞快地瞥了一眼她的脸。这时，她突然抬起头，直视着他的眼睛并且再次发出了那种尖利的笑声。“但是，我已经得到好消息了！”她大声叫道，“激动人心的消息！我很快就能再见到杰克了，你也很快就能再见到你的母亲和外祖父了！”

她的声音很大，吓得迈克尔不由自主地把椅子往后一推，离开她更远一点。但是，这时的塔玛拉却是满面笑容，一只手指着天花板。

“这是万能的主许下的诺言！他已经下令‘赛勒斯兄长’打开‘天朝王国’的大门，我们都将在天堂里同我们的亲人重逢，同主创造过的每一个生灵重逢！哈利路亚！哈利路亚！”她抬头望着天花板，高高地举起指向天花板的那只手。然后，她低头看着迈克尔继续道：“你知道什么是天堂，对吗？你母亲肯定告诉过你，对吗？”

迈克尔确实听说过“天”，因为他母亲生前常说的一句话叫“臭气熏天”；他也知道“天堂”，有一次他在一本儿童读物上看到过一幅描绘“天堂”的图画，死亡的人们到了天上，都长出了翅膀，在云端行走。在母亲的追思礼拜上，牧师也提到过这个地方，说伊丽莎白的灵魂已经升到了“天堂”里。但是，迈克尔很清楚，这不过是人们另一个夸大其词的说法而已，蓝天之上并没有什么“天堂”；在地球的上方，只有大气层——对流层、平流层、中间层和热大气层——在大气层之上，就是广袤的太空。地球围绕着太阳旋转，而太阳又在银河系中高速穿行；宇宙以不断增长的速度向外扩展，各个星系间的距离也越来越远。迈克尔在《简明科学百科全书》中看到过所有这些天象的图片，而书中根本没有提到过什么“天堂”。

“天上根本没有‘天堂’，”迈克尔说，“如果有的话，天文学家早就在望远镜里发现它了。”

塔玛拉又发出一阵尖利的笑声，让迈克尔的耳朵感到刺痛。“你说得没错！‘天堂’并不在天上。人们对‘天堂’有许多误解——他们以为‘天堂’就是一个梦幻岛，人死后他的灵魂就会来到这个神奇的岛上。其实，《圣经》上并不是这样说的。”她把手伸进衣服口袋里，拿出了一本小小的黑皮封面的书，“《圣经》上说，当基督再临之时——即末世来临之时，主就要建立起‘天朝王国’。在那个神圣的时刻，主将抛弃我们这个没落的世界，代之以他的‘天朝王国’。死者将从长眠中复活，我们都将同上帝融为一体。”她打开那本小书，指着其中的一页给迈克尔看：“就在‘哥林多前书’第十五章里写着呢：‘就在一霎时，眨眼之间，号角最后一次吹响的时候，死人要复活，成为不朽之人！’”

迈克尔摇了摇头，他无法理解：“死人还会活过来吗？”

“不仅仅是死人，迈克尔，所有的一切都将复活。我们生活在一个腐败的世界里，到处充满了罪恶和死亡，但是主现在给了我们一个机会，让我们去挽救他所创造的一切。他要‘赛勒斯兄长’加快末世的来临。在‘天朝王国’中，所有在我们这个破碎的世界里生活并死亡的世间万物都会再生，在那个永恒的一瞬间里，整个宇宙的历史合为一体，我们都将在上帝的拥抱下得到永生！”

他再次摇了摇头说：“我还是不明……”

塔玛拉走到他的身后，用手抓住了他后脑上的头发，一使劲把他拽向左边，正对着桌上的电脑显示屏。接着，她弯下腰，从他身后伸出手打开了电脑的开关。“我让你在电脑上看看就明白了。”她说，“‘赛勒斯兄长’说，你是个数学高手，所以你应该懂。这些就是主交给我们的工具，让我们用它重新塑造他所创造的世界。”

电脑显示屏闪现出蓝色的亮光，紧接着一个半透明的黄色球体和“逻各斯”三字出现在屏幕上，球体围绕着“逻各斯”不停地旋转。几秒钟后，旋转的黄球消失了，屏幕上出现了一排图标。塔玛拉一把抓过鼠标，点击了一个好像氢原子的图标，接着点击了一个好像星星的图标。接下来，她把双手放到键盘上，输入了一串密码。她的手指飞快地在键盘上移动，让迈克尔看得眼花缭乱。

“这是第一部分。”她说，“这些方程式都是‘赛勒斯兄长’从联邦调查局的各种报告和其他情报来源中收集到的。我认为，你应该对它们很熟悉，因为它们都是‘统一场论’中的方程式，至少占到了‘统一场论’全部方程式的一半以上。”

许多方程式一个接一个地出现在了显示屏上。一开始，迈克尔并没有认出它们来，其中还有许多他并不熟悉的符号——有波浪似的曲线、标靶似的圆形，还有倒写的大写字母 B 和 Z。但是，他还是认出了用这些方程式所做的数学运算，几秒钟后他发现塔玛拉说的是事实，电脑显示屏上出现的方程式同他大脑中记忆的方程式是吻合的，唯一的区别是书写它们的符号不同。“赛勒斯兄长”已经得到了“统一场论”的一半方程式,虽然其表述的符号语言不尽相同,但是其本质却是相同的。

“这是第二部分。”塔玛拉说着,又在键盘上迅速地敲击一番,“‘赛勒斯兄长’雇来了一批计算机专家,他们花了过去一年的时间研究这些方程式。因为他们不知道‘统一场论’的所有方程式,因此无法完成整个理论。但是,现在你来了,你可以完成这项工作。”

说完,她又点击了一个好像算盘的图标,电脑显示器立刻黑屏了,有好几秒钟什么图像也没有。然后,从显示屏的底部开始出现一大片计算机软件源代码,数百行指令飞快地由下往上涌出,虽然其速度之快让迈克尔目不暇接,但是他的眼睛仍然捕捉了不少内容,足以让他意识到这是一个非同寻常的程序。他对大多数编程语言都十分熟悉——他对自闭症治疗中心的计算机进行过研究,学会了 Java、FORTRAN、C ++ 和 BASIC 等各种编程语言——但是他现在看到的指令中却有许多他从未见过的源代码。他不由自主地前倾身体,以便更清楚地看到那些奇怪的运算符和参数:qubit、qureg、Cnot、Hadamard……

“这是什么程序?”迈克尔盯着电脑上的源代码,额头开始隐隐作痛,“是用来干什么的?”

“我可说不好,‘赛勒斯兄长’才能解释清楚。他明天上午回来,到时你自己问他吧。但是,我可以告诉你‘赛勒斯兄长’是怎么对我说的。”她用手指着显示屏上不断出现的一行行源代码说,“这就是通往上帝‘天朝王国’之门上的锁,而你迈克尔拿着这把锁的钥匙。我们只需要你在这些源代码中补上缺失的方程式。还记得‘以赛亚书’吗?‘小孩子要牵引他们。’”

迈克尔的额头越发疼痛起来,就像一块锋利的玻璃从他左眉毛上方扎进了他的头颅。他再次仔细看了看那些源代码,然后摇了摇头道:“我干不了,我不知道该怎么做。”

“你就把它当做一个谜。你喜欢解谜,不是吗?”

第八章

“赛勒斯兄长”站在阿富汗阿德拉斯坎地区的一个山丘上，怀着无比敬畏的心情看着冉冉升起的旭日。这里是阿富汗西部的荒凉之地，也正是美国海军陆战队第二远征旅同塔利班武装交战的地区。在这片广大的多石而干旱的土地上，点缀着几块绿色的耕地，耕地上长满了为海洛因贸易而种植的罂粟。这里是一片真正意义上的无人区——白天，美国海军陆战队的车队在地区公路上疾驶，入夜后藏匿在山中的塔利班战士则沿着山间羊肠小道来到这里，不过这片土地真正的主人还是上帝。参差不齐的山脊和荒凉的山谷渺无人迹，离人类罪恶的世界显得那么的遥远。“赛勒斯兄长”一边凝望着眼前的景色一边高声喊道：“哈利路亚！”多么美丽的景色啊，是主用他那双强有力的手将棕色的泥土塑造成型，成就了这样的绝世美景。

然而，在这个世界上已经没有一块没有被人类污染的土地——深山中泥土垒成的堡垒里藏着圣战分子，天空中美国人驾驶着喷气战斗机兜着圈子，虽然双方都声称在为上帝而战，但是实际上他们都是撒旦的走卒，在上帝创造出的大好河山上吐出阵阵臭气。他们已经使这个原本纯洁的地区变得腐败透顶，“赛勒斯兄长”再也不能独自在此漫步。在离他 90 米远的另一个山丘上站着他的一个保镖，还有其他 3 个保镖在他四周巡逻。这些保镖都是他最亲密的追随者，是他的“真正的信徒”。他们手持步枪，时刻警惕地守卫着他的安全。他们都是具有最坚强信念的战士，是他精心挑选出来的。他们心甘情愿地接受“赛勒斯兄长”交给他们的所有任务，因为他们知道自己终将得到最高的奖励——“永生”。

他转过身体，面朝西方，眺望着一条条蜿蜒曲折的山脊一直延伸向 110 公里外的伊朗边界。"赛勒斯兄长"很清楚,即便是魔鬼的工具也可以用来达到神圣的目的,就这一点而言,伊朗人也能变成他手中非常有用的武器。伊朗革命卫队非常迫切地希望建立起自己的核武库,只要有人能帮助他们加速实现这个愿望,即使是一个外人他们也会乐意与其洽谈合作的。"赛勒斯兄长"手中就掌握着提供这种帮助的专业知识——在接受主的召唤之前,他的工作就是研制核弹头,即便是现在他在美国和俄罗斯的诸多军方实验室里仍然有许多的朋友和情报员,因此为伊朗人提供急需的有关资源易如反掌。作为对他的回报,他却得到了比原子弹更加有价值的东西:伊朗的核试验实际上成为了他的一次华丽的实验,即使把这次实验的结果称之为"令人惊奇"恐怕也过于轻描淡写了。现在,"赛勒斯兄长"已经非常清楚地知道他应该如何实现上帝的愿望了。

接着,他又转身向北,双手举起了双筒望远镜,把目镜紧贴在头巾间露出的眼睛上。在大约3公里外,他看到了一长列"悍马"汽车在一条单车道的公路上向西北方向疾驶,此外还有40多辆美国陆军的卡车和10多辆平板车,车上的货物被油布遮盖得严严实实。这支庞大的车队逶迤而行,用了好几分钟才从他的望远镜中消失。"赛勒斯兄长"知道,这支部队可不是普通的美国士兵,他见到的是美军第75游骑兵团第一营的队伍,是山姆·麦克奈尔中将麾下的一支特种作战精英部队。一看到他们,他就禁不住会心地微笑起来。车队正向伊朗北部的中亚国家土库曼斯坦驶去,对撒旦军队的最终战斗即将从那里打响。

"赛勒斯兄长"已经获悉了美军准备从北面攻击伊朗核设施的绝密"眼镜蛇行动"计划,这要感谢他在美国特种作战司令部中安插的情报人员。在伊朗和阿富汗边境一带,伊朗革命卫队部署了数百枚防空导弹,而他们对伊朗和土库曼斯坦的边境地带却疏于防守。美国人看到了这个难得的机会,于是利用土库曼斯坦急需硬通货的弱点,同其达成了一桩秘密交易:美国人向他们支付一笔可观的费用,以换取美国特种部队进入土库曼斯坦境内,潜入土伊边界地区一处秘密集结地点,一旦部署到位,即可从那里向伊朗核设施发起突然袭击。

美军车队在"赛勒斯兄长"的望远镜中已经消失,只有它们扬起的尘埃仍然飘浮在空气中。用不了1个小时,这个游骑兵营就可以抵达阿富汗城市赫拉特,并在那里等待夜幕的降临,然后在夜色的掩护下跨过土库曼斯坦边界,最后抵达预定集结地点。"赛勒斯兄长"将带着由自己的"真正的信徒"们组成的突击队紧紧地跟着他们。到目前为止，一切都按照主的计划顺利进行，救赎之路已经展现在眼前。

“赛勒斯兄长”终于满意地放下了望远镜，转过身再次面向东方。数百公里之外，兴都库什山的一座座山峰高耸入云，虽然远在天边而不能窥见其真容，但是他仍然能够感觉到它们的存在。他就是在那里得到了主的祝福，当时他还是一个囚犯，在靠近阿富汗—巴基斯坦边界的加扎雷克山的一个地下洞窟里过着地狱般的生活。撒旦的士兵想尽了各种方式残酷地折磨他，连续三天三夜摧残着他的肉体和灵魂，在无助的痛苦中他的精神崩溃了、信仰破灭了。绝望之中，他成为了一个被上帝所抛弃的人，一个赤裸而淌着血的野兽，唯一的愿望只是求得一死。然而，就在被撒旦的士兵残酷折磨的一个短暂的间隙中，主在他面前现身了。昏睡中的“赛勒斯兄长”突然看到了飘浮在他上方的主的面容，离他的脸仅仅只有几寸远。他立刻认出了主，主的脸上洋溢着无限的爱。

从那以后虽然已经几年过去了，但是每当“赛勒斯兄长”闭上眼睛，总能见到主的慈祥面容。现在，当他站在这个小山丘上遥望东方的时候，他再次看见了那张脸：不白不黑，不宽不窄，不老不少，那是一张融合了所有人类五官特征的脸，一张从来没有以血肉之躯出现在人们面前的脸，但却是一张连刚出生的婴儿也非常熟悉的脸。

“赛勒斯兄长”仍然闭着眼睛，慢慢解开了裹在头上的头巾。他希望自己面对面地站在上帝的面前，即便是像他那样罪恶和丑陋的脸也在所不惜。随着黑色头巾一圈圈展开，他的脸颊开始感受到旭日的光芒。他甩手将头巾扔到一旁，双膝跪倒在岩石面上，谦卑地低下了头。

“万能之主，荣耀的主，”他低语道，“我们谦卑地寻求你的帮助。请赐予我们力量，让我们实现你的愿望。引导我们的双手吧，让我们把你充满仁爱的救赎带给这个腐朽的世界。”他的声音沙哑了，沙漠中吹来的干燥空气让他口干舌燥。“哦，主啊，你就在我们身旁！用不了多久，我们就将打开‘天朝王国’的大门站在你的面前！我们将跪倒在你的圣坛前，凝视着你神圣的面容！”

他怀着无比敬畏的心情浑身颤抖，深深地弯下腰额头触地。接着，他开始默默地祷告，无声的呼吸吹拂着脚下炽热的棕色土地。

几分钟过去了，“赛勒斯兄长”也说不清过了多长时间，他一边祷告一边进入了一个无法计时的忘我世界里。但是，过了一会儿他还是听到了一阵脚步声，他睁开了眼睛，然后站起身来。他看到他的一个保镖正大步向山丘上走来。

是塔玛拉,她是他最得意的追随者,也是他最忠诚的信徒。她身材高挑、步履轻盈,身着沙漠迷彩服,挎着一把 M-4 卡宾枪;头上戴着一顶凯夫拉尔头盔,头盔遮住了她的一头短发。从表面上看,她不过是一名年轻而充满朝气的普通美国女兵,但那只是 3 年前"赛勒斯兄长"把她招募到自己麾下时的塔玛拉。"赛勒斯兄长"发现,美国陆军中有许多受伤的灵魂,许多渴望得到主的指引的士兵,那里是他招募追随者最为理想的地方。

"赛勒斯兄长"捡起地上的头巾,迅速地把自己的头包裹起来。塔玛拉虽然是他最亲密的追随者,但是就连她也是不允许看到他的真面目的——那是一副拒人于千里之外的尊容。

她在离他 1.5 米处停下脚步,立正站好,举起右手准备敬礼,但是紧接着又放下了手。"赛勒斯兄长"曾经告诉过他的追随者们不必向他敬礼,但是有时候他们还是会这样做。"愿主赐予你平安,兄长。"她对他说道,"你现在可以回营地了吗? 我不愿意把你留在旷野上停留太长的时间。"

他点了点头,说:"是的,可以回去了。我刚刚祈祷完了。"他咧开隐藏在头巾下的双唇,脸上露出了微笑。然后,他开始小心翼翼地迈开脚步,踏着岩石地面向山丘下走去。"营地里今天早上的情况好吗? 迈克尔·古普塔安顿下来了吗?"

塔玛拉紧紧跟在"赛勒斯兄长"的身后,回答道:"迈克尔整晚都在研究'逻各斯'文件。大约一小时前,我让他休息一下,但是他还是不愿意离开那台电脑。我觉得,他恐怕一整天都不会下来了。"

"赛勒斯兄长"再次微笑起来,他事先就已经料到这个文件会让这个孩子着迷,让这个年轻的天才不由自主地沉溺于其中。再加上主的帮助,迈克尔很快就会完成那项重要的任务。"他对文件进行修改了吗?"

"还没有。这几个小时他一直在浏览文件中的源代码,但是很奇怪并没有做任何改动。"她一边向山丘下走,一边遥望着远处的地平线,太阳已经升起,开始炙烤着棕色的狂野,"兄长,你知道我怎么想的吗? 我认为他是在把所有源代码记下来,然后在脑子里做修改。"

"这并不让我感到意外。身为阿尔伯特·爱因斯坦的外曾孙,你以为他会做什么? 一旦他在脑子里完成了整个程序,我们就会说服他把它完整地写出来。"

"他很伤心,兄长,太伤心了。生活对他太不公平。"她摇了摇头,继续道,"他受了很多苦,而这一切并不是他自己的错。”

听到此,“赛勒斯兄长”停下了脚步,站在山丘上密切地注视着她的眼睛。塔玛拉通常都是一个非常坚定的战士,是上帝的一名沉着而冷静的斗士,但是现在她却表现出了忧伤的情绪。她在他身边停下了脚步,眼睛仍然凝视着地平线,“赛勒斯兄长”发现她的双眼已经湿润了。毫无疑问,她想起了自己的过去。塔玛拉同迈克尔一样,儿时也遭遇过许多残酷的经历——父亲抛弃了自己的家庭,母亲英年早逝,她的整个童年都是在肯塔基乡间的不同收养家庭中度过的。正因为如此,她才会同这个男孩惺惺相惜,这本不足为奇。而“赛勒斯兄长”所担心的是,这种情绪在目前这个紧要关头有可能成为他成就大业的障碍。他们的计划正处在成败的关键时刻,主需要他们每一个人都保持坚定不移的信念。

“塔玛拉,”他平静地说道,“你知道为什么这个男孩吃了这么多的苦吗?在这个腐朽的世界上,每一个人都无法逃脱痛苦和恐怖的折磨。”

她点点头:“是的,兄长,我明白。”

“但是,万能的上帝正要拯救我们脱离苦海,他的意志现在正倾注在我们这片土地上,也就是这片沙漠上。”“赛勒斯兄长”挥手从眼前划过,指着他们四周死气沉沉的一座座山丘道,“一旦这个男孩完成了所有的源代码,我们就可以对‘埃克斯卡利伯神剑’进行修正,这把上帝的神圣利剑就会终结这个让人痛苦的世界,带领我们进入主的‘天朝王国’!”

她再次点了点头,但是眼光依然停留在地平线上。“赛勒斯兄长”伸出手,轻轻地抓住了她的下巴,把她的头转过来,直视着她的眼睛说:“塔玛拉,主需要你保持坚强。你能做到吗?能为他始终坚定不屈吗?”

“我能,兄长!”她大声回答道。她的声音非常洪亮,就像一名在训练场上发号施令的军士,灰色的眼睛里闪烁出明亮的光芒。“我要侍奉我主!我渴望看到他慈祥的面容!”

“很好。现在,我们回到营地里去。”他再次迈开脚步,踏着布满岩石的山坡走下去,“我想,有关事情应该都在顺利地进行吧?你也已经为今天晚上的转移行动作好了准备?”

“一切准备就绪,我们将在22点整出发。”她说话的声音虽然充满信心,但是其中仍然可以感到一丝忧伤。她咬着自己的下嘴唇,同他并肩走在一起。“不过,我们刚刚收到了一个信息,是凯勒发来的。”

“赛勒斯兄长”立刻皱起了眉头。这个凯勒虽然是他的盟友,但是却并不是一个“真正的信徒”,他是美国司法部的一个助理,一个贪得无厌的下级官僚。出于自己的需要,“赛勒斯兄长”在华盛顿建立了一个有偿情报网,他的这些情报员对主的宏伟计划并不知晓,只是些见钱忘义的卑劣小人,但是通过向“赛勒斯兄长”出卖情报他们却无意中促进了主的神圣事业。“凯勒说什么了?”

“他截获了另一封电子邮件,是关于联邦调查局对雅各布·斯蒂尔的实验室爆炸案的调查情况的。帕克特工仍在继续追查有关斯蒂尔的研究项目的有关情况,她要求亲自前往以色列调查,联邦调查局已经批准了她的请求。”

“赛勒斯兄长”点了点头。露西尔·帕克领导着联邦调查局的一支特遣队,在对迈克尔·古普塔实施保护的事情上栽了跟斗,很显然现在她下定决心要弥补自己的过失。“哦,真是不出所料啊,不过没想到她会来得这么快。”他说道,“我原来估计,对斯蒂尔的调查不会很快取得进展。帕克是一个人去以色列吗?”

“不是,她是同迈克尔的两个监护人一起去的。她特别请求大卫·斯威夫特和莫妮卡·雷诺兹与她同行。他们3 人将于今天下午抵达以色列。”

“赛勒斯兄长”心想,这件事正在变得越来越有趣了。很显然,帕克希望依靠斯威夫特夫妇的专业知识为她提供线索,而他们俩无疑会让整个形势变得更为复杂。不过,救赎之路本来就不可能是一条坦途,一帆风顺的想法未免也太自负了。在《圣经》中不是早就向我们展现了一场不可避免的伟大战斗,在进入“天朝王国”之前,主的仆人们必须同撒旦的军队展开一场大战。

“塔玛拉,我现在要给你下达新的命令。”他对她道,“我们回到营地后,你立刻给尼哥底母(注:尼哥底母(Nicodemus)是《圣经》中的人物,法利赛人,犹太公会成员,曾深夜拜访耶稣请教重生的问题,并在耶稣被钉死在十字架上后冒着生命危险同约瑟一起取下耶稣的尸体并为埋葬耶稣作准备)发一个信息,告诉他即将到达圣地的这几位客人,叫他作好准备,一定要好好地款待他们一下。”

第九章

联邦调查局的利尔喷气飞机得到了在特拉维夫降落的许可，地点是位于以色列中部的一个军用飞机场。在机舱里，大卫和莫妮卡坐在最后一排座位上，露西尔坐在他们前一排。当飞机降低高度向这个空军基地飞去的时候，大卫透过舷窗看了看下方的机场，看到停机坪上停放着几十架 F－16 战斗机，每隔 30 秒钟就有一架战机起飞，呼啸着冲向蓝天，同其他战机一起在以色列空域巡逻。为了应对伊朗核试验的威胁，以色列空军已经高度戒备，在基地的另一边，几辆装甲车停放在一处水泥掩体四周。大卫很清楚，特拉维夫是以色列存放其核武器的地点之一，一旦局势需要，这个国家会不惜使用它的核武器。

他痛苦地摇了摇头，但是现在不是他担心核灾难的时候，他必须把注意力集中在眼前的任务上。他和莫妮卡之所以来到以色列，是因为他们说服了露西尔，可以帮助她找出雅各布·斯蒂尔在这里的秘密合作者。他们具有露西尔没有的重要技能——莫妮卡是世界上最著名的物理学家之一，而大卫创立的“世界物理学家和平事业”组织又使他结识了许多以色列的物理学家。不过，他们最大的“优势”还在于他们必须救出迈克尔的急迫心情，即使露西尔不同意带他们来，他们自己也会来，通过自己的调查让整个事件水落石出。到目前为止，迈克尔已经失踪 36 个小时了，而他们又一直没有收到绑架者送来的只言片语，只要迈克尔没有找到，大卫和莫妮卡就一刻也无法得到安宁。

不幸的是，他们刚刚到达耶路撒冷的希伯来大学，就发现调查工作已经陷入了僵局。当初根据他们的估计，既然“欧拉姆·本·扎曼”这个名字从来没有在以色列的任何官方档案中出现过,那么它很有可能是该大学某个教授为自己取的一个怪异的代号。由于这个教授有可能将自己的代号告诉过某个同事,因此露西尔直奔该大学的计算机科学系,开始逐一询问那里的每一个教职员工和学生。大卫和莫妮卡已经穿上了随身带来的正式服装,看上去颇似政府官员,坐在询问现场仔细倾听露西尔同每一个人的谈话。在整个询问过程中,有几个人一听到露西尔说出这个名字便笑了起来,但是并没有任何一个人听说过这个人名。

现在,只剩下了来自美国弗莱森电讯公司的唯一一个线索。这个公司追踪到了亚当·班尼特所提到的那些电话,也就是欧拉姆·本·扎曼打到雅各布·斯蒂尔实验室的那些电话。电话记录显示,那些电话的确来自以色列的一条光纤电缆,不仅如此,有人还通过这同一条电缆线传送过上千兆字节的数据。这些数据有时候是从以色列传送到马里兰州立大学,有时候又从马里兰州立大学传送到了以色列。但是,根据以色列电话公司官员的说法,这根电缆并没有连接到希伯来大学的任何一台计算机上,所有数据都在位于巴勒斯坦境内的东耶路撒冷的一个交换站终止了。

他们跑了一整天也没有任何收获,于是露西尔决定寻求他人的帮助。她给"辛贝特"——以色列反情报与国内安全局,相当于美国联邦调查局——的一个特工打了一个电话。几年前,露西尔曾经同这个特工合作共事,帮助他查清了住在布鲁克林的一个机构为哈马斯和其他巴勒斯坦组织筹集经费的问题。因此,这个特工欠露西尔一个情。首先,她要求这个特工派出一名"辛贝特"的通讯专家到东耶路撒冷的那个交换站去进行进一步的调查,然后她要求同他见面,详细讨论寻找欧拉姆·本·扎曼的问题。这个特工坚持只同露西尔一人见面,因此她只能只身前往位于"辛贝特"总部附近的一家鹰嘴豆沙餐厅。但是,临行前她又安排大卫和莫妮卡前往东耶路撒冷的交换站,同"辛贝特"的通讯专家见面。

那个通讯交换站就位于耶路撒冷老城的城墙外,不过是一幢没有窗户的小房子。他们到达时已经是晚上 7 点 30 分,一刻钟后太阳将落下地平线。大卫从租来的汽车里走出来,举起手挡住直射双眼的阳光,向老城中矗立着的诸多清真寺尖顶望去,它们都沐浴在夕阳的余晖中,散发出迷人的金色光芒。然后,他转过身,注视着那一片古老而广阔的阿拉伯墓地,它一直向东延伸,直至橄榄山的山脚。这个时候,莫妮卡正在观察那座通讯交换站,屋顶上的天线引起了她的注意。

他们很快就找到了"辛贝特"派来的通讯专家阿亚·戈德堡,他正站在交换站前面,俯身研究摊在他汽车引擎盖上的几张建筑蓝图。戈德堡是个身材矮小而敦实的中年男人,大概50岁上下,身上穿着一件灰色的马球衬衫和一条牛仔裤。他把眼镜架在了已经谢顶的头上,以便于仔细查看这个交换站的线路图。由于十分专注于自己的工作,当莫妮卡对他说"你好,戈德堡先生"的时候,他竟然没有听到。莫妮卡不得不再次重复自己的问候,他才直起身来,冲她微微一笑。他长着黝黑的皮肤和一双活泼的棕色眼睛,并没有对他们俩害得他加班工作而表现出丝毫的不满。他从头顶上取下眼镜戴好,同莫妮卡和大卫握手致意。

"啊,美国人。"他的英语带有很重的口音,"我的上司说你们是联邦调查局的人,是吗? 也就是人们所说的联邦特工? 对了,还有联邦女特工?"他用手指了指莫妮卡。"我之所以知道'联邦特工'这个词,是因为我有那部黑社会电影的光盘,就是凯文·科斯特纳主演的那部电影。你们知道我说的那部电影吧?"

莫妮卡微笑道:"是啊,我当然知道。不过,现在我们……"

"我明白,你们时间紧迫。不过,我要告诉你们,这里的情况可是一团糟,你们简直无法相信这里怎么会乱到如此地步。"

"你指的是什么?"

"我是说,这里的一切都已经乱套了,我根本查不出你们所说的那些数据的下落。我知道,马里兰州立大学发来的信号到达了这里,然后被分流到了第317号线。这是一条专用光纤线路,是以色列电话公司去年铺设的。几分钟前我进交换站里检查过,在控制板上确实见到它了,所以我知道这条线路确实存在。但是奇怪的是,线路图上却根本没有这条线!"他在蓝图上拍了一巴掌,然后继续道,"我不得不告诉你们实话,我被搞糊涂了。以色列电话公司每周都会更新这些线路图,这条线是不可能被漏掉的。"

莫妮卡眯缝起了眼睛。她虽然不是一名联邦调查局的特工,但是每一个线索都逃不过她的眼睛。"那么,申请铺设这条线路的人是谁?"

"这又是另一件让人发疯的事情。我查过铺设线路的工作单,上面居然没有客户的名字,而客户的地址却是一个邮局的信箱。不过,尽管如此,申请人一直都在按时支付到期的账单,所以至少以色列电话公司还是挺高兴的,你说对吗?"

"有没有什么办法能够查出这条线路的终点在哪里? 也许你可以同铺设线路的工人们打听一下?"

阿亚做了个鬼脸，道："啊，那些家伙都是些糊涂蛋。我倒有一个更加便捷的办法。"他把蓝图卷起来放到他汽车的后座上，然后把手伸进仪表盘上的储物箱里，拿出了一个手电筒，"317 号线同其他 5 条线绑在一起，通过同一条电缆通向耶路撒冷老城之中。因此，我们只需跟着这根电缆走，就可以找到你们这条线路最终通向哪里。"

"你能做到吗？不是说所有电缆都埋在地下吗？"

"没错，在绝大多数地方电缆确实都埋在地下。但是，老城中的所有事情都是难以理喻的。考古学家不允许以色列电话公司往地下挖，所以他们只好哪里能铺就将就铺在哪里。"他锁上车门，迈步向老城的城墙走去，"来吧，从这里走。这条电缆是从狮门中穿过去的。"

阿亚虽然身材矮小，但是走起路来却相当敏捷。大卫和莫妮卡紧随其后，向城墙上的一个拱门走去，拱门左右的石墙上分别刻有一头狮子。10 年前大卫来过耶路撒冷，因此见过狮门，这时他立刻认出了它，只是现在他才突然惊讶地发现，这个简朴的拱门竟然那么漂亮。对一个历史学家来说，耶路撒冷老城确实是地球上的天堂，虽然穿城而过也不足 1.5 公里，但是其中却比比皆是古老的清真寺、庙宇和教堂。大卫向左面看去，可见穆斯林的圣殿圆顶清真寺，它占据了这片老城主要的面积。圆顶清真寺屹立在一片高于地面的广场上，犹太人称之为"圣殿山"，因为那里曾经是他们的犹太圣殿的所在地，公元 70 年圣殿被罗马人摧毁。在圣殿山下，就是耶稣当年走向刑场的那一条苦难之路，就连大卫那样一个在天主教家庭中长大但是已经 30 年没有进过教堂的不可知论者，来到这里也会肃然起敬。

他们穿过狮门进入老城，再沿着一条略微倾斜的小巷走去，脚下的石板路面在上千年来行人的踩踏下已经变得十分光滑。小巷中挤满了迎面而来的人群，其中大多数是戴着白色头巾的巴勒斯坦妇女，她们手中拎着买来的大包小袋的物品，正离开老城返回家中。一群上了年纪的修女从他们身边走过，紧接着是两个在这个穆斯林区域里巡逻的神情紧张的以色列士兵。小巷两旁排列着各色店铺，向游客们出售五花八门的廉价纪念品——T 恤衫、海报、无檐帽、水烟壶和描绘耶稣受难的各种色彩艳丽的油画。一些巴勒斯坦男人坐在店铺门前，用瘦长的杯子喝着茶，在他们头上方锈蚀的铁条支撑着破旧的遮阳篷。小巷中的光线正迅速暗淡下来，阿亚·戈德堡打开了手电筒，坐在路旁的巴勒斯坦人都以怀疑的眼光注视着他。他举起手电筒，照了照铺设在遮阳篷上方的那条黑色的电缆。

走过几百米之后，他们来到一堵石墙前，墙上挂着一块圆形的标志牌，下面写着罗马数字“I”，电缆就从这块标志牌不远处绕过。一大群身穿棕色长袍、脚蹬拖鞋的男人正围在标志牌前。大卫也认出了这个地方——这里是“受难之路”的起点，耶稣受难的第一站，当年罗马总督本丢·波拉多就是在这里宣判了耶稣的死刑。那些身着棕色长袍的男人都是基督教的朝圣者，每天傍晚他们都会在这里聚集，礼仪性地重现耶稣基督当年受难的情景。他们从这里出发，沿着“受难之路”走下去，直至位于圣墓教堂中的耶稣墓。其中的几个朝圣者各自肩扛着一个十字架，其他人的头上都戴着逼真的荆棘冠，大声诵读《圣经》中的片段。由于前来朝圣的信徒很多，小巷变得十分拥堵，行进变得越发困难。

阿亚一面推搡着前进，一面用手电筒照着电缆的走向。过了一会儿，他扭过头用手指着几米外固定在墙上的一个钢盒子对大卫和莫妮卡说：“分线盒就在那儿。我去打开看看，第 317 号线到底通向什么地方。这需要几分钟的时间，我得从这些异教徒中间挤过去。”

阿亚奋力向分线盒方向挤去，大卫扭头看看莫妮卡，她正背靠着墙壁看着眼前涌动的人群，很显然他们让她感到紧张。因为这些人都显得情绪非常激昂，至少有十多个人正跪在石子路面上，一边高喊着《圣经》中的文字一边难以自制地痛哭流涕。一个肩扛着十字架的朝圣者突然扑倒在地，肩上那个巨大的十字架的底座从空中划过，险些砸在莫妮卡的身上。她尖叫一声，纵身跳到一旁，大叫道：“上帝啊！你怎么不看路啊！”

朝圣者黝黑而布满胡楂的脸上已是热泪纵横，他并没有理会莫妮卡的指责，只是默默地奋力爬起来，沿着小巷继续艰难地前行。莫妮卡仍然怒不可遏地看着他离去。

为了舒缓她紧张的心情，大卫微笑着调侃道：“依我看，耶稣并没有听到你的叫喊。”

莫妮卡并没有觉得好笑，仍然愁容满面地注视着眼前的人群，大叫道：“这里已经乱套了。你看看这些疯子！”

“这不是他们的错。这里的大多数人都已经患上了‘耶路撒冷综合征’。”

“这又是你的笑话吗？”

“哪里的话，这是一种实实在在的精神紊乱。关于这个问题，以色列的心理学家们早就写过不少文章。每一年，都会有几十个来到耶路撒冷的朝圣者坚信自己就是弥赛亚(注:弥赛亚(Messiah)是犹太人所期待的救世主)。通常,当他们离开这座城市以后,头脑中的幻觉才会消失。”

莫妮卡皱了皱眉头,回答说:“这可太棒了。而我们正在寻找一个自认为是‘宇宙,时间之子’的家伙。说不定,他也只是个妄想狂而已。”

“但是,我认为雅各布·斯蒂尔是绝不会同一个妄想狂合作共事的。”大卫深信不疑地摇了摇头,继续道,“你还记得班尼特说过的话吗?雅各布死前一直急于成就一番大事业,很可能就是这个欧拉姆·本·扎曼提出了一个了不起的想法,一个足以赢得诺贝尔物理学大奖的金点子。雅各布一定是听说了欧拉姆的这个想法,于是才开始同他合作,希望有一天能够同他共享成功后的荣耀。”

“好吧,就算欧拉姆是个旷世奇才,不过别忘了,许多天才人物都是地地道道的疯子。”

“不对,依我看他并不疯狂,而是十分的精明。看看他使用的这条光纤电话线,必要的信息都已经从电话公司的记录中删去了,这绝不是偶然。我认为,他是千方百计要把自己的行踪隐藏起来。”

“可是为什么?他怕什么?”

“我不知道。但是,只要看看发生在雅各布身上的悲剧,就不难看出有人对他们所做的事情心怀敌意。”

这时,一名痛哭流涕的朝圣者突然发出了一声声嘶力竭的哀号,吓得莫妮卡赶紧跳到了一旁。“该死的,这里简直乱得一团糟,我根本无法思考!”她脸上露出了极度痛苦的表情,“在这种乱哄哄的地方,你让我怎么集中思想?”

大卫走上前,伸手搂住莫妮卡瑟瑟发抖的身体,安慰说:“嘿,不用担心,我们肯定能找出真相的,好吗?不论采取什么办法,我们终究会把问题搞个水落石出。到那个时候,我们就可以找到迈克尔并把他带回家。”

她固执地摇了摇头,开始哭起来。在莫妮卡身上,像这样脆弱无助的时刻还十分少见,通常情况下她都表现得十分坚强并且思维缜密。她同迈克尔一样有过不幸的童年,在贫民窟里长大,缺少母爱;从小小年纪开始,她就练就了一身遇险不惊的胆量。在日常生活中,还很少有什么事情能像今天这样让她乱了方寸。她把前额靠在大卫肩头,默默地哭泣,大卫则紧紧地把她搂在自己的怀里。

过了一会儿,莫妮卡渐渐冷静下来。大卫放开她,看着她擦去了脸上的泪水。等到阿亚返回他们身边的时候，她已经恢复了常态。刚刚从基督教朝圣人群中挤回来的阿亚，已经累得上气不接下气。

“317 号线从那里分出来了。”他说着用手指了指前方不远处的一幢建筑物，“然后，顺着一个楼梯往下，进入了‘哈斯蒙尼亚隧道’。”

大卫觉得这个名称很熟悉，他肯定在什么地方读到过有关的报道。他问：“这就是那条沿着圣殿山挖掘的隧道吗？就在哭墙的旁边？”

“正是。是考古学家们发掘出来的。这条隧道一直通到哭墙以下 3 米的石头墙基处。现在对旅游者开放，但是那些‘戴编织便帽的人’喜欢到隧道里去做祈祷。”

“‘戴编织便帽的人’是些什么人？”

“犹太复国主义者，也就是定居者。他们都戴着编织的圆顶小帽，所以人们都叫他们‘戴编织便帽的人’。”

“等等，”大卫说道，“我原来一直以为信教的犹太人都戴黑帽子。”

“不对，戴黑帽子的属于另一个派别，叫做‘哈瑞第’，即犹太教正宗教派。‘戴编织便帽的人’虽然也信教，但是绝大多数都是右翼人士，对巴勒斯坦人很仇视。他们对哭墙着迷，因为原来的犹太圣殿现在仅剩下这一段哭墙了。在老城的犹太区，你能在地面上看到哭墙，但是‘戴编织便帽的人’喜欢在隧道内祈祷，因为那里更接近……”

“喔，等一等。”莫妮卡打断了阿亚的话，“光纤线为什么要进入隧道之中呢？里面有计算机吗？”

“我不知道。不过，有一个办法可以找到答案，对吗？来吧。”

大卫和莫妮卡再次跟着阿亚穿过朝圣的人群，最后来到了哈斯蒙尼亚隧道的入口。一个头戴圆顶小帽的大胡子胖男人站在门口，左手拿着一本黑色的祈祷书，右手握着一把“乌齐”冲锋枪。大卫上次来耶路撒冷的时候就发现，许多以色列公民都随身携带着这种冲锋枪，以保护自己免受随时可能遇到的恐怖威胁。但是尽管如此，此情此景仍然让他感到紧张。阿亚走到胖男人面前，用希伯来语说了些什么，胖男人的回答却明显地带有轻蔑和威胁的口气。阿亚举起双手又说了些什么，显然是在据理力争，但是胖男人却开始大声吼叫，同时还挥舞着手中的“乌齐”冲锋枪。接着，阿亚伸出一根手指指着他，压低声音又说了些什么，大卫已经听不到他说话的声音，不过无论他说的是什么，胖男人终于让步了，极不情愿地退到一旁，让他们走进了入口。

他们来到了一间昏暗的地下室里，四周是灰色的石墙，空气中弥漫着潮湿而久远的气息。地下室的另一端有一个楼梯，通向一段石壁粗糙的岩井。他们沿着楼梯往下走，阿亚仍旧举着手电筒照着头顶石壁上那根黑色的电缆。他回头看看大卫说："你现在明白我说的'戴编织便帽的人'是什么意思了吧？他们对任何事情都会大喊大叫。门口那个蠢货要我们付钱，否则就不让我们进来。"他摇了摇头："他们总是那样疯狂而且愤世嫉俗，但是，这并不是他们最大的问题。"

"那么，他们最大的问题是什么？"

"是他们对巴勒斯坦人采取的顽固不化的敌视态度。他们有意在穆斯林居住区购买房屋，然后把它们改建成犹太学校，以此来激怒巴勒斯坦人。另外，他们还经常拿着'乌齐'冲锋枪、高唱着祈祷文从穆斯林的清真寺旁走过。"

大卫点点头回答说："明白了，这样做肯定会招来麻烦。"

"戈德堡先生，我感到有些惊讶，"走在大卫身后的莫妮卡道。她的鞋踏在金属楼梯上当当作响。"你为以色列情报部门工作，但是好像你对另一个阵营的人却很同情。"

"我对巴勒斯坦人并不抱任何幻想，"阿亚回答说，"他们中的恐怖分子比'戴编织便帽的人'更糟。那些人用火箭袭击我们的学校，用自杀性炸弹袭击者炸毁我们的公交汽车。"他停下脚步站在楼梯上，好像沉浸在对恐怖灾难的思考之中。过了一会儿，他伸手抓住楼梯的扶手，继续向下走去。"但是不知是什么原因，我总觉得疯狂的犹太人更让我生气。"

当他们下完楼梯以后，却发现自己来到了另一间昏暗的房间里。在阿亚手电筒的光线下，可见头上拱形的屋顶，那根黑色的电缆同头顶上电灯的电线并排而行。"那条线往那边去了。"阿亚说着向一面墙上的一个垂直的裂口走去，"这段路很狭窄，我们只能单列行进，好吗？这里原来是一条把水引入犹太圣庙的水渠。"

这个水渠现在已经经过了改造，为方便游客还在石壁上安装了扶手，但是跟着阿亚进入水渠后，大卫的心中仍然感到紧张。他讨厌隧道，因为两年前逃避联邦调查局的追捕时，他差一点在一个隧道里送了命，从那以后他就患上了轻微的幽闭恐怖症。好在几分钟后他们面前的通道变宽了，走廊中的灯光也更加明亮，大卫张开嘴深深地舒了一口气。沿着这条通道的左边，就是哭墙的地基，拖车大小的石头排列在一起，好似一块块硕大的墙砖；石头之间的缝隙里并没有灰泥或类似水泥的黏合物，岁月的侵蚀已经使石头的边沿变得十分圆滑。虽然老城风化的岩屑早已慢慢把这些石头掩埋起来,但它们自身的重量却使其在几个世纪的漫长岁月里丝毫没有移位。

“真是让人难以置信。”大卫低声自语道,然后又低下头查看脚下光滑的石头路面,“这里是希律街吧?就是当年希律王在圣殿外修建的步行区?”

“不错,正是那条街。”阿亚回答说。但是,他的注意力并不在大卫的问题上,两只眼睛仍然紧紧地追寻着沿着头顶蜿蜒而行的光纤电缆,莫妮卡也同样全神贯注地盯着那条线路。

继续前行两三分钟后,大卫看见前方有一群人,至少有25个人挤在走廊中。这些人都是留着大胡子的犹太复国主义者,头上戴着编织的圆顶小帽,正面对着在哭墙底部凿出的一个低矮的拱门吟诵祷告词。他们每人都把一本黑色的小书举在鼻子前,一边用希伯来语祈祷一边前后晃动着身体,挂在脖子上的“乌齐”冲锋枪随着身体前后摇摆,好似不停晃动的钟摆。大卫走近人群后才发现,那个拱门已经被灰色的石头封死,这些狂热的信徒面对的竟然只是一堵布满裂纹和水汽的丑陋石墙。他追上阿亚,轻轻拍了拍他的肩膀问道:“为什么把这个拱门封起来了?拱门那边是什么?”

“至圣所,”他回答说,“这里原来是圣殿的核心密室,正是现在圆顶清真寺所在的位置,因为虔诚的犹太教徒都不会走进一座穆斯林的圣殿里去祈祷,所以他们就来到这里,因为这里是最接近原来犹太圣殿的地方。这里无论白天还是晚上,总是有一群犹太教徒在这里祈祷。”

一个大胡子男人听到了他们的声音,立刻停止晃动身体,转过头两眼恶狠狠地盯着他们。他对他们大声呵斥道:“放尊重些!戴上帽子!”

“哼,去你的吧。”阿亚向那个人晃了晃自己的拳头,然后转向大卫道,“你看看这些带着‘乌齐’冲锋枪的家伙,甚至在同上帝讲话的时候也不肯放下他们的武器。”

莫妮卡赞同地点点头。“又是些疯子,”她凑到大卫耳边低语道,“这个城市里到处都是疯子。”

在离这群狂热的犹太教徒大约90米远的地方,通道突然变成了一个宽敞的大厅,左边也有一个被封死的拱门,右边则是一扇钢门。阿亚在大厅中停下了脚步——手电筒的光循着光纤电缆一直照到了那扇钢门门框上的一个黑洞上,光缆就消失在黑洞中。门上贴着一块标牌,上面用英语、希伯来语和阿拉伯语写着:“紧急出口。”

阿亚用手推开了门,并没有听到警报的声音。“女士优先,对吧?”他说着伸出手向莫妮卡示意。

莫妮卡走进门内，眼睛仍然盯着光缆线。大卫跟着她和阿亚爬上一段楼梯，接着又打开了第二道门，这时他们已经走出隧道，来到了一条由鹅卵石铺成路面的小巷里。这里同狮门旁的那条小巷十分相似，道路狭窄，两旁同样挤满了一个接一个的纪念品商店，而不同的是这里的商店都已经关门，整个小巷笼罩在黑夜中而且空无一人。阿亚举起手电筒，找到那条光缆——它延伸到了不远处的一幢建筑上，在建筑的那扇巨大的正门上方也钻出了一个洞，光缆再次消失在洞中。阿亚的手电筒照到了门上的标牌，上面写的是："'和平之家'犹太学校。"

"哈，真是难以置信！"他叹道，"这就是我对你们说过的那种学校，也就是疯狂的犹太人抢夺穆斯林地盘的杰作。"

大卫站在黑暗中，歪着脑袋打量着这幢建筑。房门经过钢板加固，所有的窗户都装有钢筋，整个房子看起来就像一座监狱。"你能肯定这里就是光缆的终点吗？"

"肯定。这里就是整个光缆的终点站，光缆上的标志就是证明。"阿亚用手电筒照着光缆上的两个白色的斑点说道。接着，他把电筒照到门上的标牌上，说："看看这个名字，他们居然把这个地方称做'和平之家'，你们相信吗？"

大卫同莫妮卡彼此交换了一下眼色，他已经感觉到这个犹太人说起话来口无遮拦，同他一起进入这个学校将是一个愚蠢的错误。于是，他走到阿亚跟前，伸出手说："谢谢你的帮助，戈德堡先生，从这里往后就交给我们吧。"

"好啊，你们继续查。实话告诉你们吧，我可不想走进这种地方。"他握了握大卫的手，接着又握了握莫妮卡的手，然后转身沿着小巷走去，前方正好是一个十字路口。"祝你们好运，联邦男特工和女特工！希望你们找到自己要找的东西。"

莫妮卡一直看着阿亚的背影，直到他那只手电筒的光线消失在夜幕中。然后，她转过身面对大卫问道："那么，你想怎么干？我们是不是应该给露西尔打个电话？"

大卫想了想，露西尔肯定希望他们在进入"和平之家"之前先同她取得联系。毕竟她才是这方面的专家，而且很有可能她会坚持由她自己亲自同里面人谈。但是，大卫又觉得那样做未必是最佳的选择，如果他的怀疑没有错，欧拉姆·本·扎曼一直心怀恐惧，面对两个教授很可能比面对一个联邦调查局特工更让他感到自在。

"我们还是见机行事吧，"大卫回答说，"如果我们找到了欧拉姆，就设法劝说他跟我们走，一起去见一见露西尔。"

莫妮卡点点头表示同意。她刚张开嘴想说什么,却突然把头转向左边,两眼紧盯着小巷深处。接着。她低声道:"该死! 那不是……?"

大卫赶紧向后转过身体,朝她眼光的方向看去。然而,小巷中除了黑色的鹅卵石和关门闭户的商店的金属百叶窗之外,什么也没有看到。他悄声问:"是什么? 看见什么了?"

"嘘!"她仍然盯着小巷黑黝黝的深处。几秒钟后,她摇了摇脑袋说:"他妈的! 我确实好像看到了某个人。"

"看到了某个人? 你看到谁了?"

"你还记得那个差一点儿把他的十字架砸到我头上的朝圣者吗? 我刚才好像看见他了,就在那儿,就是左边那根柱子的后面。黑色的面孔,黑色的胡楂。"

"你说的什么啊? 你指的是耶稣基督吗?"大卫长长地舒了一口气。如果他的判断没错,那么他只能对她报以微笑了。"你认为耶稣基督一直在跟踪我们吗?"

莫妮卡皱起了眉头。"来吧,"她说着转身面对着"和平之家"犹太学校的大门,"我们去找欧拉姆吧。"

*　　*　　*　　*　　*　　*

尼哥底母很想扣动扳机,那个黑女人就站在小巷中间,完全暴露在他的枪口下,他完全可以轻而易举地干掉她。再说,他也很清楚她和那个男人都手无寸铁,因为当他扛着十字架在耶稣的受难之路上徘徊时,已经近距离地仔细观察过他们俩。他当时就可以不费吹灰之力把他们双双除掉,然后逃进拥挤的人群中消失得无影无踪,但是他所接到的命令非常明确,他的主要目标既不是莫妮卡·雷诺兹也不是大卫·斯威夫特,而是他们俩正在寻找的那个人。尼哥底母跟踪这两个美国人一路穿过老城,希望他们能够把自己带到欧拉姆·本·扎曼的面前。

他躬身躲在离他们30米远的一根水泥柱子后面,密切地观察着斯威夫特和雷诺兹向犹太学校那扇坚实的大门走去。接下来,他们按响了门铃。门开了,两个手握"乌齐"冲锋枪的大胡子男人出现在门口。他们开始用英语交谈起来,尼哥底母离得太远,无法听清他们的话,但是他完全能够猜出他们谈话的内容。大约1分钟后,两个大胡子男人让两个美国人走进了犹太学校。然后,大门"嘭"的一声关上了。

尼哥底母并不是孤身一人来到老城的,小组的其他成员分散在整个穆斯林区和犹太区内,密切地监视着哭墙隧道的每一个出入口。现在,到了把他们召集到一起的时候了，于是他伸手拿出了身上的无线电通话器。等其他人到达之后，尼哥底母就要发起攻击了。不难看出，这所犹太学校中的人已经把整个建筑改建成了一座堡垒，以防备巴勒斯坦恐怖分子的袭击，但是尼哥底母和他的手下不仅训练有素而且装备精良，更为重要的是，上帝站在他们这一边。“赛勒斯兄长”早就说过，主会带领他们走向胜利，尼哥底母是一名“真正的信徒”，他对此深信不疑。

第十章

犹太学校的大门打开后，两个“戴编织便帽的人”出现在大门口。两人都是牛高马大的男子，脖子和手臂上都显露出发达的肌肉。但是，他们都很年轻，不足20岁的年龄，脸上的胡须并不丰满，颈背上的几颗粉刺还清晰可见。两人都穿着牛仔裤和T恤衫，脚蹬运动鞋，如果除去头上的编织小帽和挎在肩上的“乌齐”冲锋枪，这两个人看上去就像普通的学生。大卫为他们感到痛心，他们本应该无忧无虑地躺在特拉维夫的海滩上享受生活，而不是在耶路撒冷的一所犹太学校守卫大门。

莫妮卡对他们露出了迷人的微笑，开口道：“很抱歉，打扰你们了。我们是同美国执法机构联邦调查局的人员一起来的，我们想同这所犹太学校的校长谈一谈。他在吗？”

两个犹太学校的学生彼此交换了一下眼神，不知道应该如何是好。虽然大卫已经注意到绝大多数以色列人都多少懂一点英语，但是也有可能这两个人正好不懂。不过，就算他们听得懂莫妮卡所说的每一个字，面对面地看到一个女人出现在自己面前恐怕也足以让他们感到紧张。他们应该同绝大多数犹太学校的孩子们一样，在日常生活中除了自己的母亲和姐妹，很少同其他女人打交道。个子高一点的小伙子的圆顶小帽上绣着一颗大卫之星，他斜着眼睛看了莫妮卡一眼，然后转向大卫问道：“对不起，你们是什么人？”

“我们是美国政府方面的人，”大卫回答说，仔细而缓慢地说出了每一个单词，“我们希望进去同你们谈谈，问几个问题。”

他试图装出一种颇有权威的口吻，但是内心里却难免有些心虚，因为他既拿不出任何徽章也无法出示相关的官方证明文件。这两个犹太学校的学生完全可以立刻关上大门,把他们拒之门外。高个子终于摇了摇头,吞吞吐吐地说道:“教士他……现在很忙。”

“你们的教士?”

“是啊,卡夫纳教士,也就是我们的拉比。他正在研究犹太法典。再说,女人是不允许进入犹太学校的。很抱歉。”说着他把手伸到门上,准备关上大门。

“那么,欧拉姆·本·扎曼呢?”莫妮卡赶紧问道,“他在吗?”

一听到这个名字,那个学生立刻愣住了。他瞪大眼睛看着莫妮卡,就好像突然在她的外衣下瞥见了一根塞满炸药的爆炸带。“你认识欧拉姆?”

“是的,我认识他。看来,你也认识他。我们现在可以进去了吗?”

他从门上放下手,站在原地想了好几秒钟,同时不安地用手挠着他肮脏的下巴。大卫觉得,这个可怜的年轻人已经不知所措了,他大概还不习惯自己作决定。最后,他终于说道:“好吧,进来吧。”他挥挥手,示意他们进去。大卫和莫妮卡迈步走进了学校的大门,那个学生随即把门关好。接着他警告他们说:“见教士之前,你们必须交出身上所有的武器,等你们离开的时候,我们会还给你们的。”

“这是为什么?”大卫问道。

“我们必须时刻保持警惕。教士在穆斯林区有许多敌人,而且目前的形势也非常紧张。”

“你说的是伊朗核危机吗?”

学生点了点头。“我们听到过一些谣传,说巴勒斯坦人正同伊朗密切合作。伊斯兰抵抗运动哈马斯和黎巴嫩真主党准备把一枚伊朗制造的原子弹运进以色列。”

大卫解开外衣让他看看自己并没有携带任何武器。“那好吧,我身上没有任何武器。既没有枪,也没有炸弹。”

“我也没有。”莫妮卡接着说。她也解开了自己的外衣。

他们站立的地方是学校的门厅,这里有两个楼梯,一个向下通往地下室另一个向上通往二楼。大卫回头看了一眼,发现那根光缆从前门上方的洞中进入,然后沿着向下的楼梯通向了地下室。他试探着朝通往地下室的楼梯走了一步,但是大个子学生却立刻抓住了他的手臂,带着他们往向上的楼梯走去。

他们来到二楼,进入一间宽敞的学习大厅。这个房间的窗户都装有铁条,地板在脚下"嘎嘎"作响,大厅中间放着一张长方形的餐桌,桌上堆满了厚实而古老的书籍。十几个年轻男人围坐在餐桌旁,正按照古老的传统方式学习犹太法典——一面快速地翻阅布满灰尘的典籍,一面对法典的某个细节展开讨论。在桌子远处的另一头坐着一个身材矮小的老人,他上身穿着一件皱巴巴的白色衬衣,下身着一条黑色的短裤。老人脸上戴着一副过于宽大的眼镜,头上则戴着一顶足有汤碗大小的圆顶帽子,因而使他的头显得格外小,看上去极不自然。大卫感到很吃惊,因为按照他原来的想象,一个犹太复国主义军事组织的领导人应该是个体格强壮的人,让人望而生畏,而实际上他眼前的这个人看起来就像一个开心的小乞丐。

当大卫和莫妮卡一走进房间,学生们立刻安静下来。莫妮卡的出现更是让他们目瞪口呆,一个个张着大嘴,但是他们显然也作好了准备,一旦拉比许可就一起声讨这个有违教规的女人。然而,这位拉比并没有因为莫妮卡的到来感到吃惊,更没有感到愤怒,他向带领他们来到学习大厅的两个学生微微一笑,用希伯来语说了些什么。大个子学生迅速回答了拉比的问话,大卫从他所讲的希伯来语中听出了两个名词,一个是"联邦调查局",另一个是"欧拉姆·本·扎曼"。

老人脸上的微笑立刻消失了。他站起身,神情忧虑地看着大卫。"怎么回事?"他急切地问道,脸色已经变得煞白,"欧拉姆出什么事了?"

大卫走向前,回答说:"卡夫纳先生,能找一个僻静的地方说话吗?"

"哦!我就知道会这样!"他的脸上立刻流露出痛苦的表情,右手攥成拳头狠狠地敲打了一下自己的前额,"我早知道会有危险,而且我警告过他好多次!"

"卡夫纳先生,"莫妮卡用右手指了指学习大厅尽头的一扇门问道,"那是你的办公室吗?"

"是啊,是啊。"教士放下了拳头,然后慢慢地转过身体向那扇门走去。

大卫和莫妮卡跟着他走进了一间没有窗户却显得很舒适的小房间,里面摆放着一张旧书桌,几面墙的墙角都整齐地堆放着一摞摞的书籍。拉比在书桌后自己的椅子上坐了下来,大卫关上了房门。书桌前放着两把椅子,上面的坐垫已经破损。莫妮卡在其中一把椅子上坐了下来,大卫则站在一旁。"卡夫纳先生,我们非常感谢你的合作。"他开口道,"而且,我们……"

"请你告诉我一件事,"拉比打断了他的话。他蜷缩在椅子上,神情沮丧地说道:"欧拉姆是不是死了?"

大卫摇摇头。“我们还没有任何证据表明他受了伤或者被杀,但是……”

“上帝保佑!”教士高高地举起双手,抬头看着天花板大声吟诵道,“永恒的主啊!”

“但是,我们相信他现在正处在极度的危险之中,因此我们必须尽快找到他。你知道他现在在什么地方吗?”

拉比皱起眉头道:“如果我知道欧拉姆在什么地方,我还会如此为他担心吗,你们说呢?他星期四晚上离开了犹太学校,从那以后我们就再也没有得到他的任何消息。”这时,教士明显已经坐直了身体。“那么,他现在处在什么样的危险之中?还有,为什么你们美国人要来过问此事,而以色列的警察却没有来?”

莫妮卡带着歉意的表情看着他,回答说:“对不起,拉比,我们过一会儿再回答你提出的所有问题,好吗?现在,我们必须首先弄清楚自己身在何处。请问,欧拉姆是这个学校的学生吗?”

“是的,没错。实际上,他还是我最杰出的学生。他比其他学生年长,学业也要精深得多。他就住在楼上的宿舍里,我们从事的所有神圣的工作他也都参加。”

“什么样的神圣工作?”

“啊,就是让耶路撒冷作好一切准备,迎接弥赛亚的到来。”拉比张开双臂,示意他们看看这个狭窄房间的四壁,“为此,我们买下了这幢房子,把它改建成一所祈祷和学习的场所。巴勒斯坦人说我们想把他们赶出老城,那纯粹是一个谎言。实际上,我们所在乎的并不是巴勒斯坦人,而是上帝。”

大卫从莫妮卡的脸上已经清楚地感觉到,她正极力控制自己不要对拉比翻白眼。“我们还是回到欧拉姆的问题上吧,”她说,“你认识他有多久了?”

“我想想看。”教士轻轻地咬住自己的下唇,眼睛瞪着天花板,“对了,我们是4年前认识的。欧拉姆听说我们‘和平之家’犹太学校所从事的神圣工作后,就主动找上门来。我们谈得很愉快,几个星期以后他就开始来这里学习和从事研究工作。”

“你刚才说他比你的其他学生年长?”

“是的,他已经是50多岁的人了。欧拉姆是在经历了一次个人悲剧之后来到我们这里的。你们还记得几年前发生在黎巴嫩的那场战争吗?真主党的屠夫们从黎巴嫩境内向我们发射火箭,于是我们同他们打起来了?”

莫妮卡点了点头:“是啊,我记得。”

“在那场战争中,许多年轻的以色列士兵被打死,其中就包括欧拉姆的儿子。”教士伤心地摇摇头,"但是永恒的主总是有化腐朽为神奇的办法,比如欧拉姆遭遇的这种灾难,往往却能够让人们更加靠近他。欧拉姆就是一个典型的例子,他离开了自己的家,抛弃了他的工作,开始一心一意寻求上帝的指引。"

"他是干什么的?我是说,他过去的工作是什么?"

"他原来是希伯来大学的一个科学家,是计算机方面的专家。他同以色列政府也有着密切的联系,认识陆军和空军中的许多高级军官。我不太喜欢谈论这方面的问题,这些都是他自己告诉我的。"

大卫立刻感到自己的肾上腺素已经开始分泌。看来,他们的思路是正确的。班尼特说过,欧拉姆·本·扎曼在一次给雅各布·斯蒂尔的电话留言中,就曾经声称自己是一个计算机科学家。关于他同以色列政府的联系也言之在理,因为欧拉姆需要政府高官的帮助,以确保他的这条光缆线不要出现在电话公司的记录里。

"也许,你可以为我们提供一些帮助,卡夫纳先生。"大卫说,"我们已经调查过希伯来大学的档案记录,但是该校并没有任何一个人叫欧拉姆·本·扎曼这个名字。这是他出生后取的真实名字吗?"

拉比摇摇头说:"噢,不是!他的真名叫'罗布曼',或者'罗曼'?要么是这两者之一,要么是另一个相似的名字。"

莫妮卡流露出难以置信的表情:"你连他的真实名字都不知道?"

"在我们犹太学校里,没有人称呼他的真名,我们都叫他'欧拉姆·本·扎曼',因为这是他开始研究卡巴拉(注:卡巴拉(Kabbalah)一词来自希伯来语,意思是"接收"或"接受",是犹太教神秘学说中的一个重要观点,也是一种训练课程。卡巴拉理论解释了永恒而神秘的造物主与短暂而有限的宇宙之间的关系,同时提出了理解这些关系的方法)的时候为自己取的一个神圣的名字。"拉比俯身向前,神情专注地盯着莫妮卡的眼睛,"我想,你应该听说过'卡巴拉'吧?我听说,卡巴拉在美国很流行。"

莫妮卡没有作出回答,她的眉毛拧在了一起。她和大卫的脑子里大概正想着同一个问题:根据他们现在获得的线索,他们已经完全能够设法查出欧拉姆·本·扎曼的真实姓名,只需要寻找一位儿子在黎巴嫩战死的希伯来大学计算机科学系的前教授。

卡夫纳把头转向大卫,问道:"那么你呢?你知道卡巴拉是什么吗?许多美国人都自以为他们懂,但是实际上他们所了解的只是些垃圾。他们以为卡巴拉是某种犹太教的礼拜仪式,带有神秘的程序和其他疯狂的内容。"

实际上，大卫对卡巴拉确实略知一二。当年他放弃哥伦比亚大学的物理学课程转而攻读科学史博士学位的时候，曾经对卡巴拉作过研究。他当时的选修课程中就有一门叫做“中世纪科学史”，卡巴拉就是这门课程设计的内容之一。这时，他回答说：“卡巴拉是中世纪犹太哲学的一个分支，卡巴拉学家试图解释宇宙的本质特征，希望了解无限而永恒的上帝怎么创造出了一个有限的凡世。”

拉比瞪大眼睛看了大卫好几秒钟，然后微笑道：“真不错！一个美国人居然多少知道一些卡巴拉的知识！”他伸出一根弯曲的手指指着大卫说：“但是，让我给你一个小小的测验吧。你知道什么是‘无量’？还有什么是‘萨菲罗斯’？”

大卫努力在记忆中搜寻答案。中世纪科学是他非常喜欢的课程之一，因此这个科目的内容也一直记得比较深刻。“‘无量’是希伯来语，意思是‘空无边际’，它指的是无限而不可知的上帝。‘萨菲罗斯’是指上帝的各种化身，正是上帝不同的化身创造出了我们这个已知的世界。我认为，这种观点是说，上帝为了在物理世界中显现其存在，不得不把自己分裂成各种不同的面貌。”

“已经相去不远了，不过并不完全正确。‘萨菲罗斯’并不是上帝的‘化身’，而是上帝的‘计数’，也就是数数，明白吗？”教士伸出他的两只手，展开十指，“一共10个计数，在‘生命之树’（注：“生命之树”（the Tree of Life）亦称“卡巴拉生命树”。“生命之树”是卡巴拉思想的核心，是神创造宇宙的蓝图，也叫“神体的构造图”。在“生命之树”上分布着10个原质，分别为王冠、智慧、理解、仁慈、严格、美丽、胜利、光辉、基础和王国）上，它们用10个圆来表示，代表着10个原质。在‘生命之树’图形上有三根支柱，22条连接10个圆的路径，而这22条路径又对应着希伯来文中的22个字母，明白吗？”

大卫哪里听得明白，他根本不可能成为教士的得意门生。他张开嘴，正要把话题拉回到欧拉姆·本·扎曼的问题上来，莫妮卡却抢先发话了：“拉比，我们还是回到你刚才说过的事情上来，好吗？你说，你曾经警告过欧拉姆会有危险，你指的是什么呢？”

教士叹了一口气，表情立刻变得凝重了。“危险来自欧拉姆对卡巴拉的研究。你们知道，某些卡巴拉的教义很容易被误解的，因此许多拉比都不会随便向40岁以下的人传授卡巴拉。欧拉姆已经过了这个年龄限制，人又极为聪明，所以我才接受了他作我的学生。但是，他实在是聪明过头了。他阅读了能够找到的所有有关卡巴拉的书籍之后,得出了自己独特的观点,正是这些观点给他带来了危险。”

“那是些什么样的观点呢?”

“唉,很难解释清楚。”拉比又摇了摇头,“欧拉姆的观点既不是来自于传统的卡巴拉典籍也不是来自于其他人的有关著述,而是来自于科学,也就是来自于他从事的计算机研究。他试图把自己的科学理论同卡巴拉的原理结合在一起。我对计算机一窍不通,所以他对我谈起他的观点时,我就像听天书一样。我如实告诉了他我的感受,并且表示他的想法完全是疯子的念头。这样一来,他只能寻求别人的支持,而那个人也是一个科学家,是他结识不久的新朋友。”

“是一个希伯来大学的人吗?”

“不是,是个美国人,马里兰一所大学的什么人。”

大卫再一次感到了肾上腺素的刺激。拉比说的这个人无疑就是雅各布·斯蒂尔。“卡夫纳先生,你能否回想一下,欧拉姆是如何讲述他的观点的?你只需要告诉我们他使用了哪些词汇,无论它们对你说来如何毫无意义。”

拉比再一次抬起头望着天花板,几秒钟后他又闭上了眼睛,但是他的头却仍然保持着同样的姿势——略微向后倾斜着。“他多次提到‘meyda’一词,这个词在英语中就是‘信息’的意思。他一次又一次地对我说:‘宇宙就是信息。’我问他:‘你这话到底是什么意思?’他就开始大谈什么粒子和自然力,都是些科学上的胡言乱语,同卡巴拉毫不相干。于是,我告诉他说:‘欧拉姆,你错了,宇宙就是上帝。’而他却回答说:‘那么,信息就是上帝,因为宇宙中的一切都是由信息构成的。’”说到此,教士睁开了眼睛,“现在请告诉我,我错了吗?我应该如何理解他说的一切?”

莫妮卡站起身来,走到拉比的书桌旁,俯身向前,紧紧地注视着他的眼睛,脑子里正在拼命思考他刚才说过的那些话。她问他:“还有其他话吗?你是否还记得他说过的其他话?”

“对了,我又想起了另外一件事情。欧拉姆对‘萨菲罗斯’的看法也很怪异,也就是上帝的计数。我刚才说过,一共有10个计数,分别处在‘生命之树’的不同位置上。而欧拉姆说,‘萨菲罗斯’实际上就是计算机的程序,就像存储在光盘上的那些程序,把它们装入计算机中,就能够做出你想要做的事情。我告诉他说:‘你简直是在发疯,你怎么能够把上帝的计数放到一个计算机光盘之中去?但是他还是坚持认为他说的是事实,还说你只需要几个计算机程序就可以创造出包含着恒星、行星和许多银河系的整个宇宙。”

大卫现在已经感到胃里开始难受了。他又想起了雅各布·斯蒂尔创造的量子计算机,几个粒子串就能够储存难以置信的大量信息。接着,他想起了雅各布警告他发生了时空破裂的现象,宇宙的结构裂开了。而现在又听到了关于上帝的奇怪解释,还有计算机科学和什么“计数”。它们彼此之间存在着某种联系吗? 宇宙真的就是信息?

他深深地吸了一口气,对拉比说道:“对不起,卡夫纳先生,我还是一窍不通。这些观点怎么会给欧拉姆带来危险呢?”

教士并没有立刻回答他的问题,他低下头注视着地板。然后说:“欧拉姆想证明自己的观点是正确的。他告诉我,他可以做一个试验,以检验他对计数的观点是否正确。开始时,我还以为他只是随口说说而已,但是后来他把马里兰那位科学家所做的试验计划和各种图表拿来给我看。”拉比再一次摇了摇头:“我告诉欧拉姆,我不喜欢这个做法,这个项目让我感到不安。这就像《创世纪》第 11 章中的巴别塔(注:巴别塔(the Tower of Babel)即通天塔,《圣经》故事)的故事。欧拉姆想做只有上帝才能做的事情,是对永恒上帝的亵渎。这种事情只会带来灾难。”

大卫胃里的不适越发加重了。他问拉比:“但是,欧拉姆却一意孤行? 还是进行了那个试验?”

拉比抬起头,两眼流露出呆滞的目光。他回答说:“我们毕竟是朋友,我不能禁止他。”

“而那个试验就是在这里的地下室里进行的,对吗? 就是利用他安装在这里的那条光缆进行的?”

他点了点头:“欧拉姆还说,我们这里是一个什么‘神杖阵列’的一部分。”

* * * * * *

尼哥底母走到犹太学校的门前,按响了门旁的蜂鸣器。他身上仍然穿着那一件棕色的长袍,所以看起来很像一个朝圣者,但是在长袍下却藏着他的野战刀和一把 9 毫米口径的“黑克勒—科赫”手枪。他的副手巴舍尔站在他身旁,也穿着朝圣者的长袍,长袍下藏着武器。巴舍尔的身材十分矮小,还不到 1.6 米,但他却是尼哥底母手下最凶狠的士兵。两个人都来自贝鲁特,是黎巴嫩长年内战时期的老兵,并且都对以色列怀有刻骨的仇恨。

大约30秒钟后门开了,尼哥底母又看到了刚才为两个美国人开门那两个犹太学校的学生。他们仍然带着"乌齐"冲锋枪,但是既没有把枪端在手里更没有把手指放在扳机上,而是随意地让枪挂在肩上。尼哥底母心想,这证明这些人要么缺乏训练要么生性愚蠢,如果不随时作好射击的准备,那么枪就是无用的摆设。个子稍高的那个人走上前来,已经把自己置于易受攻击的距离之内。"什么事?"他问,"你们是干什么的?"

这时,巴舍尔手里拿着一个布施碗向另一个学生靠近,这个学生戴着的圆顶小帽上画着一头吼叫的狮子,笔法显然十分幼稚。"捐点儿钱吧,为了穷人。"

那个学生摇了摇头,回答说:"不行,我们不能……"

这个犹太人还没有来得及说完一句话,巴舍尔就闪电般地拔出刀割断了他的喉咙。与此同时,尼哥底母也已经拔刀在手并迅速将其刺入了高个子的咽喉。他用力很猛,以至于锋利的刀尖完全穿透了这个学生的脖子。同时,他伸出另一只手抓住他的肩膀,使劲一扭便切断了他的颈动脉。然后,他拔出野战刀,侧身站到了一旁。学生的尸体向前扑倒,鲜血喷溅到石头路面上。

尼哥底母心里很满意:一切进展顺利,他们已经成功地进入了犹太学校,并且没有引起其他人的警惕。他脱下长袍扔在地上,露出一身黑色的短裤和衬衫,扭过头对着小巷深处吹了一声口哨。黑暗中立刻出现了6个身着黑衣的男人,他们迅速地跑到了犹太学校的门口。

第十一章

犹太学校的这所房子已经有几百年的历史，经过几代住户的不断改建，它的内部结构已经彻底改变，房子内部增加了许多额外搭建的房间和增设的楼梯。在卡夫纳教士的办公室里有一扇看似壁橱的门，其实门后是一个旋转楼梯，一直通往地下室。拉比带着大卫和莫妮卡走下锈迹斑斑的铁楼梯时，向他们介绍了这幢建筑的历史：房子原属于一个约旦走私犯，为了把私酒偷偷运进耶路撒冷，他在老城街道的下面挖了一些地道。地下室里一片漆黑，拉比熟练地打开了电灯的开关，一间宽大的房间出现在大卫眼前，房间四周的墙壁都是用煤渣砖砌成的。在房间的另一头有一张钢制的方桌，约有 3 米宽，上面摆满了实验室设备——控制面板、示波器、光谱分析仪和激光发射器，彼此之间用黑色的电缆线连接在一起。

“该死！”大卫低声道，“这里的仪器价值超过了 100 万美元。”

教士点点头道：“实际上值 200 万。这些钱都是欧拉姆从马里兰的那个朋友那里得到的。”

大卫明白了，这正是美国国防部高级研究计划局的钱，雅各布·斯蒂尔非法将这些政府资金挪用到了这里。美国的纳税人哪里知道，他们交的税钱被用在了耶路撒冷的这个实验上。

莫妮卡大步走到桌前，俯身靠在桌沿上仔细地查看实验设备的情况。很快，她脸上露出了兴奋的微笑。当她看到桌上有激光发射器时，惊讶地张开了嘴。这些激光发射器都装在长方形的钢制盒子里，每个长约 0.6 米、宽约 15 厘米，激光发射口都安装着一块圆形玻璃。她转过身问拉比：“欧拉姆什么时候建立起这个实验室的？看上去这些设备都还很新。”

“我想想看，去年7月吧？或者是6月？反正快有一年了。有一两个月他把所有时间都花在了这里，我们几乎见不到他的面。而且，即使在实验室建成之后，他每天至少也要下来三四次。你们也知道，这些机器一直在不停地运转，他必须经常下来检查一番，确保它们正常工作。”

“但是，这些设备现在并没有运转。”她指着桌子说道。所有仪器上的指示灯都没有点亮。

“现在是没有，因为欧拉姆离开之前已经把它们都关闭了。上星期四晚上他还像往常那样下来检查过，但是这一次他在这个地下室里待了几乎整整一个小时。然后，他突然冲进我的办公室对我说，他有一件非常紧急的事情要处理，说是要去拜访他在军队中的一些老朋友。他没有说他要去哪儿，但是他保证第二天就会回到犹太学校里来。”拉比皱起了眉头，“但是，第二天他根本没有回来。第三天、第四天仍然没有见到他的踪影。我报了警，但是警察说我必须再等一天才能报告他失踪了。”

大卫走到桌子跟前，站在莫妮卡身边。她正在查看一面安放在其中一台激光发射器前的金属架上的小镜子，这面镜子以45度角放在激光发射器的前面，如果打开这台激光发射器，这面镜子就会把激光束反射到桌子另一头的另一面小镜子上。大卫在别处看到过相同的桌面实验装置——物理学家们用多个镜子将激光束传送到特定的目标上。现在，这张桌子上的激光发射器虽然都没有打开，但是那些镜子仍然留在原来的位置上，因此他们可以根据各面镜子构成的激光束前进的方向，找出它的目的所在。这正是莫妮卡现在在做的事情：她的眼光从一面镜子跳到另一面镜子，沿着那条看不见的路线找到了终点。接着，她微笑起来，迈步绕过桌子的一个角走到了它的另一边。

“在那儿！”说着，她用手指了指由两个钢夹子固定起来的一个玻璃试管，大约有2.3寸长，“那就是真空室。”

“什么？”大卫问，“就是那个小小的试管吗？”

她点了点头。“这就像露西尔在雅各布·斯蒂尔的办公室里找到的那个真空室。首先，你把试管中的空气泵出，然后把粒子注入其中，利用电磁场把这些带电的粒子排列起来。做完这一切以后，你就可以把激光束打到这些粒子上。”

大卫伸长了脖子，凑到试管前仔细查看，发现它被垂直地固定在两个夹子之间。试管内有两个针头状的电极，分别固定在试管的两头，尖端彼此相对，从上下两个方向指向试管的正中央。“但是,看起来这个真空室同露西尔发现的那个有所不同,”他说,“这一个只有两个电极,而那一个却有平行的两排电极,两排电极之间是注入粒子的空间。”

莫妮卡又点了点头。“我并没有说它们是完全一样的东西。这个真空室是一个单粒子陷阱。”她指着电极的尖端解释说,“当这两个电极都带正电荷的时候,它们形成的排斥作用就会把一个正离子固定在它们之间。但是,这个粒子陷阱每次只能困住一个粒子。”

大卫还是有些糊涂:“我还以为一台量子计算机需要多个粒子。不是说,这种计算机是靠粒子之间的彼此作用来进行计算的吗?如果这个真空室只能困住一个粒子,它怎么能够进行计算呢?”

莫妮卡第三次点了点头:“你说得不错。这本来就不是一台量子计算机,而是别的东西。但是,我还没有看出来它到底是什么。再给我一分钟,好吗?”

当莫妮卡继续研究那套装置的时候,大卫从桌子边走到了一旁。他们发现的这一切令他兴奋不已,但是同时他心里也很焦急。他转向卡夫纳教士问道:“你能肯定这是一台计算机吗?欧拉姆说的就是这个东西?”

拉比无奈地举起双手,回答说:“我怎么知道这是什么东西?我告诉过你,欧拉姆说的那些不着边际的事情我根本就听不懂。”

“请你再想一想,他是不是说过这是一台计算机?”

“没有,他只说过这是‘神杖阵列’。但是,有的时候他又把它叫做粒子钟,但是我还是不懂那是个什么东西。”

大卫惊讶地瞪大眼睛看着老人,而老人仍然高举着双手,活像一个举手投降的战俘。“他说这是粒子钟?”

“是啊,还不是胡言乱语!这玩意儿看起来像个钟吗?”

大卫立刻走回桌子边,站在莫妮卡的身旁,两眼紧紧地盯着玻璃试管内的两个电极。他当然很清楚,他用肉眼是看不见一个小小的粒子的,但是他却完全能够在脑海中勾画出一个粒子被困在两个电极之间的情景,一个带电原子在激光束的照射下熠熠生辉。

这时,莫妮卡用手指着真空室对他悄声道:“确实是一个钟。如果把激光发射器调到一个合适的频率,粒子就会开始摆动,并且以每秒钟数百亿次的速度吸收和释放能量。因为粒子会表现得像一个钟摆，在两个能极之间来回晃动，所以我们也就可以用它来计时。”她的眼睛仍然没有离开桌上的试管，却伸出手一把抓住了大卫外套的肩膀处并把它拧成了一团。“我在《物理评论》上读到过一个类似的实验：科罗拉多的一群研究人员用一个汞离子制造了一个原子钟，这个钟比普通的原子钟要精确得多，即使它持续工作10亿年，误差也不会大于一秒钟。”

大卫一边听着莫妮卡的解释一边抬起头，他看见一根黑色的电缆从头顶天花板上一个精心钻出的洞口垂下来，连接到桌上的仪器上。这就是他们从老城一直追踪到此的那根光纤线，他现在终于明白欧拉姆安装这条光缆的目的了。“欧拉姆的钟同雅各布在马里兰的实验室是连接在一起的，”他说，“那里很可能也有一个类似的钟。我们之所以没有看到雅各布的那个钟，是因为它在爆炸中被毁掉了。”

“这就是他们所说的‘神杖阵列’！是一个用汞离子做成的原子钟阵列。‘汞’和‘墨丘利’是同一个词，而‘神杖’正是墨丘利神的象征！”莫妮卡把大卫的衣服抓得更紧了，“欧拉姆和雅各布一直在对时间进行精确的测定，通过这条光缆线互通信息，比较彼此测定的结果。”

“但是，他们何必要如此大费周折呢？他们到底在研究什么？”

“你还看不出来吗？一个由非常精确的原子钟组成的阵列可以监测到时间推移过程中出现的十分微小的变化。如果安放在一个地方的钟比安放在另一个地方的同样的钟快了一丁点儿，那么你就可以得出这样一个结论：这个差异并不是机械问题或者相对效应造成的，这很可能就是时空发生了微小变化的证据。把所有差异全部记录下来，就可以形成一幅时空变化图，从中找出其变化的模式，从而得到揭示宇宙本质的线索。”她紧紧盯着大卫的眼睛，希望他能够明白她的话，“这就是雅各布和欧拉姆正在研究的东西，即寻找到时空微小却具有重大意义的变化。他们在地球两端分别安放了同样的两个原子钟，这样就可以更有效地发现那些细微的变化。然而，就在上个星期四他们却突然监测到时空发生了一次巨大的变化，这个结果让他们感到惊恐不已。他们监测到时间突然之间中断了，而中断发生的时间又恰恰是伊朗核试验的同一时间。”

大卫绝望地摇了摇头，如坠五里雾中：“这讲不通啊。一枚原子弹怎么可能改变时间的流动呢？”

“一枚核弹并不足以造成时空的破裂，肯定是这个核弹头的爆炸引发了这样一个截然不同的现象。这次核爆炸就像一把大锤砸下来,却把时空砸裂了,引起一连串的震荡。天知道如果这把大锤再一次砸下来,会发生什么可怕的事情?说不定……”

就在这个时候,旋转楼梯上传来一阵急促的脚步声,打断了她的话。她和大卫同时扭头看去,接着从楼梯井中接连传来两声沉闷的枪声。枪声后脚步声戛然而止,但是紧接着一个沉重的物体从楼梯上滚落下来。那是这所犹太学校一个学生的尸体,它重重地摔落在地下室的地面上。学生身上的牛仔裤和T恤衫已经浸透了鲜血。接着,大卫听到楼梯上传来了更多的脚步声,来人脚步极快,踏在楼梯上“咚咚”作响。

* * * * * *

尼哥底母和他的手下纷纷拿出消音器装到手枪上,然后冲进了犹太学校二楼的学习大厅,随即开始向坐在桌前的12个大胡子犹太学生猛烈射击。尼哥底母杀死了两人,巴舍尔杀死了三人。短短几秒钟的时间,已经有11个学生被射杀,大多数人死后仍然坐在自己的椅子上。但是,一个坐在桌子尽头脸色苍白而身体瘦削的学生慌乱中被绊住了脚,仰面向后倒在了地上,然后他又成功地爬进了房间另一头的一扇门里。于是,尼哥底母和巴舍尔立刻追了上去,两人同时咒骂了一句。他们必须立即阻止这个犹太人,否则他的叫喊声会给两个美国人报警。他们跟着他跑进了一间堆满书籍的狭小的办公室,但是就在尼哥底母刚要举枪的时候,学生大叫了一声:“卡夫纳教士!”紧接着便消失在办公室里的一个隐秘的楼梯上。

“混蛋!”尼哥底母怒不可遏地大叫一声冲了过去,发现脚下是一个旋转楼梯。楼梯井里很黑,但是当他弯下腰靠在楼梯扶手上向下看去的时候,还是看到了那个逃跑的犹太人,他正围绕着楼梯的中柱一圈一圈地往下跑。尼哥底母举起9毫米口径的手枪,瞄准了他即将到达的下一个旋转处,等待着这个“混蛋”自己跑进他的枪口下,然后迅速地开了两枪。犹太人立刻倒了下来,翻滚着跌下剩下的楼梯。尼哥底母立刻沿楼梯追下去,巴舍尔紧随其后。

他们俩紧贴着楼梯中柱往下走,这样楼梯下的人就很难对他们实施有效的射击。虽然两个美国人刚才还是赤手空拳,但是在这个时候这里的犹太人很可能已经把一把手枪或冲锋枪递到了他们手上。下到离地面还有大约4米的地方后,尼哥底母在楼梯上蹲下身体,向地下室里望去。一个大胡子犹太老头儿正拼命跑过地下室,而两个美国人却蹲在刚刚滚落的学生尸体旁。尼哥底母明白了,那个犹太老头儿肯定就是这所犹太学校的拉比,就是刚才那个学生想向他发出警报的“卡夫纳教士”。那两个美国人之所以找到了这个拉比，说明他同欧拉姆·本·扎曼一定有关系。现在，尼哥底母的任务就是抓住这个犹太人，然后从他的口中拷问出欧拉姆的下落。不过，他已经不需要这两个美国人继续活下去了，他们俩已经完成了他们的任务。

尼哥底母向楼梯边沿稍稍探出头，举起手中的“黑克勒—科赫”手枪，瞄准了那个黑女人的前额。他在心里暗自对自己说：这女人挺漂亮，杀死她真是一种罪过。不过，他还是狠下心扣动了扳机。

* * * * * *

就在这同一时刻，莫妮卡突然大喊一声：“卧倒！”并一掌将大卫推倒在地。她肯定是在最后的那一刹那间看到了楼梯上晃动的人影，并且在这千钧一发的关头本能地作出了反应。大卫随即听到一声沉闷的枪声，接着莫妮卡倒在了他的身上，身体不停地颤抖。她发出了一声痛苦的呻吟，而大卫立刻感到一股热血喷洒到了他的脸上。与此同时，他发现拉比正向房间的另一头跑去，其速度之快对他这个年纪的老人是难以想象的。拉比冲到墙边关上了电灯，整个地下室立刻陷入一片黑暗之中，大卫什么也看不见了。

黑暗中，又有几颗子弹从他们身边呼啸而过，打在水泥地面上又弹起，击中了实验桌上的仪器。楼梯上至少有两个枪手，虽然他们现在只能盲目地射击，但是如果他不能立刻隐蔽起来，很快还是会被他们击中。莫妮卡一动不动地躺在他身上，但是他还是努力从她身体下爬了出来，抓着她一起躲到了楼梯的下面。他弯着腰把她挡在自己的身体下，然后把手伸到她的脖子上检查脉搏，但是由于他手上已经沾满了她的鲜血，根本感觉不到她的脉搏是否还在跳动。他感到胸膛紧迫、眼睛刺痛，禁不住哀号道：“不，上帝啊，不！”就在这个时候，什么东西突然打到了他的嘴上，同时听到莫妮卡喘着粗气低声道：“闭嘴！”原来是她一巴掌捂住了他的嘴巴。大卫虽然觉得很疼，但是心里却毫不在意，莫妮卡还活着，他悬着的一颗心总算落了下来。

头顶上响起又一轮猛烈的射击声，子弹从地面弹起来，从大卫头上方几寸处飞过，纷纷射到了实验桌上。然后，枪声停了下来，大卫听到了更加恐怖的声音——枪手开始下楼的脚步声，走下旋转楼梯的最后一圈，他们就会到达地下室。大卫心里很清楚，现在躲到实验桌的下面去已经毫无意义，枪手一旦踏上地下室的地面就会找到开关打开电灯。无奈之下，他甩下莫妮卡爬到桌子旁，伸手在实验仪器中间四处摸索，很快便摸到了放在一台激光发射器前面的镜子。镜子的支架还算沉重，他觉得也许可以用它向枪手砸过去。就在他犹豫不决的时候,他听到了离他只有几尺远的地方传来了轻微的脚步声。于是,他抓住支架把镜子高高地举过头顶,准备使劲向靠近他的这个人砸下去。然而,他还没有往下砸就感觉到了卡夫纳教士的胡子触到了他的脸上,接着老人一头撞进了他的怀里,两个人一起倒在了桌子底下。枪手听到声音再次开枪,子弹纷纷打中了桌上的激光发射器和示波器。

“这边走!”教士在黑暗中悄声道,“进地道!”

“什么地道? 你想……”

“我告诉过你,走私犯的地道! 这边走!”

老人手脚并用向前爬去,大卫摸索着返回去寻找莫妮卡,而她已经拖着受伤的身体向教士的方向摸了过去。这时,大卫身后的脚步声已经有了变化——两个枪手已经走下楼梯,踏上了地下室的水泥地面,正向他的方向迅速走来。大卫立刻转过身,挥手把手中的镜子向他们的方向扔了过去。镜子并没有击中任何一个目标,但是却砸在了两个枪手身后的墙上,发出了响亮的声音。两个枪手同时向后转过身体,对着发出响声的地方猛烈射击。一些子弹击中了楼梯,发出一阵火花,大卫在火花中看到了教士。他已经爬到了地下室对面的墙角处,打开了一口窨井上的格栅。

火花很快熄灭了,地下室再次变得漆黑一片,但是大卫已经记住了窨井的方向。他立刻对着那个角落跌跌撞撞地冲了过去。这时,卡夫纳教士正站在窨井边上,而莫妮卡的两条腿已经伸进了窨井,大卫径直撞到了莫妮卡的身上,她抓着井口边沿的手一松,整个身体不由自主地掉进了窨井里,“咚”的一声摔到了井底,并发出了一声痛苦的呻吟。大卫紧随其后跳了进去,坠落大约1.8米后跌到了一摊污泥里,空气中弥漫着浓烈的下水道污物的臭气。他摸索着爬起来,举起双手去接拉比,而拉比的两条腿正在窨井口晃动不停。“快下来!”他大叫道,“我会接住……”

突然,地下室的灯被打开了,大卫清楚地看见了头上方教士极度恐惧的脸。他伸手抓住了教士的臀部,帮助他开始往下滑。但是,就在这个时候地下室里突然响起了枪声,一颗子弹击中了拉比的后脑,子弹贯穿了他的整个头部,从脸上的左眉毛上钻出。

血从老人的前额喷涌而出,他张着嘴、身体在井口边沿悬挂了一会儿,然后跌落下来,砸到了大卫的身上。

教士的躯体虽然并不沉重,但是大卫仍然站立不住,仰面倒在了地上,尸体随之从他身上滚到一旁。他绝望地抬起头望着窨井口,等待着即将倾泻下来的子弹。

这时,他感觉到莫妮卡一把抓住了他的手臂,紧紧握住他的手腕把他拽进了窨井石壁上的一个凹陷处。他发现这个凹陷处其实是一个椭圆形的洞口,大小刚刚可以把一只酒桶从中间滚过去,洞口另一边是一条地道,大约1米宽、1.5米高。

在昏暗的光线下,大卫突然看见莫妮卡向他弯下腰来,她的右手无力地耷拉在身旁,右手的袖口正往下滴着血,但是她的左手仍然十分有力。她一把把他从地上拉起来,低声道:"跟我来。"然后,放开了他的手腕,弯下腰向地道深处跑去。

大卫紧紧跟着她逃进了黑暗之中。

* * * * * *

尼哥底母跑到窨井口往下看去,只看见那个犹太老头儿仰面朝天躺在井底。他的左前额已经血肉模糊,但是仍然睁着眼睛、撅着嘴唇,形成一副恐怖的笑容。他的手下打死了这个他要审问的重要知情人,这让他非常恼火。他向教士的头上连开三枪,以发泄心头的怒火。枪声的回音消失之后,他听到从窨井中传出的声音——一种急促的刮擦的声音,就像一群老鼠正从墙壁后跑过。他立刻意识到,两个美国人正沿着一条走私犯留下的古老地道逃跑,在犹太老人的尸体旁确实隐约可见一个地道的入口。

这时,他的7名手下都已经跑下了旋转楼梯,全部聚集在地下室里。巴舍尔站在窨井口,手中的"黑克勒—科赫"手枪指着井底。现在,巴舍尔矮小的个头正好可以派上用场。尼哥底母用手指着地道口转身对他命令道:"你走第一个,下去把他们干掉。"

* * * * * *

这个地道正处在穆斯林区街道的下方,蜿蜒曲折,大约每15米就会向左或向右转向。由于地道里伸手不见五指,根本看不到拐弯的地方,走在前面的莫妮卡多次迎面撞到墙上,不断地发出诅咒。大卫虽然可以依靠她的脚步声导航,但是他仍然免不了双肘磕碰到粗糙的石壁上,并且多次滑倒在脚下恶臭的污水滩里。虽然这个地道最初是约旦走私犯挖掘出来的,但是它现在早已被用做下水道,所以这里才会臭气熏天。而更为糟糕的是,行走百十米之后,地道突然变得十分狭窄。大卫的头不幸撞到了岩壁上突出的一块石头上,震得他耳朵里嗡嗡作响。他开始担心这个地道是否存在一个出口,因为几十年来再也没有走私犯使用过这个地道,说不定地道的出口早已被封死了。

就在他心怀疑虑的时候，地道中突然出现了一道光亮，但是它却来自他们身后。大卫扭头向后看去，发现一道手电筒的光束在身后刚刚走过的拐角处晃动，同时他也听到了身后传来的脚步声，有人正踏过地面的积水快步向他们跑来。他知道，这个人一定是追杀他们的枪手之一，而且这个混蛋移动的速度明显比他们俩要快得多。

大卫弯下腰加快了自己的步伐，同时向莫妮卡喊道："快走！快走！"其实，莫妮卡已经冲到了前面。两人跌跌撞撞、痛苦不堪地往前跑，已经拿出了他们最快的速度，然而追赶人的脚步声却越来越大。很快，身后手电筒的光束已经变得十分明亮，大卫已经可以借着光亮看到前方莫妮卡的背影。她尽量弓着身体，埋头向前奔跑，到达下一个拐弯处后迅速向左边跑去。大卫刚刚跑到这个拐弯处，追赶他们的人已经出现在身后的前一个拐角处，整个地道变得一片光明，让他顿感恐惧。一瞬间，他看到了前方自己长长的身影。他刚刚向左拐过了弯道，一颗子弹就呼啸着打在了刚才他的身影所在石壁上，碎石和尘土像爆炸后的弹片飞向空中。"该死！"大卫忍不住叫道，"该死！真该死！"

下一个拐角就在前方6米处，莫妮卡已经消失在拐角后。但是，当大卫跑过这个拐角后，却并没有看到莫妮卡的身影。从这里开始地道变宽了，空间也变高了，但是他前方却出现了一堵光秃秃的石墙——地道已经成为死路一条！他呆呆地站在那儿，心中的恐惧陡然剧增，而地道中传出的脚步声却有增无减。他屏息聆听，发现紧追而来的枪手并不止一个，石壁上晃动着几个手电筒的光束，他们离他已经越来越近了！

就在这个时候，他突然听到一声撞击木板的声音。他扭头向右边几步外看去，这才发现莫妮卡站在一块房门大小的胶合板前，她刚刚用自己的左肩撞击了一下这块木板。"快过来！"她向他叫道，"出口被一块木板封上了，不过我估计可以撞开它！"

她站到一旁，大卫看准了木板的中心部位尽全力用肩膀撞去。胶合板竟然被撞裂了，大卫感到多少有些意外。于是，他后退一步，再次用整个身体撞向开裂的木板，结果木板断裂成几块飞了出去，他也随之重重地摔进了另一个长长隧道光滑的地面上。

莫妮卡跑上前，伸出左手把他从地上拉了起来。站起来以后，他发现这里的墙壁都是用巨石砌成的，看上去就像一些硕大的砖块。原来，他们现在又一次进入了哭墙隧道之中，正处在至圣所与阿亚·戈德堡刚才发现的紧急出口之间。这时，大卫听到另一声枪响，子弹穿过他在木板上撞出的大窟窿，击中了墙上的一块巨石。他赶紧躲向一旁，抓住莫妮卡的左手沿隧道向北跑去——直奔至圣所。

“等等!”莫妮卡突然喊道,“紧急出口应该在另一个方向!”

大卫摇摇头,拉着她继续往前跑。他们现在离身后的紧急出口至少还有90米,而这条隧道同他们刚才走过的地道不同,不仅笔直宽敞而且灯火通明,简直就是一个理想的射击场。一旦枪手们进入这条隧道之中,就能轻而易举地射杀他们。但是,至圣所离他们却不到15米,在那个封死的拱门前仍然围着一群“戴编织便帽的人”,他们都手拿黑色祈祷书,肩挎“乌齐”冲锋枪,一边祈祷一边前后摇摆着身体。这时,其中几个站在人群后面的人已经发现了隧道中的动静,停止了祈祷,向迎面跑来的这奇怪的一男一女张望。大卫立刻一边向他们挥手一边竭尽全力大声喊道:

“哈马斯!哈马斯!他们就在我们后面!”

这帮狂热的教徒立刻作出了反应——他们扔下手里的祈祷书、抓起了“乌齐”冲锋枪。当他们跑到离人群3米远的时候,大卫拉着莫妮卡一起扑倒在地,顺势从教徒们的脚下滚过,躲到了他们身后的拱门处。就在这一刻,“戴编织便帽的人”开火了。

隧道内枪声大作,大卫和莫妮卡抱在一起蜷缩在拱门前,这一堵布满裂纹的灰色墙壁承接了多少虔诚教徒的祈祷啊!大卫紧闭双眼,不由自主地向至圣所祈祷起来——耶稣基督,我们的主啊,救救我们吧!震耳欲聋的枪声无情地撞击着他的鼓膜。

不一会儿,有人用希伯来语喊叫了一声,所有大胡子的犹太人随即停止了射击。大卫睁开眼睛向隧道中望去,7具身穿黑衣的尸体扭曲着躺在隧道中。

“戴编织便帽的人”竟然无一受伤,真是让人难以置信。一个头戴彩虹图案编织小帽的卷发大个子走到大卫面前,对他说道:“你们不用担心了,我们已经呼叫了以色列军队。”接着,他用手指了指莫妮卡的右手:“我们已经通知他们你受了伤,需要一辆救护车。”

莫妮卡感激地点了点头。她的身体仍然不停颤抖,嘴唇已经青紫。大卫感到她的情况不妙,不知流了多少血。“听着,你得躺下来。”他一边说一边轻轻地抓住她的肩膀让她躺在地上,“别担心,现在你可以休息一下。”

她顺从地躺了下来。大卫捡来一些扔在地上的祈祷书把她的脚垫高,让她的身体保持“休克姿势”。等他做完这一切,莫妮卡长叹一声,说道:“我很抱歉。”

“抱歉?亲爱的,你根本不必……”

“我不是对你说抱歉,是对上帝说的。”她转过头,对他微微一笑,“也算是对他那些疯狂的信徒们说的吧。”

*　　　*　　　*　　　*　　　*　　　*

当“戴编织便帽”的犹太人突然开火的时候，尼哥底母立刻退回到了走私犯的地道中。他刚才把全部注意力都放在了两个美国人的身上，并没有及时发现那些以色列犹太人，现在已经为时已晚。他紧紧地贴在散发着恶臭的地面上，无可奈何地听着几步外的隧道中传来的密集枪声，感到一阵揪心的疼痛。他的手下正被人无情地屠杀，而且无一幸免，就连巴舍尔也没能逃过这一劫。他是他最忠实的朋友和战友，从在东贝鲁特贫民窟的孩提时代起就成为了他患难与共的兄弟。

一时间，他真想不顾一切冲进隧道，尽可能干掉几个犹太人，然后像手下人那样壮烈地死去。但是，当他站起身来以后还是选择了生存。他转身离开了隧道口破烂的木板，沿着走私犯挖出的地道向犹太学校的地下室跑回去。他必须迅速逃离现场，在以色列军警到达前回到穆斯林区的小巷中，否则他就难逃一死。他可以从那里再返回自己的安全藏身处，然后同“赛勒斯兄长”取得联系。

尼哥底母心里很清楚，“赛勒斯兄长”一定会火冒三丈，但是他同时也知道，“赛勒斯兄长”绝不会就此罢休，一定会立刻给他下达新的命令，开始另一个新计划。尼哥底母要想为自己的兄弟们报仇，“赛勒斯兄长”的新计划就是他最好的途径。无论那个计划是什么，他都一定要杀掉那两个美国人。当时机成熟他可以割断他们喉咙的时候，万能的主一定会引导着他的手一雪前耻。

第十二章

“眼镜蛇营地”虽然刚刚建立起来还不到12个小时，但是在布伦特·拉姆西上校——一个已在美国特种部队中服役22年的老兵——的眼里，这已经是他见过的最好的美国陆军军营。来自第75游骑兵团的700多名将士、来自第8和第160飞行中队的200多名飞行员和机组人员，都已经秘密抵达土库曼斯坦南部科佩特－达哥山脉中的这个洞穴里，这里离南边的伊朗边境仅仅只有16公里。

拉姆西站在洞穴的花岗岩地面上，观察着手下的士兵们卸下昨晚刚刚从阿富汗开来的卡车上的武器装备。一条贯穿整个山脉的公路就从这个洞穴的洞口外不远处经过，洞口很大，足以让各式车辆直接开进洞穴内。进入洞口之后，洞穴内突然变得十分宽敞，形成一个60多米宽的天然停车场。几十辆“悍马”卡车和平板拖车沿洞壁整齐地停放在一起。平板车上的大型装备都用防水布严严实实地覆盖起来，但是拉姆西从它们的外形上已经轻易地看出了它们是什么武器。体积小一些的是“黑鹰”直升机，大一些的是V－22“鱼鹰”飞机。“鱼鹰”是一种倾斜旋翼机，能够垂直起降，不仅载人数量比普通直升机多一倍，而且飞行速度也几乎快一倍。

但是，拉姆西眼前的这个洞穴只是整个山洞的前部，不妨称其为“前厅”，继续深入50多米后，地面开始向下倾斜，便来到了一个更加巨大的洞穴。游骑兵们在这里搭建起了一个巨大的帐篷城，除了一排排营房之外还有食堂、枪械库和一所野战医院。在这个洞穴后部，山洞开始变窄，沿着另一段向下倾斜的路面继续深入，便到达了一个绿水盈盈的半月形湖泊。这是一个货真价实的地下湖，湖面散发着一股硫黄味，这里的水虽然不能饮用，但是在地热的作用下水温十分暖和，一些士兵已经在这个湖中游泳嬉戏。

这个天然洞穴竟然具有如此优越的屯兵条件，确实让拉姆西感到喜出望外，他难以置信地摇了摇头。首先，这里往南大约97公里就是伊朗核设施的所在地，“黑鹰”直升机和V－22“鱼鹰”倾斜旋翼机只需不到20分钟即可抵达目标上空，比从阿富汗或波斯湾起飞大大缩短了距离。其次，而且也是更为优越的另一个条件，是整个部队都可以隐藏在洞穴之中，难以被人发现。虽然伊朗的间谍卫星密切监视着边境地区的一切军事行动，但是深藏在这个洞穴之中的“眼镜蛇营地”却不会出现在卫星拍下的任何一张土库曼斯坦边境地区的照片中。由于游骑兵团的所有行动都在夜间进行，因此伊朗人也无法在土库曼斯坦的任何一条公路上看到他们的踪迹。在他们行动之前，土库曼斯坦已经派遣警察秘密疏散了这一地区附近所有村落的居民，以确保美国人的这次军事行动不致泄密。麦克奈尔中将竟然想出了一个如此高明的计划，再次获得升迁可谓当之无愧。麦克奈尔并不是拉姆西最崇拜的美国陆军将领，因为他是个守旧的老顽固，一个唯上帝和国家利益是从的呆子，而他拉姆西是绝不会墨守成规的。不过，拉姆西上校也是个有一说一的人，将军拟订的这个计划理应受到赞扬。再说，既然奥萨马·本·拉登和基地组织可以躲藏在洞穴中，那么美国陆军也他妈照样可以！

几分钟后，士兵们卸完了最后一辆卡车上的武器装备，纷纷回到了各自的帐篷里。拉姆西想活动一下腿脚，到洞穴外四处看看，于是迈步走出洞口，在洞口处同站岗的两个士兵互敬了礼。天亮之前，麦克奈尔将军已经离开“眼镜蛇营地”返回了阿富汗，留下拉姆西上校全面负责整个营地的工作。出于隐蔽的需要，麦克奈尔将军已经下令任何人白天不许走出洞穴，但是他也在山坡上几处隐秘的位置上布置了几个狙击手，拉姆西要检查一下这几个小伙子执勤的情况。现在还是凌晨，山谷中飘浮着浓密的雾气，因此无论卫星还是间谍飞机都不可能发现他的身影。除此之外，上校已经连续工作了22个小时，为保持清醒的头脑还服用了部队配发的中枢兴奋剂安非他命，他需要活动一下肢体，让紧绷的神经松弛下来。

洞口外是一片不毛的高地，坚硬的土地上生长着一些带刺的荒漠植物，科佩特－达哥山脉荒凉的棕色山体展现在他的周围。拉姆西非常喜欢这里的山色——它们让他想起了儿时在西得克萨斯州的家。科佩特－达哥山脉并不算高，但是其笔直的走向宛如一堵矗立在卡拉库姆沙漠上的巨大石墙，横亘在土库曼斯坦和伊朗之间，成为两国间的一道天然屏障。伊朗的核设施就修建在这堵石墙的另一边，深深地隐藏在一个类似“眼镜蛇营地”的地下洞穴群之中。拉姆西一边走一边抬头向高地南面的伊朗方向眺望,群山虽然挡住了他的视线,但是他仍然极目远眺,像一个 18 岁的新兵那样感受着心中躁动的激情。每当一次军事行动即将展开的时候,他心中都会产生同样强烈的渴望和激情。其实,他很清楚两天之内他们都不会发起突然袭击——他们必须等待外交行动的结果,总统已经向伊朗革命卫队下达了最后通牒,要求他们在 48 小时之内交出核武器,当然伊朗方面是绝不会这么做的。然而,在拉姆西的心目中,他已经看到了自己的部队发起攻击的情景:V-22“鱼鹰”倾斜旋翼机和“黑鹰”直升机从高地上纷纷起飞,向南边的目标呼啸而去。

拉姆西一心沉醉在对战斗的渴望之中,不知不觉走出了 800 多米,来到了高地的边缘。从这里,他可以通过前方群山中的一个峡谷向南眺望,虽然仍然看不到伊朗——峡谷中的雾气很浓——但是他看到了前方有一条小溪,蜿蜒流向山谷中去。小溪两岸长着郁郁葱葱的杜松,在四周单调的棕色背景中显得格外翠绿。紧接着,他又听到了水流冲溅的声音,毫无疑问小溪上还有一个瀑布。

这立刻引起了他的兴趣,他拔腿向山坡下跑去,直奔那条曲折的小溪。他又想起了孩提时代在布鲁斯特镇度过的美好时光:每天上午他都会到他父亲位于德尔诺特山中的牧场上去,在旷野里寻找响尾蛇和慈姑。他来到了杜松带的边上,然后穿过一片茂密的灌木丛,循着瀑布的声响走去。突然,他听到身后传来一个人的声音:“站着别动,上校!”

这显然是个美国人,说话没有一点外国口音。拉姆西以为是他的狙击手之一,于是开玩笑地高举起双手转过身来,调侃道:“干得不错,士兵。你逮着我了,我投降。”

然而,当他看到那个士兵以后却大吃一惊。首先,那不是一个男人,而是一个年轻的女子,身材高大、胸部丰满,长相也颇有几分姿色。她身上穿着标准的美国陆军的军装,但是肩膀上却没有部队番号的标志,胸前也没有戴着胸牌。而更让他感到不安的是,她手中拿着一把九毫米的“黑克勒—科赫”手枪,枪口正对着他的脑袋,而且枪口上还装有消音器。拉姆西简直难以相信自己的眼睛。“这他妈是干什么?”他放下手大喊道,“你把武器放下!”

那个女人皱起眉头道:“上校,你必须把手举起来。我可不会第二次提醒你这个动作。”

拉姆西摇了摇头,心想一定是某个该死的游骑兵把自己的女朋友带来了。这个耐不住寂寞的蠢货一定是在昨天晚上把这个婊子偷偷塞进了一辆车上,然后又在基地附近为她找了一个藏身之处。除此之外,不可能还有其他合理的解释。于是,上校大步向她走去,命令道:“混蛋! 我说了放下那把……”

她略微瞄准一下,毫不犹豫地扣动了扳机。拉姆西只听得一声低沉的闷响,扭头一看自己的右手已经被打中。子弹从他的手指上穿过,几乎打掉了他的食指和中指。随即,拉姆西本能地拿出了多年特种部队训练学到的本领,不顾右手传来的巨大伤痛,伸出左手就要拔出自己的 M-9 手枪。但是,那个女人再次迅捷地略加瞄准,又向他的左手打出了第二枪。子弹立刻在他手掌中钻出了一个窟窿。这真是他妈的丢人现眼——不到两秒钟,这个婊子就彻底地制伏了他! 拉姆西不禁怒火中烧,穿过灌木丛向她冲了过去。他已经豁出去了,准备再次被她的子弹打中,从此一了百了。然而,那婊子只是微笑着站在原地,而不知从什么地方突然又冒出了另一个士兵,走上前一把将他掀翻在地。

这第二个士兵好歹是个男人。拉姆西用上齿咬住下唇,然后张开嘴骂道:“去你妈的!”但是,当他抬眼向这个混蛋看去的时候,却再一次大吃一惊:这个人不是别人,正是麦克奈尔将军。将军挺着高挑、瘦削的身体居高临下地看着他,两只明亮的蓝色眼睛里流露出愤怒的眼光。

拉姆西已经彻底糊涂了,而双手的疼痛更让他无法清晰地思考。他用沙哑的声音问道:“是将军吗? 我以为你已经回到……”

“我的命令非常明确,拉姆西。”麦克奈尔怒视着他说道。将军的嘴唇紧紧地闭成了一条线,而那个拿着“黑克勒—科赫”手枪的婊子就站在他的左边。“谁也不许走出洞穴一步。”

“我……对不起,长官!”他已经不知道该说什么了,“我觉得,我必须立刻到野战医院去。”

“不,我看不行。”将军向前迈出一步,接着道,“现在,主为你安排了其他的任务。”

话音未落,麦克奈尔已经飞起一脚狠狠地踢到了他的头上,拉姆西眼前一黑立刻昏死过去。

第十三章

迈克尔喜欢解谜，而眼前这个程序就是一道货真价实的谜题。自从16个小时前塔玛拉在这台“超级27”工作站上打开这个计算机程序后，他就一直坐在它的面前，一个晚上和一个上午过去了，他仍然神情专注地盯着显示屏上的一行行源代码。后来，他实在感到累了，便在床垫上躺下来，很快进入了梦乡。入夜时分，塔玛拉叫醒了他，并给他端上来另一份快餐。她告诉他说，她必须离开一会儿，有一件十分重要的工作需要她去完成。不过，“赛勒斯兄长”的另一个士兵安吉尔，也就是那个脖子上留着一道弯曲疤痕的男人，在她回来之前会照顾迈克尔。1小时后，天已经黑尽，安吉尔把他带出了房间，将他送到了一辆巨大的绿色卡车的车厢里，并把他的电脑、书桌和旧床垫也都一并搬到了车上。

在那以后的10个小时里，迈克尔同安吉尔一起坐在卡车货厢里，一路颠簸着在黑夜中行驶。不过，迈克尔并没有感到寂寞，他仍在继续设法解开电脑上的那个谜。即使关掉整个工作站，他也照样能够继续解谜，因为整个程序都已经分毫不差地印在了他的脑子里。他只要闭上眼睛，那一排排长串的源代码和令人眼花缭乱的分程序就会在他眼睑后的黑色“显示屏”上显现出来，他甚至可以像操纵鼠标那样让它们随意上下滚动。他巴不得把醒着的每一秒钟都花在这个程序上，因为这样一来他就不必去思考塔玛拉或者“赛勒斯兄长”的问题，也不会再次想起被杀害的帕森斯医生；只要看着这个奇怪的程序，他就会忘掉一切，甚至可以忘掉自己身在何处，忘掉性命未卜的明天。

黎明时卡车在一片沙漠的中心地带停了下来。安吉尔打开了卡车货厢的后门，迈克尔发现四周都是沙丘,像一排排巨大的浅灰色海浪一直绵延到遥远的地平线。安吉尔告诉他这里是卡拉库姆沙漠,位于土库曼斯坦境内,方圆有数百公里。他帮迈克尔下了车,然后带着他向“赛勒斯兄长”的士兵们在沙丘中建立的一个营地走去。营地里有13个圆形的棚屋,彼此紧紧地挤在一起。在营地不远处停放着几辆小货车和“陆地巡洋舰”越野车。圆形的棚屋像一片倒扣在地上的巨大汤碗,每个直径约3.7米,高2.4米,顶部覆盖着毛毡,外面围着一圈木栅栏。安吉尔把这些棚屋叫做“圆顶帐篷”。他走向一间棚屋,打开门,领着迈克尔走了进去。棚屋内没有一件家具,只有一张宽大的土耳其地毯铺在地上。另外两个士兵扛着迈克尔的床垫和书桌走进来,迅速地摆放好“超级27”工作台,并把电源线接到了屋外不远处的一台柴油发电机上。

安吉尔和其他两个士兵离开后,迈克尔在电脑屏幕前的一张折叠椅上坐下来,继续研究那个神秘的程序。他再次仔细地浏览了一遍每一个密密麻麻的分程序,确认自己脑子里的记忆准确无误。他已经发现,要看懂这个程序就必须知道“统一场论”中的那些方程式。他仔细看了看源代码中的每一个指令,发现整个程序都跟物理定理有关,其中一部分源代码用于测定基本粒子的质量——电子、夸克、微中子,等等,另一部分源代码则用于计算粒子之间作用力的大小,还有一部分用于生成时空流形、确定时间方向以及空间维度的曲率和拓扑结构。这个软件同普通的计算机程序截然不同,因为它处理数据的方式并不是二进制而是量子,它的每一个比特并不仅仅包含一个1或者一个0,而是能够容纳巨大得多的值数量。但是,由于整个程序同样遵循标准的逻辑法则,所以迈克尔完全能够理解其含义。

不过,显示屏上的这些源代码并不完整,编写这个程序的人显然并不知道“统一场论”的所有方程式,因此无法完成整个程序。而对迈克尔而言,因为只有他知道整个理论,所以他也就成为能够填补这个程序中的空白之处的唯一一个人。但是,他并没有在显示屏上填入缺失的方程式——他的手指一直没有触动过键盘上的任何一个键,而只是把这个程序原封不动地移植到了自己的大脑里,再在那里把新的量子变量和运算符加进去。这项工作需要对原程序重新进行精巧的组合,而迈克尔正好精于此道。这很像是一个拼图游戏——他小时候常常一连几个小时沉溺其中,因此难不倒他。两三个小时之后,他已经找到了解决问题的方法,到中午时他已经在脑子里填入了最后一个缺失的方程式。他闭上眼睛,在眼睑后的无形显示屏上慢慢向下滚动完成后的整个程序,现在每个源代码块都已经处在正确的位置上了。

当他正再次检查程序是否正确的时候，身后传来一阵响声——有人拔起门闩然后走进了棚屋。迈克尔以为是安吉尔给他送土豆片来了，但是他回头一看，却发现是塔玛拉。她仍然穿着沙漠迷彩服，但是腋下已经被汗水浸透；她的手枪插在臀部的枪套里，右手拿着一个装有半瓶棕色液体的瓶子。“迈克尔！”她大喊一声，快步向他走来，“我回来了！”

她的声音太大了，迈克尔不得不举起双手捂住了耳朵。

“哦，对不起！”她立刻举起一只手捂住了自己的嘴巴，开始向后退去，“我真蠢。重新再来吧。”她向棚屋另一头走去，在迈克尔的床垫上坐下来，然后把那半瓶什么东西放到土耳其地毯上，“见到你我就特别高兴，所以有些忘乎所以了。”

迈克尔等了几秒钟，然后放下双手问道：“你去哪儿了？”

“到山里去了，就在这里的西南方向。”她说着抬起一只手，扇动手掌为自己降温。大卫·斯威夫特曾经多次告诉过他，这种方法很愚蠢，因为来回扇动你的手只会让身体进一步升温。“我开了整整一个上午的车，花 4 个小时跑了 210 公里的路。这个国家的道路简直糟糕透了。”

“你有一辆车吗？”

她点点头。“是‘赛勒斯兄长’的车，一辆‘陆地巡洋舰’。这种车在沙丘间穿行非常棒。我年轻的时候喜欢参加越野赛。”

“既然你有车，我要你把我送回大卫·斯威夫特身边。我已经告诉过你他的电话:212－555－3988。”

塔玛拉没有回答他提出的问题，而是站起身再次走到了迈克尔的书桌旁，指着计算机屏幕问：“还在解那个谜吗？有什么进展没有？”

迈克尔低下头也不回答。塔玛拉弯下腰看着他的脸，但是他却拒绝抬头看她。

“迈克尔，你不用害怕。”现在，她的声音已经很轻柔，“你在做一件好事，而且是一件了不起的大事。还记得我对你说过的话吗？关于‘天朝王国’的事？”

他摇了摇头，道：“这些源代码同‘天朝王国’毫无关系，只是一种演示，这是一个演示物理法则的程序。”

“它也是救赎之路。只要我们完成了所有的源代码，就知道如何完善这个程序。”

他又摇了摇头，而且摇得更加用力，“物理法则是无法改变的。”

塔玛拉的身体俯得更低了，迈克尔的耳朵已经清晰地感觉到了她的呼吸。“你已经完成了,是吗?整个程序都大功告成了?只不过都储存在你的脑子里?"

他没有回答。但是,当他闭上眼睛后就可以再次看见那些源代码,它们正一行行迅速地向上滚动。

接着,塔玛拉站直了身体,从他身边走开了,这让迈克尔大大地松了一口气。然而,4 秒钟后她又回来了,把那个装着一半液体的瓶子放在了他的桌上。"我们应该庆祝一下,"她对他说,"我们一起干一杯。"她又向他俯下身体,拉开书桌上的一个抽屉,把手伸进去,很快便从里面拿出了两个玻璃杯。"只要我们的心灵是纯洁的,喝点酒也不算什么罪过,对吗?"

她把两个杯子一起放到书桌上,然后拔掉了瓶子上的瓶盖,在每个杯子里倒上了一些棕色液体。迈克尔立刻闻到了一股刺鼻而又甜滋滋的气味。"这是什么?"

"这是一种鸡尾酒,叫'雅格炸弹',过去我经常喝这玩意儿。"她拿起其中一个杯子递给迈克尔,"'赛勒斯兄长'对你的估计没错,他说你一定会把我们需要的一切都给我们的。"她又拿起另一个杯子,高高地举起:"迈克尔,你是万能的上帝送给我们的礼物,是主的恩赐!"她把杯子送到嘴边,一扬脖子把棕色液体一饮而尽。

迈克尔把自己手中的杯子放回到桌上。他讨厌酒的气味,而且根本也不想庆祝任何事情。解开那个谜题并没有使他开心,实际上反而使他更加忧郁,因为现在再也没有任何事情可以分散他的注意力,而眼前发生的这一切又是他最不愿意面对的。

"怎么啦?"塔玛拉问道,"你不喜欢'雅格炸弹'吗?"

迈克尔避开了她的眼光,眼睛紧盯着棚屋弧形的围墙——看起来整个墙壁几乎就是一个完美的圆形。他想估计一下围墙的直径和周长,但是又难以集中自己的注意力;他总是控制不住自己,脑子里总想着棚屋外的那些东西——那些形状相同的沙丘,那些卡车和那些身穿棕色军装的士兵。

塔玛拉走上前来,伸出一只手要抚摸他的肩膀,却又在即将触摸到迈克尔时停下了手。她把手缩了回去,接着又后退了一步。"噢,迈克尔,"她摇了摇头道,"过去我弟弟杰克伤心的时候,脸上也总是露出你现在这样的表情,无论我说什么他都开心不起来。"

迈克尔默默地看着她。她遵守了自己的诺言,再也没有触碰过他。

塔玛拉沉默了几秒钟,然后把手中的空杯子放回到书桌上,"现在,你该让我们看看你的杰作了。开始吧,把源代码一一写出来。"

她拿起键盘放到他的腿上。迈克尔觉得这个键盘很轻,低头看了看按键,但是仍然不肯触摸它们一下。

“迈克尔,这个谜底太重要了,你不能把它据为己有。主现在给了我们救赎这个世界的机会,你难道就不想帮我们一把吗?”

他固执地摇摇头,说:“我不能告诉你们,大卫·斯威夫特让我作出过保证。”

“你看,我对大卫·斯威夫特也很了解。他信仰世界和平,对不对?他那个组织叫什么来着?是‘和平物理学家’吗?”

迈克尔多次在大卫·斯威夫特的房间里见到过一些文件上印着这个名称,大卫使用的信封上也有。6个月前的一天晚上,迈克尔曾经帮助大卫往600个这样的信封上贴过邮票。他纠正道:“你说的不对,是‘物理学家和平事业’。”

“对、对、对,不管是什么名字,关键在于他相信和平。那么,当我们打开通向‘天朝王国’的大门以后,全人类就可以永远生活在和平之中了。如果大卫·斯威夫特知道我们的……”

“这个程序里根本没有关于‘天朝王国’的东西。”

“不,你错了!这个程序将告诉我们如何打开‘天朝王国’之门。”她向他走近一步,“‘赛勒斯兄长’已经作好了一切准备,你只需要把那些源代码写出来,其余的事情就都交给他。你没有任何痛苦,也毫发无损。而且,你很快就可以见到你的妈妈了,还记得她吗?”

“我妈妈早就死了。”

“迈克尔,这些事情我都给你解释过了!死者都会得到重生,这正是上帝的神圣承诺,也正是他交给‘赛勒斯兄长’的使命,要他准备……”

“我信不过这个‘赛勒斯兄长’,他是想用那个理论去制造武器。”

塔玛拉情不自禁地提高了嗓门,迈克尔不得不又把自己的耳朵捂起来。与此同时,塔玛拉“扑通”一声跪到了地毯上,大声说道:“迈克尔,我可以向你发誓!我保证我们所做的每一件事情都是绝对神圣的!”她握住自己的双手接着道:“‘赛勒斯兄长’是一个和平人士!他的愿望只有一个,那就是救赎!”

他仍然无法相信她的话。她是他的敌人,而不是他的朋友;她杀死了帕森斯医生。“我绝不会告诉你的!”他还以颜色,同样大叫道,“大卫·斯威夫特让我作出过保证!”

她没有再同他争论,而是低下头用双手捂住了自己的脸。好长时间她都沉默不语，只是前后轻轻摇晃着身体，双膝仍然跪在地毯上。突然，她发出了一声痛苦而哽咽的声音，迈克尔虽然仍然捂着耳朵也听得非常清楚——她哭起来了，他心里非常清楚。

大约2分钟后，塔玛拉终于站起身来，走到棚屋门前拉开了门。她转过头对迈克尔说道："今天晚上7点之前，如果你仍然不把正确的源代码告诉我们，那么'赛勒斯兄长'就会亲自同你谈的。你要知道，他是不会像我这样有耐心的。"

说完她走了出去，并随手关上了身后的门。

第十四章

在耶路撒冷哈达萨斯科普斯山医院的急救室里，医生们为莫妮卡处理了枪伤，并决定让她住院观察一晚。她并没有生命之忧——子弹没有伤到她的骨头，也没有危及手臂上的大动脉——但是她失血较多，因此医生们开始给她输液并让她服用了少量的镇静剂。露西尔来到医院的时候，她已经睡着了。露西尔带来了一队以色列陆军突击队士兵，让他们把守住医院的各个出入口，以防止再次发生袭击事件。大卫向她详细讲述了在“和平之家”犹太学校发生的事情，并且告诉她了解到的有关欧拉姆·本·扎曼的情况，比如他的真名叫做“罗布曼”或“罗曼”，或者与此类似的名字。然后，露西尔返回了“辛贝特”的总部，把这一情况转达给以色列同行，由他们查找这个计算机科学家。露西尔走后，大卫来到医院五楼莫妮卡的病房里，在窗户边的一把舒适的椅子上坐下来，很快便进入了梦乡。3 天来，这是他第一次如此安稳地休息。

早上 6 点，大卫醒来了。病房的窗户朝南，正对着耶路撒冷老城，他再次远远地看见了在晨曦照耀下熠熠生辉的圆顶清真寺。莫妮卡仍然沉睡未醒，侧身躺在病床上，身上盖着一条白色的毯子，包扎起来的右臂一半露在外面。她的睡姿就像一个腹中的胎儿：双膝蜷曲在胸前，双手握在一起放在下巴前，仿佛正在祈祷。现在，她的脸上已经看不到恐惧的神情，反而在晨光下显得那么年轻、漂亮而无忧无虑，尽情地享受着睡懒觉的乐趣。一天的喧嚣还没有开始，整个医院也显得格外的安宁；病房里悄无声息，输液架上挂着一袋生理盐水，通过输液管连接着莫妮卡的手背，大卫甚至可以听见生理盐水在液路中滴下的声音。

大卫仔细地端详着她的脸，每当他这样看着她的时候，无论时间长短他都会有一种难以置信的感觉:他能够得到她做自己的妻子真是三生有幸。其实,这并不仅仅是因为她风趣、智慧和美丽,他的前妻凯伦同样具有这些优点,但是她同大卫在一起却让双方都感到痛苦。她们俩最大的不同在于,莫妮卡始终能够理解他,知道他一言一行的原因,明白他的目的,比如他为什么会在一些愚蠢的小事上发脾气,为什么有时候他会远离世界、躲进自己的办公室,花上几个小时盯着天花板上的墙纸冥思苦想。她不仅清楚他的整个一生——他父亲酗酒成性,母亲胆小怕事,而他自己也曾经嗜酒如命——而且也不想彻底埋葬他的过去,因为历史是他无法割裂的一部分,因此她采取了理解和宽容的态度,并且以她对待物理学那样同样认真和执著的精神对待他这个人。每当遇到问题的时候,她都会从各个角度去分析和思考,而且不解决问题就决不罢休。

过了一会儿,大卫转过身体向窗外望去。随着一轮红日冉冉升起,耶路撒冷老城的围墙已经变得明亮起来。在离医院不远的地方,几只麻雀在日趋变黄的草地上跳跃前进,看到这些鸟他又想起了迈克尔。在过去的两年里,莫妮卡同这个十几岁的男孩建立起了十分友好而融洽的关系,这大概算得上大卫有生以来目睹过的最为神奇的事情。虽然这些日子以来她一直忙得团团转,既要照顾 1 岁大的女儿又要在哥伦比亚大学里继续她的研究和教学,但是她总能抽出时间顾及迈克尔的需要。她为他提供了一屋子的科学书籍,从《现代物理学入门》到《玄理论的基本原理》统统都有。在餐桌上,她喜欢提出一些问题,考一考他到底记住了多少书中的知识。白天上班的时候,她有时也会给迈克尔发一封电子邮件,提出一两个有关几何或者微积分的疑难问题要他解答,而迈克尔则会兴冲冲地花上几个小时破解她的难题。一想到这些往事,他就感到心中格外痛苦。他们必须找到这个孩子,一定要把他找回来。

他在窗前默默地坐了 10 分钟,两眼呆呆地望着耶路撒冷古老的城墙。突然,他听到有人敲门,还没有站起身来脑子里已经出现了身穿黑色军服的士兵冲进病房的情景。虽然他也知道医院里到处布置了保护他们的以色列士兵,但是他站起来的时候仍然不免心有余悸。他不想惊醒莫妮卡,于是轻手轻脚地绕过她的病床,走上前打开了门。

露西尔站在走廊里,手臂下夹着一个牛皮纸信封。她今天脱去了那件鲜红色的夹克衫,穿了一件浅黄色的外衣和同样浅黄色的裙子。帕克特工真是个酷爱原色的女人。

“她怎么样啦?”露西尔低声问道,同时伸长了脖子向病房里看去,“好些了吗?”

她今天说起话来似乎带着更重的得克萨斯口音,而且脸上的皱纹更深,显然心中充满了忧虑。当她听说莫妮卡被枪击的消息后,她的反应让大卫非常吃惊——他原以为露西尔会因为他们擅自闯进犹太学校而大发脾气,但是她却一句责备的话也没有说。直到现在,她仍然没有指责他们的任何意思,而是坚定不移地做他们的后盾,给予他们充分的同情和支持。这件事让人琢磨不透,不过大卫也想到了,说不定帕克特工渐渐开始喜欢他们了。她的表现似乎表明,她确实已经把他们当做了自己真正的搭档。

他走到走廊里,随后关上了病房的门。他这时才注意到,大约10米外站着一名守卫他们的以色列士兵,除了他们3 人之外,整个走廊空空如也。“她已经好多了。昨天晚上我同医生谈过,他说大概今天中午可以让她出院。”

露西尔如释重负地叹了一口气,她的面容十分憔悴:“这件事情我还是没有想明白。首先,那些混蛋为什么要跟踪你们?”

大卫的脑子里又出现了那些杀手的影子,他们都穿着夜行衣,沿着“和平之家”犹太学校的旋转楼梯冲下来。“我认为他们也在寻找欧拉姆。他们肯定得到了联邦调查局对他展开调查的消息,于是决定跟着我们,以防我们先找到他。”

“但是,你和雷诺兹并不是联邦调查局的特工。而且,他们又是怎样得知你们俩也牵涉到这件事情之中的?”

他无奈地耸耸肩,说:“我不知道。我所能够告诉你的就是,他们的火力很强。”他再次向她讲述了他们在走私犯的地道里逃命的情景,以及后来在哭墙隧道的地上看到的那些杀手的尸体。他问她:“以色列方面确定那些人的身份了吗?”

她摇了摇头,回答说:“那些人身上没有任何身份证件,只有武器和尸体。‘辛贝特’的人正在核查他们的指纹和分析弹道,但是到现在为止还一无所获。”

大卫心想,他们也许什么也不会查出来。这些杀手显然十分狡猾,不想留下任何蛛丝马迹;他们无疑同绑架迈克尔和杀害雅各布的那些人一样,都是职业杀手。“他妈的,我们能够幸存下来真是运气,或者说上帝也许帮了我们一把。我是不信上帝的,不过有时候也会半信半疑。”

露西尔略微歪着脑袋,斜着眼睛仔细地打量了他一会儿,然后突然出人意料地向他伸出一只手,说:“这可不是什么运气,也不可能是上帝的功劳。你们干得不错,斯威夫特。你这个人天生具有险中求生的本领。”

他感到非常意外，犹豫了一下，然后还是握住了露西尔的手，回答说：“谢谢！”

尽管露西尔显得很疲惫，但是她的手仍然非常有力。她对他说：“你不要高兴得太早。你把我们拽进了这趟浑水之中，要想脱身可没那么容易。”她仍然紧紧地握着他的手不放，咧嘴笑起来。几秒钟后她松开手，举起那个牛皮纸信封在他眼前晃了晃，压低嗓门不让过道中的以色列士兵听见：“我在‘辛贝特’里的联系人已经确定了欧拉姆·本·扎曼的身份，他的真实姓名叫‘奥斯卡·罗布纳’。曾经是希伯来大学计算机科学系的教授。其实，大学教授只是一种掩护，他为‘阿曼’工作，也就是以色列军事情报局。”

“这么说，卡夫纳教士的话是对的。”大卫痛苦地想起了这位拉比，想起了老人被枪杀、前额上涌出鲜血的情景，“他说过，欧拉姆同以色列国防军有关系。”

“毫无疑问。他年轻的时候在‘翠鸟’部队服役，那是以色列总参谋部直接指挥的精英特种部队。20世纪80年代在一次行动中受伤后，情报局把他送进学校学习计算机，后来成为一名计算机专家。这家伙在编制程序方面简直就是一个天才。”露西尔靠近大卫的头，进一步压低嗓门说道。他闻到了她身上的香水味，是一种浓烈的薰衣草香型，让他有些受不了。“我的联系人不愿意告诉我更多的细节，但是看来罗布纳为以色列的原子弹工程工作，他设计的软件被用来检测核子武器的性能。”

大卫点了点头。他致力于“物理学家和平事业”的工作以来，对以色列的核武库已经有所了解。“他的工作肯定同超级计算机的模拟功能有关，那些程序可以预测某种核弹头爆炸后的威力。因为以色列没有其他办法实验自己的核武器，因此用计算机软件模拟核实验就成为至关重要的实验手段。以色列从来没有承认过自己拥有核武器，所以它也不可能在沙漠里进行原子弹爆炸实验，他们不得不完全依靠模拟实验发展核武器。”

“不过，他们现在已经不再依靠罗布纳了。4年前，他的儿子在黎巴嫩战死，他的精神崩溃了，从此终止了在以色列国防军里的工作。”她又挥了挥手中的信封说，“但是，罗布纳的脑子里仍然储存着大量机密信息，所以‘辛贝特’一直在监视他的通讯往来。根据他的档案记录，他同一些移民运动的激进分子交上了朋友，这个运动的成员都是强烈的以色列民族主义者，不断地在西岸地区制造事端。‘和平之家’犹太学校就是他们那个网络的一部分。”

“没错,直到上个星期四之前他都一直住在那个犹太学校里。但是,现在他在哪里呢?”

“‘辛贝特’也一无所知。罗布纳潜入了地下,从他们的视线中消失了。以色列国家安全局正在同他们在西岸的情报人员联系,但是到现在为止还没有收到任何情报。”

大卫又想到了迈克尔,感到一阵难以抑制的恐惧,不禁愁容满面。虽然他们已经做出了最大的努力,但是仍然不知道是什么人绑架了这个孩子,只有找到罗布纳才是他们唯一的希望。“上帝啊,我们该怎么办? 也许,我们应该到西岸去,自己想办法找到罗布纳。”

露西尔摇了摇头,道:“等等,我的话还没有讲完。虽然‘辛贝特’是一个相当出色的情报机构,但是还没有任何人比得过联邦调查局擅长的美国独创精神。”她微微一笑,打开信封,从里面拿出了一张以色列地图。在地图中部有一条由许多点构成的红色线条,每个点的旁边都标注着一个日期和一个时间。“一小时前,我在华盛顿的一个特工给我发来了这张图。虽然我告诉过她‘欧拉姆·本·扎曼’只是一个代号,但是她还是在我们的所有资料库里把这个名字搜了一遍。开始她什么也没有发现,但是昨天晚上她把组成这个名字的字母重新组合,结果找出了一个无线电话的账号,这个账号属于一个叫‘欧拉姆·本斯曼’的以色列人。”露西尔把地图递给大卫,继续道:“电话公司提供了这个账号的通讯记录,这上面就是最后几次使用电话的全球定位位置。”

大卫仔细看了看那些红点,第一个红点旁标出的时间和地点为“6 月 9 日 21 点零 5 分”,地点在耶路撒冷老城之内,估计就在“和平之家”犹太学校里。打电话的人后来沿着 1 号公路向西移动,最后一个红点位于地中海海岸,在特拉维夫以南大约 20 公里的地方。红点旁标出的时间是“6 月 9 日,22 点 55 分”。大卫用手指指着那些红点问道:“这些都是 3 天前的记录,难道他们没有最新的记录吗?”

“没有。毫无疑问,罗布纳已经关掉了手机。但是,这张图还是告诉我们上周四他离开犹太学校以后去了哪里。他告诉拉比说他要去拜访一些老朋友,对吗?”

“对,他说是军队里的朋友。”

“他说的是真话。”露西尔从大卫手中拿过地图,指着最后一个红点道,“这个地点就在一个以色列军事基地的中间,这个基地叫做‘索雷克核子研究中心’。”

大卫立刻记起了这个名字。以色列有两个核武器试验基地:一个是迪莫纳,另一个就是索雷克。迪莫纳是以色列为原子弹生产钚燃料的地方,而索雷克是设计和制造原子弹的地方。“那里肯定就是他以前为原子弹工程工作过的地方。就是我说的超级计算机模拟核爆炸的地方。”

露西尔把地图放回信封里,说:“我要知道上个星期四罗布纳在那里都干了些什么。我已经要求‘辛贝特’允许我们到这个军事基地调查,我们要亲自问一问那里的保安人员。到目前为止,‘辛贝特’同联邦调查局一直很合作,我估计他们会让我们进去的。”

“我们同你一起去。”大卫上前一步说道,“我认识在索雷克工作的几个物理学家,而莫妮卡又是超级计算机模拟实验方面的专家,她的研究工作一直离不开模拟实验。”

露西尔盯着他看了看,眼睛里流露出赞赏的神情。接着,她点点头表示同意:“那好,我希望你们两个都去,眼下凡是能提供帮助的人我都需要。”

第十五章

夜幕刚刚降临以后，两个身穿棕色军服的士兵走进棚屋，抓住了迈克尔的胳膊。他们把他从椅子上拽起来，拖着他来到屋外，然后向停在沙漠上的一辆丰田小货车走去。来到汽车旁，两人提起迈克尔把他扔到了车厢里。车厢里装着一些弹药箱，还有一挺已经装上子弹带的机枪。迈克尔虽然始终在号叫和拼命挣扎，但是他还是立刻认出了这挺机枪的型号：一挺带有三角支架的中口径 M240 机枪，美国陆军的标准配置武器，他在电脑游戏中曾经多次见到过。

两个士兵随即也一起爬进了车厢里，两人再次抓住他的肩膀，将他死死地按在车厢的后挡板上。在 M240 机枪旁边站着第三个士兵，一个身穿卡其布军装、头戴黑色贝雷帽的大个子。他的贝雷帽上有一个徽标，上面是一把白色的匕首。他弯下腰，饶有兴趣地看着一边大声号叫一边拼命挣扎的迈克尔。接着，小货车发动了引擎，大个子在一个弹药箱上坐了下来。小货车迅速起动，沿着沙丘间蜿蜒的小路疾驶而去。

几分钟前太阳刚刚落山，沙漠已经变得昏暗而模糊不清。迈克尔慢慢停止了叫喊和挣扎，开始在心里默默地估计他们所在的方位。现在，天空最为明亮的地方在他们的身后，这就是说他们正向东行驶。他抬起头瞥了一眼戴贝雷帽的大个子，发现他长着一个鹰钩鼻子和棕色的胡子，一直在盯着他看。过了一会儿，迈克尔又把视线转到了大个子贝雷帽的徽标上。几秒钟后，大个子摘下贝雷帽，用手举在空中。

“你喜欢吗？”他问迈克尔，声音十分低沉，“这可是老古董了，我在军队里服役时就戴着它。”他用一根食指转动着贝雷帽，然后把它重新戴回到头上：“我叫卢卡斯·卡特，原美国陆军的军士长，现在的我是主谦卑的战士。”

他举起手行了一个军礼。迈克尔又看了看那个徽标,发现在白色的匕首旁边还有一个黄色的三角形。这又是他过去在电脑游戏中见过的东西——美国“三角洲”部队的标志。

卢卡斯指着头上的贝雷帽,问道:“你知道为什么我现在还戴着它?这就是‘七宗罪’之一的‘傲慢罪’。我在‘三角洲’部队干了16年,在世界上的几乎每一个角落执行过任务,我赢得的奖章之多你都无法想象。”他从弹药箱上向迈克尔俯下身体,冲着他的脸继续道:“但是,你认为上帝在乎我的奖章吗?在乎我奖章的数量多少吗?”

迈克尔没有回答。他不知道该如何回答。

“不,主操心的事情比这个重要得多,尤其是在现在这个时候。”卢卡斯靠迈克尔更近了,他的口气散发出一股恶心的洋葱味,“最后审判日就快到来了,万能的上帝终于要彻底清理这个污浊的世界了;主将把撒旦的部队统统砸为齑粉,并要我尽到自己的一份责任。”

卢卡斯口中的洋葱味让迈克尔作呕,他把头转到一边并且屏住了呼吸。其实,他并不怕卢卡斯,因为现在他又进入了一种幻觉,仿佛自己只是电脑游戏中的人物。这种感觉让人感到迷茫而怪异,但是并不恐惧。他很想看看接下来会发生什么事情。

“迈克尔,我跟你说实话吧。今后这几天可不好过,所以人们把这段时间叫做‘大灾难’。不过,‘赛勒斯兄长’会带领我们挺过去的。他同上帝有着特殊的联系。”卢卡斯伸出一根粗糙的手指指着迈克尔的脸。“你必须服从‘赛勒斯兄长’的命令,听到了吗?那样的话我们可以皆大欢喜,最终也都会发现自己坐在了上帝的圣座旁。”

卢卡斯一边说一边摇晃着手指,几乎就要戳到迈克尔的脸上。然后,他收回手坐直了身体。迈克尔大出一口闷气,但是头仍然扭向一旁。他从眼角看了卢卡斯一眼,发现他用双肘支撑着身体,仰身靠在弹药箱上。他正望着天空,星星刚刚开始在夜空中闪烁。

他们在沙漠中行驶了大约1.6公里后,迈克尔在汽车右方看到了什么东西,好像半埋在沙漠中的一个巨大物体。他眨眨眼睛,想在夜色中辨认出那个东西,它看起来就好像一个储油罐破损的壳体。很快,他又看见了另外一些破烂的东西:竖在沙漠中的生锈的横梁,躺在沙地上的几节通风管管道。在这些残存的建筑部件后面,他还看见了一个巨大的圆形深坑,直径超过了30米,坑壁垂直向下延伸,就好像被一个巨大的钻头钻出的孔。看着它迈克尔禁不住打了个激灵。

“很壮观吧，呃？”这时，小货车开始爬上前面的一道沙脊，引擎发出阵阵轰鸣声，卢卡斯不得不提高嗓门同他讲话，“这件事情发生在很久以前，当时土库曼斯坦还是苏联的一部分。那个时期苏联发生的事故很多，这就是他们历史上发生的最大工业事故之一。这很说明问题，对吗？”

“发生了什么事情？”迈克尔发觉自己的声音很别扭，这是他离开棚屋后第一次开口说话。

“这一片残骸是一个苏联钻井队留下来的。整个卡拉库姆沙漠正好坐落在一个巨大的天然气田之上，明白吗？俄国人想开发天然气，但是他们对这里的地质结构又不了解。所以，当他们的钻头穿过地表刚刚进入气田的时候，所有钻塔却突然坍塌，深深陷入了地下，从而在地面上留下了像这样的一个个坑洞。有些坑洞非常深，以至于天然气从坑底的裂缝中泄漏出来了。”

一阵冷风吹来，迈克尔又打了一个寒战。他躲开卢卡斯的身体向小货车前方望去，只见他们正沿着一条蜿蜒的小路爬上一个陡峭的沙脊。在他们身后的西边天际，太阳的余晖即将散尽，但是在他们前面的东方，迈克尔却看到了一片光芒，像一个巨大的光幕垂挂在东方的天际下，他们眼前这个沙脊的顶部就映衬在光芒之中。随着小货车越来越接近沙脊顶部，光芒也变得越来越明亮。他不禁恐惧地摇起头来，问道：“那是……”

紧接着，他们已经来到了沙脊上，看到了整个燃烧的坑洞。

光芒来自这个坑洞的深处，虽然迈克尔还远在离坑洞口 400 米开外，但是当他向坑洞中望去的时候，却仍然感到耀眼的火光刺痛了他的眼睛。这个坑洞比他们刚才经过的那一个要大一倍，直径几乎达到了 90 米，坑洞口部呈一个非常规则的圆形。坑底是一片熊熊的火海，一股股天然气从底部的几个洞口中猛烈喷射出来，形成约 15 米高的火焰，就像几棵硕大的火树，火树顶端烈焰翻卷，好似海面疯狂的旋涡和浪头。坑壁的岩石上有一些裂缝，小一些的火苗像指示灯一样在裂缝上摇曳，还有一些火苗彼此纠缠在一起，呼啦啦地向上冲去。从坑壁底部喷出的火苗，沿着陡峭的岩壁一直爬上坑顶，火舌高高跃起，探出坑口外舔舐着夜空，在四周的沙漠上洒下一抹淡黄色的光影。

小货车翻过沙脊顺坡而下，离坑洞口的距离越来越近，迈克尔的脸开始明显地感受到一阵阵热浪袭来。他这一辈子从来没有见到过如此壮观的火焰，心中电脑游戏的幻觉也越发强烈了。现在坑洞口近在咫尺,那么巨大、明亮而又五光十色。他转向卢卡斯问道:“这火是怎么烧起来的?”

卢卡斯耸了耸肩膀,道:“我怎么知道? 大概是在钻井台塌陷下去的时候燃起来的,也许有人后来扔进去了一根燃烧的火柴,想把泄漏出来的天然气烧掉,免得污染空气。不管它是什么原因,反正这火已经至少燃烧了30个年头,而且这片沙漠下有的是天然气,再烧几百年也不会枯竭。”

小货车放慢速度渐渐接近了沙坡的底部,最后在离沙脊约30米远的地方停了下来。这里的火光非常耀眼,因此一开始迈克尔并没有看见其他的车辆。当小货车关掉引擎的时候,他才发现了停在不远处的另外两辆小货车和3辆“陆地巡洋舰”越野车。在离燃烧的坑洞口不远处的地方站着一长排士兵,他们头上的钢盔和手中的步枪枪管在火焰的映衬下闪闪发亮。

卢卡斯向士兵们大喊了几声,几个士兵立刻向小货车跑过来。他们打开了车厢的后挡板,迈克尔跳下车还没有站稳,几个士兵就一拥而上,其中一个用双手抓住了他的腋下,另一个抓起他的双腿,两个人抬着他向燃烧的坑洞口走去。

他们离小货车越来越远,而离坑洞口映衬在火光中的士兵的身影却越来越近,迈克尔的心跳也急剧加快。这里的空气也更热,持续地扑面而来,刺痛着他的脸颊,炙烤着他的喉咙。很快,他们就来到了离坑洞口仅仅几米远的地方,迈克尔已经可以看到洞口以下的地方,看到从每一条裂缝和岩石周围熊熊腾起的烈焰。几步之外就是长着血盆大口的燃烧的坑洞,他们离它实在是太近了! 现在,电脑游戏的幻象已经让他感到十分恐惧,他只想立刻结束这个游戏,但又无能为力,只能声嘶力竭地拼命号叫。

就在这个时候,他看见了塔玛拉。她就站在离坑洞口不到2米远的地方。两个士兵抬着迈克尔来到她面前,把他扔在了她的脚下。她在他身边蹲下来,伸手抓住迈克尔右手的手臂,在他耳边“嘘”了一声,让他安静下来。然后,她对他说道:“好了,迈克尔,没事儿的。我在这里,看见了吗?”

他更加大声地号叫起来,拼命踢打着双脚,企图从她身边逃走。但是,塔玛拉牢牢地抓住他的手臂不放。“别闹,不能折腾!”她大喊道,“我们就站在坑洞口的边上,你这样又踢又踹洞口会坍塌的! 我们俩都会掉进去被烧死,明白吗?”

迈克尔从她身旁向坑洞口的边沿看了一眼,地面都是沙土,呈锯齿状,从那些凹陷处他可以清楚地看到从坑洞中不断腾起的火焰的影子。他意识到塔玛拉并没有夸大其词,于是立刻安静了下来。

“来吧,迈克尔,站起来。你浑身上下都已经沾满了沙土。”

她站起身,并把他也拉起来。与此同时,另一个士兵出现在他的左侧。是安吉尔,那个脖子上带有一条弯曲的伤疤的男人,但是他现在已经全副武装,身上穿着防弹衣,五六块片状防弹层向外凸起;脖子上挂着望远镜,胸前挂着粉碎性手榴弹。迈克尔觉得这个人似乎变得更加粗壮了。他甚至没有看迈克尔一眼便一把抓起了他的左臂,他的力量比塔玛拉要大多了。

两人将他转了一个身,让他背对着燃烧的坑洞口。迈克尔发现其他士兵正在后退,纷纷离开了坑洞口,这让他立刻感到了一丝希望——他们开始撤离了!他也可以同他们一起离开这个恐怖的坑洞,回到营地里去!但是,他很快就意识到自己错了,士兵们并没有撤离而是让开了一条道,一个人正从黑暗中向他们走来。来人身穿黑色的衣服,与黑暗的背景融合在了一起,迈克尔看了好几秒钟才认出了他。他从头到脚只有那双眼睛闪着亮光,在黑色头巾的缝隙中显得格外分明。迈克尔已经可以清楚地看见他的两个瞳孔中闪烁着坑口黄色的火光。

“赛勒斯兄长”走到离他们几步远的地方停住了脚步。“你好啊,迈克尔。”他朦胧的声音从头巾后传来,“知道我们现在在什么地方吗?”

迈克尔什么也没有说,他现在背对着坑洞口,已经没有刚才那么恐惧。他两眼紧盯着“赛勒斯兄长”头巾上的皱褶,恨不得一把将它扯下来。

“赛勒斯兄长”伸出戴着手套的一根手指,指着坑洞口继续道:“这就是著名的‘达尔瓦扎天然气燃烧坑洞’,土库曼斯坦人称之为‘地狱之门’。一个非常戏剧性的名字,你说是吗?”

迈克尔还是没有吭声,士兵们也都保持着沉默,四周唯一的声音来自坑洞内,是火焰喷涌的“呼呼”声。

“很遗憾,这个名字并不准确。地狱并不在我们的脚下。”“赛勒斯兄长”摇了摇包着头巾的脑袋,然后伸出双臂在空中画了一个大圈,继续道,“这才是地狱,我们都身在地狱之中;我们的整个世界就是一个屠宰场,一个充满罪恶和死亡的肮脏的妓院。但是,主已经允诺把我们从这里拯救出去,带领我们进入‘天朝王国’。”

塔玛拉和安吉尔齐声喊道:“是,兄长!”其他士兵仍然一言不发。迈克尔意识到,这是因为他们站得太远,在“呼呼”的天然气燃烧声中他们根本听不到“赛勒斯兄长”

的声音。

“赛勒斯兄长”双手交叉抱在胸前。“迈克尔,我想同你谈一谈上帝这个话题。为了让你更容易理解,我就用科学术语来讲。”他把手伸进衣服口袋里,从中拿出了一本黑皮的小书,“用科学术语说,上帝就是组织原则。他是一个框架、一个公式、一个定理或者说一个程序。在创世的烈焰之中,上帝的意志造就了有血有肉的生灵,也造就了布满繁星的天空、星球和其他所有有生命的东西。我们人的思想其实都不过是他的爱的表现,因此他只在我们的灵魂深处同我们讲话。虽然他所创造的宇宙现在已经腐朽透顶,但是任何瑕疵都是可以剔除的,这也正是上帝的这个设计的精妙之处。”

塔玛拉和安吉尔再次齐声喊道:“是,兄长!”但是,“赛勒斯兄长”的目光仍然紧紧地盯在迈克尔的身上。

“早在两千年前,主就向我们作出了承诺,”他继续道,“要在世界末日来到的时候救赎这个世界,甚至连所有已经死亡的人也都会从长眠中醒来,并在‘天朝王国’中获得永生。这一切早就明明白白地写在这里面,每个人都是看得见的。”他举起手中的小黑书在空中挥舞:“但是,这个充满罪恶的世界却忘记了上帝的承诺,布道的牧师和教士们杜撰出了一个他们自己的‘天堂’,一个藏在云雾之中叫做‘来世’的‘天堂’。他们宣扬人死之后灵魂可以升天的所谓教义,这不仅同上帝的话背道而驰,而且也不符合逻辑。他们宣称,他们那个‘天堂’之所以从地球上看不见,是因为它存在于一个神秘莫测的实相层面上。其实,真正的原因很简单,他们的‘天堂’完全是臆想出来的子虚乌有的东西。”

“赛勒斯兄长”向前迈近了一步,迈克尔开始感到了恐惧。

“但是,上帝的承诺却不是臆想出来的。”“赛勒斯兄长”一边说,一边用手指敲了敲手中的书,“‘真正的信徒’们是不会忘记上帝的承诺的,因为他们知道‘天朝王国’确实存在,就像我们脚下的土地那样真实、可靠。主现在号召我们行动起来,加快他降临的步伐。他已经赐予我们需要的一切——科学和数学工具,现在我们再也不能等待下去了。我们完全能够摈弃这个罪恶的世界,为上帝永恒的统治扫清道路。”他又向迈克尔走近了一步,并且向他张开了双臂:“别害怕,我的孩子,虽然我们仍然会死,但是很快就会在上帝的天国里重生。所有的时钟都将停止走动,时间将会凝固;我们这个宇宙过去的整个历史都将被压缩成为一个短暂的瞬间,而上帝将把我们永久地拥抱在他的怀抱里。”

他再次向迈克尔迈近了一步,但是迈克尔没等他触摸到自己便开始号叫起来。“赛勒斯兄长”愣愣地张着双臂,在原地站了好几秒钟,然后抬起目光越过迈克尔的肩头向坑洞口望去,眼睛里再次闪耀出黄色的火光。“迈克尔,你现在必须以行动侍奉主;你必须告诉我们那些源代码,我们必须知道整个程序才能拔出上帝的神圣之剑‘埃克斯卡利伯神剑’。我这就向你展示一下那些企图阻止万能的主实现诺言的人会有什么下场。”

说完,他向后转过身体对他的追随者喊道:“把他带上来!”

在远离坑洞口的黑暗之中,迈克尔看到了几个人的身影。几秒钟后,3 个人出现在他的视线里——两个“赛勒斯兄长”的士兵架着一个身材高大而健壮的人向他们走来,这个人的双手被绑在身后,头上戴着一个黑色的头罩。两个士兵分别抓着这个囚犯的手臂,他拖着左腿在沙地中趺趺撞撞地行走。突然,他腿一软跪倒在地上,迈克尔看到他的双手都缠着已经浸透鲜血的绷带。他身上穿的是美国陆军军服,等他走近后迈克尔看清了他左肩上的臂章:第 75 游骑兵团;他胸前的名牌上写着:“拉姆西”。

两个士兵押着囚犯走到了“赛勒斯兄长”的面前,他伸出右手放到囚犯的头罩上,嘟囔了几句迈克尔听不懂的话。然后,“赛勒斯兄长”指着坑洞口大声命令道:“执行!”

塔玛拉和安吉尔再次将迈克尔转了一个圈,让他目睹两个士兵把囚犯带到了坑洞口的边沿上。囚犯踢打着双腿、拼命扭动身体,但是两个士兵已经把他高高地举起,他的双脚在空中无助地蹬踏。一时间,迈克尔突然觉得他们高举着那个囚犯,是要让他看清楚坑洞里燃烧的火焰,但是他心里同时又很清楚这个囚犯是不可能看到脚下的火焰的,因为他戴着头罩,什么也看不见。紧接着,两个士兵一使劲把囚犯扔进了燃烧的坑洞里。

熊熊燃烧的火焰仍然不断地在迈克尔眼前腾起,但是他已经再也看不到那个囚犯的身影,好像电脑出现了程序错误,显示屏停止在了一个固定的画面上,其他的所有数据都已经被删除。但是,他还是在火焰的呼啸声中听到了一声长长的哀号,在坑洞底部无数火苗之中看到了一个人形的火柱。

“主啊,请饶恕我们吧!”“赛勒斯兄长”大声喊道,“我们来了!我们将很快与你同在!”

迈克尔想捂住自己的耳朵,但是他不能,因为塔玛拉和安吉尔仍然死死地抓着他的胳膊。接着,他们把他拉到了"赛勒斯兄长"面前,"赛勒斯兄长"同样举起右手放到了迈克尔的前额上,他的左手上拿着一个银色的机器,看起来就像一个苹果音乐播放器。"赛勒斯兄长"拨开了机器上的一个开关,把机器举到了迈克尔的下巴前。

"告诉我们所有的源代码,"他一边说一边把头凑到了迈克尔的眼前,迈克尔连他头巾上的黑色纱线都看得一清二楚。"对着录音机说就行。我知道,你可以看见脑子里的整个程序。主已经把打开'天朝王国'之门的钥匙交给了你,现在你必须把它再交给我。"

他说的没错,迈克尔可以清楚地看到自己脑子里的程序,他甚至不用闭上眼睛也同样能够看到。软件中的源代码正在他的视线中一行行地闪现出来,不断向上滚动,就呈现在他和"赛勒斯兄长"的两张脸之间;量子变量和运算符在"赛勒斯兄长"黑色躯体的背景上显得十分明亮。但是,"赛勒斯兄长"是看不到它们的,只有迈克尔能看到。这是他一个人的秘密,也是他一个人的宝藏。

"迈克尔,任何事情的发生都是有目的的。那些源代码就是要告诉我们如何使用'埃克斯卡利伯神剑',让我们知道如何用主的这把剑对准这个破碎世界最薄弱的环节。然后,只要一击,我们就能够让它寿终正寝,让'天朝王国'取而代之。这正是主所承诺的结果。"

迈克尔摇了摇头。他才不在乎什么"天朝王国",只在乎自己曾经作出过的承诺,尤其是对大卫·斯威夫特作出过的承诺。他必须遵守自己的诺言。

"赛勒斯兄长"并没有继续说下去,只是举着录音机等待迈克尔开口。过了一会儿,他慢慢放下了手,迈步向后走去。他一边走一边扭头对塔玛拉说道:"那好吧,我再也不想浪费宝贵的时间了。把他扔进去。"

她抓着迈克尔的手突然捏得更紧了,不无惊讶地问道:"你说什么?"

"你听得很清楚,姐妹。把这个男孩扔到坑洞里去。"

她发出了一声低沉的呻吟,就像小狗受伤后的呜咽。她的手指深深地嵌入了迈克尔的二头肌:"兄长,再给他一点时间,到时候他肯定会……"

"不行!我们没有时间了!""赛勒斯兄长"提高了嗓门痛苦地喊道,"我不会继续容忍这小子的傲慢无礼,他如此顽固不化就是对上帝的公然挑衅。"

"但是,没有他我们怎么……"

"没有他,我们同样能够找到别的办法把'埃克斯卡利伯神剑'调整好。现在不许再说了，执行我的命令。"

迈克尔开始并没有意识到即将发生什么事情，直到安吉尔开始提起他的左臂时他才如梦初醒。安吉尔的动作很快，拉起他就向坑洞口走去，迈克尔立刻失去了平衡，但是塔玛拉却拉着他的另一只手臂，正使劲往相反的方向拉，同时大声叫道："不行，兄长！不能把他扔下去！"

迈克尔也在大声吼叫。他感到肩关节一阵疼痛，并且迅速地延伸到他的胸膛。他听到了其他人的喊叫声和急促的脚步声，但是肩上的剧痛让他的视线模糊了，他不得不闭上眼睛任凭他们摆布。接着，他感到塔玛拉松开了他的右臂，他睁开眼睛一看，发现两个士兵已经冲到塔玛拉的面前，其中一个抬手一拳打到她的脸上，另一个同时挥拳打向她的腹部。塔玛拉痛苦地弯下了腰，两个士兵立刻把她的双手拧到了身后，然后把她拖向一旁。塔玛拉软弱无力地耷拉着脑袋，鼻孔中流出的鲜血染红了她的嘴唇。

紧接着，另一个士兵走上前来，抓住了迈克尔的右臂。他的外貌酷似安吉尔，也穿着同样的防弹背心，背心上的防弹片一块块凸起，身上也挂满了手榴弹。唯一不同的是他戴在胸前的名牌，上面写的是"乔丹"。这个士兵就站在几秒钟前塔玛拉所站的地方，他一言不发地转向了坑洞口。然后，他和安吉尔迈着同样的步伐架着迈克尔向洞口边沿走去。

迈克尔就像刚才那个戴着头罩的男人一样，踢打着双脚、扭动着身体，但是安吉尔和乔丹都是十分强壮的男人，一直拖着他来到了坑洞的边上。他们让他双脚站在边沿上，直视着脚下升腾的火焰。他吓坏了，脚后跟使劲往地里扎，使出吃奶的力气向后挣扎。突然，脚下的沙土塌了下去，他的身体开始往下滑落，眼看着双腿就要随着塌陷的沙土坠向坑底。

就在这个时候，透过他自己号叫的声音，迈克尔听到了"赛勒斯兄长"的叫声："停！"接着，抓着迈克尔双臂的安吉尔和乔丹一使劲，把他从坑洞内提了出来，一甩手将他往后扔了出去。他感到自己在空中飞过，然后跌落在离坑口几步外的沙地上。他觉得脑子眩晕，心脏"咚咚"地跳个不停，口中还在大声地号叫，但是他发现自己嘴里发出的叫喊已经不是毫无意义的噪声，而是一连串的单词和数字——他叫喊着说出了那些无比重要的源代码：

"*Mixer equals Hadamard…qureg phase…qureg eigen…mixer phase for i equals zero…*

controlled multiply phase and eigen…return phase measure.”

他仰面朝天在地上躺了很长时间，一直背诵着整个程序。他的身体并没有受伤，但是他感到极度的恶心和虚弱。“赛勒斯兄长”弯腰站在他身旁，拿着录音机放在他嘴巴上方不远的地方，一字不漏地录下了他的每一句话。安吉尔和乔丹站在“赛勒斯兄长”身后，脸上闪烁着天然气燃烧的火光。从他们身后远处的某个地方，传来了塔玛拉痛苦的哭泣声。

他终于背完了整个程序的最后一个源代码。“赛勒斯兄长”站直身体，关上手中的录音机。“好了，我们回营地去，”他对他们说道，“马上把源代码输入计算机，看看是不是大功告成了。”

“赛勒斯兄长”离开坑洞口，向停放着小货车和“陆地巡洋舰”越野车的地方走去，安吉尔和乔丹同时举起右手，向走过他们身旁的“赛勒斯兄长”敬礼。接着，安吉尔向迈克尔弯下腰，伸出一只手说道：“起来。我们该走了。”

迈克尔发出一声声嘶力竭的号叫，猛地站起身来，然后使出全身的力气向安吉尔撞过去。他一头撞到了安吉尔的胸口上，伸手抓住了防弹衣上的凸起。安吉尔一时还没有反应过来，迈克尔已经仰起头再次撞向他的鼻子。安吉尔带着满脸惊讶的神情向后倒去，迈克尔也一起倒在了他的身上。然后，迈克尔滚到一旁，把双臂紧紧地抱在胸前，蜷起双腿用头抵住了自己的膝盖。

他再次听到了喊叫声和急促的脚步声，其他士兵跑过来，把他从地上拉起。但是，迈克尔仍然把身体蜷缩成一团，任由他们抬着他向小货车走去，直到他们把他扔进了车厢里，他才慢慢放松下来。当他确信已经没有一个士兵注意他的时候，他才把双手伸向肚脐部位，稍稍松开裤子上的皮带，把他从安吉尔的防弹衣上揪下来的一个圆圆的东西塞进了裤腰里。那是一枚 M67 型粉碎性手榴弹。

第十六章

大卫坐在一辆装甲轿车的后座上，透过车窗望着翠绿的以色列乡间景色。这辆车是“辛贝特”提供的，开车的人正是“辛贝特”的那位通讯专家阿亚·戈德堡。他受“辛贝特”指派，帮助联邦调查局追踪奥斯卡·罗布纳的手机方位，这个罗布纳就是化名欧拉姆·本·扎曼的那个人。露西尔坐在前排阿亚旁边的副驾驶位置上，而莫妮卡则同大卫一起坐在后座上。经过一天半的休息，莫妮卡已经感觉好多了。现在是下午2点钟，他们正行驶在通往索雷克核子研究中心的路上。大卫迫切希望今天结束的时候，他们能够真正取得一些进展。因此，此刻他心中一直感到惴惴不安，而每当他想起迈克尔的时候这种焦虑的心情就会变得格外沉重。

阿亚已经打开了车上的收音机，特拉维夫的一个电台正在播放富于激情的以色列流行歌曲。他一边驾着车沿1号公路行驶，一边同露西尔交谈，讨论同索雷克的安保主任见面时应该注意的问题。大卫扭头看了莫妮卡一眼，但是她正望着窗外的朱迪安山，因此无法看到她的眼神。上车以后，她一直没有说一句话。她不时下意识地抚摸着受伤的右臂，用左手隔着上衣右手的袖子摸一摸手臂上的绷带，脑子则深深地沉浸在自己的思绪之中。阳光从车窗外照射进来，照亮了她的半个脸——一只棕色的耳朵、一根弯弯的眉毛和一只炯炯有神的眼睛。大卫非常了解自己的妻子，立刻意识到她在干什么：她已经想出了一个好办法，现在正进一步完善自己的计划。

过了一会儿，前面的公路开始变得笔直而平坦，他们已经把朱利安山甩在了身后，开始穿越海岸平原地带。公路两旁都是绿茵茵的土地，有的种上了庄稼，有的则长满了野花。收音机里传出了一首模仿迈克尔·杰克逊的希伯来歌曲，阿亚跟着歌声哼唱起来。突然，车轮碾过地面上的一个坑，他们都从座位上弹了起来，莫妮卡不由自主地哼了一声。大卫再次扭头看着她，关切地问道："你还好吗？"

她默默地点了点头，眼睛来回转动，眼光仍然十分犀利。接着，她闭上了眼睛，长长地呼出一口气。几秒钟后她睁开眼睛，注视着大卫说道："我知道欧拉姆说的是什么东西了。"

"什么？你是说……"

"你还记得卡夫纳教士在犹太学校里说过的话吗？就是欧拉姆喋喋不休地谈论的那个疯狂的卡巴拉怪论？那个让他着了魔似的念头？"

"你是说'萨菲罗斯'和'信息'？"

"对，还有其他乱七八糟的东西。我们在犹太学校的时候我一直没有想明白，后来杀手冲进来向我们开枪，我也就把它们抛在了脑后。但是，现在我想明白了，我知道欧拉姆指的是什么。他说的是数字物理学。"她挪挪屁股，靠他近一些，然后向他探过身体，继续道，"他的原名叫奥斯卡・罗布纳，前半生是一个计算机科学家，对吧？但是，他同时也精通物理学，因为他的专长是开发核爆炸的模拟程序。所以，很自然他把计算机和物理学结合到了一起并且……"

"哇，你等等！"大卫举起双手让她停下来。虽然他是一个科学历史学家，但是他同莫妮卡不同，对当代物理学的最新进展并不十分了解。"你先告诉我，什么是'数字物理学'？"

"天哪，大卫，你得好好补补课才能跟上形势了。自从20世纪90年代约翰・阿奇博尔德・惠勒发表了那篇关于数字物理学的论文起，这一理论就一直是热门话题。你不会不知道惠勒吧？"

大卫点点头回答说："我当然知道。'黑洞'一词就是他发明的。几年前，他才刚刚去世。"

"我在普林斯顿教书的时候，惠勒就已经是那里物理系的退休名誉教授了。他是个伟大的物理学家，一个极富远见卓识的人。在他生命的最后几年里，他又把自己的研究转到了另一个全新的领域。物理系的有些人认为，进入老年后他变得多少有些癫狂，但是我对他这种执著的精神非常敬佩。他一直在不懈地努力，试图揭开一个最大的科学谜团——为什么人能够理解宇宙？比如说，为什么宇宙会遵循一套我们能够发现并理解的有序的数学定律，比如爱因斯坦的场方程或者量子理论定律？"

他又点了点头，渐渐地觉得这个理论似曾相识。宇宙的数学本质对科学历史学家和科学哲学家都是一个重要的命题。他问道：“惠勒的论文是怎么说的？”

“他认为，人们对宇宙的传统理解已经过时了。大多数人仍然认为，基本粒子就像微小的台球一样在时空表上来回滚动，而惠勒认为这种观点很荒唐，一个基本粒子并不具有物理实质，而只是一个量子值的集合体——能量、电荷、自旋，等等——所以，将其看做一个信息包更符合逻辑。时空本身也是信息，是一个表现维度曲率的巨大阵列。惠勒将这种假设称之为‘一切源自信息’。也就是说，所有物质都来源于信息。”

“等等，我听说过‘一切源自信息’的说法。”大卫努力在记忆中搜索，“这是最新的说法，原来叫‘计算宇宙’，对吧？”

“对，大同小异吧，是同一个意思。当两个粒子碰撞到一起的时候，它们便会互换信息：它们各自带着一组数值进入碰撞——就是输入——然后，带着另一组数值走出碰撞——就是输出。因此，这种粒子之间的交互现象就像在电脑芯片中进行的数学运算一样，而控制粒子彼此交换数值的程序就是物理定律，也就是‘统一场论’。你可以把整个宇宙想象成一台巨大的计算机，这台计算机已经运行了140亿年了。这就解释了为什么宇宙始终遵循数学定律的问题。由于粒子一直在不停地运算，所以从本质上讲世界是数学的世界。”

大卫疑惑地看了她一眼。他也知道，从20世纪60年代起，一些物理学家和计算机科学家就一直在研究计算宇宙的概念，但是绝大多数研究者后来已经放弃了这种观念，这也是大卫再也没有关注这个问题的原因。“不过，这种观点多少还是有些离奇，对吗？更像是一种比喻，而并不是一套真正的理论。那么，你的观点又是什么呢？当然啦，宇宙的运转可以很像一台计算机，但是这并不意味着我这个人就是一堆数据的集合体。”

“为什么不能？我们所看到的绝大多数东西都是一种幻象。就拿物体来说吧，虽然构成物体的原子几乎都是真空的，但是摸起来却都是实实在在的，而万有引力实际上就是时空的扭曲现象。所以，我们为什么就不可能是由信息构成的呢？”

“那么，照你这么说我们所有人都生活在某个家伙的电脑里面？就像《黑客帝国》电影中描述的那样？”

莫妮卡摇了摇头，回答说：“大卫，你行行好。在那些电影里，人的大脑都处在一台控制着世界的畸形电脑所产生的虚拟世界之中。但是，如果‘一切源自信息’的观点是对的,那么整个该死的宇宙就是某种天然计算机,你根本不可能离开它的程序而生活,因为它根本就没有别的东西。”

看到莫妮卡变得如此激动,大卫感到有些惊讶。他一直认为她是一个相当保守的科学家,如果没有实实在在的证据作为支撑,她是绝不会接受任何假设的理论的。看到她对“一切源自信息”的观点如此看重,他自己的观点也开始动摇了。他心里想,这个观点也可能并不是奇谈怪论。于是,他又问道:“但是,如果宇宙是一台计算机,那么是谁为它编制的程序?上帝吗?你是不是认为上帝编写了某种程序,从而创造出了整个世界?”

“这个嘛,很显然正是欧拉姆深信不疑的观点。还记得吗,他认为‘萨菲罗斯’就是上帝的各种程序?但是‘一切源自信息’的假设并不是建立在任何神的基础之上的,整个程序很可能是逐步进化而来的,都起源于一个单一的信息,而这个原始的信息正是在量子真空形成的同时产生的。后来,计算不断急剧扩大,产生出了庞大的随机数据,从这些数据中最终又产生出了许多信息串,这些信息串后来就成为了我们所知的物理定律,成为组织和管理所有计算的宇宙程序。再往后,又出现了更为复杂的算法,从而产生了星系、生命和意识。”

“但是,这个计算机的作用是什么?它一直不停地在计算什么东西?”

“在计算我们。这台计算机就围绕在我们周围,我们就是他计算出来的结果,是它的程序造就了我们这个太阳系,也是它的程序引导着我们人类的进化过程。我们的大脑就是一台微小的计算机,是从宇宙这个大计算机里产生出来的。如果换一个说法,你不妨把我们想象成在宇宙操作系统之上运行的子程序,就像在你计算机的视窗操作系统上运行的 PPT 和资源管理器程序。只不过,宇宙这台计算机不像我们的视窗操作系统有那么多的病毒,这真是谢天谢地。”莫妮卡微笑起来,“除此之外,它同普通计算机还有一个不同之处:宇宙是一个量子计算机,做运算的都是粒子,就像雅各布制造的量子计算机一样。从其本质上讲,雅各布正是侵入宇宙计算机的黑客。”

她一口气说下来,已经有些上气不接下气,但是仍然满脸挂着微笑,仰身靠到后座柔软的靠背上,静静地等待大卫作出反应。他吃惊地瞪大了眼睛,默默地看着她好几秒钟也没有说话,眼睛里流露出钦佩的目光。莫妮卡讲起话来非常具有说服力。“好吧,”他终于说道,“不过,‘神杖阵列’又是什么东西?它同‘一切源自信息’又有什么关系?”

“建造‘神杖阵列’的目的就是要证实这个假设,说明它并不是子虚乌有的臆想。作为一个计算机科学家,奥斯卡·罗布纳想出了一个绝妙的办法,可以证明自己成为欧拉姆·本·扎曼后提出的疯狂理论。”

“但是,‘神杖阵列’怎么能证明他的观点呢?它不过是彼此连接在一起的两只钟而已,对吗?”

“罗布纳的策略是把注意力集中在时间的流动上。在物理学中,时间是最为神秘莫测的概念之一。几十年来,世界理论物理学家们一直在苦苦思索,为什么存在时间而且为什么它只向一个方向移动?但是,如果你把宇宙想象成一台计算机的话,那么时间的作用就一清二楚了。每个计算机程序都是按照一个接一个的先后顺序进行运算的,所以每台计算机都必须有一个时钟,随着时钟的每一个滴答声,运算过程就向前进行了一步——比如说,第一次‘滴答’时程序一次输入了两个数字,然后第二次‘滴答’时程序又输入了第3个数字并将前两个数字的和同第3个数字相乘,以此类推下去。一台一兆赫的计算机,其时钟每秒‘滴答’一百万次,而一台千兆赫的计算机……”

“好了,好了,我知道了。”大卫说,“它的时钟每秒‘滴答’十亿次。”

“所以,它就更加强大,因为它在同一个时段内的运算能力要大得多。但是,宇宙的时钟运行的方式与此略有不同,因为它本身就是受宇宙程序控制的。而且,由于宇宙程序一直在不停地调整运行时间,因此它就会在物质世界留下蛛丝马迹:时间的流动时时刻刻都会出现十分微小的波动,这些时间流的差异是很容易被监测到的——只要你拥有两只非常精确的时钟,并把它们分别放置在相隔数千公里的两个不同的地方。这样一来,监测到的结果就可以证明宇宙程序的存在,说明‘一切源自信息’理论的正确性。”

“这么说,你认为雅各布·斯蒂尔就是为此牵扯进来的?他听说了罗布纳的想法,认为他可以通过建造‘神杖阵列’最终同罗布纳一起分享诺贝尔物理学奖?”

“没错,这完全说得通。因为他所研究的量子计算机技术同样是粒子陷阱技术,因此由他来设计‘神杖阵列’所需要的精确时钟易如反掌。而且,他可以挪用美国国防部高级研究计划局拨给他的项目研究经费,支付建造‘神杖阵列’的费用。”

“还有一个问题,在伊朗核试验当天上午他们监测到了时空瞬间破裂的情况,这又是怎么回事儿？你知道是什么引起时空破裂的吗？”

她没有立刻回答他的问题，汽车后部陷入了沉静，大卫听到了收音机里正播出的另一首以色列流行歌曲。接着，莫妮卡深吸了一口气并摇了摇头，刚才谈论宇宙计算机时的兴奋表情渐渐消失了。她又扭头凝望着车窗外，淡淡地道：“不知道，我还是没有想明白这个问题。我现在只知道一点：这次时空破裂是一个意外。但是，到底是什么导致了……”她的声音越来越小。

大卫也扭过头向另一侧的车窗外看去，恐惧再一次揪紧了他的心。到现在，迈克尔已经失踪整整3天了，他们甚至连绑架他的人是谁以及为什么绑架他都一无所知，唯一的线索就在这个精神有些失常的以色列科学家身上，而这个人一心只想证明宇宙就是一台超级计算机。而让人头疼的是，他们连他也一直没有找到。

大卫愁眉苦脸地闭上了眼睛，把前额靠在车窗玻璃上。不一会儿，他感觉到莫妮卡把一只手放到了他的肩上，然后慢慢而温柔地滑下他的臂膀，最后滑到了他的手上。他抓住她的手，她随即张开五指插到他的手指之中。两个人谁也没有再说一个字。

5分钟以后，汽车离开了1号公路，向西驶上了一条单车道公路。阿亚停止了哼唱并关上了车上的收音机。“快到了，”他告诉他们，“那就是进入帕勒马希姆空军基地的大门。”

大卫向前方看去，只见一片长着稀疏的荆棘和橄榄树的沙丘，一道高高的带刺铁丝网围墙从这片灌木丛林地带中钻过。透过铁丝网，大卫看见了不到1.6公里外的地中海。

阿亚开车来到大门外的岗亭前，站岗的士兵都穿着以色列空军的军服。他用希伯来语同当值的军官说了几句话，并拿出身份证让他查验。然后，士兵挥了挥手，让他们开车进了大门。这条路继续向海边延伸，一路经过了几个半掩在沙丘之间的沥青飞机着陆场。

露西尔透过前挡风玻璃观察了一会儿，然后转过头向阿亚问道：“这是一个直升飞机基地，对吗？”

“是的。”阿亚回答说，“我们的‘黑鹰’和‘眼镜蛇’直升机都部署在这里，同时这里还是我们发射导弹和卫星的基地。我们国家虽然很小，但是脑子精明的人却很多，你说是吗？除了奥斯卡·罗布纳以外，还有好多科学家都在这里工作过。”

“那就好，但愿奥斯卡上周四来这里的时候，向其他某个科学家说过什么话。我们寄希望于这个家伙能为我们提供一条有用的线索。”

当他们接近基地中的飞机跑道的时候,阿亚向右转弯,朝一片低矮的建筑驶去。在这片建筑的中心地带,有一幢房子带有一个形状古怪的圆顶,看起来就像一个白色的茶杯倒扣在杯碟上。大卫在“物理学家和平事业”的工作中曾编纂过一个世界核设施目录,因此立刻就认出了它。那是一个5兆瓦的核反应堆,是索雷克核子研究中心的核心建筑。

阿亚在离反应堆约90米外的一个停车位上停好车,然后带着他们向研究中心的行政楼走去。索雷克保安部主任拉姆·艾伦的办公室就在行政楼的一层。

一走进拉姆的办公室,大卫就感觉到情况不妙——拉姆长着一副凶神恶煞的面孔,身材高大,橄榄色的皮肤,强壮的肌肉非常显眼。他戴着一副墨镜,身着以色列空军军服,腰间的枪套里插着一把大型“沙漠之鹰”手枪(注:“沙漠之鹰”(Desert Eagle)手枪是由美国马格南公司研究、以色列军事工业公司生产的一种威力强大的手枪)。拉姆站在办公桌的后面,隔着桌子同阿亚握了握手,两个人彼此报以礼貌的微笑,用希伯来语互致问候。但是,当阿亚把他介绍给露西尔、大卫和莫妮卡的时候,他脸上的微笑立刻就消失了,很显然他对基地里出现美国人感到不快。

他们在拉姆桌前的椅子上坐下来,阿亚把身体靠在椅背上。“我这几位联邦调查局的朋友希望找到罗布纳先生,”他开始用英语说道,“也就是欧拉姆·本·扎曼,这是他现在使用的名字。不知道你们的调查是否取得了进展。”

拉姆点了点头,但是脸上的表情依然冷漠。“我们已经确信罗布纳在上周四的晚上确实来过基地。”说完这句话,他便闭上了嘴,眼睛直视着正前方。

阿亚表现得十分沉稳,等待了几秒钟后才接着道:“啊,太好了,因为‘辛贝特’对此事也非常好奇,他们也很想知道,罗布纳的安全证件4年前就已经被撤销了,他是怎么大摇大摆地走进由以色列国防军严密把守的基地大门的。”

“那么,‘辛贝特’为什么要对这件事如此好奇啊?”拉姆问,“这是军事安全问题,并不是警察的事情。”

“这种事你是知道的,”阿亚耸了耸肩膀,“什么事情一旦引起了司法部某个大人物的兴趣,他就会哇啦哇啦地发号施令。典型的官僚陋习,对吧?”

“说得不错,完全是官僚陋习。所以,这里的事情同你和你的美国朋友毫不相干。”

阿亚再一次露出了微笑的表情，伸出双手缓和一下紧张的谈话气氛。“你看，拉姆，我们不想给你找麻烦，只想找到罗布纳。我们不能让他这样疯疯癫癫地到处乱窜，因为他那个脑袋瓜里装着不少秘密。所以呢，你不妨告诉我们他到索雷克来都干了些什么，还有——上帝开恩吧——此后他又去了哪里？”

拉姆并没有立刻回答，只是稳稳地坐在书桌后面看着他们，脸上毫不掩饰地挂着不满的情绪。然后，他把手伸进一个抽屉里，从里面拿出了一个卷宗，说：“罗布纳并不是大摇大摆地走进基地大门的，而是剪开铁丝网溜进来的。”他把卷宗递给阿亚：“我们确信，他是在星期四晚上 10 点左右潜入基地的，但不幸的是，我们一直到半夜才发现有人闯入了基地。”

阿亚打开卷宗翻看了几页，道：“你们的反应是不是太慢了一点，呃？基地周围难道没有安装入侵探测器吗？”

“我们装有运动传感器、红外线摄像机和闭路视频，但是罗布纳破坏了第 34 区的安全设施。报告里都写着呢。”

露西尔坐在阿亚身旁，她伸出头看了看卷宗里的报告，然后转向拉姆问道：“看来，罗布纳学到的本事并没有荒废，对吗？是从前在以色列总参谋部的特种部队里学到的吧？”

拉姆的眼光仍然停留在阿亚身上，根本不看帕克特工一眼：“总参谋部的特种部队是一支反恐精英部队，渗透是他们的拿手好戏。”

“既然你们的摄像机都失效了，你们怎么知道是罗布纳剪开了铁丝网？”

“只有第 34 区的摄像机失效了。一旦罗布纳进入基地之后，其他监视摄像机就会录下他的踪影。他当时仍然穿着他过去的以色列国防军军服，所以并没有立刻引起视频监视人员的怀疑，我们是在事后重放视频录像的时候才发现他的。”拉姆又把手伸进一个抽屉里，从中拿出了一个电脑磁盘，“这里面是第 203 号楼的摄像机拍下的录像。那幢楼是索雷克的仓库。根据安装在它前门的摄像机的记录，罗布纳是星期四晚上 10 点 17 分进入那个仓库的，1 分钟后他又出现在位于地下室的摄像机镜头里，直接走到了‘长期储藏室’的门口，在安保操作屏上输出了该储藏室的开门密码。10 点 52 分，摄像机再次拍到他走出储藏室并离开仓库的画面。后来，他离开了基地，很可能还是从进来时的同一个地方钻出去的。”

他把磁盘递给了阿亚。露西尔再次伸长了脖子，盯着磁盘看。“‘长期储藏室’里存放的是什么东西?”她问。

拉姆还是不愿意看她一眼,只是回答说:“什么都有,都是过去已经终止而且已经解密的实验项目留下的东西,仍然属于机密的东西都存放在第101号楼,那里的安全措施要严密得多。‘长期储藏室’里的绝大多数东西的存放时间都已经超过了20年。”

“那么这同罗布纳的研究项目有关吗?”大卫插话说,“也就是说,那个房间里的东西同他当年设计的核弹头有关吗?”

拉姆非常缓慢地转过头,把眼睛死死地盯在大卫的脸上。说出“核弹头”这个词显然是犯忌了,拉姆脸上的表情从冷漠变成了愤怒:“我不能评论罗布纳的研究内容。但是我再说一遍我刚才已经说过的话:凡是机密的东西都储藏在另一个地方,我们是不会把它们放到‘长期储藏室’里去的。”

“那么,‘长期储藏室’里有没有什么东西不见了?”莫妮卡问道,“你们肯定核对过物品清单吧?”

“什么东西也没有丢,”拉姆回答说,“但是,有些东西遭到了破坏。”

“是什么样的破坏?”

安保主任哼了一声,站起身来:“不要再问了。我这就带你们到储藏室去,你们自己看。然后,我希望这件事就此结束。”

* * * * * *

尼哥底母蹲伏在铁丝网外的灌木丛中,他调整着手中望远镜的焦距,以便看清楚索雷克行政楼前发生的事情。多亏“赛勒斯兄长”在“辛贝特”和联邦调查局里都有自己的情报员,尼哥底母已经事先得知了美国人要来这里调查的情报,甚至也知道了欧拉姆·本·扎曼的真实姓名。“赛勒斯兄长”决定除掉这个犹太人,并制订了一个新的计划,而尼哥底母现在的任务就是跟踪这几个美国人。他对这项任务并不感兴趣,因为现在他身上的每一个细胞都急于报仇,仅仅让他监视这些狗杂种而不许动手,让他觉得憋气。但是,“赛勒斯兄长”事先就告诫过他要沉住气,因此他必须服从。他们从事的是上帝的伟业,进入“天朝王国”将是对他们最大的奖赏。

大约15分钟以后,几个美国人和那个“辛贝特”的特工走出了行政楼。索雷克的安保主任——也是个肮脏的狗杂种——带着他们穿过一个停车场走向一幢灰色四方建筑,从外表看像是一个仓库。走在大卫·斯威夫特和莫妮卡·雷诺兹身边的就是那个联邦调查局特工,一个满头银发的丑陋肥婆。尼哥底母一边通过望远镜观察着他们的举动,一边咬住了嘴唇,强压住心头的怒火和复仇的冲动。他向望远镜中的几个目标低语道:你们蹦跶不了几天了,“真正的信徒们”很快就会出现在你们面前。

第十七章

拉姆带着他们来到“长期储藏室”，一进门他们就看见了被破坏的情况。这个房间十分宽大，墙上没有窗户，但是灯光很明亮，几十个木箱整齐地摆放成几排。这些木箱都很大，每一个都足以放进一个长沙发，木箱表面印有红色的希伯来语字母。房间的四壁洁白无瑕，铺着油毡的地面也非常洁净。因为一切都放置得井井有条，因此当大卫看到地上扔着一件已经被砸坏的铝制东西时，不免感到有些惊讶。这个东西被扔在两排木箱之间的过道上，紧挨着一个被打开的木箱，这个区域已经用黄色的犯罪现场警示带隔离起来，地上那个东西看上去就好像一具尸体。

大卫和莫妮卡走上前，站到阿亚和露西尔的前面，隔着警示带俯身仔细查看地上的东西。这是一个很大的银白色圆柱体，直径约0.9米、长度约3米。很明显，奥斯卡·罗布纳撬开了这个木箱，把这个东西从里面拖了出来，然后用榔头将其砸烂。圆柱体的表面已经多处凹陷，中段还被砸开了一个洞。大卫从这个洞口往里看，可见一些金属残片、扭曲的支架和断裂的柱状物。从这个东西的形状上判断，大卫估计它有可能是一个导弹套管，因为阿亚提到过，以色列国防军就是从帕勒马希姆空军基地发射导弹和卫星的，所以这个破损的圆柱体也许曾经是某种实验火箭的一部分，甚至有可能是为装载核弹头而专门设计的。

从露西尔脸上的表情不难看出，她的估计同大卫是一样的。她仔细地查看了几秒钟后，退后离开了警示带。接着，阿亚也后退到离圆柱体几步远的地方，然后转向安保主任问道：“请你告诉我，拉姆，那个破玩意儿里不会有放射性物质吧？”

拉姆皱起眉头回答说：“我已经告诉过你们，这里没有存放过任何敏感的东西。

这个储藏室里的大多数物品几乎都是垃圾，都是存放了多年而且不再保密的东西，根本没有任何使用价值。”他指着打开的那个木箱上的希伯来语字母，继续道：“那上面的日期表明了这个木箱封箱的时间——1989 年 8 月 15 日，已经差不多 22 年了。”

“那么，这是什么东西？”莫妮卡指着那个圆筒问，“既然已经解密，你就可以告诉我们，对吗？”

拉姆把手伸进衣服口袋里，拿出来一个小笔记本。他虽然仍然皱着眉头，但是脸上的愤怒表情已经消失，代之以困惑不解的神情。“这个东西的历史太长了，我们也很难确定它是什么，只知道是一个名叫‘切里夫’的项目留下来的。‘切里夫’在希伯来语中是‘剑’的意思。”他打开笔记本，看了看其中一页上的记录。“这个项目始于 1984 年，1989 年结束，参与这个项目的研究人员来自索雷克的‘激光科学实验室’和‘卫星开发组’。”

“奥斯卡·罗布纳参与过这个项目吗？”大卫问道。

拉姆摇摇头，道：“没有。那几年他在‘超级计算机实验室’工作。不过，索雷克各个实验室的研究人员经常在各种研讨会和社交活动中见面，所以罗布纳很可能也听说过‘切里夫’。”

莫妮卡还在盯着地上的圆筒看。“这么说，这是一个激光发射器？”她问拉姆，“或者是一颗卫星？”

“两者都是，”拉姆翻到笔记本的另一页，“这是一个计划发射到空间轨道上去的激光发射器，不过很显然，它根本就没有离开过地面。1989 年这个项目被取消了，从那以后这个激光发射器就一直被扔在这里。”

“那么，把它放到空间轨道上去是干什么用的？”

“很遗憾，我们的记录并不详尽，而且 20 世纪 90 年代索雷克对所有档案进行了数字化，部分文件又丢失了。我们曾经想同当时负责‘切里夫’的科学家们取得联系，结果其中的两人已经去世，而第三个人又得了老年痴呆症。”

大卫感到很沮丧：又是个该死的无头案。“没有年轻一些的人参与这个项目吗？比如助理研究员什么的？”

“我们正在寻找这些人。我们已经请求知道‘切里夫’项目的美国研究人员提供有关信息。”

这句话立刻引起了露西尔的注意。她走到拉姆跟前，眯起眼睛问道：“美国研究人员参与过这个项目?”

“是的,他们是位于加利福尼亚州的劳伦斯·利弗莫尔国家实验室的科学家。这个项目是利弗莫尔和索雷克的合作项目,研究成果由双方共同分享。”

露西尔流露出痛苦的表情,明显对拉姆没有事先提供这一情况而感到不快。利弗莫尔实验室是美国重要的核武器研制单位之一。“那些美国科学家叫什么名字?”她问道,“联邦调查局可以帮助你们找到他们。”

“我这里有一个参加过该项目的所有研究人员的名单。”拉姆在笔记本里寻找,很快找到了那一页,“对了,在这里。利弗莫尔为这个项目选定的代号叫‘埃克斯卡利伯’,这也是一把剑的名字,对吗?”

听到这个名字,大卫立刻感到有了希望,因为他也听说过“埃克斯卡利伯”。“请等一等。这个项目是不是‘星球大战’计划的一部分?你肯定知道,罗纳德·里根当年搞的那个导弹防御计划?”

拉姆耸耸肩,道:“记录中没有说明。不过,你的估计大概没错。美国人和以色列人在20世纪80年代确实在导弹防御计划的研究工作中合作过,原因很明显,以色列对这种防御技术非常感兴趣。”

大卫再次回头看了看地上的金属筒,特别是里面那些已经断裂的柱状物。没错,他现在终于明白那是些什么东西了。他曾经在书籍和文章中见到过这种装置的示意图,这肯定是冷战时期的产物,虽然公众早已经把它们忘记了,但是历史学家对他们却依然熟悉。他转身对露西尔说道:“我知道了,它叫‘埃克斯卡利伯神剑’。这是一种特别的激光武器,能够发射X射线激光束。这是‘奇爱博士’(注:美国电影《奇爱博士》(Dr. Strangelove)又名《我如何学会停止恐惧爱上炸弹》,“奇爱博士”是该电影中的主要人物之一。该片拍摄于20世纪60年代,是著名导演斯坦利·库布里克最受欢迎的作品之一。《奇爱博士》以黑色幽默的手法对战争狂人和冷战心态进行了嘲讽。片中的“奇爱博士”是美国总统的幕僚之一,也是毁灭性核大战的主要设计者,是一个不爱面包只爱炸弹的战争狂人)的最后一项发明。”

露西尔扬起一根眉毛不解地问道:“什么‘奇爱博士’?”

“我是指爱德华·泰勒,氢弹之父。他于20世纪80年代正式退休,但是退休后继续掌管着利弗莫尔实验室。正是他异想天开地提出了‘星球大战’计划,并且说服里根总统相信了这个计划。”

“哇,你讲慢点儿。”露西尔对他说,“我也听说过‘星球大战’计划,但是这个‘埃克斯卡利伯神剑’到底是什么玩意儿?”

“‘埃克斯卡利伯神剑’正是整个‘星球大战’计划最具代表性的一部分。泰勒的想法是,把他的X射线激光发射器同一枚核弹头结合在一起,然后把它们一起发射到地球轨道上。当苏联发起导弹攻击的时候,美国空军就可以向这颗‘卫星’发出一个指令,让核弹头在太空中爆炸,‘埃克斯卡利伯神剑’就会立刻把爆炸释放出的能量转换成激光束,把飞越大气层的苏联导弹通通打下来。”

莫妮卡抓住他的手肘,一个劲地点头,“我也听说过这个东西。这个装置里安装了许多激光棒,它们能够从核爆炸中吸收X放射线,对吧?然后,把每一个激光棒分别对准一个目标,同时发射激光束就可以一举摧毁整个导弹群,是这样吧?”

“没错。这是一个相当疯狂的战略,其野心勃勃的程度让人难以置信。美国政府在这个计划上花费了数亿美元。”大卫隔着警示带向圆筒俯下身体,用手指着圆筒内断裂的激光棒,“你们看到那些断头呈锯齿状的柱状物了吗?那就是被砸断的激光棒。每根激光棒大约有1米长,用数百根金属线制成,就像电缆中的导线一样绑在一起。”他移动手指指向那些扭曲的金属支架:“那里应该是放置核弹头的地方。核弹头必须在发射升空前装进这个圆筒之中,紧靠在那些激光棒旁边。核弹爆炸的时候,激光棒金属线里的原子会吸收爆炸发出的放射线,然后再以激光束的形式从激光棒的顶端释放出去。当然,核爆炸会摧毁整个装置,但是在这个装置蒸发掉之前激光束已经从激光棒的另一头发射出去了。而且,由于这种激光束具有X射线的频率,所以它们的能量比普通激光要大得多,足以打掉一枚苏联导弹。”

莫妮卡情不自禁地“嘘”了一声,盯着圆筒看了好几秒钟,然后转向大卫。“虽然说这种战略确实很疯狂,”她说,“但是,从技术层面上讲,还是相当令人惊讶的。”

“应该说,是一种具有开创性的技术。”大卫表示同意,“利弗莫尔实验室的研究人员干了一件前无古人的事情,而且在最初的实验中也取得了一些进展。他们造出了‘埃克斯卡利伯神剑’的原型机,在内华达试验场把X射线激光发射器也放到了核弹的旁边,核弹爆炸时,研究人员确实也监测到了从原型机中释放出来的激光束。于是,泰勒预言,‘埃克斯卡利伯神剑’可以在短短几年的时间内部署到太空中去。但是,这个计划后来却遇到了许多技术上的难题,美国政府后来又砍掉了研制经费。不久之后,苏联解体,冷战结束,美国也决定禁止所有核试验。这样一来,‘埃克斯卡利伯神剑’项目也就被迫取消。”他神情严肃地点了点头，继续道：“我告诉你们，这玩意儿真的是个了不起的东西，但是我们应该做的不是把原子弹放到太空中去，而是把它们彻底销毁。”

一席话说完，并没有人反驳他的观点，整个房间里静悄悄的，让大卫感到有些吃惊。过了一会儿，阿亚走到他跟前说：“好了，现在我们已经知道这是什么东西了，没错吧？利弗莫尔实验室和索雷克实验室共享信息，所以毫无疑问以色列的研究人员也就造出了他们自己的激光发射器原型机。但是，问题在于这么多年过去了，罗布纳为什么还要专门跑到这里来把它砸烂呢？他这么做的意义何在？”

“也许罗布纳是一个叛徒，”露西尔分析说，“他可能同伊朗人勾结在一起。所以，他要破坏掉这个防御系统，以防以色列人用它来打下伊朗的导弹。”

“但是，‘埃克斯卡利伯神剑’计划半途夭折了，根本就不能使用。”阿亚一针见血地指出，“以色列国防军自从把它放进储藏室以后，就再也没有想到过它。并且，现在以色列已经建立起了其他导弹防御系统——‘爱国者’导弹和‘箭-2’拦截导弹，如果说罗布纳的目的是破坏导弹防御体系，那么他为什么不去破坏那些导弹呢？”

“因为那些导弹系统都处在极度严密的保护之下，”露西尔回答说，“罗布纳只是尽其所能，然后就溜之大吉。”

阿亚脸上露出了似笑非笑的怀疑表情，虽然什么话也没有说，但是显然他并不同意她的观点。

大卫摇了摇头，说：“不对，罗布纳并不是那个坏蛋。我们已经知道，他正同雅各布·斯蒂尔一起开展一项实验，而且就在伊朗进行核试验的那天上午，他们监测到的什么东西让他们惊恐不已。雅各布说是时间流出现了异常，是时空被撕裂……”

“这纯粹是你们的猜测。”露西尔打断了他的话，“我们还需要更多的信息，必须……”

“罗布纳感觉到了危险，于是他立刻采取了行动。”大卫再一次指着砸烂的圆筒说道，“就在核爆炸之后的几个小时之内，他就急匆匆地跑到这里来，毁掉了这个激光发射器原型机。所以，我们可以得出这样一个结论：‘埃克斯卡利伯神剑’肯定同他预感到的危险密切相关，也就是说，这台X射线激光发射器就是危险的一部分。”

露西尔双手叉在后腰上，用怀疑的目光看着大卫，“‘埃克斯卡利伯神剑’是一种防御性武器，是为击落导弹而设计的，怎么可能成为一种威胁呢？”

大卫又摇摇头。他想起了莫妮卡说的有关"一切源自信息"和计算宇宙的那些话,想起了分别隐藏在耶路撒冷"和平之家"犹太学校和马里兰州立大学里的两只单粒子钟构成的"神杖阵列",也想起了在哥伦比亚大学报告厅外的走廊上最后一次见到雅各布·斯蒂尔的情景。大卫感觉到还有某件事情与此有关,这件事就在他记忆中的某个角落里,但是一时怎么也想不起来。

"我无法解释,"他最后道,"但是,我相信我的判断是正确的。"

*　　　*　　　*　　　*　　　*　　　*

他们离开索雷克的时候,太阳正向地中海的海平面沉下去。阿亚和露西尔仍然坐在汽车的前面,大卫和莫妮卡坐在后面,只是谁也没有说话,车上的收音机也没有打开。寻找奥斯卡·罗布纳一事至今毫无进展,虽然他们又发现了一个新的证据,但是关于这个人现在何处还是没有得到丝毫的线索。如果他们有充足的时间,也许可以逐一询问罗布纳过去的每一个同事,从而追寻他的足迹,解开他的失踪之谜——他的"神杖阵列"到底监测到了什么东西,他为什么要砸毁 X 射线激光发射器,以及他同迈克尔被绑架案是否具有某种联系,等等。但是,大卫很清楚他们没有那么多的时间,而且他们剩下的时间也已经越来越少了。

汽车向耶路撒冷驶去,他默默地望着车窗外,接近傍晚的阳光照在高速路旁的电线杆上,在地面上留下长长的影子,也给单调的旷野披上了一件金色的霓裳。他现在最为担心的事情是露西尔可能决定返回美国,因为调查毫无进展,她很可能要回到纽约重新思考调查的方向。大卫的直觉告诉他返回美国是错误的,但是如果她决定这么做,他也没有办法让她改变自己的决定。无论他同帕克特工已经建立起了多么友好的关系,说到底他仍然只是一介平民。

汽车已经行驶了一半的路程,高速路开始向上延伸进入朱迪安山。阿亚在路边的一个加油站停下车,准备为汽车加油。这条高速路上的交通并不繁忙,因此加油站里的车也很少。阿亚下了车向油泵走去,露西尔打开她那个巨大的黑色提包,从里面拿出了一支口红。大卫心神不宁地看了看莫妮卡,然后把身体凑到前排两个坐椅之间的空隙里,对露西尔说道:"你看,现在该怎么办?"他的声音流露出明显的忧虑情绪,"我们是继续留在以色列呢还是返回美国去?"

露西尔显然没有料到他会提出这个问题,对他的担忧感到吃惊。她放下手中的口红,扭过头看着他道:"你不用担心,斯威夫特,我们在这里的事情还没有完呢。"

他吃不准她说的是实话还是只想安慰他。“真的吗？我感觉，我们已经走进了一个死胡同。”

“不对，这你就不懂了。调查过程都是非常艰难的，你绝不能指望每询问一个人就能获得一次突破；在绝大多数情况下，你都会无功而返。你必须尝试各种各样的方法，直到最后找到一种切实有效的方法。”

“但是，我们下一步该做什么呢？看来，没有任何人知道罗布纳离开索雷克以后去了哪里，他现在可能在世界的任何一个地方。”

“我一直在想，我们也许不用再把注意力集中在作为计算机科学家的奥斯卡·罗布纳身上了，他现在叫欧拉姆·本·扎曼，是一个卡巴拉信徒。他同‘和平之家’犹太学校和在约旦河西岸的右翼犹太定居者有着密切的关系。这些极端右翼分子同美国有着千丝万缕的联系，所以联邦调查局掌握着有关他们的大量信息。”

“你是说，罗布纳有可能躲藏在西岸的某个犹太人定居者家里？”

“那里是藏身的好地方。有些定居者住在偏远的山头上，四周都是巴勒斯坦人的村庄，以色列当局很少到那些地方去，并且定居者们都是全副武装，时刻准备同巴勒斯坦人打仗。我让你看看这个。”说着，露西尔把手伸进提包里，拿出了一部“黑莓”手机。她用双手的大拇指轮番点击手机屏幕上的键盘，同时说道：“今天早上，我通过一条加密线路从联邦调查局在华盛顿的计算机里下载了一些有关以色列定居者的资料。”

很快，“黑莓”手机屏幕上出现了一个约旦河西岸犹太定居者的名单，按字母顺序排列。第一个定居者的名字叫“阿多拉”，第二个叫“阿雷·扎哈夫”。每个名字下面都附有一张这个定居者房屋的卫星照片，此外还有一些链接可以提供更多的相关信息。“哇，真了不起！”大卫感叹道。

“是啊，联邦调查局花费了数百万美元建立起了新的服务器和网络设备，但是即便如此，这个系统每个月至少都要瘫痪一次，所有窗口都会黑屏。我们在计算机方面始终就不顺利。”

她向下滚动定居者名单：阿尔菲·梅纳舍、阿龙·施伍特、阿尔蒙、阿加曼、阿里尔。但是，这些名字都没有引起他的注意，因为露西尔刚才的话终于让他想起了那件事情。刚才他站在索雷克基地的“长期储藏室”里的时候，记忆深处的某句话一直没有想起来，现在这句话突然之间出现在了他的脑海里。他想起来了，那是雅各布·斯蒂尔在哥伦比亚大学报告厅外的走廊里说过的话:“如果发生一次更大规模的时空破裂,就会带来灾难性的后果,整个世界的系统将瞬间崩溃。”

露西尔仍在向下滚动定居者的名单,并介绍这些人的有关情况——多勒夫、多兰、埃弗拉特、埃拉扎尔——但是,大卫的脑子已经高速运转起来,对她的介绍充耳未闻,他心中已经涌起了难以抑制的恐惧感。他转过身,一把抓住了莫妮卡的手臂,急切地说道:“我知道罗布纳的目的了!我知道他为什么要破坏掉那个激光发射器了!”

莫妮卡大吃一惊,不禁叫道:“天哪!到底怎么啦?”

“崩溃,就是计算机系统崩溃!这就是罗布纳感到恐惧的事情!”他指着露西尔手里的“黑莓”手机,“每一个计算机系统都会死机,对吧?到现在为止,这个该死的地球上还没有哪台计算机的系统没有崩溃过。”

莫妮卡紧紧地盯着他,眼神变得十分专注。她对他说:“好了,别着急。你刚才想说的是什么?”

“你难道还不明白吗?如果整个宇宙就是一台计算……”

就在这一瞬间,汽车的4个车门突然被一起打开了,一个身穿黑色外衣的男人出现在莫妮卡的身后,伸出一只戴着手套的手捂住了她的嘴巴,另一个男人同时出现在大卫一侧,也伸手捂住了大卫的嘴,还有两个男人一起扑向露西尔,迅速死死地抓住了她的两只手,使她根本来不及伸手掏枪。这4个人不仅行动迅速而且十分强壮,外衣下都穿着黑色的衬衣和黑色的裤子。大卫立刻感到他们就像袭击犹太学校的那些杀手,现在他们追到这里是要完成上次没能完成的使命。

仅仅几秒钟的时间,4个男人就已经挤进了汽车并且关上了车门。挤到驾驶座上的男人随即发动了引擎,大卫透过车窗看到了停放在加油泵另一侧的一辆黑色厢式货车,后门开着,两个男人正把不停挣扎的阿亚塞进货车里。接着,厢式货车的车门“嘭”的一声关上了,飞快地驶出了加油站。他们所在的这辆“辛贝特”的轿车紧随其后,快速地驶上了高速路。

大卫的头被人死死地按住,右脸贴在后座的靠背上。他可以清楚地看见莫妮卡身后的那个男人——秃顶,胸肌发达,一只眼睛戴着一个黑色的眼罩。那个男人冲他微微一笑,从莫妮卡身上松开手,放开了她的嘴巴。

“你们好!”他瓮声瓮气地开口道,“我就是欧拉姆·本·扎曼。”

第十八章

迈克尔呆呆地坐在那个旧床垫上，“赛勒斯兄长”的几个士兵突然走进了棚屋，一句话也没有说，便从电脑上拔掉了连接着营地里的柴油发电机的电源线。紧接着，他们开始拆卸桌上的“超级27”工作站，然后把整个工作站都搬到了棚屋外的汽车上，最后又锁上了棚屋的门。

迈克尔并不在乎这台计算机，反正昨晚从燃烧的坑洞口回来之后他就再也没有碰过它。他在书桌最下面的抽屉里发现了一个活页笔记本，于是把所有的时间都用来在这个笔记本上写字，铅笔也是在那个抽屉里找到的。他在笔记本的第一页上写上了“时空的发现”几个大字，这是《现代物理学入门》第三章的标题，这本教材也是莫妮卡送给他的19岁生日礼物。迈克尔早就把整部书记在了脑子里，现在他就在笔记本上逐字默写这个章节的文字，字迹非常工整，还画了一些根据他自己的理解创作的插图。他喜欢根据记忆默写书籍，这样做可以让他把其他所有的事情都抛到脑后。

重画书中的插图是迈克尔最得意的事情。第三章中有一张阿尔伯特·爱因斯坦的黑白照片，这也是他最喜欢的一张图片。图片的文字说明表明，这张照片拍于1905年，也就是爱因斯坦发现相对论的那一年。迈克尔尤其喜欢描绘这张照片，因为它展现了他的这位外曾祖父26岁时的风采，而那时的爱因斯坦只比他现在的年龄大7岁。但是，当他终于完成自己临摹的这幅肖像画以后，心头却不禁一阵难受。无论这幅画画得多好，脑子里还是出现了那个让他痛苦不堪的问题。看着爱因斯坦的画像，就让他想起了这位物理学家最伟大的发现“统一场论”现在已经落到了“赛勒斯兄长”的手里。除此之外，迈克尔还违背了自己的诺言，是他把这个重大的秘密泄露了出去。

现在的时间已经快到晚上6点，迈克尔放下了手中只剩下一小截的铅笔。他坐在床垫的边沿上，两眼呆呆地望着书桌上摆放过“超级27”工作站的地方。他要好好地想一想在那台计算机上看到的那个程序，虽然在现在的状况下这么做很困难。他想弄明白一个问题：“赛勒斯兄长”说他可以用那些源代码重造整个宇宙，这可能吗？就整个程序而言还存在另一个问题，即他自己并没有完全看懂这个程序，他只知道这个程序相当于“统一场论”，他已经补上了缺失的所有方程式并且把整个源代码逐行记在了脑子里。但是，就像大卫·斯威夫特多次告诫他的那样，记得并不意味着懂得。大卫经常要求迈克尔反复思考教材中的内容，把其中的知识真正琢磨透，直到完全理解为止。因此，他现在就应该立刻开始这项工作。于是，他闭上眼睛，开始仔细地思考这个程序的内容。

他首先得到的一个结论是，这个程序已经运行了相当长的时间了。根据《现代物理学入门》中的理论，宇宙在差不多140亿年前的大爆炸中诞生，从那时起就以现在这种形态一直存续至今。如果说这个程序有可能遭到破坏，那么这种情况在宇宙形成的最初几毫秒里就应该发生，因为当时的时空聚集了非常密集的能量。也就是说，整个宇宙应该在其刚刚诞生时又立刻以同样迅速的速度消亡。但是，这个程序并没有停止运行，而是挺过了充满原始旋涡的混沌期，并且在此后的漫长岁月中历经磨难并生存下来。迈克尔怀疑，程序中部分源代码的作用是负责清除计算错误的，从而防止整个系统受到非正常因素的影响。因此，迈克尔得出了一个结论：“赛勒斯兄长”的话是一派胡言，即使他能够造出一颗同银河系一样大小的炸弹，它爆炸后发出的能量也不足以改变这个程序的正常运行。

但是，迈克尔接着又想到了另一种可能性：“赛勒斯兄长”也许并不需要如此巨大的能量。宇宙虽然已经存续了相当漫长的时间，但是这并不能保证时空破裂不可能发生，而只是意味着发生的几率十分微小。在过去的至少140亿年之间，在可观测宇宙的任何一个地方都没有出现过自发的时空破裂现象，这无疑是最有力的证明。但是，可能性仍然是存在的，一个脑子精明的人可以通过人为方式引发时空破裂，这样一来原本十分微小的几率就大大提高了。

迈克尔紧锁眉头、使劲闭着眼睛，极力回忆程序中的每一个细节。渐渐地，整个程序再次在他眼睑后的黑色屏幕上呈现出来，他开始仔细检查每一行源代码。与此同时，他又想起了“赛勒斯兄长”所说的关于“天朝王国”的那些话：**所有的时钟都将停止**

走动，时间将会凝固；我们这个宇宙过去的整个历史将被压缩成为一个短暂的瞬间，而上帝将把我们永久地拥抱在他的怀抱里。就在迈克尔想起这段话的同时，程序中的一个源代码块引起了他的注意，他发现一些量子变量和运算符在源代码块中的位置发生了移动，经过这种重新排列之后程序发出的指令就彻底改变了。他感到很意外，自己先前竟然没有发现这个问题。因此，他立刻改变了自己刚刚得出的结论——“赛勒斯兄长”确实能够重造宇宙，只要将源代码略作改动就可以做到这一点。

迈克尔已经不敢继续想下去了。尽管棚屋里十分闷热，但是他却全身发抖。他睁开眼睛，呆呆地看着铺在地上的土耳其地毯。这是一张红色地毯，上面的图案为白色和橙色的多边形，由多个方形、三角形和六边形构成了一幅完美的棋盘式图案，每个图形之间既无缝隙也不重叠。迈克尔目不转睛地盯着地毯上的图案，仔细地研究了15分钟，试图找出它的旋转对称性，一时竟把心中的烦恼忘得一干二净。最后，他深吸了一口气，站起身来。

他向书桌后面的墙壁走去，找到了木头墙板上被人打出的那个孔。那台计算机的电源线就是从这个孔中穿进来的，只不过现在计算机和电源线都已经不复存在。迈克尔在地毯上跪下来，通过那个孔向外窥视。

他看到了停放在大约12米外的一辆绿色大卡车，就是这辆车把他转运到这个沙漠营地里来的。“赛勒斯兄长”的两个士兵站在货车的车厢里，在离大卡车不远处还有另外两个士兵。车外的这两个人正抬着一个长方形的黑色木箱缓慢地向卡车后面走去。这个木箱并不大，长度不过半米，因此迈克尔很惊讶这么个小箱子竟然需要两个人抬着走。两人来到卡车车厢处，把木箱递给了车厢里的那两个士兵。接着，车外的两个人又从地上抬起了一段长约3米、直径约15厘米的灰色管子，同样也把它装进了车厢里。然后，他们继续往车上装载其他东西，又不停地干了15分钟，才最后关上了车厢的门，开着卡车沿着沙漠中的车辙向西驶去。

此后，又有两个士兵为另一辆卡车装满了货物，同样向西驶去。接着是第3辆。最后，4辆“陆地巡洋舰”越野车和3辆“丰田”小货车也一起离开营地向西进发。到晚上7点钟的时候，营地上只留下了两辆“陆地巡洋舰”和1辆小货车。迈克尔数了数，营地中还有7个士兵，其中6人分成三组，每组两人，在空荡荡的棚屋之间来回巡逻。第7个士兵就是安吉尔，他正拿着无线电通话器说话。他的鼻梁上贴着一块纱布，面颊青紫，那是迈克尔一头向他撞去后留下的印记。

一看到安吉尔，迈克尔就转身离开了墙板上的那个孔，扭头看了看堆在床垫旁的一堆脏衣服。他偷来的那颗粉碎性手榴弹就藏在这堆脏衣服里，他特意把它包在自己那条满是尿迹的内裤中，因为他相信谁也不会去碰如此肮脏的东西。他很熟悉这种 M67 型手榴弹，因为在美国陆军为招募新兵而特别制作的一个名叫“美国陆军”的电脑游戏里，士兵们使用的就是这种手榴弹。他知道，M67 型手榴弹的杀伤半径接近 5 米，因此它在实战中非常有效，但是也正因为如此它现在又成为他眼前的一个问题：他不能向走进棚屋的某个士兵扔手榴弹，因为那就意味着他自己也会被炸死。他必须等待时机，一旦有人打开了棚屋的门，他也许可以带着这颗 M67 型手榴弹跑到屋外，把它扔向远处的士兵。但是，如果他想逃离这个营地，扔出手榴弹之前他就不得不确保“赛勒斯兄长”的 7 个士兵同时都处在一个半径不到 5 米的圆圈之内。

迈克尔陷入沉思之中，他再次环顾棚屋之内，最后盯上了身边的三样东西：他睡过的床垫、使用过的书桌和小便用的塑料桶。长期玩电脑游戏积累的经验告诉他，任何一个游戏程序都有捷径可循，在某个地方一定暗藏着杀机。你的人只要触碰到一个秘密开关，一扇门就会立刻打开；如果你找到某个隐藏起来的东西——一把钥匙、一个按铃或者一个小罐子——你眼前的敌人就会立刻消失。因此，迈克尔开始寻找可能隐藏起来的这个东西。首先，他注意到塑料桶旁边放着一块钢丝棉，那是用来擦洗桶底的尿碱的，迈克尔一直都没有碰过它。现在，他把它捡了起来。然后，他伸手从床垫上拿起了那个袖珍手电筒，那是为他半夜里起来找尿桶用的。他拧开电筒，取出里面的一节 9 伏特电池。最后，他走到书桌前，拉开了最上面的那个抽屉。抽屉里放着一大袋炸土豆片和塔玛拉前一天带给他的那个酒瓶。酒瓶里还有半瓶子棕色的液体，她管它叫“雅格炸弹”。

他把这 4 样东西一起拿到床垫旁，然后统统藏进了那一堆脏衣服之中。接着，他转过身向棚屋门口走去。他在心里对自己说：这只个游戏，我即将碰到那个秘密的开关。

迈克尔把手高高地举过头顶，然后开始敲打房门：“喂！”他大喊道：“喂！有人吗？来人啊！”

他等待着某个士兵的回答，但是他并没有听到有人向棚屋走来的脚步声。大约 10 秒钟后，他再次使劲敲打房门，仍然没有反应。就在他准备第三次敲门的时候，门突然打开了，安吉尔低下头走了进来。他身上仍然穿着昨晚那件鼓鼓囊囊的防弹衣，在狭小的棚屋内他的躯体显得越发庞大了。他右手中握着一把手枪,那是一把 M-9 半自动手枪。

迈克尔向后退去,然后在棚屋中间站住了脚步。一时间,他真希望自己偷的不是一枚手榴弹而是一把手枪,但是又觉得安吉尔丢了手枪肯定会发觉,而丢了一枚 M67 型手榴弹他到现在也不知道。

安吉尔手中的枪指着迈克尔的胸膛,两眼恶狠狠地盯着他看了足足有 6 秒钟,然后问道:"你想干什么?"

迈克尔把眼光集中到安吉尔脖子上那条半月状的伤疤上,虽然这条伤疤看上去也很丑陋,但是他感到还是比看着那张青紫色的脸或者黑洞洞的枪口要好一些。他说:"我想同塔玛拉讲话,能请你把她叫来吗?"

安吉尔用贴着纱布的鼻子"哼"了一声,道:"这办不到。塔玛拉现在是囚犯,就同你一样。"

"对不起,我听不明白。"

"这都是你的错。就是因为你,她才会抛弃了她的信仰。"安吉尔向前走近一步,举起手枪对准迈克尔的前额,"她现在被关在另一间棚屋里。主也许会饶恕她,但是'赛勒斯兄长'是绝不会放过她的。"

迈克尔握紧双手,以免发抖,手指甲深深地嵌入了手掌之中。"那好吧,我要见'赛勒斯兄长'。"他回答说,"我就同他谈,越快越好。"

"'赛勒斯兄长'现在不在营地里。你还想见其他什么人吗?"

"你知道他什么时候回来吗?"

"他不会回来了。你大概还没有注意到吧,我们正在撤营,马上就要向山里出发了,去一个叫库鲁兹戴的地方。"

这使迈克尔想起了塔玛拉对他说过的话,她说她到山里去了,去完成一项重要的工作。那座山在这个营地西南方向大约 210 公里的地方。"那么,我想在到达那里后立刻见到'赛勒斯兄长'。"

安吉尔不无得意地摇了摇脑袋,说:"告诉你一个不幸的消息吧:你不会跟我们一起离开了。你已经给我们惹了不少麻烦。"

"对不起,我不明白。"

"'赛勒斯兄长'会在 1 小时之内通过这个无线电通话器同我联系。他现在正在核实你给他提供的信息是否真实可靠，一旦他核实无误，我们就再也不需要你了。”

“对不起，我还是不……”

“好吧，我就实话告诉你吧。”安吉尔又向他走近了一步，伸直手臂把那把 M-9 手枪直接顶到了迈克尔的额头上，“只要我一接到‘赛勒斯兄长’的命令，就会一枪把你干掉。是上帝要除掉你这个绊脚石，而我会绝对服从他的旨意。在我进入主的‘天朝王国’之前，你将成为我亲手干掉的最后一个人。”

迈克尔的前额已经清楚地感觉到了冷冰冰的枪口，他一边继续看着安吉尔脖子上的伤疤一边开始发抖。他在心里再一次告诫自己：这只是一个游戏，而他玩游戏很在行。迈克尔心里十分清楚，论打斗他绝不是这个人的对手，但是论计谋他也许还有机会。安吉尔已经犯过一个错误，那么现在他也可能再犯另一个错误。

于是，迈克尔强迫自己抬起头，直视着安吉尔的脸——那个贴着纱布的鼻子，乌黑的眼圈，以及那一双阴森的棕色眼睛。他咧开嘴笑了起来，因为他刚刚想起了一句绝妙的话，现在说正合适。在电脑游戏《沙漠突击队》中有一段徒手搏斗的情节，其中一个士兵一拳打中了另一个士兵的鼻子，然后他说出了这句话：

“你的鼻子感觉还好吗，狗杂种？”

迈克尔刚刚说出这句话，就感到眼前一黑失去了知觉，等他清醒过来的时候，他发现自己已经躺在了土耳其地毯上。他只觉得左脸火辣辣地疼并且已经肿起来，他的左眼已经无法睁开。安吉尔已经消失了，棚屋内一片寂静，营地里的灯光透过棚屋墙板之间的缝隙照在黑暗的地面上。

他把头从左边转到右边，接着弯臂、屈腿，然后又活动了一下手指和脚趾。还好，没有一根骨头被打断。他挣扎着站起身来，立刻感到整个棚屋都在旋转，不过几秒钟后周围的景象终于慢慢停止不动了。他步履蹒跚地走到门后，把身体靠在上面。

他轻轻地推了推门，门向外移动了，眼前出现了一条不到一寸的缝，然后他又轻轻地把门拉回来关好。安吉尔大概气昏了头，竟然忘记了把门锁上。

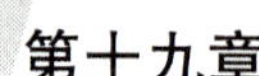

第十九章

欧拉姆·本·扎曼把他们带到了约旦河西岸。他的人先把车开到一个空荡荡的停车场上，把大卫、莫妮卡和露西尔转移到另一辆黑色厢式货车上，然后把那辆“辛贝特”的汽车丢弃在了那里。阿亚·戈德堡已经在车里，于是4个人很快在车厢的地板上坐了下来，几个身穿黑衣、手握“乌齐”冲锋枪的“戴编织便帽”的大胡子以色列人看守着他们。在此后的一个小时里，大卫再也没有看到车外的任何东西，但是从汽车不断转弯和颠簸的情况判断，他们正行驶在西岸曲折的背街小巷里。他开始感到眩晕，一方面是因为汽车不停地转弯，另一方面则是因为心中充满了焦虑。虽然终于找到了欧拉姆让他感到欣慰，但是这种见面的方式却是他万万没有料到的。

厢式货车最后终于停了下来，大胡子守卫们打开了车厢的后门。太阳即将落山，耀眼的光芒让大卫不得不眯缝起眼睛。欧拉姆的一个手下抓住大卫的胳膊，把他拉下了车，然后带着他向一座光秃秃的小山走去，山顶上停放着一些破旧的米黄色拖车。另一名以色列人押着莫妮卡。这时，从那些拖车里走出了更多“戴编织便帽”的人，每个人的肩上都挎着一把“乌齐”冲锋枪。在最大的那一辆拖车上挂着一面白色的旗帜，上面印着两颗犹太之星和这个定居点的名称——“沙赫维”。两个犹太人押着大卫和莫妮卡向这辆拖车走去，看来这辆车就是这个定居点的总部所在。其他几个犹太人则走向他们那辆厢式货车，把露西尔和阿亚拉下了车。大卫发现，那几个“戴编织便帽的人”把两名特工带向了另一辆拖车，心里开始紧张起来。

手持“乌齐”冲锋枪的犹太定居者把大卫和莫妮卡推进了总部拖车的车门，他们来到了一间没有窗户的房间里。房间的一头立着一个灰色的陈列柜，虽然只有普通冰箱那么高，但是却有三个冰箱那么宽，而且十分结实。房间的另一头是一张十分陈旧的书桌，后面放着一把折叠椅，前面有两把椅子。犹太守卫指了指两把椅子，大卫和莫妮卡心怀忐忑地在椅子上坐了下来，两个"戴编织便帽的人"则站在他们身后，手中的"乌齐"冲锋枪对准了他们的脑袋。一时间，大卫以为他们要在这里把他和莫妮卡枪决，但是紧接着欧拉姆·本·扎曼走了进来。他身上黑裤子的裤腿掖在战斗靴里，黑衬衣的衣袖高高地卷到手臂上。

由于欧拉姆·本·扎曼是个秃顶而且又戴着一个眼罩，他让大卫想起了以色列的一个大名鼎鼎的将军摩西·达扬（注：摩西·达扬（Moshe Dayan）是以色列著名军事领导人、军事学家。1915 年生于以色列一俄国犹太移民家庭。第二次世界大战期间参加英军并失去左眼，人称"独眼将军"。曾先后担任以色列农业部长、国防部长和外交部长，参加过戴维营谈判，1981 年病逝）。只不过欧拉姆的身材更加魁伟，身高至少有 1.98 米，肩膀宽阔、胸膛厚实，就像一名举重运动员。看起来，他简直可以用手抓起摩西·达扬，把他扔到约旦河对岸去。他的脸黝黑而粗糙，显然已经不再年轻——大卫后来想起来了，这个人已经 50 多岁了——然而，他脸上却有一个器官非常的出众，那就是那一只没有被蒙上的眼睛，蓝色的虹膜中透出炯炯有神的目光。当他向书桌走去的时候，那只眼睛也在闪闪发光。"好啊，好啊！你们终于来到我们这里了！"

说着，他向大卫伸出一只手，臂膀上的肌肉一条条地鼓起。大卫正要站起身来，但是身后的守卫却抓住他的肩膀把他按回到椅子上，所以他只好坐着同欧拉姆握了握手。大卫说："是啊。我是雅各布·斯蒂尔的朋友，我叫……"

"我知道你是谁。雅各布向我谈起过你。你叫大卫·斯威夫特，哥伦比亚大学历史系的教授，还是'物理学家和平事业'组织的主席。"他放开大卫的手，转向莫妮卡继续道，"你叫莫妮卡·雷诺兹，哥伦比亚大学的物理教授。请原谅我对你们进行突然袭击，把二位从高速公路上绑架到了这里。这确实不太文明，对吗？但是，我之所以这样做是因为我不得不确保没有人跟踪我们。"

大卫感到完全摸不着头脑，他脑子里有太多的问题要问欧拉姆，但是现在却不知道应该从哪里开始。"听着，我们遇到了一个非常紧急的情况。我们是同美国联邦调查局的人一起来到以色列的，因为……"

"没错，因为有人杀害了雅各布并且绑架了迈克尔·古普塔。以色列政府中有我的线人，知道吗，他们已经把你们来这里调查的事情告诉了我。可是问题在于，我们的敌人在有关政府中也有他们的线人，他们早就渗透到了以色列和美国的情报机构之中。”他转过身体走到书桌后面，在那张折叠椅子上坐下来，“所以，现在我的人正在询问联邦调查局的帕克特工和‘辛贝特’的戈德堡先生。”

莫妮卡不解地摇摇头，道：“但是，他们俩并不是你们的敌人，而是开展调查的特工。”

“我深表歉意，但是我们必须谨慎行事。我们正在同‘逆生树’的恶魔们战斗，而世界上到处都是他们的间谍。你们已经看到了，你们刚到达耶路撒冷，他们的杀手就找上门了。他们已经知道，你们和那些特工到以色列来就是为了寻找到我的下落。”

大卫不安地看着他问道：“什么是‘逆生树’？”

“在卡巴拉神秘学中，‘逆生树’是宇宙中的破坏力，即‘生命之树’的对立面，就是魔鬼，明白吗？不过，请不要误解我的意思，我们的敌人是人，并不是妖怪。”

大卫想，这可不好，欧拉姆准备向他灌输一大堆卡巴拉理论，必须把他拉回到现实中来。他问道：“按照你的说法，联邦调查局里有人被他们收买了？”

“无论联邦调查局还是‘辛贝特’都已经被他们渗透进去了。‘逆生树’急于找到我，所以才派出杀手一路跟踪你们到了‘和平之家’犹太学校。他们想杀掉我，但是却杀死了教士。”他那只独眼眯缝成一条线，“‘神杖阵列’从他们在卡维尔盐漠的实验中监测到了破裂的现象，因此我才发现了他们的计划，这就使他们感到坐立不安了。”

大卫从欧拉姆口中听到“神杖阵列”，终于感到松了一口气，因为现在他只想同身为科学家的奥斯卡·罗布纳谈论当前面临的问题，而不是同作为犹太神秘学者的欧拉姆·本·扎曼探讨神秘而深奥的卡巴拉学说。不过，莫妮卡却抢先发问了：“你说的是时空破裂吗？”她问道：“就是在伊朗核试验时发生的那种时空异常现象？”

欧拉姆点点头，回答说：“时空异常状况从卡维尔盐漠扩散开来，首先波及到我的粒子钟，然后又波及到雅各布的粒子钟。这种异常转瞬即逝，持续的时间还不到百万兆分之一秒，普通的原子钟没有我们的粒子钟精确，根本无法监测到。而我们人体的神经系统对如此短暂的异常情况就更加无法感受到，所以没有任何人察觉到任何异常。但是，在那转瞬即逝的一刹那间，时空破裂的程度却是极其严重的，时空破裂会导致时间被急剧压缩，几乎到了时间终止的边缘。”

“但是，是什么原因引起时空破裂的呢？”莫妮卡前倾身体，屁股已经坐到了椅子的边沿上，“原子弹爆炸是绝不可能引起这样的时空破裂的。”

欧拉姆没有立即回答，而是伸手拉开了书桌上的一个抽屉，从里面拿出一张纸放到书桌上，让大卫和莫妮卡自己看。那是一颗侦察卫星拍下的照片，照片上是位于某处沙漠中的一个钢筋水泥地堡。照片十分清晰，大卫甚至可以清楚地看到沙漠上人留下的脚印。一条土路一直延伸到地堡的入口，一辆卡车停放在地堡外。在地堡和卡车之间有一辆叉车，叉车上可见一个银色的圆筒状物体。

欧拉姆用手指敲了敲桌上照片中的那个圆筒状物体，说："这是以色列的一颗间谍卫星上星期三在卡维尔盐漠拍到的照片，也就是核试验的前一天。以色列国防军的情报分析专家都无法识别这个装置的性质，于是当天晚上他们通过加密邮件把这张照片发给了我。虽然我已经不再为情报部门工作，但是我仍然不时为那里的老朋友们提供一些帮助。我立刻就认出了这个装置并且告诉他们，那是一台'埃克斯卡利伯神剑'激光发射器的原型机。"

大卫俯身向前，仔细看着照片上那个银色的圆筒状装置，发现它的中部确实也有一块可滑动的盖板，那里就是放置核弹头的弹仓，也就是为击落苏联导弹的 X 射线激光束提供能量的能量源所在。"上帝啊，"他低声惊叹道，"这玩意儿怎么会跑到伊朗去了？它们不是美国导弹防御体系的武器吗？"

"我很清楚，伊朗人是不可能自己制造出这个东西的，他们的技术水平还远远没有达到这样的高度。因此，我断定这个激光发射器肯定是他们偷来的。于是，我马上打电话向索雷克研究中心的一位老同事进行了核实，他确认说以色列的那台 X 射线激光发射器仍然保存在实验室的储藏室里。但是，当我再打电话向美国劳伦斯·利弗莫尔国家实验室的一位朋友核实时，他却告诉我说他们的那台 X 射线激光发射器原型机已经在两个月前被人从储藏室里搬走了。他答应我查一查这件事情，然后再告诉我说那台原型机被送到了哪里。"欧拉姆摇摇头，"第二天早上，伊朗人就爆炸了他们自己的原子弹，而我们的'神杖阵列'就在爆炸的同时监测到了时空破裂的情况。于是，我意识到那些'逆生树'已经使用了他们偷来的那台 X 射线激光发射器原型机，而其用途同导弹防御毫不相干。"

莫妮卡从椅子上站了起来，开始在房间里踱步，守卫并没有阻止她。"这么说，伊朗人准备把'埃克斯卡利伯神剑'作为一种攻击性武器来使用？他们想发射 X 射线激光束来改变时空？"

欧拉姆再次摇了摇头，说："雷诺兹博士，实话告诉你吧，我之所以称他们是'逆生树’，正是因为我并不知道他们究竟是些什么人。这些人显然同伊朗方面勾结在一起，但是我相信伊朗方面并不真正知道‘逆生树’的计划是什么。你们都知道，伊朗想要毁灭以色列，甚至也想毁灭美国，但是‘逆生树’却想毁灭整个世界，我认为即使是伊朗人也还没有变得如此疯狂。”

大卫的胃里又开始痉挛，他先前坐在“辛贝特”的轿车里的时候，心中就产生了一种恐惧感，而现在这种恐惧感再次涌现出来。他的怀疑看来是正确的。“你是说就像一台计算机的系统崩溃？这些人想要让整个宇宙的系统彻底崩溃？”

“这么说，你们也知道宇宙程序？是卡夫纳教士告诉你们的吗？”

莫妮卡点了点头。“他把他所能理解的东西都告诉我们了。后来我们才意识到，他所说的事情都同‘一切源自信息’的假设有关，而且……”

“啊，这已经不是假设了。现在我们确信无疑地知道，‘一切源自信息’是真理。整个宇宙无疑就是一台不停运转的计算机，因为就在不久前我们刚刚亲眼目睹了这台计算机超载的事实。‘埃克斯卡利伯神剑’产生的激光束非常强大，足以破坏整个宇宙程序。”

“你说什么？”莫妮卡做了个鬼脸，“超载？”

“这是技术用语，也就是通常我们所说的内存缓冲区溢出。每一台计算机都有一个存储器，对吗？宇宙也不例外。”

“但是，怎么可能……”

“请容我为你解释。宇宙的存储器就在我们身体周围，嵌入了时空之中。每当我们把一些粒子放入宇宙的存储空间之中的时候，就是在给它的内存增加数据。但是，每个存储器都是有限的，如果你在一个狭小的存储空间中塞进大量的数据，那么当地的时空就会崩溃，形成一个黑洞。你们都知道什么是黑洞，对吧？”

“当然知道。”她用手在空中画了一个圆圈，催促欧拉姆赶快回到正题上。

“在一个黑洞的附近，任何物体都不可能生存下来，但是对于整个宇宙来说这并不会构成一个毁灭性的灾难。宇宙程序中具有校正算法功能，它会阻止超载对系统其他部分造成损害。黑洞具有极其巨大的吸引力，会使其周围的时空弯曲，但是它对整个时空的影响仍然只局限在一个单一的点上。你们明白了吗？”

大卫竭力跟上欧拉姆的讲解。“好吧，那么怎么把你这个理论运用到一台X射线激光发射器上？”

“一台激光发射器就是一种特殊的有序现象。激光束中的所有光粒子都具有相同的频率和相位，也就是说一台激光发射器中的信息是非常重复的。而宇宙的程序中具有存储这种重复数据的专业内存缓存。但是，当……”

“你等等。”莫妮卡伸出双手说道，“你说是专业内存缓存？你怎么知道这种内存缓存确实存在呢？”

欧拉姆微笑道：“宇宙并不是一台普通的计算机，而是一台非常高效的计算机。专业内存缓存通过压缩重复数据提高程序的效率。”他说得眉飞色舞，就好像宇宙程序的这一精妙性能让他感到无比自豪。但是，他脸上的微笑很快便消失了：“不幸的是，这个程序也有一个缺陷，同我们使用的普通计算机比起来，宇宙程序中的专业内存缓存系统更容易超载。因此，如果你把强烈的 X 射线激光束发射到宇宙某个狭小的空间之中的时候，巨大的数据流就会从存储器中溢出。在通常情况下，这种事情是不会发生的，因为大自然的正常运动难以产生出 X 射线激光束。但是，‘埃克斯卡利伯神剑’却能够激发出这种超载情况。你只要把‘埃克斯卡利伯神剑’产生的激光束对准这个圆筒装置中的真空区域就可以了。”

莫妮卡这时停止踱步，在欧拉姆书桌的一角站住了：“信息超载就会直接影响到宇宙计算机的其他部分？比如确定时空结构的部分？而‘神杖阵列’正是监测到了这种影响，对吗？”

“正是。‘神杖阵列’显示出时间维度受到了干扰，幸好干扰的程度非常微小。卡维尔盐漠发生时空破裂之后，宇宙程序中的校正算法立刻进行干预，将内存溢出隔离起来，以防止其对系统其他部分造成破坏。但是，我真正担心的是下一次实验。根据我的计算，如果‘逆生树’引爆另一颗威力更加巨大的核弹头，并且对 X 射线激光发射器进行进一步的修正，其结果将截然不同。如果激光束更强而且发射角度又精准无误，那么就会生成更多的数据，从而导致更多的内存缓存溢出，最终淹没校正算法。这样一来，内存溢出的地方的时空就会坍塌，系统错误就会以光速向外蔓延。”

莫妮卡咬了咬嘴唇，接着道：“就像一个急剧膨胀的气泡，所到之处无不毁灭殆尽。”

欧拉姆点了点头：“只需要二十分之一秒的时间，地球将不复存在。12 个小时后，整个太阳系也将毁灭。不过，依我看你的‘气泡’说法并不确切，那并不是一个简单的气泡，而是系统崩溃——一个错误在一瞬间将整个宇宙计算机冻结，导致其系统彻底崩溃。”

房间里一片寂静，大卫可以清楚地听到身后守卫呼吸的声音。作为计算机科学家的奥斯卡·罗布纳发布了一个让人心惊胆战的消息：20 多年前，冷战期间的武器专家们愚蠢地造出了“埃克斯卡利伯神剑”，而现在有人已经意识到了这台“末日机器”所潜藏的巨大威力。这台机器能够造成一场异乎寻常的灾难，而这种灾难在整个宇宙的漫长历史中却是亘古未有的。大卫意识到，这将是一个致命的事件，一个毁灭一切的终极错误。“但是，为什么有人想要毁掉宇宙的程序呢？”他问道，“这完全是彻头彻尾的集体自杀。”

欧拉姆耸耸肩，回答道：“我不知道‘逆生树’是些什么人，所以我也无法回答你的问题。但是，我可以做出这样一个猜测：你们看，宇宙系统崩溃会毁掉所有的物质，但是它并不能毁掉宇宙计算机本身，这同我们使用的普通计算机系统崩溃时是一样的，对吗？显示屏会黑屏，但是程序仍然可以重新启动。宇宙计算机也是同样的道理，可以重新启动，虚无之中将发生另一次创世大爆炸。不过，新宇宙的程序很可能同现在这个宇宙的程序截然不同。实际上，通过精巧的设计我们有可能有意使系统崩溃，从而对新宇宙计算机的软件系统进行特定的改写，比如改变某些现行的物理定律。我们可以调整光的速度和其他物理常数，从而创造出一个比我们这个宇宙更加简单抑或更加高效的宇宙。你可以由此创造出一种具有不同纬度的新时空，比如这个宇宙具有两个纬度的时间，你可以轻易地回到过去；你也可以让这个宇宙仅仅拥有一个纬度的时间，那么其中的万事万物都将处在永恒不变的状态之中。”

这时候，大卫也从椅子上站起身来，“这么说，这些人的目的是要造就一个更加美好的宇宙？也许那就是他们自己的某种‘天堂’？”

“谁知道呢？这个世界上有许多疯子，也有许多伪弥赛亚。他们甚至可能把我们这个旧宇宙中存储的信息提取出来，再把它输入即将诞生的新宇宙之中，就像凤凰浴火重生那样，对吗？这就像你把你电脑中的文件从微软的 Windows 系统转为苹果的 Mac 系统一样，所有信息都会以一种全新的格式重现出来。当然，重启宇宙计算机并不是一件轻而易举的事情，你必须十分精准地调整好‘埃克斯卡利伯神剑’中的激光棒的角度。但是，如果你了解宇宙计算机程序的所有细节，那么你就可以设法做到这一点。”

大卫站在欧拉姆的书桌前，低下头再一次看了看那张卡维尔盐漠试验场的照片。

他现在已经完全可以想象某个狂妄的白痴如何作出了重造宇宙的决定，这就是人性。但是，他这时突然想到了一个问题，并由此感到了一丝希望。他指着卫星照片上的那个银色圆筒，说："但是，他们从利弗莫尔偷来的那台激光发射器原型机，在发射激光之后就已经在卡维尔盐漠的核爆炸中被摧毁了，而以色列存放在索雷克的那一台又被你给砸烂了，那么，除非'逆生树'自己能造出一台新的 X 射线激光发射器，否则人类的安全仍然是有保障的，对不对？"

欧拉姆皱起眉头想了想，回答说："你忘记了一件重要的事情。'埃克斯卡利伯神剑'是在冷战后期研制出来的，当时的美国和苏联都派出了大量间谍刺探彼此的情报，而所有国家实验室都是情报工作的重要目标。只要一方开发出一种新技术，另一方通常都可以在短短几年的时间里仿造出同样的武器。"

"你指的是什么？你是说苏联人也制造了他们自己的 X 射线激光发射器？"

"根据我收集到的情报，苏联人在哈萨克斯坦的塞米巴拉金斯克核试验场上也造出了一台 X 射线激光发射器，但是他们也遇到了美国人遇到过的同样的技术难题。所以，到 1999 年的时候，他们也放弃了这项研究，把那台原型机放入了土库曼斯坦境内的一个军事仓库中存放起来。1991 年苏联解体的时候，军方根本没有想到要为这台机器操心，因为他们认为这个东西已经没有任何使用价值，于是在撤回俄罗斯时就把它和其他一些多余的设备遗留在了原地。"他把两个手掌平放在书桌上，站起身继续道，"现在，我们就要直奔塞米巴拉金斯克，我的那些老朋友已经答应借给我一架运输机，两小时后我们就从拉马特·大卫空军基地起飞。"

"你竟然同以色列国防军一起策划了这次行动？"

欧拉姆无奈地摇摇头，说："我告诉过你，我们既不能信任以色列政府也不能信任美国政府，因为到处都有'逆生树'的耳目。你们想想看，他们怎么能够从警卫森严的利弗莫尔国家实验室里把'埃克斯卡利伯神剑'偷运出来？我绝不会使用官方渠道，我不得不另辟蹊径。看一看你们的周围，这些人将是我们突击队的成员。"他抬起手指了指站在大卫椅子后面的两名守卫。大卫转身向后看去，发现两名"戴编织便帽的人"手中的"乌齐"冲锋枪的枪口已经不再指向他们的脑袋。"一共有 20 个人与我们同行，他们中的绝大多数人都是我在以色列总参谋部精英特种部队服役时的老战友。运输机会把我们送到阿塞拜疆的首都巴库，我们在那里已经租好了一条船，直接乘船跨过里海。土库曼斯坦的那个军事仓库就在离里海海岸不远的地方。"

莫妮卡满脸疑惑地问道:“你难道以为那台 X 射线激光发射器现在还在那里吗?这么多年来它就一直被扔在那个仓库里?”

“它仍然还在那个仓库里。我已经让我在‘摩萨德’里的朋友们确认过了,他们在中亚地区的间谍网非常出色。我们现在的任务就是要找到这台 X 射线激光发射器并且毁掉它。”

大卫向欧拉姆俯身问道:“那么迈克尔怎么办?我们也必须找到他。”

欧拉姆绕过书桌走到大卫跟前,高大的身躯就像一堵墙,他手臂上强壮的二头肌同大卫的鼻子处在同一个高度上,而他身上的狐臭味更让大卫感到畏惧。“迈克尔肯定在‘逆生树’手里,这一点我可以肯定。而且‘逆生树’肯定也会直奔那台 X 射线激光发射器而去,因此我断定我们一定会在土库曼斯坦找到迈克尔。”

“那好吧,我们跟你去。”大卫一边说一边昂起头看着欧拉姆的眼睛,“我们还必须保证迈克尔的生命安全。”

欧拉姆瞪大眼睛看了看他,然后伸出一只巨大的手臂搂住了大卫的肩膀,说:“你们当然要跟我们一起去!你难道还没有意识到我们为什么要把你们带到这里来吗?”他又用既羡慕又开心的眼神看了大卫一眼:“雅各布早就告诉过我两年前发生在你们俩身上的事情,你和雷诺兹博士成功地挽救了‘统一场论’。你们还没有意识到吧,你们已经成为‘克特尔’的工具了。”

“‘克特尔’?谁是‘克特尔’?”

“卡巴拉‘生命之树’由 10 个圆——即 10 个原质——和 22 条连接 10 个圆的直径组成,‘克特尔’就是 10 个圆中的第一个,也是最高的一个,它是宇宙计数的第一步,也就是第一存在。在上帝的神圣计划中,‘克特尔’的工具具有特别重要的意义。你们来到这里正是因为这个原因,各种疯狂的事情接连不断地发生在你们身上也是因为这个原因。‘克特尔’是上帝最为强大的工具,而现在你们作为上帝的工具将把胜利带给我们。”

当欧拉姆捏住大卫肩膀的时候,另一个守卫走进了房间,用希伯来语向欧拉姆说了几句话。欧拉姆点点头,转身对大卫说道:“我的人已经对帕克特工和戈德堡先生进行了审问,我们很幸运他们都不是间谍。现在,他们也可以一起加入这场战斗。我会向他们证明联邦调查局和‘辛贝特’已经被‘逆生树’大举渗透的事实,他们很快就会明白我们为什么要避开官方悄悄地行动。”欧拉姆仍然用手臂搂着大卫,带着他走到那个宽大的灰色陈列柜前。这个陈列柜有两扇滑动金属门,每扇高 1.5 米、宽 1.2 米。他对大卫说:“我希望帕克特工同我们一同前往土库曼斯坦,这样我们就多了一个优秀的士兵。至于戈德堡先生嘛,我另有安排。”

“你是不是应该先同他们本人谈一……”

“不用,戈德堡先生肯定会乐意接受这项工作的。他的任务是为我破译一些信息,这台机器可以给他提供一些帮助。”欧拉姆抓住陈列柜滑动金属门上的把手,拉开门。里面有许多导线和电子器件,数百个小玻璃管整齐地排列在一起。“‘神杖阵列’并不是我研究的唯一项目。我发现,利用雅各布的粒子陷阱技术还可以造出其他的东西。”

大卫伸长脖子向陈列柜中看去,并且特别仔细地查看了其中的一个玻璃管,他确实看到了里面有两根彼此相对的针状电极。这就是一个单粒子陷阱,同“神杖阵列”中的粒子陷阱是一样的,但是大卫已经感觉到这个装置并不是一个时钟,因为这些玻璃管上都连接着一根光纤,数百根光纤在玻璃管上方无序地纠结成一个光纤束,就好像人们在一个光纤服务接线盒里见到的情景,数据流就是通过这些光纤线进行传输的。

正当大卫专心察看眼前这个装置,苦苦思索其真正的用途的时候,来到他身后的莫妮卡却兴奋地感叹道:“喔,我的天哪,你这里捕获了几百个粒子!”

欧拉姆不无得意地点头道:“准确地说是 512 个粒子。”

“而且,它们彼此之间都用光纤线连接在一起!”莫妮卡指着那一团乱麻般的光纤束说道,“每个粒子释放出的光信号通过光纤线传送出去,对吗?粒子之间通过这些光信号相互作用,从而实现计算功能?”

欧拉姆骄傲地说道:“这个想法很棒,你说是吗?这是世界上第一台真正能够发挥实际用途的量子计算机。”

“但是,你是怎么做到的?我一直以为这项技术至今仍然没有过关。雅各布之所以放弃了对量子计算的研究,不就是这个原因吗?”

欧拉姆的表情立刻变得严肃起来。他回答说:“我之所以能够获得成功,那是因为我必须获得成功,因为我们同‘逆生树’的战斗亟需这种计算机。”

*　　*　　*　　*　　*　　*

太阳落山以后,尼哥底母把手中的望远镜转换成红外线模式,镜头中那几辆驶向沙赫维的拖车在黑色山顶的映衬下显示出明亮的白色长方形。那些以色列人和美国人企图偷偷溜进约旦河西岸的这个偏僻定居点，从而逃避他的监视，但是尼哥底母却一直跟在他们身后。现在，他站在定居点旁边一个山丘的山腰上，把自己的身躯隐藏在一块巨石后面，这里离定居点大约200米开外。沙赫维定居点里到处是武装的犹太人，一些人在定居点外围巡逻，另一些人则守卫在那辆最大的拖车旁，欧拉姆·本·扎曼就正在这辆拖车里同他的人开会。尼哥底母刚才已经在望远镜里看到了欧拉姆一眼，“赛勒斯兄长”的线人提供的长相特征非常准确：一个高大而秃顶的狗杂种，一只眼睛戴着黑色的眼罩。

尼哥底母正准备向另一个更近的观察点移动的时候，几个人从拖车里走了出来。虽然望远镜镜头中的红外线图像并不能显示出清晰的细节，但是他已经从那些人的轮廓上认出了斯威夫特和雷诺兹。五六个大胡子以色列人陪同他们走回到刚才那辆厢式货车旁，然后一起上了车。紧接着，欧拉姆同那个银白色头发的联邦调查局特工也从另一辆拖车里走了出来，两人一同走向另一辆相同的厢式货车。尼哥底母恨不得抓起身边的步枪把他们统统干掉，但是“赛勒斯兄长”给他的命令非常明确：除非能够确保把他们全部消灭，否则不许开枪。因此，他不得不攥紧了右手的五指，强压下心中战斗的冲动。他静静地观察着他们的行动，目睹两辆厢式货车离开了定居点，沿着土路向山下的公路驶去。虽然两辆车都没有打开前灯，但是在尼哥底母的望远镜里汽车引擎和排气管仍然清晰地显示出来。

几分钟后，两辆货车左转驶上了60号公路，一路向北驶去。这时，尼哥底母已经坐到了半公里外自己的车里。当车驶过纳布卢斯（注：纳布卢斯（Nablus）是巴勒斯坦地区的一个城市）的时候，他拿起了身边的无线电通话器。“赛勒斯兄长”听到他即将报告的这个消息，一定会非常高兴。

第二十章

夜幕降临之后，迈克尔渐渐感到脸上的疼痛开始减轻，慢慢地左眼也可以睁开了，在棚屋内走动也不再感到眩晕。不久，他听到了汽车发动机启动的声音，于是立刻跑到墙边从洞口中向外张望。他看到安吉尔和其他两个士兵坐进了一辆丰田小货车，随即离开营地，消失在土路的尽头。15 分钟前，太阳就是从那个方向落下了地平线。

他感到自己运气不错，因为现在整个营地里只剩下了 4 个士兵，他相信自己可以在夜色的掩护下轻易地从他们身旁溜走。但是，他同时也知道得很清楚，他不可能不在沙漠中留下足迹，一旦安吉尔回到营地后就会发现他已经逃走，他们肯定会开着小货车沿着他的足迹追踪，并且很快就能再次抓到他。因此，徒步逃走是行不通的。但是，营地里还停放着两辆"陆地巡洋舰"越野车，如果他能够搞到其中的一辆，就可以先于追捕他的士兵逃之夭夭。他虽然不会驾驶，但是塔玛拉会，安吉尔说过她现在就被关在另一间棚屋里。

剩下的 4 个士兵仍然分成两组在营地里巡逻。其中一组负责营地的西半部，沿着一条"8"字形的巡逻路线来回穿梭，另一组负责东半部，巡逻路线同样呈"8"字形。这种巡逻方式非常有效，士兵们可以始终观察到整个营地。但是，迈克尔发现其中一组的巡逻速度略快于另一组，这样一来每隔 6 分钟就会出现一个短暂的时间，使两组士兵都无法看到他这个棚屋的入口。他低头看了看自己的手表，决定在下一次机会来到时从棚屋里溜出去，他算了算，准确的时间应该是 8 点 57 分。天空虽然已经变得越来越黑暗，但是士兵们还没有打开带在身上的手电筒。

8 点 55 分，迈克尔打开那一大袋土豆片，然后将大约 6 盎司"雅格炸弹"鸡尾酒倒进袋子里，让土豆片充分浸透。那块钢丝绒和9伏特的电池已经放进了他的口袋里。8点56分，他从那堆脏衣服下面取出了M67型手榴弹，来到了棚屋门口。他用最后1分钟的时间在脑子里演习了一遍从《美国陆军》游戏中学到的知识：首先按住保险杆，再拔掉保险夹和保险销，手榴弹扔出后保险杆会自动松开，延迟引信被点燃，4秒钟后爆炸。

迈克尔右手拿着手榴弹和那袋土豆片，左手拿着“雅格炸弹”酒瓶，静静地等待了15秒钟。然后，他推开房门，一闪身来到棚屋外。

他发现屋外比他估计的要更加黑暗，在深灰色的沙漠背景下一座座棚屋就像一个个黑色的土包。他尽量轻轻地关上棚屋的门，然后向最近的一间棚屋跑去。他尽量靠近圆弧形的墙壁，始终让自己处于同巡逻的士兵们所在位置相反的方向，蹑手蹑脚地绕着棚屋潜行。正当他的赤脚慢慢移动的时候，从棚屋内传出了一声尖声的叫喊，他听出来了那是塔玛拉的声音，但是却无法确定她是在笑还是在哭。迈克尔想停下脚步仔细地听一听，但是他知道士兵们随时会走到看得见他的地方，所以他必须继续往前走。接着，他迅速跑过他与另一个棚屋之间的空地，来到了营地东南角上的那间棚屋前。他直接走到棚屋门口，拉开门躬身走了进去。

棚屋内漆黑一片，但是迈克尔的双脚已经感觉到了铺在地上的床垫和几堆衣物。他认为，这里肯定就是士兵们睡觉的地方。他摸索着走到与门相对的墙边，把手榴弹、装着土豆片的袋子和“雅格炸弹”酒瓶一一放在地毯上，然后再从衣服口袋里拿出了钢丝绒和9伏特电池。

迈克尔脑子里有关电的基本知识是从《简明科学百科全书》上学来的，因此，他知道一节9伏特的电池比一节充电电池或者普通5号电池的电力要强得多，这是因为这种电池能以更大的力量推动电子在两级之间流动。如果用一种高电阻的导体将电池的两极连接起来，电流通过时这个导体就会发热，而钢丝绒正是一种高电阻的导体。于是，他拿起钢丝绒开始同时摩擦电池顶部的两个电极，很快被摩擦部分的钢丝绒网眼开始变成了橘红色并紧接着冒出了火苗。这种情景他早在Youtube视频网站上看到过，并且一直想亲手尝试一番。

迈克尔把开始燃烧的钢丝绒放到地毯旁边的墙角下，然后拿起土豆片口袋，把浸透“雅格炸弹”鸡尾酒的土豆片全部倒在火苗上。由于炸土豆片上浸满了酒精和油脂，因此极易燃烧。接着，他把酒瓶里剩下的鸡尾酒泼洒到四周的地面上，其实这已经并不需要了,因为羊毛地毯和木头墙板都十分干燥,无须任何助燃材料即可燃烧。当迈克尔跑出棚屋门口的时候,火苗已经开始在地面上蔓延并爬上了板墙。

他跑到离棚屋大约 10 米远的一个沙堆后面,把整个身体平躺在沙地上,右手紧握着那一枚 M67 型粉碎性手榴弹,静静地等候前来灭火的士兵。其实,正是计划中的这一部分一开始时就难住了他,因为他极其不善于揣摩其他人的心理,而他必须解决的一个重要问题就是:如何能够把 4 个士兵同时吸引到手榴弹的有效杀伤半径之内?他感到自己很难设身处地地去思考这个问题——他甚至觉得“设身处地”这个成语本身就让他想不明白——因此,他想象不出能有什么事情能够把这些士兵吸引到一起去。但是,他后来突然想起了烈焰升腾的达尔瓦扎天然气坑洞的景象,他觉得一场火灾肯定是士兵们无法漠视的,只要这场火烧得够大,他们必然要作出反应。棚屋内肯定放着他们各自的私人财物,他们一定会立刻赶来灭火,以便抢救出自己的东西。

结果,一切都按照他的愿望发生了。一组士兵首先赶到,紧接着另一组也跑了过来。他们聚在一起,一边大声叫喊一边用脚上的靴子踏灭地上四散的火苗。迈克尔从沙堆后站起来,一扬手把手榴弹扔了出去。手榴弹在空中划过一道完美的弧线,准确地落在了士兵们中间,随着爆炸声的响起,4 个士兵无一幸免地被炸死在地。

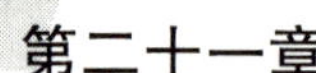

第二十一章

安吉尔很生气,不久前开往库鲁兹戴的车队中有一辆卡车在离达尔瓦扎营地16公里处偏离了道路,陷进了一条沟里。因为只有他的小货车拥有足够的马力把这辆卡车从沙沟里拖出来,所以他不得不带上两名士兵前往事故地点营救。他觉得,执行这样的任务多少有些有损他的人格——他是一名"上帝的战士",而不是从沟里把汽车拖出来的苦力! 但是,他又不能置之不理,因为这个车队正把非常重要的物资运送到"赛勒斯兄长"那里去。

不过还算幸运,他和手下第一次拖拽就把卡车从沙沟里拉了出来,任务迅速完成。当两个士兵正从卡车上摘下拖绳的时候,从安吉尔的无线电通话器里传来了"赛勒斯兄长"的呼叫:"总部呼叫安吉尔。你在吗,安吉尔?"

他慌忙拿起通话器,按下通话键回答道:"我是安吉尔。等候你的指示。完毕。"

"主赐予我们一切,安吉尔。我们即将在天堂里重逢。完毕。"

安吉尔的脸上露出了开心的笑容。"赛勒斯兄长"话里的真正意思是:一切准备就绪。他已经对迈克尔提供的源代码进行了核实,并在他那些功能强大的计算机上运行了完善后的整个程序,证明其已经完整有效。现在,主的计划已经进入了最后实施阶段,48小时之后人类将获得救赎。

"收到。"安吉尔回答说,"请求开始清场。完毕。"

"同意。祝你平安,安吉尔。完毕,结束通话。"

安吉尔把通话器重新挂到腰间的皮带上,命令手下上车回营。他自己随即坐到方向盘前,掉转车头向达尔瓦扎营地驶去。他历来不喜欢干清场一类的事情,也不愿意亲手射杀塔玛拉——在失去自己信仰之前，她原本是一个相当出色的战士——不过，他对即将干掉那个可恶的小子却感到相当满足。那小子长着一个冥顽不化的花岗岩脑袋，必须受到惩罚。安吉尔双手紧紧握住汽车的方向盘，不无得意地想象着自己的双手已经掐住了迈克尔的脖子。他根本用不着在他身上浪费子弹。

* * * * * *

突如其来的爆炸声把塔玛拉吓了一跳，几秒钟前她刚刚闻到了一股烟味，因此她最初的判断是某间棚屋失火，从而引爆了棚屋内的弹药箱。但是，爆炸声过后整个营地却陷入了一片寂静，没有士兵们的叫喊声，没有无线电通话器的“咔咔”声，也没有任何人在沙地上奔跑的脚步声。但是，没过多久她却听到从离她很近的地方传来了一阵响动，很显然有人正在打开她门上的锁。塔玛拉立刻站起身，作好了给来人狠狠一击的准备。接着，门开了，一个头发蓬乱、赤着双脚的19岁男孩出现在门口，他的一只眼睛已经青肿。

“迈克尔！”她大叫一声，“你这是怎么啦？”她张开双臂朝他跑去，但是又立刻停下了脚步。她想起来了，这孩子不喜欢别人碰他。

迈克尔后退一步，对她说道：“对不起，我们必须尽快离开这个营地。”

她仔细打量了一下迈克尔，他的表情从来就让人看不明白，而现在那张脸上就更显得难以琢磨。除了他左眼周围的淤伤，他的脸色也十分苍白，神情虚弱。“哦，我的天哪！”她叫道，“那是安吉尔干的吗？还是别的哪个士兵？”

“营地里的4个士兵都死了。我从他们身上拿来了两件武器。”

迈克尔说着举起了双手，直到这个时候塔玛拉才发现他手中拿着的东西——右手握着一把M-9型手枪，左手握着一枚MK3A2型震荡手榴弹。“迈克尔，把手榴弹给我！”她大喊一声，伸出手去拿手榴弹，“这东西很危险！”

但是，迈克尔又向后退了一步，举着手榴弹躲开了塔玛拉的手。他不动声色地说：“我知道怎样使用这种武器。”

他说起话来仍然慢条斯理而且平淡无奇，塔玛拉瞪大眼睛看了看他，然后无奈地摇了摇头。在这男孩身上一定发生了什么可怕的事情，从而已经改变了他温和的性情。看着他那张淤青的面孔，她内心里禁不住感到了一股寒意。

“我们应该尽快离开这个营地，”迈克尔再次说道，“安吉尔和其他两个士兵很快就会回来。”他把手枪插到裤腰里，再把手榴弹塞进了自己的口袋，然后转身走出了棚屋。

塔玛拉跟着迈克尔走了出去。天空中没有月亮,四周一片漆黑,唯有燃烧的棚屋在营地里洒下摇曳的黄色光影。不到 10 秒钟他们便来到了两辆“陆地巡洋舰”越野车跟前。塔玛拉透过较近一辆车的车窗向里看了一眼,发现车钥匙仍然插在点火开关上——真是谢天谢地。她立即拉开车门坐到了驾驶的位置上,发动了引擎。迈克尔打开了汽车另一边的车门,但是没有上车。

“快上车!”塔玛拉喊道,“你在等什么?”

他的眼睛注视着远处,举起一只手指着那个方向说道:“车灯。就在西面。”

* * * * * *

安吉尔简直难以相信眼前看到的一切:前方不远处的营地里,一间棚屋正在熊熊燃烧,而留在营地里的士兵竟然没有一个人通过无线电通话器向他报告,这种情况极不正常。除非他手下的人统统弃营而逃——这也完全有可能——否则,发生这样的紧急事件,他们一定会立刻同他取得联系的。

因为他把注意力全部集中在燃烧的棚屋上,所以一开始并没有立刻注意到营地左面的动静。这时,他突然发现一辆“陆地巡洋舰”正急速驶出营地,虽然车灯并没有打开,但是车身上反射出来的火光却让他发现了它的踪迹。这辆车驶上了向东的土路,直奔燃烧的达尔瓦扎天然气坑洞方向而去。

安吉尔使劲一脚踩下油门,小货车的车轮掀起一股沙尘加速向前冲去。来到营地前,他看到了燃烧的棚屋旁躺着几具尸体。准确地说,它们已经不能被称做“尸体”而应该是“尸体残骸”,因为那不过是一些仍然裹在卡其布残片中的身躯和断臂残腿。他的 4 个士兵都已经死亡,而杀害他们的囚犯正在逃跑。

安吉尔用一只手掌握住方向盘,扭头向身后的货箱里看了看,剩下的两名士兵都坐在带三脚架的 M240 机枪旁的弹药箱上。他想了想,可以让其中一人跳下小货车,去驾驶停放在前方 90 米开外营地中剩下的那辆“陆地巡洋舰”,另一个人则可以打开弹药箱,开始为机枪装上子弹带。

* * * * * *

塔玛拉一直没有打开车前灯,她本希望悄悄开出营地,然后消失在茫茫夜色之中,但是他们仍然很快就被安吉尔发现了。他开着小货车迅速向他们追过来,塔玛拉已经可以在后视镜中看到小货车耀眼的灯光。现在,她唯一的机会就是必须开得比他更快，因此她一使劲把油门踩到了底。她过去也多次驾驶“陆地巡洋舰”在沙漠上越野行驶，所以对这种车的优劣之处了如指掌。“陆地巡洋舰”虽然装有一台功率强大的V8引擎，但是操纵起来却像一头笨重的大象，而他们身后的丰田“坦途”小货车也装有一台同样的V8引擎，并且驾驶起来要灵活得多。这时，她发现身后又出现了另一辆车的灯光，那肯定是营地里的另一辆“陆地巡洋舰”，现在的情况已经变得对他们更加不利。她禁不住在心里埋怨自己道：我他妈当时在想什么呢？离开营地前应该首先扎破那辆车的轮胎。

他们正沿着一条小路行驶，现在这条小路开始爬上一道长长的沙脊，并且一路忽左忽右地在沙丘中穿行。小货车和另一辆“陆地巡洋舰”跟在他们身后大约60米远的地方，一直保持着一前一后的队形。但是，就在这个时候两组车灯突然分开，小货车开始沿着右边的另一条平行的小路行驶。塔玛拉很担心那条路可能会略短于他们行驶的这条路，如果那样的话那些混蛋就会抄到她们的前头，截断他们的去路。她想干脆离开小路彻底躲开他们的追踪，但是常识告诉她那样将更加危险——一旦他们陷进沙子里，她和迈克尔就必死无疑。她一边考虑对策，一边以尽可能快的速度驾驶，还要避免汽车翻覆或一头扎进沙丘里。就在这个时候，她突然听到身后传来“哒、哒、哒”的枪声，她知道那是安装在安吉尔那辆小货车的货箱里的M240机枪发出的声音。

她扭头对神情紧张地坐在副驾驶位置上的迈克尔大喊道：“低下头！低……”

M240机枪射出的一颗子弹击中了“陆地巡洋舰”的后窗，安全玻璃被打碎，塔玛拉感到自己的左脸颊受到一下撞击，一阵剧烈的疼痛直冲耳根和头皮，鲜血立刻顺着脸颊流到了脖子上。她以为自己中弹了，心中感到十分恐慌，双手差一点脱离了方向盘。但是，她突然发现她身边车门上的玻璃没有了，于是伸手摸了摸自己的左脸，发现脸上嵌入了几颗玻璃颗粒，并没有子弹造成的创伤。她这才意识到刚才那颗子弹从她身旁飞过，击碎了她身边的玻璃。她再次扭头看了一眼迈克尔，发现他已经躬身缩成一团，躲到了仪表盘上的小储物箱的下面。

“迈克尔！”她大声问道，“你没事吧？”

他没有回答。她感到自己的左耳开始出现耳鸣，风正从打碎的两扇玻璃中灌进车里。“迈克尔！迈克尔！”

“我没事。”他的声音很低，“你应该开快点儿。”

她把油门一踩到底，“陆地巡洋舰”随即发出一阵轰鸣，从沙地上一跃而起，然后又重重地跌落到地面上，颠簸着向沙脊上冲去。他们呼啸着冲过了散布着机器残骸的地区，接着又驶过了右边那个没有着火的黑糊糊的小坑洞。与他们平行的那条小路这时绕到了坑洞的另一边，工业残骸和沙丘挡住了小货车上射手的射界，机枪暂时停止了射击。但是，他们很快就会驶到沙脊的顶部并从另一侧开下去，两条小路就会在燃烧的天然气坑洞前再次会合到一起。另一辆"陆地巡洋舰"和小货车正配合追击，到时候"陆地巡洋舰"耀眼的车前灯就可以照亮他们的车，而小货车上的机枪就能轻易地瞄准他们这个目标，用不了多久，另一颗子弹就会打中他们，这场追逐就会彻底结束了。

"迈克尔！"她再次向他大喊道，"你那把手枪还在吗？"

"还在。"他回答说。

"我现在告诉你如何使用这把手枪。首先，你必须……"

"我知道如何使用这种武器。这是一把 9 毫米的 M－9 手枪，是美国陆军的标准配枪。"

"那好，棒极了。我要你向后面那辆车的车前灯射击。"

"后面那辆车离我们大约 90 米，而 M－9 手枪的有效射程是 50 米。"

"什么？你是说……"

"这种武器的准确度不足以击中车灯，尤其是在一辆行驶的车辆上使用的时候。"

"我只是想让你试试……"

"陆地巡洋舰"突然越过了沙脊顶部，他们同整辆车一起腾空而起，经过似乎无休止的飞行之后两个前轮终于重重地跌到了沙脊另一侧的小路上，接着"陆地巡洋舰"像一匹脱缰的野马向沙脊下冲去。熊熊燃烧的天然气坑洞就在前方不远的地方，殷红的坑洞口就像一只碗扣在汽车的挡风玻璃上，随着他们冲下沙脊，这只"碗"正迅速地变大。塔玛拉已经看到了仅仅 90 米外两条小路交会的地方，她飞快地看了一眼后视镜，只见小货车正从西南方向迅速赶上来。接着，小货车上的机枪再一次"哒、哒、哒"地响起，子弹雨点般地打在他们车后的沙地里。她突然意识到，打灭车灯现在已经变得毫无意义，因为在枪手的视线里他们已经被前方坑洞的火光映照得清晰无比。

在坑洞边沿一带地势变得相对平坦。他们刚刚驶过两条小路的交会处，塔玛拉就立即向左急转弯，试图拉开他们同小货车之间的距离。这时，她突然感到有人拍了拍她的肩膀。她扭头一看，发现迈克尔正从两个坐椅之间向后座爬去，同时他指了指挡风玻璃外坑洞北端的方向对她说道:“向那儿开,一直开到坑洞的边上。”

“迈克尔,你给我蹲下来!”

“我从营地士兵们身上拿来的另一件武器是一枚震荡手榴弹。我一会儿就把他扔到车后面去,但是首先你必须把车开到坑洞边上。”

塔玛拉再次扭头向后看了看,只见迈克尔已经爬到了汽车的后座上,右手正握着那枚手榴弹。她又喊道:“噢,上帝啊! 当心手榴……”

“我会算好时间,让手榴弹在离那两辆车最近的地方爆炸。我必须把它们同时炸掉,但是现在它们分得很开。所以,你必须把车开到坑洞边沿上去。”

虽然塔玛拉知道那样做很危险,但是她现在已经无计可施,任何方法都不得不试一试。所以,她不再同迈克尔争论,而是把车向右转,向坑洞北端驶去。

她再次看了看后视镜,小货车和另一辆“陆地巡洋舰”已经驶过小路的交会处,离他们已经不到 45 米远了。两辆车跟着他们向右转,驶到了离坑洞不到 6 米远的地方,正一前一后绕着坑洞边沿迅速赶上来。迈克尔向后转过身体,从被打碎的后挡风玻璃处向后张望。他双膝跪在后座上,手里握着手榴弹,嘴唇一张一合,大概是在计算时间。但是,塔玛拉觉得迈克尔的计划根本不可能实现,因为另一辆“陆地巡洋舰”处在小货车前方大约 12 米远的地方。如果迈克尔运气好,他也许可以炸掉“陆地巡洋舰”,但是绝不可能同时炸掉小货车。而炸掉“陆地巡洋舰”之后,他们就会彻底暴露在小货车上的机枪射手眼前,他就会立刻再次开火。

就在这个时候,迈克尔向她大喊一声:“向左转!”然后挥手扔出了手榴弹。

塔玛拉来不及思考,只能向左猛打方向盘。4 秒钟后爆炸声传来,她向后视镜里看去,只见另一辆“陆地巡洋舰”猛然腾空而起,就好像突然撞上了一个巨大的减速带。接着,它跌落在沙地上并开始翻滚,紧随其后的小货车紧急转向,躲避撞车的危险。紧接着,坑洞边沿开始坍塌,地面上出现了数十条宽大的裂缝,沙土地面迅速下陷。“陆地巡洋舰”和小货车都陷进了裂缝里,整个车体随着地面横着向坑洞中滑去。塔玛拉从后视镜里收回目光,猛踩一脚油门加速驶离坑洞边沿。这时,她听到身后隐约传来可怕的哀号声,当她再次向后视镜里看去的时候,两辆车都已经消失得无影无踪。天然气坑洞的洞口还在继续扩大,他们刚才所在的北端已经出现了一条新的锯齿状边沿,除此之外只剩下不断腾空而起的火焰,贪婪地舔舐着黑暗的夜空。

第二十二章

“露西尔，你他妈跑到哪儿去了？”

联邦调查局局长生气了。虽然他远在8 000公里之外华盛顿联邦调查局总部大楼一角的办公室里，但是电话中传来的咆哮声却清楚地说明了他愤怒的心情。露西尔不得不把“黑莓”手机从耳朵旁拿开几寸，耐着性子回答道：“我目前还在以色列，长官，就在约旦河西岸的某个地方。”准确地讲，她现在坐在欧拉姆·本·扎曼的一辆厢式货车里，正向北驶往以色列的拉马特·大卫空军基地，但是局长没有必要知道这个细节。如果欧拉姆的判断是正确的，联邦调查局确实已经被间谍所渗透，那么在电话里谈及过多的细节就是很不明智的。“我还在调查那个绑架案，但是遇到了一些相当复杂的问题。”

“约旦河西岸？我还以为你在耶路撒冷。”

“是啊，长官，请让我解释一下。我向你汇报过，这个案子有可能牵涉到国家安全的一些重大问题，我的估计是对的。我们一直在寻找的那个人其实是一名以色列计算机科学家，过去一直为以色列国防军从事机密研究工作。他告诉我们劳伦斯·利弗莫尔核子武器实验室被盗了，他已经找到了证据。确切地说，被盗的是一个他们称做X射线激光发射器的装置，它属于一个代号为‘埃克斯卡利伯神剑’的秘密研究项目。”

电话里出现了一段长时间的沉默，局长的沉默证明了她的怀疑是正确的。她知道，联邦调查局负责调查所有国家实验室出现的安全漏洞，所以局长对利弗莫尔实验室被盗一事肯定是知道的。“我听说了这个报告，”他终于说道，“上个星期四以色列政府同我们联系过，说是他们的间谍卫星在伊朗的核试验场拍到了‘埃克斯卡利伯神剑’的照片。但是,后来我们给利弗莫尔实验室主任打了电话,他却告诉我们说那台X射线激光发射器在两个月前就被拆毁并卖了废铁,他有记录文件可以证明这件事。所以,我们给以色列方面答复说,他们的情报错了,很可能是他们的分析人员对照片上的东西判断失误。”

“长官,我可以问一问吗,那些记录文件是从哪里来的?”

“是负责拆卸激光发射器的承包商提供的。这个承包商是加州萨克拉门托市的一家小公司,名叫‘逻各斯企业’。”

“这些记录可靠吗?”

“我们没有不相信他们的任何理由。到底怎么回事儿,露西尔?直说吧。”

露西尔深吸了一口气:“我在这里的联系人给我提供了一个情况,说他们根本就没有通过官方渠道同华盛顿分享过有关‘埃克斯卡利伯神剑’的情报。自从伊朗进行核试验以后,以色列的所有监听站都在不分昼夜地工作,对所有进出伊朗的通讯信号进行监听。上星期四晚上,他们截获了一条从加利福尼亚发往阿富汗西部地区的信息,那里离伊朗边界很近。这条信息使用的是美国军方的加密系统,但是以色列人已经把它破译出来了。”

“你说什么?”局长提高嗓门大叫道,露西尔不得不把“黑莓”手机拿得更远一些。“他们不可能破译我们的密码。绝不可能!”

他说的不错——以色列情报机构根本不可能破译美国军方的密码,但是欧拉姆·本·扎曼用他那台奇妙的量子计算机却做到了。离开沙赫维之前,欧拉姆曾向她解释过他的新技术,不过对她说来就像听天书一样。“不管是谁发送了这条信息,显然他已经毁掉了军方的这套加密方法。”她现在决不能透露真相,只好含糊其辞地避开这个问题。“总之,这条信息是这么说的:收到运送‘埃克斯卡利伯神剑’的要求。准备就绪,等候进一步指示。听见了吗,长官,这条信息说明他们想掩盖什么东西。”

“那么,发信息的是谁?接收信息的又是谁?”

“发送和接收这条信息的人使用的都是没有登记注册的无线通讯装置。但是,发信息的人是通过萨克拉门托的一个手机发射塔发出信息的,所以我认为你应该仔细调查一下这个‘逻各斯企业’。而接收信息的人则是通过阿富汗赫拉特市的一个发射塔接收到这个信息的。我同国家安全局的一个联系人核实过,他说在阿富汗那个地区的塔利班分子有时候确实会使用手机进行联系,但是他们从来没有使用过这条信息所使用的加密方式。”

电话另一头又出现了长时间的沉默。局长缄口不言，但是露西尔却听见了他用手指敲打桌面的声音，每当他情绪焦虑的时候就会情不自禁地这样做。“这可不妙，露西。即便往好处说，这也是非法使用军事密码，但是，如果这件事同塔利班或者伊朗核计划有关系，那我们的麻烦就大了。”

露西尔同意他的判断，自从欧拉姆告诉她有关“埃克斯卡利伯神剑”的事情后，她就一直忧心忡忡。欧拉姆所讲的东西她并不能完全听懂，而这个故事中最疯狂的内容——什么数据溢出啦、存储器啦，还有什么宇宙程序，等等——她又不愿意告诉局长，因为他肯定会认为她在胡说八道，一个字也不会听进去的。但是，以色列人截获的信息却是一条不容置疑的证据，它证明外国势力已经盗取了美国军方的密码并且渗透到了美国一个核武器实验室里，这无疑是一场非常严重的安全灾难。露西尔之所以同意参加欧拉姆组织的非官方行动，也是出于这种忧虑。在华盛顿潜藏着一窝鼹鼠，而且他们中的有些人已经混进了联邦调查局之中，她必须说服局长把这帮家伙彻底清除掉。

“长官，我可以提出一个建议吗？当你指派一个调查组前往‘逻各斯企业’进行调查的时候，告诉特工们千万不要提及密码通讯的事情，只需要进一步了解拆毁‘埃克斯卡利伯神剑’的细节问题。这样一来，这个承包商就会感到紧张，然后就很可能发出另一条信息，而我们可以将其截获。如果我们运气好，甚至有可能因此查出在阿富汗的接收人是谁，然后通过五角大楼把他们一网打尽。”

“这倒是个好主意。我马上开始行动。”他咳嗽了一声，手指又开始敲击桌面，“你到底在约旦河西岸的什么地方？”

露西尔看了看车窗外，他们现在离机场已经不到16公里远了。一旦她登上了欧拉姆的飞机，她就违反了联邦调查局特工手册中的几乎所有规定。不过，她想了想，即便如此也无所谓了，因为她正准备申请退休。“对不起，长官，你的信号要断了，等信号恢复以后我再同你联系。”

第二十三章

“赛勒斯兄长”摘下手套，空手拿起一块盘状铀。这东西直径约3寸、厚不足1寸，但是其质量却相当大，差不多有4.5公斤重。看上去，它就像一枚超大的硬币，通体呈暗淡的银白色。在“赛勒斯兄长”面前的黑色箱子里共有5块相同的盘状铀，每一块都放在一个铅皮圆格子里。在旁边的另一个箱子里还放着另外9个环状铀，一个环状铀正好可以套在一块盘状铀上。铀235的衰减过程十分缓慢，无论是盘状铀还是环状铀，单个拿在手里都没有危险，其放射性非常微小。实际上，你把它拿在手里根本感觉不到任何热度，但是，一旦把盘状铀和环状铀套在一起，它们就会立刻变成非常危险的东西。

“赛勒斯兄长”现在一共拥有90公斤浓缩铀，这已经远远超过了他实际需要的数量。这些浓缩铀是他从哈萨克斯坦的一个研究反应堆中得到的，虽然美国人极力阻止核走私行为，但是苏联解体后，却在中亚地区的几个相关设施里留下了重达几吨的浓缩铀，而这些设施至今仍然疏于防范。为了简便起见，“赛勒斯兄长”决定制造一个“炮管式”原子弹引爆装置，当年美国人摧毁广岛的那枚“小男孩”原子弹就是用这种装置引爆的。“赛勒斯兄长”在其职业生涯的早期阶段，为了监督新式核武器的研发工作，曾经学习过有关核武器的关键知识，因此对制造这种引爆装置的技术相当熟悉。那时候他还是一个狂妄自大的年轻人，满脑子世俗的欲望和勃勃的雄心。其实上帝一直在培养他，只是他现在才终于认识到，从他生命之初开始上帝就一直在引导着他前进的方向，不断为他提供各式各样的工具，使他最终得以实现救赎的使命。

“赛勒斯兄长”把盘状铀放回到箱子里，然后从椅子上站起来。他现在正站在一个宽6米、长12米的“快速拆装掩蔽所”内,这个名字对这个军用大帐篷来说多少有些夸张。在帐篷的中央垂直矗立着一根3米高的炮管,底端插进地下。盘状铀将被放置在炮管的底部,彼此松散地叠在一起;环状铀将被放置在靠近炮管顶部的一个子弹状的罐子里,然后将几个无烟炸药包填入炮管,置于子弹状罐子的上方。一切准备就绪后,“赛勒斯兄长”就可以向手下人发出引爆炸药的命令。爆炸将以超过每秒300米的速度把子弹状罐子推向炮管底部,猛烈撞击到盘状铀堆上。这时,环状铀将随之一一套到盘状铀上,从而使铀235变成致命的物质,铀原本缓慢的衰变期会在连锁反应中急剧加速,同时从数以万亿计的铀原子中释放出巨大的能量。

“赛勒斯兄长”走到炮管前,伸出手抚摸着这根巨大的钢管。这种引爆装置前不久已经在卡维尔盐漠试验场上证明了它的有效性。“赛勒斯兄长”向伊朗提供了他们所需要的所有东西,也包括从哈萨克斯坦的反应堆中盗取的另外45公斤浓缩铀。作为回报,伊朗革命卫队同意“赛勒斯兄长”把他从利弗莫尔实验室偷来的“埃克斯卡利伯神剑”原型机拿到伊朗做实验。他把与此同样的一根炮管插入到“神剑”巨大的银色筒身之中,于是伊朗制造的第一枚原子弹同美国制造的“埃克斯卡利伯神剑”珠联璧合地结合在了一起,看上去就好像在一个汽水易拉罐的罐体上插入了一支铅笔。原子弹爆炸时,“埃克斯卡利伯神剑”上的激光棒充分吸收了爆炸产生的X射线辐射能,把数十亿焦耳的能量转变成了12道强大的激光束并在圆筒内把它们聚集到一起。由于强大的X射线激光被聚集到了一个十分狭小的区域上,一瞬间密集的数据流被注入了从未容纳过如此巨大信息量的特定内存缓冲区中,从而冲破了宇宙程序的极限。但是,这次试验的结果并不足以导致整个系统的崩溃——宇宙就像我们人一样,是一个十分顽固的生灵,绝不愿意接受上帝之爱发出的光芒。然而,现在有了迈克尔提供的源代码,“赛勒斯兄长”已经知道应该如何调整激光射束的排列,从而克服宇宙程序中的校正算法的阻碍。更为重要的是,“赛勒斯兄长”这一次的计划是要引发一场更为巨大的爆炸,它产生的能量将达到上一次卡维尔盐漠实验的100倍,因此它将大大增加涌入内存缓冲区的数据量,确保宇宙系统崩溃,迎接“天朝王国”的到来。

“赛勒斯兄长”轻轻抚摸着炮管,闭上眼睛沉溺在无比激动的思绪中。为了走到今天这一步,他已经作出了巨大的牺牲,但是他还必须作出最后一次决定性的牺牲。这个世界受苦受难的历史已经十分漫长,在其存续的最后时刻再一次加深它的苦难似乎很残忍,却是非常必要的。虽然这样做十分冷酷无情,但是这是一次性彻底结束一切苦难的唯一途径。宇宙程序中存在的瑕疵已经使整个宇宙变得腐败而堕落，而这个瑕疵就是时间维度，它是一切邪恶、罪孽和死亡的源泉。就像亚当偷吃智慧树上的果实从而毁掉了伊甸园一样，时间因为给人们提供了对未来的无限憧憬而毁掉了完美的现实。不过，现在救赎即将到来，“真正的信徒们”将铲除这个瑕疵；他们将消灭时间维度，让上帝的“天朝王国”永恒不变地存在下去。

“赛勒斯兄长”解开了缠在头上的头巾，让自己可以同万能的主面对面地站在一起。“噢，我的主，”他低声祈祷道，“让我的意志保持坚强吧；让我在这个世界走向终结的最后时刻里不被邪念所蛊惑；让我心中只有你。很快，我将带领你的臣民进入你的天堂，我们再次复活后的思想将永远融入你的思想之中；你创造出的新世界将是一颗洁白无瑕的宝石，镶嵌在永生的极乐王冠之上。”

他仍然用一只手抚摸着指向“天朝王国”的钢质炮管，继续祈祷了几分钟。当他祈祷完毕、睁开眼睛的时候，看到麦克奈尔将军不知何时已经站在了他的面前，正低垂着头耐心地等待他结束祈祷。

“啊，塞缪尔！”“赛勒斯兄长”大声说道，“你同我一起祷告了吗？”

“是的，兄长，”塞缪尔抬起头回答说。他那张长脸显得十分憔悴，但是他那双蓝色的眼睛却散发出炽热的光芒。“就像《路得记》中所说，‘你往哪里去，我也往那里去。’”

“赛勒斯兄长”虽然这时解开了头巾，但是他认为这并没有关系，因为麦克奈尔将军以前多次看到过他的脸，他们两人已经认识25年了。而更为重要的是，当年正是麦克奈尔和他的特种部队的一支小分队把他从加扎雷克山的那个山洞里救了出来，当时他已经被撒旦的士兵残酷折磨了整整3天。将军亲眼目睹了失去尊严的“赛勒斯兄长”和他那张丑恶的脸，但是他并没有因此而疏远他，反而进一步加强了他们两人之间的联系。

“这是一个无限光荣的时刻，”“赛勒斯兄长”激动地说道，“经过我们多年的艰苦努力，现在我们终于站在了主的门前！我们很快就将亲眼目睹他神圣的面容！”

麦克奈尔点点头，道：“是的，兄长，我多么渴望见到他！”他的声音充满了热情，但是他的眼睛却一直回避着“赛勒斯兄长”的目光。他不停地舔着嘴唇，两手一会儿合上一会儿又打开，他的作战服上散发出一股浓烈的汗臭味。

“你怎么啦，塞缪尔？你的脸色很糟糕。”

麦克奈尔沉默不语。虽然他在美国陆军中享有最强悍将军之一的声誉，但是在“赛勒斯兄长”面前却常常表现得畏手畏脚；同其他“真正的信徒们”比起来，他为实现上帝的永恒统治作出了更大的贡献，但是他却离不开“赛勒斯兄长”不断的鼓励和鞭策。

“赛勒斯兄长”露出一个微笑。“你感到不安了吗？”他问道，“是不是因为你即将作出的牺牲？”

将军坚定地摇了摇头，回答说：“不，兄长。我没有感到丝毫的不安。”

“那么，也许是为你的部队担心？也许是因为他们并不知道即将发生在他们身上的一切？”

麦克奈尔再次摇摇头，道：“不是。作出这样的决定需要极大的勇气，所以我才为他们作了决定。这样更好。我认为，让我的部队打开进入‘天朝王国’的大门，比让他们执行任何别的任务都更加值得。”他把右手握成一个拳头并把它高高举起。接着，他放下手臂拍打了一下大腿，继续道：“但是，越接近我们的目标，我就越感到担心。中央指挥部里的上司们一直密切注视着我的行动，而参谋长联席会议每过一个小时就要我报告‘眼镜蛇行动’的进展情况。兄长，我的信仰坚如磐石，但是我很担心那些异教徒会发现并破坏我们的行动计划。”

“沉住气，塞缪尔。”“赛勒斯兄长”把一只手轻轻地放到麦克奈尔的肩上，“你必须时刻牢记上帝站在我们一边。你想想，难道不是他给了我们所需要的一切吗？”他伸手指了指竖立在帐篷中央的炮管：“甚至连华盛顿的那些异教徒也为我们作出了贡献，不知不觉地为实现主的计划而起到了推波助澜的作用。说起你的游骑兵士兵们，关于你们发起进攻的确切时间有什么最新的消息？”

“伊朗人还没有对美国总统的最后通牒作出答复，但是人们也知道他们不会理睬的。现在，他们已经拥有了核武器，想让他们放弃就免不了一战。总统又给了他们24小时的时限，如果到时候他们仍然不予理睬，我们就会得到攻击的命令。也就是说，我们计划明天晚上发起对伊朗的突然袭击。”

“赛勒斯兄长”再一次露出了微笑。“看到了吗？我们有足够的时间完成各项准备工作。”

麦克奈尔点点头，但是仍然没有看着“赛勒斯兄长”的眼睛。“兄长，几分钟前我刚刚同卢卡斯交谈过，他是跟随从达尔瓦扎营地来的车队一起到达这里的。他告诉我说，塔玛拉已经丧失了她的信仰，而且因为她违抗你的命令，已经被你抛弃了。”

“赛勒斯兄长”收起了脸上的笑容。一提起塔玛拉他就感到痛苦不堪，而且他怀疑这个事件对麦克奈尔也是一个不小的打击，因为将军对塔玛拉已经心仪已久。“赛勒斯兄长”捏了捏将军的肩膀，回答说：“是啊，她因为同情那个男孩而变得软弱了，我不得不命令安吉尔让她安息。但是，你听着塞缪尔，她的安息将非常短暂，也就是几个小时而已，然后她和我们所有人一样都将再次复活，我们即将在永恒的天国里再次见到塔玛拉。”

“不对，她还活着。卢卡斯告诉我说，车队同安吉尔失去了无线电联系，所以他们派了两个人返回了营地。结果，他们发现了 4 具死亡士兵的尸体，而塔玛拉和那个男孩已经消失得毫无踪影。看来，他们两人已经逃走。后来，他们一路追踪到了燃烧的达尔瓦扎天然气坑洞，在坑底看到了两辆汽车烧焦的残骸，而另一辆‘陆地巡洋舰’却不见踪迹。”

“赛勒斯兄长”感到胸口一阵难受，一股怒火油然而起：“你说什么？为什么没有人向我报告？”

“卢卡斯说，他也是刚刚得到的消息。他不敢自己告诉你，要我向你转告此事。”

“赛勒斯兄长”心中的怒火更加猛烈了，他愤怒地闭上了眼睛。这个腐朽的世界总是不断让他感到惊讶，邪恶的种子已经深深植根于宇宙的每一寸肌体，有时候他甚至会觉得每一个粒子都在密谋同他作对。他知道，现在塔玛拉已经把他们的整个行动置于失败的危险之中，一旦她逃窜到离营地最近的一个城镇，就会立刻设法同美国当局取得联系。虽然一开始那些官僚们不可能相信她的话，但是他们无疑还是会展开调查。他必须阻止这个女人的疯狂行动！

“赛勒斯兄长”扬起脑袋，深吸了一口气。他听从了自己刚才给麦克奈尔提出的同一个建议——时刻不要忘记上帝是站在他们这一边的。然后，他睁开眼指着将军说道：“那好吧，我们马上解决这个问题。现在立刻组织一个搜索队，找到他们。卢卡斯对两个囚犯的行踪有什么线索吗？”

“他说，返回达尔瓦扎营地的两个士兵在坑洞附近发现了另一辆‘陆地巡洋舰’留下的车辙，车辙往沙漠东北方向去了。据他们估计，那辆‘陆地巡洋舰’几小时之前就已经离开了。”

“好，好极了。我马上派卢卡斯带领搜索队前往达沙古兹，从相反方向迎上去。

有主的帮助,我们可以在他们到达任何一个绿洲村子之前截住他们。”

“要我做什么,兄长?”

“赛勒斯兄长”点点头,说道:“我要你充分利用你同土库曼政府建立起来的关系,立即同你在他们政府中的朋友取得联系,让他们把国内安全部队调动起来,我们很可能需要借助他们的帮助来收拾残局。”

第二十四章

在以色列国防军提供的这架运输机上一共乘坐了 14 人——欧拉姆、大卫、莫妮卡、露西尔和 10 名装备精良的“戴编织便帽的人”。6 月 14 日下午 1 点，飞机在阿塞拜疆共和国首都巴库附近的一个机场降落了。飞行员是欧拉姆当年在以色列总参谋部精英特种部队服役时的战友，他把飞机滑行到一个空飞机库里。迎接他们的是欧拉姆在精英特种部队中的另一个老战友，现在是“摩萨德”的特工，负责当地以色列情报网的工作。大卫从一开始就惊讶地发现，欧拉姆的关系网相当庞大而且非常有用，欧拉姆解释说这是因为总参精英特种部队就像一个无所不包的兄弟会，从这支特种部队退役的老兵往往又到以色列政府部门和情报部门工作，他当年的很多战友现在都已经成为这些政府机构中重要岗位的负责人。欧拉姆说，这些年来他为老战友们帮过许多忙，现在是他们回报他的时候了。

欧拉姆一行人在机库里走下飞机，然后一起登上了一辆面包车。那个“摩萨德”的特工早已经贿赂过机场的有关官员，因此他们顺利地离开了机场，全速向佩拉安拉岛驶去。这个岛位于里海之中，岛上建有石油仓库。面包车经人工海堤来到岛上，最后抵达了位于岛东面的里海海边。欧拉姆命令所有人下车，然后在夜色的掩护下向不远处的一个木头搭建的破旧码头跑去。在码头尽头停靠着一艘锈迹斑斑的拖网渔船，约 6 米长，船头竖着一根高高的桅杆，船尾有一个两层的舱面船室。船上已经载有十几个“戴编织便帽的人”，他们是搭乘另一架飞机先期抵达阿塞拜疆的。一行人全部上船以后，欧拉姆下令开船。几分钟后，他们已经静静地航行在里海海面上。船向东驶向土库曼斯坦，大卫把身体靠在甲板的护栏上，眺望着漆黑的海平面，除了远处海上石油钻井台上发出的星星点点的灯光，他什么也看不见。

舱面船室共有一大一小两个房间，小的是船长室，大的是船员室。欧拉姆把船长室让给了露西尔和莫妮卡，而把其他所有人统统赶进了船员室。大卫爬上船员室的一个上铺位，躺下来闭上了眼睛。他已经精疲力竭，几乎立刻就进入了梦乡，但是就在他似睡非睡的那个短暂时间里，他眼前出现了一个长长的银色圆筒，就像一尊巨大的加农炮横躺在地上，炮管在霓虹灯的照耀下闪烁着魔幻般的光芒。他虽然立刻就认出了那是一台 X 射线激光发射器，但是紧接着便陷入了沉睡之中。而这个时候，在里海的另一边，俄罗斯制造的“埃克斯卡利伯神剑”正在土库曼斯坦的一个仓库中等待着他们的到来。

大卫非常疲惫，本可以一觉睡上 12 个小时，但是早上 7 点他却被一阵嘈杂的吟诵声吵醒了。他睁开眼睛一看，发现欧拉姆的人正站成一个圈子，前后摇晃着身体诵读着手中的祈祷书。他们每个人的前额和手臂上都佩戴着一个小小的黑色经匣，那是虔诚的犹太人晨祷时不可或缺的物品。大卫静静地躺在铺上，用一只眼悄悄地观察着他们。在忽高忽低的吟诵声中，大卫禁不住开始猜测，欧拉姆告诉了他们多少有关宇宙程序的事情？

从某种意义上讲，宇宙程序理论证明了他们信仰的正确性：虔诚的教徒们始终相信，上帝早就为这个世界作好了一个计划，现在他们可以亲眼目睹用神圣的量子代码语言写下的上帝的旨意。但是，对大卫来说还有一件事让他无法理解，那就是到底是谁写下了上帝的旨意？按照莫妮卡的说法，宇宙程序很可能是自我进化而成的，它在时间之初随机产生，而它之所以能够一直延续至今，仅仅是因为它比其他任何选择都更加优越和强大。所以，信仰也是一种选择，或者更加准确地说是一种爱好，这些“戴编织便帽的人”对自己信仰的强烈爱好不禁让大卫感到妒忌，他一时间真想立刻加入他们的行列，拿起一本祈祷书为万能的上帝唱颂歌。但是，他心中的热情并没有持续多长时间，虽然祈祷还在继续，但是大卫却很快失去了兴趣。他轻轻地穿好衣服，悄悄溜出了舱外。

在甲板上，清晨明媚的阳光照得他睁不开眼，一望无际的里海风平浪静，只有一些石油钻井平台和航道浮标点缀在灰色的海面上。船上弥漫着一股凤尾鱼的鱼腥味道，大卫不太喜欢，于是他迈步向船头走去，希望能够在那里呼吸到一些新鲜的空气。这时，他突然听到了一声枪响。

他立刻向枪响处跑去，当他看到眼前的景象时又立刻停下了脚步。帕克特工正站在甲板护栏前，双手举着“格洛克”手枪对准了右舷外约90米处的一个废弃的石油钻井平台。平台上并没有一个人的影子，大卫不明白露西尔为什么要向它开枪。不过，很快他就意识到她只是在练习自己的枪法。只见她双手握枪，举到眼睛的高度，稳稳地再次扣动了扳机，子弹击中了石油平台下的一根支柱。

她看来对自己的射击技术感到满意，放下双臂，取下空弹夹，重新换上了一个装满子弹的弹夹。她今天既没有再穿那件鲜红色的外衣，也没有穿那件嫩黄色的外衣，而是换上了一件黑色的高领衫和一条宽松的迷彩裤。肩挎式枪套挂在几根背带似的皮带上，皮带下端连接着扎在她那水桶腰上的腰带。

大卫慢慢向她走过去，希望不要惊吓到她。“好枪法，”他对她说道，“我感到很幸运啊，因为你不是一个坏蛋。”

露西尔把“格洛克”插进枪套里，转过身来。在清晨的阳光下她显得同平常很不一样——更年轻、更健康，而且更富有朝气。她的脸白里透红，眼睛下的皱纹似乎也变浅了，整个人看上去更像大卫两年前见到她时的模样——那个跨越美国13个州、对他穷追不舍的执著的联邦调查局女特工。

“早上好，斯威夫特。”她拉长声音说道，“你也没有睡好吗?”

“欧拉姆的士兵把我吵醒了。他们一大早就开始祈祷。”

她“咯咯”地笑起来。“好啊，但愿他们打起仗来也同样有精神。如果土库曼斯坦军队发现我们潜入他们的国家，一场枪战就在所难免啦。”

大卫点了点头，心中掠过一丝不安。这些天来，他把自己的全部注意力都放在了寻找迈克尔的事情上，一直没有认真考虑过他和莫妮卡可能遇到的危险。“如果我们被他们抓住会怎么样? 你了解土库曼斯坦监狱里囚犯的待遇吗?”

“监狱? 如果能被送进监狱那就谢天谢地了。”她把身体靠在甲板栏杆上，两个手肘支在栏杆最上面的顶板上。“就我所知，美国同土库曼斯坦的关系很糟糕，我们很可能会被当做间谍吊死。要真是那样，美国国务院也奈何不得。”她摇了摇头，继续道：“我们已经没有退路了，现在一切都要靠我们自己，唯一能帮我们一把的‘人’就是我的‘格洛克先生’。”

她抬起右手拍了拍腋下露在枪套外的手枪握把。她这番话已经把大卫吓得不轻，但是她自己却好像并不在乎，脸上的表情似乎也很开心。大卫指了指她的手枪，问道：

“所以你才在这里练习枪法?”

“是啊,我已经练习一阵子了。”她伸出手臂,握紧拳头然后又张开。“今天早上起来,我就感觉手脚有些僵硬,所以我觉得应该活动活动。刚才我要是装上了消音器,也许不至于惊动太多的人。”

“你不用担心,在离我们数公里的范围之内根本没有一个人。”

“没错。我已经站在这里观察了差不多1个小时了,连一条船也没有看到。我估计,这一带的渔业已经衰落了。”

“是啊,里海面临着许多环境问题。这里曾经生活着数不清的鲟鱼,但是为了生产鱼子酱,非法渔船几乎把它们捕捞光了。现在,里海中只剩下一些小鱼,而且也正在迅速地消失。”

露西尔把头一歪,微笑道:“你知道吗,斯威夫特,这就是我喜欢你的地方。你那脑子里装满了各种各样的客观现实,有些东西还是挺有用的。”

说完,她又“咯咯”地笑起来,接着从枪套里取出了她的“格洛克”手枪。大卫以为她要继续练习射击,但是没想到她却用手抓住枪管,枪口指向地面,一伸手把枪向他递过来。“你也应该练习练习。你过去使用过‘格洛克’手枪,是吗?”

大卫点点头。那也是两年前的事情了。“用过,但那完全是乱打一气,并没有想击中任何目标。”

“那好,我来教你如何击中目标。来吧,接住枪。”

他很犹豫,不知道自己是不是应该学习射击。

露西尔皱起了眉头。“听着,斯威夫特,你自愿加入了这个行动,那么如果你不懂得射击,对其他成员来说就是一种危险。现在,赶快拿着这把该死的枪!”

他伸手抓住了枪,他立刻就感觉到了握把上还残留着露西尔的手掌留下的余温和汗迹。她松开握着枪管的手,大卫立刻又感觉到了这把枪沉甸甸的分量。

“已经装满子弹了。”她告诉他说,“枪口要始终对着目标。首先,向后拉动扳机把子弹推上膛。啊,看来你都知道,对吗?”

大卫抬起手,让枪口朝上,然后问道:“打什么目标?”

她指着离船约22米远的一个航道浮标,说:“试试看,能否打中那个浮标。不要忘了船在移动,所以你要跟着目标移动而且要留出提前量。右手要伸直,同枪管保持一条直线,然后用左手握住右手,两个大拇指交叉放在一起。把准星置于缺口之中,再对准目标的下沿,然后缓慢而稳稳地扣动扳机。”

大卫尽量把露西尔所讲的要领记在心里,举起枪瞄准了浮标。这个上下浮动的圆筒状浮标就像一个油桶,是一个不小的目标,他估计击中它应该不成问题。但是,当天扣动扳机以后,却发现子弹在离浮标约四五米外钻进了水中。

“不对,”露西尔告诉他说,“你扣扳机的方法错了。‘格洛克’手枪的扳机很重,如果你用力过猛,子弹就会偏离目标。不要紧张,手要稳,慢慢地击发。”

大卫再次举起手枪瞄准了另一个浮标,但是第二枪还是没有击中目标,仍然偏离了目标大约四五米远。接着,他尝试着打出了第三枪,依然没法击中目标。就在他准备做第四次尝试的时候,露西尔对他说道:“你等等。”然后,她走到了他的身后。

“你太紧张了,呼吸也太急促。”她用右手握住他的右手,左手按在他锁骨下的胸膛上,一使劲让他挺直了背脊。大卫惊讶地发现,她的双手竟然那么有力。“不要弯腰驼背。现在,先别想枪的问题,做三次深呼吸。”

他不敢不听她的话,立刻做了三次深呼吸,胸膛里随之感到了里海咸咸的空气的味道。

“现在,再做几次浅呼吸,就像婴儿那样轻微地呼吸。”她接着道,“先镇定下来,然后再射击。只要你保持放松,射击并不难。”

“像婴儿那样轻微地呼吸”,大卫喜欢这个比喻。他浅浅地呼吸了几次,强迫自己放松下来。

几秒钟后,他眼前又出现了一个浮标。于是,他抬起枪再次瞄准了目标,缓慢而稳稳地扣动了扳机。子弹终于击中了金属浮标。

“打中了!”露西尔大叫道,“别停下来,继续射击。”

他把“格洛克”稳稳地举在手里,随着往后移动的浮标跟踪瞄准,一次又一次地扣动扳机,直到打完了弹夹里的所有子弹。他数了数,13 发子弹中 9 发命中目标,接近 70% 的命中率。他不无得意地放下了双手。

露西尔满脸微笑着拍了拍他的肩头,说:“看见了吧,我说过这不难! 这跟骑自行车是一样的,一旦你掌握了其中的窍门,一辈子都忘不掉。”

大卫虽然并没有感到多大的成就感,但是仍然礼貌地向她报以微笑。不过,他刚刚第一次听说了杀人也有窍门,这让他有些不寒而栗。“啊,这是因为你教得好。谢谢啦。”

"等眼下这一切结束以后,你完全可以报考联邦调查局学院了,我可以为你写一封推荐信。任何时候报效祖国都不算晚,对吧。"

他把"格洛克"递还给她,手上的轻松感立刻变成心中如释重负的感觉。露西尔按下弹夹扣,退出空弹夹,又装上另一个装满子弹的弹夹。这时,大卫听到身后传来了脚步声,转身看去,发现莫妮卡也来到了拖网渔船的前甲板上。她身上也穿了一件黑色高领衫和一条迷彩裤,看上去既迷人又怪异。露西尔兴奋地向莫妮卡挥挥手,大声道:"嘿,到这儿来!我正向这位和平活动家传授作战技能呢。"

莫妮卡来到他们面前,但是却并没有理会露西尔的热情。她脸色阴沉,嘴唇严峻,大卫立刻就猜到她很忧虑,心中一定正为他们这次的行动而担心。

露西尔用手指着莫妮卡说:"我也可以教你几招,不过我也知道你不用学。我还记得你档案材料里的内容,你同斯威夫特结婚前就有一把'史密斯威森'左轮手枪,对不对?而且,如果我没有记错的话,你每个月都要到射击场练习一次射击。"

莫妮卡点了点头,但是什么话也没有说。大卫看得出来,她的心情很糟糕,一向明亮的眸子这时也变得呆滞了。

露西尔也点了点头,把手枪插进了枪套里,然后自己走开了。"好了,我得走了,去看看这船上除了凤尾鱼还有没有别的东西可吃。"

大卫看着她走向船尾,直到她走进了舱面船室。然后,他伸出一只手臂搂住莫妮卡的腰,问道:"嘿,怎么啦?出什么问……"

"嘘……"她伸出食指按住他的嘴唇,"别说话,亲爱的,只要抱住我。"

他们彼此拥抱着站在甲板护栏旁,谁也不说一句话。大卫微笑着看着莫妮卡,用手指背面抚摸着她的脸颊。这一直是她喜欢的抚摸方式,但是现在她脸上的焦虑表情却不但丝毫没有减轻,反而变得越发凝重了。她的眉毛紧紧地凝成一团,并且用牙齿咬住了自己的嘴唇。她把头转向一旁,凝视着东方的海平面,土库曼斯坦的海岸线即将从那里浮现出来。大卫感到,莫妮卡现在脸上的表情已经不仅仅是一种忧虑,而是一种预兆,一种绝望的可怕预兆,就好像她刚刚看到了自己的死亡。

莫妮卡脸上的表情让他无法忍受,他想抹掉它、删除它,永远驱除掉折磨着她灵魂的所有魔鬼。他把她抱得更紧,深深地吻着她的双唇。她的嘴唇湿润而温暖,还有溅起的海水留下的一股淡淡的咸味。她把头紧靠在他的胸前,张开嘴、闭上了眼睛。他也闭上了自己的眼睛,感受着脖子后面她温柔的手指。脚下的甲板在海浪中轻轻地摇晃,但是他们却稳稳地相互依偎在一起。大卫突然觉得时间似乎停滞了,每一秒钟都在不断地延伸再延伸直至永恒,他的整个生命都已经凝固在这一刻明媚的时光中。

莫妮卡把嘴唇移到他耳朵旁。“我很害怕,”她低声道,“我真的很害怕,我需要你,现在就需要你。”

“可是,我们该到……”

“船长室。露西尔正在吃早餐,房间里除了我们俩不会有任何人。”说完,她拉着大卫的手向舱面船室走去。

第二十五章

塔玛拉驾驶着“陆地巡洋舰”越野车穿行在漆黑的卡拉库姆沙漠中，自从逃离燃烧的达尔瓦扎天然气坑洞以后她已经连续驾驶了8个小时。她一直不敢打开汽车的前灯，因为她很清楚“赛勒斯兄长”一定会下令“真正的信徒们”对他们展开追捕，一旦打开车前灯，那些人远在数公里外就能发现他们的踪迹。因此，他们行驶的速度非常慢，几乎相当于步行。她完全依靠汽车车身的倾斜程度判断不断碰到的沙丘的位置，然后再凭感觉绕开它们。由于“赛勒斯兄长”的车队是朝西南方向的库鲁兹戴进发的，因此她认为向与之相反的东北方向逃跑应该是最为安全的路线。让她感到庆幸的是，迈克尔可以帮助她把握方向，这个孩子的脑子里显然记着一幅清晰的星象图，他每隔10分钟便看看手表再抬头看看天上的星星，然后告诉她如何修正方向，确保他们始终向东北方前进。

清晨5点30分，太阳从地平线上升起。塔玛拉停下车，从车后拿出几个大油桶为汽车加满油。现在，天空已经放亮，她可以以更快的速度行驶，在一些平坦的地方他们的时速已经提高到了每小时近50公里，只是驾驶的难度和汽车颠簸的程度丝毫没有减轻。到9点钟的时候，整个汽车已经变得十分炽热。虽然他们现在已经远在达尔瓦扎营地160多公里之外，但是周围的景象依旧，到处都是同样的沙丘，前方的沙漠似乎依然没有尽头。迈克尔仍然每10分钟看看自己的手表，然后用手指一指正确的前进方向，不同的是他现在是靠太阳的位置作出判断而不是靠星象。除了指引方向外，他依然沉默不语，几个小时以来连一个字也没有说过。塔玛拉开始为他感到担心——车上没有食物，只有一瓶水。他不时会发出一两声低沉的呻吟，塔玛拉觉得那正是饥饿引起的反应。

10 点钟刚过不久，迈克尔突然用手指着右前方开口说道：“看那儿。”塔玛拉的第一反应是他在纠正她行驶的方向，但是这次他指出的方向却显然是错误的。

“迈克尔，你肯定那是东北方向吗？那个方向离太阳的位置太近了，不……”

“不是方向，”他仍然指着右前方说道，“是一个村子……”

塔玛拉俯身向前，眯缝起眼睛向他手指的方向看去，终于看到了远在地平线上的一群灰色的棚屋。于是，她立刻调整方向，以最快的速度向那里驶去。她发现，在村子左边的沙地里竖着一些高高的木桩，成一条线一直向东延伸出去，很显然那些木桩正是一条电话线路。

她踩下油门加速前进，他们亟需在这个村子里找到一部电话，以便向美国大使馆求救。如果她能够直接同美国大使通话，把他们现在的处境告诉他，也许还能够及时得到他的帮助，在“真正的信徒们”找到他们之前逃出土库曼斯坦。她并不在乎自己的生命是否能够保住，但是她却下定决心要把迈克尔救出去，即使背叛“赛勒斯兄长”也在所不惜。自从她加入“真正的信徒”组织以来，她一直对“赛勒斯兄长”的预言深信不疑，相信她能够再次见到自己的弟弟杰克。但是，现在她发现“赛勒斯兄长”错了——他对她作出的承诺已经在现实中的这个地球上实现了，而不是在所谓的“天朝王国”里，因为她在迈克尔身上看到了弟弟的影子，他那毫无表情的脸上长着一双同杰克一样无助的眼睛。现在，对她而言拯救这个男孩比拯救这个宇宙更加重要。

几分钟后，他们来到了村子的边上。把这个地方称做“村子”多少有些夸张——这里仅有十几间用生锈的铁皮搭建起来的简陋窝棚，它们彼此相互支撑着，形成一片东倒西歪、杂乱无章的民居。在棚屋附近的地面上散落着几个被烟火熏黑的土坑，很显然它们就是这里的居民们生火做饭的“炉灶”。一条长长的沙土小路通向村子的中央，但是塔玛拉并没有发现任何轿车或卡车的踪影。不过，在一幢方盒子似的水泥建筑后面，却停放着村子里唯一的交通工具——一辆布满灰尘的摩托车。一根木桩上拴着一头肮脏的单峰驼，身边到处是它自己拉出的粪便。村子里看不到一个人影，这大概是因为一天中最热的正午即将来临，村民们很可能都躲在各自的窝棚里。

塔玛拉在村子边停下车，一时间拿不定主意应该如何是好。就在这个时候，她突然看见前方走来了抬着一个锡盆的两个孩子，他们俩各自提着锡盆的一个把手，看起来就像儿歌《杰克和吉尔》(注：《杰克和吉尔》(Jack and Jill)是一首英语儿歌，歌中唱道:“杰克和吉尔拿着水桶去山上打水。杰克不小心跌倒了,并且磕破了额头,吉尔接着也跌倒了。”)中的那个男孩和女孩。两个孩子大约都是6岁大,长得十分可爱。男孩穿着短裤和条纹T恤衫,女孩穿着一件鲜艳的连衣裙,戴着印花头巾。两人正抬着水从村子中的水泵处往一间窝棚走去。他们也看到了“陆地巡洋舰”越野车,于是放慢了脚步,显然不是出于害怕而是出于好奇。塔玛拉下了车,向他们走去。

两个孩子一动不动地站在原地,抬起头打量着她,他们大概还从来没有见过一个穿军装的女人。塔玛拉对他们微微一笑,开口道:“你们好,孩子们!我想找一部电话。”她有意把“电话”一词说得响亮而缓慢,希望它在土库曼语中的发音能同英语相似。“你们知道哪里有电话吗?”

他们仍然目不转睛地看着她,十分好奇但是却听不懂她的话。这时,迈克尔从车里走出来,两个孩子一见到他立刻变得紧张起来。他们向后退了一步,锡盆中的水也洒了出来,两双眼睛紧紧地盯住了迈克尔裤腰上的M-9手枪。塔玛拉赶紧走到他面前,把他的衬衣下摆从裤腰里拉出来遮住了手枪。然后,她转过身体对孩子们问道:“你们知道什么是电话吧?你们的爸爸妈妈有电话吗?”

但是,两个孩子仍然盯着迈克尔看,显然他的出现引起了他们的极大兴趣。迈克尔把头扭到一旁,避开了两个孩子的目光,但是几秒钟后他却突然走到孩子们跟前,在他们身边的沙地上跪下来。接着,他撅起嘴唇模仿出一阵电话铃声。塔玛拉惊讶得目瞪口呆——那声音同一步老式旋转拨号电话的铃声别无二致。然后,迈克尔收回嘴唇,又惟妙惟肖地模仿出了现代手机的铃声。

孩子们终于明白了他的意思,女孩点点头笑起来,男孩则大叫一声:“汗哈!”伸出手指了指那幢方盒子似的水泥建筑。

塔玛拉立刻就发觉自己真是愚蠢透顶,虽然这幢水泥建筑外表丑陋,但是同旁边的铁皮窝棚比起来却不知要好上多少倍,所以住在里面的应该是这个村子里最富有的人家,也就是这里唯一有能力支付电话服务费用的家庭。从一开始她就应该意识到这一点。“谢谢你们。”她对孩子们说,然后转向迈克尔道,“来吧,我们去打个电话。”

他们抄近路直奔水泥房子的后门而去。停在后门外的那辆摩托车是俄国制造的著名的“乌拉尔”品牌,外表十分粗糙。他们从它旁边走过时,塔玛拉只是不经意地看了它一眼,但是迈克尔却停下脚步仔细看了看,脸上露出饶有兴趣的表情。塔玛拉微笑道:“你喜欢摩托车,对吧?”

他指着“乌拉尔”说:“这辆摩托车很像雷诺兹让我坐过的那一辆。”

“你是说莫妮卡·雷诺兹吗?她是你的继母,对吗?”

他点了点头。“当时我们一起在海滩上休假,她让我坐进挎斗里一起兜风,还教我怎样发动引擎和操作摩托车的方法。”

塔玛拉站在原地等待了几秒钟,让男孩欣赏一下这辆摩托车。然后,她催促道:“快走吧。”迈克尔这才依依不舍地跟着她往前走去。

他们绕着房子来到了漆成黑色的前门。塔玛拉上前敲了敲门。可是等门一打开,她立刻感到自己刚才是多么愚蠢。一个身穿绿色警服的男人出现在门口,肩上戴着红色的肩章,他身后是一个昏暗而单调的房间,墙上挂着一面主要为蓝色和红色的土库曼斯坦国旗。她暗暗叫苦:倒霉!这根本不是一间民房,而是这个村子的警察所。根据她对这些警察的了解,这个警官可能不仅不会给他们提供帮助,反而会成为他们的麻烦。

警官并没有开口说话,而是眯缝起眼睛上下打量着他们,黑黝黝的方脸上流露出多疑的神情。

“我们是美国人,”塔玛拉对他说,同时用手指了指自己和迈克尔,“我们迷路了,不知道能不能借你的电话用一下?”

警官仍然沉默不语,把头伸出门外看了看他们的身后,大概在猜测他们是如何来到这里的。他立刻就看到了停在离警察所约60米外的“陆地巡洋舰”。

“那是我们的汽车,”塔玛拉装出一副倒霉的旅游者的样子说道,“我们的汽油也快用完了。所以,我们不得不打电话求助。”

警官皱起眉头,伸出一只手大声道:“护照!”

塔玛拉露出一副可怜巴巴的表情,带着绝望的口吻回答说:“护照也是一个问题。我们的护照和钱都被人偷走了,现在已经一无所有!”

“护照!”他又喊了一声,而且声音比刚才更大。很显然,这个家伙只知道“护照”这一个英文单词。见塔玛拉没有反应,他俯身靠近她的头用土库曼语喊叫起来,唾沫溅满了她的脸。

塔玛拉咬咬牙,上下打量了这个家伙一番。在他皮带上的枪套里插着一把半自动手枪,从外表看像是一把俄国造的“马卡洛夫”。她见过这种手枪,因为有几个“真正的信徒”士兵使用的正是这种枪。“我们只想打一个电话,行吗?打完电话后,我会向你详细说明事情的来龙去脉。”

警官一侧身让开了门，指着身后昏暗的房间继续用土库曼语大喊大叫，但是他的意思已经非常明白：他命令她和迈克尔进屋去，但是很显然并不是让他们进去打电话。塔玛拉向门口走近一步，向屋里窥视了一番，她看到了已经开裂的水泥地面和几张书桌，还有一间空无一人的囚室，囚室的铁栏杆已经锈迹斑斑。除此之外，屋里并没有看到其他警察的身影，这个唾沫四溅的警官现在是孤身一人。

她向后扭过头对迈克尔说：“我要你为我做一件事，好吗？你要假装在门口的石阶上摔一跤。”

“你说什么呀，”迈克尔道，“我不明白……”

“你不用明白。你只要假装摔倒就行了。”

她抬脚走进门里，站在了那个土库曼警官的身旁。这时，迈克尔的行动再一次让她惊讶不已；他两眼直愣愣地盯着前方，一抬脚磕在了门口的石阶上，随即整个身体重重地摔倒在地上。警官对他喊叫起来，他却发出了一连串逼真的呻吟。当警官弯下腰去拉迈克尔的手臂时，塔玛拉迅速伸出手从他腰间拔出了那把“马卡洛夫”手枪，然后把枪口向上举起。警官还来不及转过身来，她已经扣动扳机鸣枪警告，子弹击中了头顶上的天花板。警官连忙举起双手，趺趺撞撞地向后退去。

“进去！”塔玛拉指着囚室厉声命令道。

她用手枪指着警官的前额，直到他乖乖地走进了囚室里，并随手关上了囚室的铁门。她锁上门并检查了一下囚室的铁栏杆，确保它们坚固可靠。然后，她转过身寻找电话，并对迈克尔说道：“关上门，再把它锁上。”

电话就放在一张书桌上，她走过去拿起话筒，听到了话筒中传出的拨号音。

“塔玛拉！”站在门口的迈克尔两眼盯着远处喊道，“有人来了。”

“是什么人？又是一个警察吗？”

“不是，是一辆‘陆地巡洋舰’……”

第二十六章

坐在副驾驶位置上的卢卡斯突然向前探出身体，仔细查看大约800米外的一个绿洲似的小村子，他终于发现在村外的沙丘中停放着那辆被两个囚犯劫走的“陆地巡洋舰”。“他们在那儿！”他对身边驾驶“陆地巡洋舰”的司机大叫道。这个人叫乔丹，是一个红头发的瘦高个儿“真正的信徒”。乔丹猛地踩下油门，汽车立刻全速沿土路驶去。卢卡斯估计，他们大约在15秒钟后到达村子。他转过头对坐在后排的两个士兵说道：

“记住我的命令：向汽车轮子射击，不许向车身射击，我必须审问完塔玛拉之后再处决她。明白吗?”

他拔出腰间的“黑克勒—科赫”手枪，把子弹推上膛。其实，他根本用不着审问那个婊子，他想的是不要让她在交火中轻易地被打死，而是要活捉她，然后当面用子弹射击她的胸膛，看着她在自己面前死去。他要她慢慢地死、痛苦地死，就像安吉尔同小货车一起跌进燃烧的天然气坑洞那样受尽折磨。虽然救赎的日子即将来临，但是他们还有一点时间让这个婊子偿还血债。

*　　*　　*　　*　　*　　*

“陆地巡洋舰”的速度已经超过了每小时110公里，四个轮子在车后扬起了一股高高的沙尘。前一段路程汽车沿着土路向警察所的方向驶去，但是当它驶到离那所房子约60米远的时候，却离开土路开始在沙丘中穿行。塔玛拉发现那辆车正向自己的车冲过去，她估计车上的士兵一定愚蠢地认为她和迈克尔仍然待在汽车里。

她手里仍然举着那把“马卡洛夫”手枪，于是她像7年前在接受基本训练时学到的那样，双脚分开与肩宽，稳稳地站在警察所的门口，双手握枪、双臂向前伸出，作好了射击的准备。她闭上左眼，通过缺口和准星瞄准了来车的右前轮，然后扣动了扳机。

子弹命中了目标，右前轮爆裂，汽车立刻偏离了方向。她接着瞄准了汽车的后轮，再次开枪射击，但是汽车冲上了一个沙丘并开始倾斜，很快便侧翻在地并一路翻滚到了沙丘的底部，最后底朝天停在了沙子里。于是，她又瞄准了汽车的车窗，准备在车里的士兵们爬出汽车前就将他们消灭。但是，“陆地巡洋舰”的前半段滑到了另一个沙丘的后面，所以她只能把枪里所有的子弹都射进了汽车的后座里。紧接着，她发现车后闪过一个人的身影，随即一颗子弹飞来，击中了她头上方几寸外的警察所的门框。她立刻抽身躲进屋内，在迈克尔身边蹲下来。更多的子弹从门框中射进来，一些击中了屋里的书桌，一些打到水泥地面上，弹起来飞进了囚室的铁栏杆。土库曼警官大叫一声躲进了囚室的一个角落里，压低身体躲避飞来的子弹。

射击一直持续了大约15秒钟，然后戛然而止。塔玛拉慢慢移动到门框旁，探出半个头向外窥视，发现有两个士兵躲在翻倒的“陆地巡洋舰”后面。一个红头发的士兵端着步枪指向警察所，另一个丑陋的傻大个举着一把手枪，同样瞄准了他们所在的地方。塔玛拉立刻认出了这两个人——乔丹和卢卡斯，他们是所有“真正的信徒”士兵中最令她讨厌的两个家伙。两人过去都是“三角洲”特种部队的士兵，都是优秀的射手，并且也都是被“赛勒斯兄长”和麦克奈尔将军招募到这项“事业”中来的。塔玛拉立刻再次退回到屋里。

迈克尔伸手拉了拉她的衣袖，他的脸上虽然流露出害怕的表情，但是并没有惊慌失措，在眼前这样危险的形势下他的表现已经相当不错了。他问道：“他们是‘赛勒斯兄长’的士兵吗？”

她点点头。“我干掉了几个，但是还剩下两个。”

这时塔玛拉听到一声枪响，但是并没有子弹击中警察所，接着又传来了第二声枪响和子弹击中金属的声音。她再次探头向门框外看了看，发现卢卡斯正用手枪向她那辆“陆地巡洋舰”射击，而且汽车的一个前轮已经被打瘪了。卢卡斯再次射击，又击穿了另一个前轮。很显然，他现在已经意识到她和迈克尔并不在汽车里，但是他必须首先毁掉他们逃跑的工具。塔玛拉怒不可遏，举起“马卡洛夫”向卢卡斯瞄准，但是她还来不及扣动扳机，乔丹手中的M-16步枪响了，子弹擦着她的右耳朵呼啸而过。

“真他妈见鬼！”她怒吼一声，缩回身体一屁股跌坐在地上，“我无法射击，那个红头发的混蛋把前门封得死死的！”

迈克尔用牙齿咬着下嘴唇，呆呆地瞪着前门看，塔玛拉以为他马上要哭了。但是，过了一会儿他却抬起手指了指警察所的后面。塔玛拉顺着书桌、囚室和土库曼国旗看过去，看到了警察所的后门。“我们可以从那个门出去。”迈克尔对她说，“然后坐上停在那里的摩托车离开，就是那辆带挎斗的‘乌拉尔’。”

该死，塔玛拉心想，为什么自己就没有想到这个办法呢？她立刻感到如释重负，不禁“哈哈”大笑起来。但是，当她把警察所后面的环境略加思索后便立刻摇了摇头。警察所的后面是一片密集的棚屋，她根本不可能驾驶“乌拉尔”从它们中间穿过去，这就意味着她必须从棚屋的外面绕过去，而那样做就必然要穿过乔丹步枪的射程之内，彻底暴露在不到30米外的枪口之下。在这样的距离之内，那个混蛋可以轻易地把他们俩统统干掉。

看来，除非有人吸引住他们的火力，否则他们俩谁也别想逃出去。塔玛拉蹲在警察所的水泥地面上，一个办法开始出现在她的脑子里，虽然这个办法不够完美，但是在实战中又哪里有绝对完美的办法呢？

她用眼睛紧紧地盯着迈克尔，很想伸出双手抓住这孩子的肩膀、直视着他的双眼，但是她知道那样会让他感到不安。于是，她尽量温柔而缓慢地对他说道：“迈克尔，你对那辆‘乌拉尔’摩托车了解多少？你不是说，你妈妈告诉过你如何发动引擎，对吗？”

他点了点头，回答道：“是的，她还说过如何操作车把上的那些控制装置，油门和刹车都在右车把上，离合器在左车把上，挡位在……”

“好了。你觉得你自己能把它开走吗？”

他又点了点头，并且露出了微笑。“能，肯定可以把它开走。莫妮卡·雷诺兹说过，带挎斗的摩托车稳定性更好。她本来想让我在沙滩上试一试的，但是大卫·斯威夫特突然跑过来说，开摩托车很危险……”

“那好。你听着，迈克尔，我要你从那个后门溜出去，骑上那辆‘乌拉尔’摩托车并且立刻把它发动起来，然后调转方向向南，以最快的速度离开。你听清楚了吗？”

“你坐在挎斗里我来开吗？”

塔玛拉摇摇头，道：“不，我留在这里。你驾驶摩托离开的时候，‘赛勒斯兄长’的士兵们肯定会向你开枪。所以，我要先向他们开枪。我会跑到门外，不停地向他们射击，让他们无法向你瞄准。”

“你是不是要我过一会儿再回来接你?”

“不要。我要你一直往前开,保持向南的方向直到你到达下一个村子,然后立即找一个电话,跟大卫·斯威夫特联系,告诉他‘赛勒斯兄长’要做的是什么。你还记得大卫·斯威夫特的电话吧?”

他第三次点了点头:“记得:212-555-3988。”

塔玛拉的脸上露出了微笑。她很想拥抱一下这个男孩,但最终还是控制住了自己的双手。她看着迈克尔的脸,心中一阵难受。她很清楚,这一别将永远不可能再见到他了,但是这是他们唯一的办法,她必须挽救这个孩子的生命。“好了,走吧!”她抬手指着警察所的后门,大声道,“千万要记住我的话!”

迈克尔顺从地转过身体,迈开脚步向后门冲过去。当他打开后门跑向摩托车的时候,塔玛拉再次向门外探出头看了看。两辆“陆地巡洋舰”在阳光下反射出光芒,远处的那辆两个前轮都瘪了,仿佛深深陷进了沙子里;近处的那辆四轮朝天,活像一只被翻过来的甲虫。卢卡斯和乔丹弯腰躲在翻覆的汽车后面,密切地注视着警察所的动静。在他们身后,一个个山丘延绵不断地一直延伸到地平线。

很快,塔玛拉听到了“乌拉尔”引擎发动的声音,两个“真正的信徒”也听到了。乔丹从步枪的瞄准镜后抬起头,卢卡斯扭头朝摩托车的方向望去。塔玛拉等待着摩托车引擎的声音不断提高,直到听到迈克尔已经起步向南疾驶。她看见乔丹拿起瞄准她的步枪转向了迈克尔所在的方向,于是一个箭步冲出警察所的前门,一边大声吼叫一边连续扣动“马卡洛夫”的扳机向两个士兵射击。

乔丹大吃一惊,转过头瞪大了眼睛。当他刚刚把步枪重新对准塔玛拉即将击发的时候,她射出的一颗子弹已经无情地击中了他的喉咙。接着,她立刻调整方向,把枪口指向了卢卡斯。卢卡斯急忙缩回头躲到了“陆地巡洋舰”的后面,子弹从他肩头掠过。塔玛拉一边往前冲一边继续射击,希望把她自己置于卢卡斯和迈克尔之间。如果她能够及时找到一个沙丘作掩护,就可以把卢卡斯压制在汽车后面,使他无法朝迈克尔开枪。她已经用眼睛的余光看到了大约在30米外的迈克尔,他正驾驶着“乌拉尔”摩托车在沙漠中疾驶。

然而,就在这个时候卢卡斯做出了一件她没有料到的事情:他从汽车后面绕过了沙丘,突然出现在她的身后并连续向她射击。塔玛拉立刻感到后背两块肩胛骨之间一颤,紧接着腰部也受到了重重的一击,两颗子弹的巨大冲击力将她向前击倒,手中的

“马卡洛夫”掉到了地上。一开始，她完全没有感到疼痛，甚至在倒地前还向前迈出了几步。当她倒向地面的时候，她扭头朝迈克尔的方向看了一眼，希望最后一次看到他的身影，但是她看到的却是卢卡斯跪在一个沙丘的边上，举枪向迈克尔的摩托车瞄准。这时，剧烈的疼痛突然涌上来，贯穿了她的全身，因为她已经料到迈克尔不可能逃过这一劫；卢卡斯马上就会向他开枪，他也会像她一样痛苦地死去。这一切，都是她的错。

她脸朝下一头栽进了沙子里，撕心裂肺的疼痛穿透了她的身体，视线也变得模糊了。她好像听到了更多的枪声，爆豆似的响个没完，但是却一直没有听到摩托车倒下的声音，而她觉得这声音早该听到了。于是，她艰难地抬起头，尽全力想看清楚迈克尔的情况。

她发现，原来她听到的枪声是从“乌拉尔”的摩托车上发出的，那男孩早已从腰间拔枪在手，一边驾驶着摩托车前行，一边向卢卡斯射击。这个丑陋的大块头“真正的信徒”已经倒在沙丘旁，用左手紧紧握住了自己的右臂。塔玛拉立刻感觉到莫大的欣喜，先前的疼痛似乎也变得微不足道了。迈克尔又向卢卡斯开了三枪，子弹纷纷从他头上方飞过。接下来，除了“乌拉尔”轰鸣的引擎声，整个世界都沉寂下来，而引擎声也渐渐减弱——迈克尔已经呼啸而去。

卢卡斯跌跌撞撞地站了起来，用左手从地上捡起手枪，准备再次向迈克尔瞄准射击，但是这个时候摩托车已经驶出了他的手枪射程之外。塔玛拉无力地垂下头，用微弱的声音自语道：“谢谢你，迈克尔。”然后，她忍着身体的剧痛向那辆翻覆在沙丘旁的“陆地巡洋舰”爬去。她快要死了，但是死之前她还可以再做一件事情。她的双腿已经不听使唤，于是她把双手插进沙地里，拖着自己的身体往前挪动，在身后留下了由凝结在一起的暗红色沙块构成的爬痕。

她中途没有停歇，一直爬到了乔丹的尸体旁。她看到他防弹衣领口之上的脖子中间有一个血糊糊的洞口，然后用尽身体里的最后一点力气爬到了尸体的上面。她感到自己的脑子越来越沉重，很想闭上眼睛，但是她咬着自己的嘴唇保持清醒，伸出手开始在尸体上摸索。

这时，她听到从她身体上方传来卢卡斯的声音，他吼叫道：“你这个愚蠢的婊子！你以为你能阻挡我们吗？”

她还来不及回答，他已经抬起一只脚使劲踩在了她的背上，靴子的后跟立刻踩断了她的几根肋骨。接着，他一把抓住她的头发，把她的头向后拎起来，再次吼叫道：

“告诉我，你这个婊子！你以为你能阻挡我们吗？”

“不能，”她喘息着说，“是我不能，但是迈克尔能。”

“休想，他能个屁！”他冲着她的耳朵大叫道，“我这就呼叫其他几个搜索队，向他们报告他的位置，很快就会有20个士兵从四面八方围过来。告诉你吧，你他妈什么作用也没有起到，只不过延长了那个小子的痛苦而已！而且，现在该你吃苦了！”

他抓住她的肩膀一把将她的身体翻过来，但是却没有发现她已经从乔丹的防弹衣上取下了一枚M67型手榴弹。当卢卡斯对着她大喊大叫的时候，她已经拉掉了安全夹、拔出了保险销，最后松开了保险杆。

塔玛拉双手握住手榴弹，不让卢卡斯看到它。他突然感觉到有些迷惑，两只眼睛紧紧地瞪着她看。而这时4秒钟的引线正在她手中燃烧。她不知道自己还能不能看到“天朝王国”，不过那已经不重要了。她咧开嘴对卢卡斯笑道：“你错了，是你和我的苦难结束了。”

第二十七章

当夜幕降临到里海东海岸的时候，欧拉姆的突击队离开拖网渔船，乘上了三艘法国制造的“佐迪亚克”橡皮艇。每艘橡皮艇搭载着8名突击队员，由一台60马力的引擎作为动力，每个引擎都安装有强力消音器，因此行驶起来声音十分微弱。三艘橡皮艇以彼此相距约90米的距离排成长长的一列，悄无声息地向海岸驶去。欧拉姆同大卫、莫妮卡和露西尔等坐在第一艘橡皮艇上，他们都穿着黑色的短裤和黑色的衬衣，脸上、脖子上和手上都涂满了黑色的油彩。突击队里的大多数“戴编织便帽的人”都握着以色列国防军的标准陆军武器——“伽利尔”突击步枪，但是欧拉姆的肩上却挎着一支M24狙击步枪。露西尔仍然带着她那把“格洛克”手枪，茂密的白金色头发上戴着一顶黑色的毛线帽子。大卫和莫妮卡各自带着一把“沙漠之鹰”手枪，是刚才欧拉姆给他们的。大卫的那把枪插在肩挎式枪套里，紧贴着他的肋骨，使他随时随地都无法忘记它的存在。

他们正迅速接近一个海峡，海峡尽头就是里海上一个名叫卡拉博加兹的浅水海湾。海峡上架有一座大桥，不过好在这个时候桥上的交通已经十分稀少，其实，土库曼的整个这一段海岸都少有人烟。但是，尽管如此突击队员们从桥下经过时仍然关掉了引擎，让潮汐推着他们从桥墩旁漂过去。不到20分钟，他们已经安全地通过了海峡，驶到了卡拉博加兹海湾宽阔的海面上。虽然这个海湾深入内陆长达160公里，但是水深却仅有几米。现在，他们距离最近的居民点也已经十分遥远，所以他们可以开足马力向北前进。很快，他们就开始接近登陆地点，那里也是他们这次行动的目的地——土库曼的一座军事仓库。

欧拉姆坐在大卫和莫妮卡中间,强壮的肌体靠在橡皮艇的船沿上。他用手肘碰了碰大卫,问道:“你有什么感觉?”他一边说一边抬手在一片漆黑的空中比画了一下:“这很像创世纪之前的宇宙,呃?‘地是空虚混沌。渊面黑暗。’我们就像‘神的灵’,对吗?‘运行在水面上’?”

大卫皱起了眉头,因为他本想坐在莫妮卡身边。在拖网渔船的船舱里做过爱以后,莫妮卡又陷入了阴郁的情绪之中。当他们换上黑色的衣裤并在脸上涂上黑色油彩的时候,两个人也一直沉默不语。这时,大卫越过欧拉姆的身体想看看莫妮卡的眼神,但是夜色太黑,他只能依稀看见她的轮廓。他摇了摇头,把眼光放回到欧拉姆的脸上,回答说:“我们并不是‘神的灵’。”

“你这是怎么啦,我的朋友?是不是太紧张了?我告诉过你,不用担心。我们肯定能够及时地摧毁那台X射线激光发射器,让‘逆生树’那帮家伙根本就得不到使用它的机会。你会带给我们胜利,因为你就是‘克特尔’的……”

“是啊,是啊,你告诉过我,我是‘克特尔’的工具,是宇宙计数的第一步,天知道这都是什么意思。”

欧拉姆显得很开心,歪着脑袋指着大卫说:“你不喜欢谈论上帝,是不是?总想绕开这个话题,呃?你只喜欢物理学的力呀、粒子呀还有维度,等等。”

“那倒不是。我不喜欢的,只是有些人自以为可以代表上帝行事,好像他们所做的一切都是上帝的旨意,而且现在他们还自认为全世界都应该知道这一点。其实,在很大程度上这正是整个宗教历史中长期存在的一个问题。”

欧拉姆笑起来,那笑声带着低沉的胸音。“作为一个历史学家,你这是在玩弄事实。并不是所有宗教都那么咄咄逼人。在我所信奉的这种犹太教里,上帝是不对人类下命令的。他只是一种存在:存在于我们之中,存在于我们周围的万事万物之中。”他再次举起右手,伸出一根手指在漆黑的夜色中画了一个圈。

大卫把目光投向寂静的海面,越过坐在旁边另一艘橡皮艇上突击队员的身影看了看远方,然后,他又扭头看了看莫妮卡,只想确认一下她确实还坐在那里,但是欧拉姆宽阔的肩膀挡住了他的视线。这个人宣扬的神秘学理论开始让他感到不快。“如果上帝只是一种存在,那么你们为什么不把他叫做‘现实’呢?为什么非要创造出一个上帝的概念来呢?”

“看来,这可能是我没有解释清楚。宇宙就是信息,对吗?我认为在这个问题上我们可以达成一致。那么上帝呢，就是有关连接这些信息的一种构想，也就是把所有信息综合在一起的程序。”

“但是，为什么偏要称之为‘上帝’呢？按照你的理论，其实就是说天上有一位父亲似的人物，一个慈祥的老人，他关照着整个宇宙和我们的一切。这样的上帝根本就不存在。”

“你怎么能肯定呢？”他向大卫稍稍靠近一点，他的体味连同海湾微咸的空气一起涌进了大卫的鼻孔。“我问你，是谁一直在保护我们免遭天下大乱的厄运？如果根本没有任何程序，这个宇宙就是一锅大杂烩，就会乱作一团；各种各样的事情都可能突然降临，而且它们都毫无意义。正是因为有了这个程序，由它从无数量子可能性中作出一种选择，并且说：‘就是它了！’虽然它的选择在我们看来好像都是随机的，其实不然。无论是你还是任何其他人，都应该记住爱因斯坦说过的那句话：‘上帝并不跟宇宙玩掷骰子。’正是这个程序起到了协调宇宙万物的作用。”

“你说的是什么呀？难道说这个程序还有意识？而且时时刻刻还关心着我们人类的利益？”

欧拉姆有些无奈地摇摇头，回答说：“我所说的是，宇宙间所发生的一切事情都是根据一个计划而挑选出来的，即便是每一个粒子在任何时候的任何变化也是如此。那么，从这个意义上讲，宇宙确实在关怀着人类，因为宇宙间的每一个事物和每一个人都是重要的。这是讲得通的，对吧？”

大卫耸耸肩。他现在无法思考这种问题，他已经浑身冒冷汗，也失去了方向感，心中充满了恐惧。他只希望欧拉姆就此打住，不要再侃侃而谈了。

欧拉姆拍拍他的肩膀，说：“我得同帕克特工谈一谈。你挪一挪，坐到我这里来。”

说完他站起身，向船尾走去，露西尔就坐在船尾舵手的身边。欧拉姆一离开，大卫立刻移动到了莫妮卡的身边，心中不禁对欧拉姆感到感激。莫妮卡一句话也没有说，甚至也没有扭过头看他一眼。但是，她向他伸过来一只手，紧紧地抓住了他的手。

30 分钟之后，舵手关小了油门，“佐迪亚克”橡皮艇的速度立刻慢下来。大卫向前方望去，只见海面与星空之间的南方海平线上出现了一条长长的黑色山脊。又过了十多分钟，舵手关闭了引擎，把推进器抬起来放到了船尾上。突击队员们一个个跳下橡皮艇，一起把它拉向岸边。大卫和莫妮卡也跳进了海里，涉水前进，很快就踏上了岸边的盐滩，踏着沙沙作响的地面上了岸。突击队员们把三艘“佐迪亚克”橡皮艇都拉上了岸，所有人一起向一道山梁上进发。

他们沿着一条狭小的山路爬上陡峭的山坡，大卫跟在欧拉姆和露西尔身后，他后面是莫妮卡。一行人正匆匆往上爬的时候，远处出现了闪烁的手电筒光——有人在向他们发信号。发信号的人是一个“摩萨德”的特工人员，在中东地区已经工作了好几年，而且也是欧拉姆“戴编织便帽”的同志之一。关于同这个特工接头的目的，欧拉姆已经向突击队员们作了说明，但是当他们爬上山梁、见到等待他们的场面之后，大卫还是很吃惊:22 匹马整齐地站在山顶的悬崖边上，由那个“摩萨德”特工雇来的 22 个当地的土库曼男孩各自抓着一匹马的缰绳。

莫妮卡紧走几步赶上大卫，在他身边站住身体。“好漂亮的马!”她对他耳语道。

“这就是赫赫有名的‘阿克哈－塔克马’，号称‘土库曼斯坦的金色马’。”他悄声告诉她说，“这种马的速度和耐力都非常惊人。”

莫妮卡走到其中一匹马身边，一边伸出手抚摸马身一边温柔地同它说起了话。莫妮卡虽然在城市里长大，但是在哥伦比亚大学当教授的时候，每个周末她都会去骑马。相比之下，大卫同马打交道的经验就相当有限——7 岁时骑过一次矮种马，10 年前同第一个妻子在一个度假牧场上待过一天半。不过，欧拉姆向他保证过，“阿克哈－塔克马”的性情十分温和，他的马会本能地跟随整个马队一起走。一个土库曼男孩扶着大卫骑到了马背上，然后稳稳地拉住缰绳等待他坐好。

欧拉姆已经在海滩上留下了两名突击队员看守着橡皮艇，这时他又命令 6 名突击队员骑上最快的马先行几公里，担任侦察任务。他们会仔细查看道路两旁的情况，一旦发现危险，就会立刻通过无线电通话器向大部队发出警报。这样一来，所谓的“大部队”就剩下了欧拉姆、大卫、莫妮卡、露西尔和 12 名突击队员。他们骑着马向南面进发，将要越过一片荒芜的平原地带，最后抵达那个军事仓库。

这是一片大卫从未见过的空旷原野，地面非常平坦，只有天上的星星闪烁着微弱的光亮。他可以清晰地听到自己马的马蹄踏在坚实的沙土地面上的声音，但是却几乎看不见地面，也看不见其他的“阿克哈－塔克马”的身影。这些马竟然能在一片漆黑中找到自己的路，确实让他感到惊讶，很显然它们的夜视能力比他强多了。过了一会儿，他开始感受到骑马夜行的乐趣——凉风吹拂着脸面，给人一种在黑暗中飞行的奇幻感觉。他听着从他前面和后面传来的马蹄声，不禁猜测着哪个声音是莫妮卡的马发出的。这一切都让他感到心旷神怡，一时间他竟然完全忘记了那台 X 射线激光发射器和他们此行的目的。

但是,刚刚过了一个小时,大卫就开始感到马鞍的不断摩擦所造成的痛苦,而且情况正变得越来越糟糕。然而,欧拉姆并没有命令队伍停下来歇息。凌晨2点,一轮弯月从地平线上升起,同先前伸手不见五指的黑暗比起来,皎洁的月光简直让人目眩。大卫突然之间就看见了身边其他的马匹和坐在马背上的人,也看见了自己这匹马的脖子上正流下一串串的汗水。在大约2.4公里以外的地方,他看到了沐浴在月光下的一条蜿蜒的山脊。这个巨大的山脊颇似一堵硕大无比的石墙,像美国大峡谷中的峭壁一样,居高临下雄视着这片平原。在明媚的月光下,峭壁上的岩层清晰可见,颜色深浅不一的岩石带上下交错排列在岩壁上。

正骑着马行走在大卫左边几步远的欧拉姆,对他低声说道:"那是延吉卡拉。"

"什么?你说的是这个峡谷的名字吗?"

欧拉姆点点头道:"是啊。它的意思是'燃烧的堡垒'。来吧,我们得加快步伐。月亮已经升起来了,我们很容易被人发现,因此我们必须躲进峭壁下的阴影里行走。"

一分钟后,他们一路小跑进入了这一堵巨大"石墙"的阴影中。队伍改为单列行进,欧拉姆走在最前面,带领他们进入了峭壁下的一条深入大山之中的曲折山谷。大卫四面观望,只见到处是高高矗立的岩体,有的像城堡,有的像庙宇,还有的像教堂的尖顶和高昂的船头。他开始感到一丝幽闭症的征兆——这些悬崖峭壁个个面目狰狞、形态凶险,仿佛就要冲向前来把他们一个个碾碎。这时,欧拉姆举起一只手示意队伍停下,大卫不禁担心他们是不是走错了路。看到突击队员们纷纷下了马,他也笨拙地从马背上爬了下来。

欧拉姆爬上一块岩石高台,趴在地上用装有红外线显示功能的望远镜向前瞭望。大卫吃惊地发现露西尔也跟了上去,步履敏捷得就像一只山羊。她也拿出了自己的望远镜,一起观察着前方的情况。几秒钟后,欧拉姆转过身向大卫和莫妮卡挥挥手,要他们也爬上去。两人一起爬到了岩石高台上,趴在欧拉姆和露西尔身边。欧拉姆把望远镜递给大卫,悄声道:"你看一看那个仓库,然后告诉我你的感觉。"

大卫把望远镜举到眼前,略微调整一下焦距。他看见了坐落在山谷尽头的一幢很像仓库的房子,大约长30米、宽15米,那里也是整个峡谷的尽头。房子的三面都是高耸的峭壁,为了增强安保效果,房子四周还修建了一个矩形的铁丝网,高度达到约6米。"这个地点不错,"大卫低声道,"易守难攻。"

欧拉姆点点头,问:“你认为他们的安保措施怎么样?”

“我没有看到一个卫兵或岗哨,但是我估计他们应该就在房子里的某个地方。”

欧拉姆从大卫手中接过望远镜,然后把它交给了莫妮卡:“那么你呢? 能看出什么不同寻常的地方吗?”

莫妮卡观察了一下,举着望远镜说:“灯都没有打开。整个院子装有探照灯,但是他们把它们都关上了。没有灯光,他们也就看不到任何接近他们的人。这说明,要么他们愚蠢透顶,要么里面根本就没有人。”

“没错。”欧拉姆微笑着对她说道,“看起来,士兵们锁上了大门,通通回家去了。我们在拖船上航行的时候,也一直在监听土库曼军方的无线电通讯,并且截获了一条不同寻常的消息。不知出于什么原因,这个国家的领导人刚刚发布了一条命令,要求所有内务部队立刻撤回到首都地区。这件事对我们来讲可能是一个天赐良机。”

“也可能是一个精心设下的陷阱。”露西尔放下手中的望远镜,提醒他们说,“士兵们也可能就藏在房子里,等着我们自投罗网。”

欧拉姆又点了点头,道:“又说对了,所以我们必须谨慎行事。”

他转身走下了谷底,同突击队员们商量起来。不一会儿,两名突击队员离开队伍向仓库方向走去,其中一人拿着一把断线钳,另一个拿着一把大锤和一柄哈利根铁铤(注:哈利根铁铤(Halligan bar)是一种消防工具,一头是爪,另一头是双尾撬)。另外四名突击队员分别占据了三面峭壁的突出部位,手中的步枪纷纷对准了仓库。接下来,欧拉姆又回到了岩石高台上,同时还额外带来了两副望远镜。他递给大卫一副,自己留下一副,然后对众人道:“现在,让我们看看会发生什么事情。”

大卫举起望远镜观察两名正在接近仓库的突击队员。因为红外线能够捕捉到任何散发出热量的物体,因此两个人便清晰地显示在望远镜的镜头里。他们慢慢爬到了铁丝网前,用断线钳在铁丝网上切开一个口子,然后钻了进去。溜进院子里以后,他们很快跑到了仓库入口处,两人一起将哈利根铁铤插进门和门框之间,然后一人扶着铁铤,另一人举起铁锤砸向铁铤的末端。山沟里立刻回荡起响亮的敲击声,不过几秒钟的时间,两名突击队员就撬开了大门,冲进了房子里。

敲击声终于消失了,整个峡谷再次恢复了宁静。大卫已经看不见两个突击队员的身影,持续的宁静让他又开始感到了胃部的不适。突然,欧拉姆的无线电通话器响了,从中传出几句希伯来语。欧拉姆用希伯来语作了回答,然后转身对大卫和莫妮卡说:

“仓库里没有土库曼士兵。不过，我的人已经发现了一个直径 1 米的铝制圆筒，大概有 3 米长。”

大卫点头道：“这正好符合‘埃克斯卡利伯神剑’的尺寸。那东西肯定就是俄国仿造的 X 射线激光发射器。”

“先不要急于下结论，”欧拉姆说，“我要你和雷诺兹博士立刻就到仓库里去，亲眼看一看那是不是我们要找的 X 射线激光发射器。你们在索雷克储藏室里见到过被摧毁的那台激光发射器，所以一眼就能分辨出来。一旦你们确认那就是那台 X 射线激光发射器，就立刻告诉我的人开始安装 C－4 炸药。”他扭过头指着留在山沟里的其余 6 名背着弹药包的突击队员，接着道：“那些人就是我的爆破组，他们带着足够炸毁整个仓库的炸药。”

这时，露西尔站起身说道：“等一等，既然斯威夫特和雷诺兹要进去，那么我也跟他们一起去。”

欧拉姆点头表示同意：“我理解。我就留在外面，继续观察峭壁上其他突击队员的情况，以防‘逆生树’向我们发起偷袭。他们也想得到这台激光发射器，对吗?”他微笑着拍了拍挎在肩上的狙击步枪。

“很好。”露西尔说，“我们几分钟后就回来。”紧接着，她、大卫和莫妮卡跟着爆破组向仓库一路小跑而去。

他们一个个弯下腰钻进了铁丝网的缺口，跑到刚刚被撬开的大门前。一走进仓库里，大卫立刻看见了在黑暗中不停划过的手电筒光，顺着光线他看到了几十个陈旧的板条箱，上面印着斯拉夫字母。爆破组成员纷纷打开弹药包，拿出几卷电线和砖块似的黄色 C－4 炸药块，从表面上看这些炸药就像包着玻璃纸的奶酪。与此同时，刚才撬开仓库大门的两名突击队员正站在仓库中央，手中的电筒照着放在一个木头支架上的长长的圆筒。大卫向圆筒走过去，远远地就看到了圆筒上的那个滑动盖板，它与圆筒成同样的弧形，安装在圆筒的正中间，看上去就像带有活动盖板的书桌上的那块盖板，只是更大一些，可以放进一枚核弹头。这种设计使弹头正好能够放置在激光柱的边上，放入核弹头之后再将盖板盖上，然后将圆筒中的空气抽出，这样一来核爆炸产生的辐射就能够畅通无阻地直达激光发射器。

现在，盖板是盖上的。大卫小心翼翼地抓住盖板的上端，准备把它向下推开，看一看那些激光柱是否还在圆筒之中。但是，他心里又多少有些害怕：里面会不会仍然放着一枚过去的核弹头？其实，他心里很清楚，这种想法是很荒唐的，因为俄罗斯人是绝不会把一枚核弹头丢弃在这里的。

他试着把滑动盖板往下推，但是却推不动。于是，他加大力量又试了试，盖板仍然纹丝不动。

莫妮卡来到他身旁，问道："怎么啦？打不开吗？"

"20 年来都没有打开过，估计是生了锈，卡住了。"

这时，露西尔也走上前来，对大卫说道："来吧，我帮你一把。"

大卫给她让出一个位置，露西尔伸手抓住了盖板的边缘。她小声数道："一，二，三！"两人同时用力拉动盖板，盖板终于被拉开了。大卫向圆筒内看了看，里面并没有核弹头，总算彻底放下心来。但是，让他感到意外的是，里面也见不到激光柱，空空荡荡的圆筒内只有一堆砖块似的黄色的物体，每一块上都插着一个细小的金属棍，金属棍的顶端都连着一根电线，所有电线彼此缠绕在一起形成一团。大卫觉得，这些砖块一样的东西很像他刚才看到的那几个以色列人从弹药包中拿出来的块状 C－4 炸药，心里感到有些迷惑——这些炸药怎么会这么快就被放进了激光发射器里？然而，露西尔立刻就看出了问题。

"炸弹！"她猛地转身向欧拉姆的突击队员们大喊一声，所有突击队员都立刻停下了手上的工作，"这个圆筒被人做了手脚！所有人赶快离开这里！"

接着，露西尔像一名橄榄球后卫球员那样略微弯下腰，向左右伸出双手，右手推着大卫、左手推着莫妮卡，一起向仓库大门跑去，同时继续高喊道："有炸弹！有炸弹！有炸弹！"突击队员们紧跟在他们后面跑向屋外，就在他们刚刚跑到仓库大门的时候，C－4 炸药爆炸了。

第二十八章

阿亚·戈德堡是一个破译密码的行家,加入"辛贝特"情报机构之前,他曾经在著名的以色列国防军8200情报部队中服役,专门从事破译敌方通讯的工作。3年中,他破译过叙利亚和黎巴嫩的许多加密电报,而这些无线通讯都是由设在戈兰高地的以色列监听站截获的。从那以后一直到现在,阿亚一面为"辛贝特"工作一面继续学习密码破译的新技术,使自己破译密码的能力大为提高。但是,当他看到欧拉姆·本·扎曼的量子计算机以后,他就立刻意识到这个世界已经发生了翻天覆地的变化,有了眼前这个装满玻璃试管和光纤的陈列柜,他多年来辛辛苦苦学到的所有技能都已经毫无用武之地。

现在,阿亚就坐在沙赫维定居点欧拉姆的拖车里,在书桌前把数据输入那台量子计算机。真是无巧不成书,这些数据信息正是8200部队送来的,因为这支部队的指挥官亚龙将军是欧拉姆的老朋友。欧拉姆离开沙赫维之前,已经悄悄地同将军进行了联系,主动提出帮助8200部队破译那些他们无法破译的加密通讯。所以,6月15日上午,这个定居点的一个年轻的犹太教狂热信徒以哈德·本·以斯拉——也是一个"戴编织便帽的人"——前往位于赫兹利亚的8200部队总部,拿到了一大叠计算机光盘,并立刻把它们送到了沙赫维。现在,这些光盘就放在阿亚面前的书桌上,里面保存着过去3天里以色列监听站截获到的所有加密通讯信息。

自从来到沙赫维以后,阿亚就一直没有同"辛贝特"的上司联系过。根据欧拉姆的量子计算机先前破译的情报,以色列的情报机构已经被外国敌对势力所渗透,甚至连美国联邦调查局、中央情报局、国家安全局和五角大楼都未能幸免。阿亚深知形势非常严峻,这使他整夜难以入眠。他精神委靡地坐在椅子上,歪着脑袋看着以哈德·本·以斯拉把带回的光盘插进量子计算机的光盘驱动器里。欧拉姆已经教过以哈德如何使用这台计算机,而这个曾经在希伯来大学学习过的年轻犹太教教徒显然比沙赫维的其他定居者更加聪明。他一边启动密码破译程序,一边同阿亚攀谈起来,向他提出了一连串有关密码学的问题。阿亚强打精神,尝试着把一些最基础的知识传授给他。

“好吧,其实很简单。”他告诉他说,“所谓密码技术就是对一条信息进行加密和解密的一系列步骤。你可以通过密码技术把一段信息变成没有人能够看懂的天书,同样能通过密码技术再把它变成通畅易懂的文字。”

以哈德点了点头。他脸上长着细小的红色络腮胡,头上戴着一顶黑色小圆帽。“这么说,密码是不是相当于密钥?”

“不对。密钥是插入密码之中、确定加密方式的一组数字。比如说,一位身在军队司令部里的将军用一把密钥对一段命令进行了加密,那么躲在前线散兵坑中的可怜士兵必须掌握着同样一把密钥才能对命令进行解密。但是,如果多次使用同样的密钥,敌方就可以从中找到规律性的东西,从而破解密钥,对不对?所以,军队必须每天变换密码,始终使用新的密钥进行加密和解密,让敌人来不及破解自己的密码。”

“但是,你怎么把……”

“是啊,是啊。我知道你要说的是什么问题:将军怎样才能把新的密钥发送到不同战场上的倒霉士兵手里?其实,这一直是军事通讯中的一个大问题,就是如何跟踪密钥的走向、确保其在传送途中不被敌人所盗取。但是,现在你可以使用公钥密码来解决这个问题,这种密码在因特网上就可以见到。”

“我好像也读到过有关的报道。不过,那也并不能……”

“忘掉你读过的那些东西,仔细听我说。这种加密系统所使用的不是一把密钥,而是两把。每个使用密码的人都有一个专属于他自己的公钥,是专门用来对信息进行加密的,但是同时他还有一个个人密钥,是专门用来解密的。这就像一个有两个锁孔的保险箱,一个用于锁闭而另一个用于开启。当你需要给某个朋友发送一条秘密信息的时候,你就告诉他说:‘嘿,把你的公钥告诉我。’于是,你的朋友就通过因特网把他的公钥发给你,你用这把公钥对准备发送的信息进行加密,这就像把这个信息锁进了一个保险箱里。然后,你把这条已经加密的信息传送给你的朋友,他会用他那把个人密钥去打开这个保险箱。由于这把密钥从来都只有他一个人知道,所以其他人也就无法破解他的密码。”

“这么说,现在军方就是采取这种方法传送新密码的吗?”

“是啊,这比写在纸上派人递送要安全多了。以色列国防军和五角大楼目前都是用公钥系统来保证其分类数据网络的安全,五角大楼的网络中就保存着几天前欧拉姆破译的有关‘埃克斯卡利伯神剑’的信息。你也知道,这份情报就是在伊朗刚刚进行了核试验之后从加利福尼亚发往阿富汗的。”

“但是,既然公钥密码系统如此安全可靠,那么欧拉姆又是如何破译这个情报的呢?”

阿亚禁不住微笑起来。虽然他感到非常疲劳,但是他们谈论的话题已经让他开始兴奋起来。“啊,这其中有一个诀窍。既然个人密钥可以对公钥加密的信息进行解密,那么这两把密钥在数学上就必然是密切相关的,对吧?密钥通常以两个质数为基数,而公钥的数字则是那两个质数相乘后的积。比方说,如果密钥的两个基数分别是7和19,那么公钥的数字就等于133,对不对?”

以哈德开始在心里计算这道乘法题,阿亚由此得出了一个结论:这个孩子在希伯来大学所学过的科目中,数学肯定不是他的强项。以哈德终于回答说:“对,7乘以19是等于133。”

“但是,如果事情真是如此简单,那么这种密钥岂不是没有多大秘密可言了,对吗?因为只要你知道了公钥的数字是133,那么只需要找出这个数目的两个质因数,你就可以得到与公钥相对应的密钥了。但是,当这些数字十分巨大时,比如多达数万个数字的时候,找出正确的质因数就变得非常困难了,因为把两个巨大的质数相乘并不难,但是反过来就相当难;如果你把一个巨大的数字输入计算机,然后下一道命令:‘告诉我得出这个积的质数是什么,’计算机可能需要计算一千年才能找到答案。这就是为什么这种密码技术极难破译的原因。如果你使用的是一台普通的计算机,找出密钥也是完全可能的,但是它所需要的时间你却等不起。”

听到此,以哈德也微笑起来,他终于听明白了。“不过,欧拉姆的这台计算机却完全不同,是不是?这台计算机极其善于找出大数目的质因数?”

“是啊,完全正确。这是因为量子计算机具有瞬间完成万亿次计算的能力,它可以同时对众多数字进行检测,从而迅速找到正确的质因数。密码的公钥是非常容易截获的,而你一旦知道某条加密信息的公钥,量子计算机就能很快计算出它的密钥,帮助你破译这条信息的密码。这台计算机现在做的就是这个工作。”阿亚用手指了指灰色陈列柜的内部，计算机正在进行运算，发出一种低沉的嗡嗡声，“你刚才把3天来截获到的所有加密通讯信息都输进去了，而它只需要大约一个小时就能够把它们全部破译出来。”

以哈德瞪着眼睛盯着那台计算机看了好几秒钟，脸上仍然挂着微笑，看起来他对这台计算机的崇拜心情又平添了好几分。然后，他转身对阿亚问道：“这么说我还有足够的时间进行晨祷。要不要我回来的时候给你带一点儿早餐回来？”

阿亚摇了摇头，焦虑的心情已经影响到了他的胃口。他告诉他说：“不用了，我不饿。”

“我还是给你带点儿吃的吧，戈德堡先生，你需要吃点儿东西了。”

以哈德离开房间后，阿亚摘下眼镜，用手揉了揉自己的眼睛。他想，也许他应该找个地方躺一躺；计算机正忙于计算，他应该利用这个时间小憩一下。但是，他还是担心自己难以入睡，在现在这种局势下，让他睡觉就好像让他在一幢熊熊燃烧的房子里打瞌睡。他的全部直觉都在告诉他：大事不妙。他十分担心他那几位美国朋友的安全，他们现在可能正在土库曼斯坦的沙漠里艰难跋涉，他很希望能同他们取得联系，但是也清楚地知道欧拉姆和他的突击队除非万不得已是绝不会贸然使用无线电通话器的。再说，到目前为止他也没有任何有用的消息可以告诉他们。他的首要任务是分析截获的这些情报，然后如果运气好，再查找出欧拉姆称之为“逆生树”的人到底是谁，查出那些把“埃克斯卡利伯神剑”放到伊朗核试验场上去的那些人……

阿亚交叉起双臂放到书桌上，把头放到手臂上，闭上了眼睛。露西尔离开沙赫维之前曾经告诉过他，她已经制订了一个计划，目的是让“逆生树”自己暴露出来。她准备说服联邦调查局派人到“逻各斯企业”去“看看”，正是这家位于加利福尼亚的国防承包商把“埃克斯卡利伯神剑”从利弗莫尔国家实验室中搬走了，据说也是他们拆掉了这件武器。这是个打草惊蛇的办法，要让“逻各斯企业”的那些人感到慌张，这样一来他们很可能就会向他们在阿富汗的联系人发出另一个信息。现在，很可能“逻各斯”已经发出了他们等待的信息，而且8200部队也很可能已经截获了这条信息。实际上，阿亚希望这条信息就在书桌上的某张光盘上，量子计算机正在破译它们提供的所有数据。在他的脑海里，量子计算机已经给出了一个人的名字，这个人正是那个在阿富汗的联系人，但是眼前的这个名字显得模糊不清，阿亚怎么也无法把它看清楚。

当他清醒过来时，才发现以哈德的左手放在他肩上，正在使劲摇晃他，他的右手端着一盘以色列沙拉。“戈德堡先生？”他一边喊一边把盘子放到书桌上，“你看，我给你带吃的来了。”

阿亚睡眼蒙眬地盯着眼前的那盘黄瓜土豆片看了好几秒钟，终于清醒过来，想起了他眼下的工作。他伸展双臂、弓起身体打了一个哈欠，然后看看手表，发现他已经睡了一个半小时。

“啊！”他大叫一声，转向以哈德问道，“计算机有结果了吗？”

年轻人点了点头，但是脸上的表情似乎并不满意。他说：“有了，结果都出来了。破译出来的信息中有一条提到了‘埃克斯卡利伯神剑’，但是其中并没有……”

阿亚立刻跳了起来，问道：“在哪儿呢？快拿给我看！”

以哈德把一张纸放到书桌上，指了指靠近上方的一行文字。阿亚弯下腰头仔细查看，首先要了解的是发送和接收这条加密信息的情况。他发现，信号发自加利福尼亚，同先前那个信息一样使用的是同一个没有登记注册的无线传输装置，同样通过萨克拉门托的手机发射塔中转。但是，这一次信息没有被传送到阿富汗西部地区，而是发到了位于土库曼斯坦南部的一个中继站，再从那里传送给了接收人。信息内容很简略，只有两句话：**“对‘埃克斯卡利伯神剑’追查甚急。需尽快商量。”**

阿亚感到很失望，他本来指望得到更多的信息。“就这些？再没有别的内容了吗？”

以哈德用手指点了点靠近那张纸底部的文字，说：“计算机还破译了另一条信息，发送的时间是刚才那条信息发出30秒钟之后，是从土库曼斯坦发往萨克拉门托的。但是，我完全看不懂它说的什么意思。”

阿亚看到了以哈德食指旁边的一行文字，也只有两句：“改用‘DRSN’。即给你回电。”

阿亚脸上露出了愁容，说：“哎，这可糟了。‘DRSN’是五角大楼的‘国防红色交换网络’，是语音传送系统，不是数据传送系统。很显然，我们这位身在土库曼斯坦的朋友已经同意同加利福尼亚的这个联系人通话。不幸的是，我们没有办法破译他们之间的通话。”

“为什么不行？”以哈德问道，“你不是说，我们这台计算机是世界上破译密码最快的机器吗？”

"'国防红色交换网络'比五角大楼的数据传输网络更加安全。这个网络系统具有一整套独立的安全线路和终端,我们的监听站很难监听到他们的通话。这个网络是专门为五角大楼的高级官员设立的,我们那些阿富汗的朋友竟然可以使用这个网络很让人惊讶,美国高层官员中显然有他们的情报员。"阿亚绝望地摇了摇头,真他妈可恶!眼看他们就要成功了,但是最终还是一无所获。

以哈德的手指仍然指着纸上的那行字:"但是,如果这个网络只是供美国高官使用的,那么总有一个人负责掌管它的使用通道,对吧?就好像电话总机的接线员。"

"不一定,很有可能是自动控制的。"

"但是,无论是谁在控制,要想使用这个网络都必须有一个相应的密码才行,而且所有的通话都肯定要记录在案的,对不对?包括使用网络的人以及通话的时间?"

阿亚瞪大了眼睛看着站在他眼前这个男孩,他说的很对——像"国防红色交换网络"这样安全的通话系统,一个没有登记注册的装置是不可能进入的,你必须拥有这个系统专门为你设定的个人密码。如果阿亚能够看到"国防红色交换网络"的呼叫记录和密码分配记录,那么他就可以确定从土库曼斯坦向加利福尼亚打出那个神秘电话的人是谁。当然啦,那些记录也是机密,但是阿亚在五角大楼却有一个极好的情报来源。

他走到以哈德面前,一把把男孩拥进怀里,亲吻了一下他的前额,说道:"知道吗,你应该回到学校里去。像你这样聪明的人不应该待在这个地方。"

"你说什么?我不明白……"

"好了,现在你出去吧。"阿亚放开他,用手指着拖车的门说道,"我得打几个电话。"

第二十九章

大卫睁开了眼睛，只看见两排嵯峨的峭壁之间露出一条长长的狭窄天空，像黎明时分的天空一样呈现出暗淡的灰蓝色。他正仰面朝天躺在地上，四周围了一圈人，个个都弯着腰盯着他看。这些人脚上都穿着靴子，上面沾满了泥土，身上穿着破烂的棕色制服。他的视线模糊不清，无法看清楚他们的脸，但是他可以依稀看出他们手里都拿着步枪。尽管他的头上、脖子上和手臂上都划破了而且正在流血，但是并没有一个人出手为他包扎伤口，也没有人伸手把他拉起来。他思忖道，看来这些人不像是他的朋友。真该死，他们到底是他妈什么人？

这时，他突然发现人群中有一个人并非男人，而是一个长着满头蓬乱的白发、胸部肥大的女人。她被两个男人一左一右夹持在中间，一条腿站在地上，两个男人抓着她的胳膊拖着她来到了他的面前。她那条受伤的腿奇怪地向外歪斜着，膝盖以下的裤腿已经撕破并且浸透了鲜血。大卫斜着眼向她脸上看去，看到她张嘴说了一句什么话，但是他却什么也听不见——他的耳朵出问题了。接着，她又张嘴说了些什么，这一次他好像听到了一点声音，但是非常的微弱。他认出她就是露西尔·帕克特工，他也明白了她刚才是在喊他的名字。

抓着露西尔的人粗暴地把她推倒在大卫身边，就在这一刻他突然想起了这一切的来龙去脉："佐迪亚克"橡皮艇、"戴编织便帽的人"组成的突击队、土库曼斯坦的军事仓库和C-4炸药。露西尔伸出手抓住了他的胳膊，他发现她身上的手枪和肩挎式枪套都已经不见了踪影，再摸一摸自己身上，欧拉姆给他的那把手枪也已经不翼而飞。露西尔不仅下巴上有一条很深的伤口，脸上也有一条，从颧骨一直连到嘴角。她正在哭泣，眼泪不停地流到她的伤口里。他呻吟道："露西尔！这是怎么回事儿？莫妮卡在哪儿？"他发现自己的声音听上去很怪异，而且显得很遥远。

她闭上眼睛摇了摇头，回答说："我们刚刚跑到大门外炸弹就爆炸了，我和她也被气浪冲开了。"

"但是，哪些……？"

话还没有说完，他就已经看见了不远处躺在地上的一些尸体，一个个脸朝上排成一排，很显然是这些穿棕色制服的士兵们把他们从爆炸现场拖到了这里。大卫感到自己的心脏开始"咚咚"地跳动，立刻坐起身来向每具尸体的脸上看去。他数了数，一共有12具尸体，他们都是身穿黑色夜行衣的大胡子男人，莫妮卡和欧拉姆并不在其中。大卫首先感到的是一种安慰，但是很快眼前这些尸体就让他心中充满了恐惧。就在仅仅24小时之前，他还聆听过这些人虔诚的祈祷。

他用一只手的肘部撑着自己的身体，举起另一只手指着围在他们身边的士兵们大吼道："你们是什么人？你们到底是他妈的什么人？"

士兵们没有一个人搭理他，大卫不知道是不是他们都不懂英语。但是，就在他等待他们回答的时候，围成一圈的人群分开了一个口子，一个身材高大而肌肉结实的男人从缺口处走了过来。这个人同围在他们身边的士兵们截然不同，他穿着一身深绿色而不是棕色的制服，头上戴着花格子头巾，头巾的下摆一直垂到他的肩膀和后脖子上。他那张脸看上去似乎很面熟，这让大卫觉得奇怪。他用手指着这个男人，转向露西尔说道："这就是那个朝圣者！在耶路撒冷的时候，他背着一个十字架，后来又一直跟踪我们到了'和平之家'犹太学校！"

那个男人点了点头，然后说："我叫尼哥底母。你说的没错，是我跟着你们去了'和平之家'犹太学校。那一天真个是杀犹太人的好日子。"他微微一笑："我们一共干掉了多少个？13个还是14个？真是有趣，同今天的数字完全一样。"

露西尔恶狠狠地看着他反唇相讥道："你的记忆也太差了，那些犹太人也干掉了好几个你们的人。"

他的上嘴唇微微抽动了一下，但是仍然保持着微笑："你错了，我记得很清楚。正因为如此，我才组织了今天的这个行动。当我发现你们偷偷摸摸地向土库曼斯坦进发之后，就立刻赶到了这里，同'真正的信徒'的兄弟们会合到一起。告诉你们吧，那台X射线激光发射器早就被他们从这个仓库里运走了，不过那里还有另一台早已损坏得无法修理的激光发射器,所以我们就把它变成了给你们的诱饵,在圆筒中装满了C-4炸药。然后,我们在山沟里找了一个隐秘的藏身之处,静静地等候你们的光临。”他用手指了指那一排尸体:“结果相当成功,你们说是吗?我们几乎一下子就干掉了你们所有的人。虽然欧拉姆和莫妮卡溜掉了,但是他们跑不远,他们肯定会同山顶上负责警戒的6个以色列人会合,然后设法回到‘佐迪亚克’橡皮艇那里去。他们哪里会想到,在那个海滩上我们有一大群人正等着他们呢。”

露西尔用手捏了捏大卫的手臂,他能感觉出来那不是因为害怕,而是因为看到了希望——莫妮卡和欧拉姆都还活着。这种希望立刻让他想起了自己不远万里来到这个可怕地方的原因。“我儿子在哪儿?”他直视着尼哥底母的眼睛问道,“迈克尔·古普塔在哪儿?”

“哦,他也死了。他向‘赛勒斯兄长’提供了我们所需要的信息之后,我们就把他干掉了。不过,我向你保证,我们是用最为人道的方法将他处死的。‘赛勒斯兄长’是个救世主,神圣而又慈悲为怀,比我这个人可要仁慈多了。”

大卫的身体不由自主地颤抖起来,但是他仍然继续盯着尼哥底母的眼睛。那双眼睛稍稍往左移动了一下,同时他的上嘴唇也再一次抽搐了一下。看到他脸上的这些细微反应,大卫再一次感觉到希望并没有破灭,因为他已经可以肯定这个家伙在撒谎。“你别想骗我,迈克尔并没有死,”他口气十分坚定地说道,“你们可能确实想让他死,也可能正在策划杀害他的阴谋,但是这一切还没有发生。”

尼哥底母收起了脸上的微笑,放弃了伪装,瞪大了眼睛恶狠狠地看着大卫,甚至连两个鼻孔都张开了。他扭头对身边的士兵们吼叫道:“把他们给我弄起来!”

两个士兵上前抓住大卫的胳膊,一使劲把他从地上拉了起来。另外两个士兵也同时把露西尔拉了起来。尼哥底母把手伸向腰间,从一个皮刀鞘中拔出了一把长刀。他走到大卫面前,拿着刀在他眼前几寸的地方晃动了几下,刀刃在清晨渐渐明亮的光线下闪着寒光。“你们杀死了我的朋友巴舍尔,因此我要用这把刀割断你的喉咙。不过,眼下‘赛勒斯兄长’还要跟你说说话,所以我暂时留着你这条命。”

大卫感到有些眩晕,但还是咬牙挺住了:“你可真倒霉,我都为你感到伤心。”

“是啊,这很有意思。我必须服从‘赛勒斯兄长’的命令,所以现在还不能杀了你。”他握紧了刀把,慢慢把手从大卫眼前收回去,“但是,我可以杀她。”

话音未落,他已经一步跨到了露西尔跟前,同时手臂猛地一挥,一刀割开了她的喉咙。露西尔的眼睛仍然看着大卫,潮湿的目光好像在哀求他,她的嘴无声地张开又闭上。他真真切切地看到了她脖子上那道长长的刀口,像一条鲜亮的红线,紧接着鲜血喷涌而出,她的头无力地向前耷拉了下来。

第三十章

迈克尔完全按照塔玛拉的话去做了，他驾驶着“乌拉尔”摩托车一直向南面驶去，去寻找另一个可以打电话的村子。他不停地扫视着远方的地平线，骑着摩托车一直行驶到了下午。沿途上他看到了很多同样的山丘，也看到了几处没有树叶，仅有一些白色枝干的乱蓬蓬的灌木丛，还在一块平坦而坚实的开阔地上看到过两头悠然行走的骆驼，但是唯独没有看到任何村庄，更没有看到一根电线杆子。到下午 4 点的时候，摩托车突然发出了几声“嘎嘎”的声响，然后便停止不动了——油箱里已经没有汽油了。他看了看里程表，他已经行驶了 181 公里。

在接下来的 3 个小时里，他一直推着“乌拉尔”向前走，但是却没有走出几里地。当太阳开始西沉的时候，沙漠上开始起风，他不得不躲进两个沙丘之间的凹处，把摩托车推到了一个沙沟里。他感到口渴难耐，但是身边却没有一滴水。他打开挎斗后面的储物箱，只找到了一听桃子罐头和一本卷成一卷的杂志，杂志封面上印着几张裸体女人的照片。他拿起罐头往“乌拉尔”的挡泥板上敲打，总算在上面砸开了一个小口，然后从这个小口里吸干了罐头里每一滴甜滋滋的糖水。但是，当他喝完罐头里的甜水之后，却感到更加口渴。他强迫自己不去想它，而是把注意力放到那些裸体女人的照片上，就这样一直坚持到天完全黑下来，杂志上的照片再也看不清了。

日落以后，风刮得越来越大，沙子不断地刮进他的眼睛里；温度急剧下降，空气变得越来越寒冷。他爬进“乌拉尔”摩托车的挎斗里，尽量把整个身体蜷缩起来塞进前部的车斗里。虽然他仍然感到冷，但还是勉强睡了几个小时，等他醒来的时候，太阳已经升起。到早上 8 点钟的时候，挎斗里已经变得十分炎热。他脱下了身上的衬衣，把两个衣袖绑到“乌拉尔”的两个车把上，搭起了一个简陋的凉棚。但是，即使躲在阴影里仍然酷热难当，迈克尔的嘴唇已经干得开裂，他想起了在《简明科学百科全书》中读到的知识：一个人在缺水的状态下可以生存3至7天，但是书中同时还说过，环境温度越高生存的时间就越短，这是因为身体蒸发出的水分会更多。因为，无论如何你都不可能让身体停止水分的蒸发。

迈克尔想再次把注意力集中到杂志上的照片上，但是他发现自己的视线已经十分模糊，怎么也看不清楚照片上的图像。他抬起头向附近的沙丘看去，却感觉它们都在不停地移动，好像海面上一波接着一波向前推进的海浪，他甚至觉得耳朵里还听到了这些海浪的声音。但是，他心里很清楚那只是他自己的脉搏的声音，每当他用双手捂住自己的耳朵的时候，都可以清楚地听到这种声音。大卫·斯威夫特告诉过他，他的身体中大约有6 600毫升的血液，当时他曾经想象过把自己的血液装进3个2 200毫升的牛奶纸盒里冷藏起来，那样大概会占据他们家冰箱最上一层的大部分空间。但是，他现在却开始想象自己的血液统统渗进了沙子里，松散的沙粒被血液凝固起来，形成暗红色的沙块，就像前一天他最后一次看到塔玛拉时她身后的那条血痕。

他闭上眼睛，免得继续看到那些移动的沙丘。他知道，塔玛拉已经死了，而他也没有完成她要他做的事情；他没能找到一个村子，也没能找到一部电话，现在他再也不可能给大卫·斯威夫特打电话了。他感到眼睛开始刺痛，胃里开始痉挛，脑子里想到的都是那些他没能做好的事情。他在心里对自己说：你就是一个失败者，无论什么事情你都做不好。

就在这个时候，他的耳旁突然传来了大卫·斯威夫特的声音。那声音离他很近，好像就来自他的身后。

你不是一个失败者，迈克尔。你是一个了不起的孩子。

迈克尔扭头向身后看去，除了那辆“乌拉尔”摩托车什么也没有。但是，即便如此他还是要对大卫说出自己的心里话：“不，我不是一个了不起的孩子。我违背了自己的承诺，把那些源代码告诉了‘赛勒斯兄长’。”

这不是你的错，孩子。你已经尽力了，坚持到了自己的极限。迈克尔，我为你感到骄傲。我非常为你自豪。

他虽然感到眼睛刺痛，但是却哭不出来，因为他已经严重脱水了。“但是，我是什么人都已经不重要了！我已经违背了诺言，现在‘赛勒斯兄长’很快就会调整好他的程序,他要杀死整个世界了!”

不对,他做不到。他不可能杀死这个世界。看看我们这个世界吧,迈克尔,它是多么迷人啊!

迈克尔抬起头,眼前除了一个个光秃秃的沙丘什么也没有,而他在自己心目中所看到的景象却比这些荒凉的沙丘更加可怕:那些哀号着掉进燃烧的天然气坑洞的人,那些被他扔出的手榴弹炸得血肉横飞的士兵。他告诉大卫说:“都死了。这里已经没有任何的生命了。”

那么那些飞鸟呢?

迈克尔一时没有明白大卫说的是什么,他眼前的天空中空无一物,就像一张巨大而灼热的蓝色的纸。但是,不一会儿他就看到它们了:两只巨大的黑鸟正在沙丘上空飞行,只不过它们并没有扇动它们的翅膀。它们渐渐变得越来越大,迈克尔开始听到一种持续而由远而近的轰鸣声,那声音十分深沉、有力,让他感到震撼,仿佛是一个巨人正抡动鼓槌拼命敲击着一面硕大无比的沙漠低音鼓。

“那不是飞鸟,”他低声道,“那是直升飞机。”

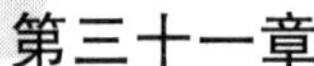

第三十一章

尼哥底母割断了露西尔的喉咙之后，他的士兵只是把她拖到了那些以色列突击队员的尸体旁，根本没有掩埋她的尸体。她仍然睁着眼睛，头歪向一边，衬衣上浸透了鲜血。这就是大卫最后看到的帕克特工的情景。紧接着，士兵们把他推倒在地并把他的脸按在了沙子里。一个士兵把他的双手紧紧地绑在身后，另一个从他的脚踝处绑紧了他的双脚，第三个士兵则拿来一条带有汽车机油气味的破布塞进了他的口中。然后，他们把他提起来，拖着他走向一排灰色的“陆地巡洋舰”越野车，最后把他扔进了其中一辆车的后备箱里。

他的身体重重地摔到了汽车后备箱的地板上，头撞到了折叠起来的后排椅子上。3 个身穿棕色制服的士兵坐进了汽车，两个坐在前排，另一个坐到了大卫的身边。这个坐在大卫身边的士兵长着一张长长的马脸，尖瘦的下巴和一个细长的鼻子。车队开始行驶后，这个士兵咧开嘴对大卫笑了笑，然后问道：“你还舒服吗，兄弟?”大卫怒吼一声，正欲抬起绑着的双脚朝他面门上踹去，那人却挥起一拳狠狠地打在大卫的腹部上。然后，他又拿出另一根绳子把大卫的两个膝盖也绑到了一起，并且把绳子的另一头死死地拴到了地板上突出的一颗螺栓上。大卫持续扑腾了好几分钟，但是绳子捆得很牢固，3 个士兵得意地哈哈大笑起来。最后，他不得不静静地躺在地上并且闭上了眼睛，但是他心中的痛苦仍在继续，露西尔被割断喉咙的情景仍然在他脑海中挥之不去，她一张一合的嘴和喷涌而出的鲜血是那么的真切。他觉得，她当时似乎想要告诉他什么事情。

他真想一死了之，但是，他希望死之前能够杀掉身边所有这些人。

他们行驶的这条路的路况非常糟糕,路面上布满了深陷的车辙、凸起的石块和一个个大坑,行驶的速度已经减到了每小时不足50公里。但是,大卫能够感觉到汽车并没有转弯,这说明这是一条笔直的路。过了一会儿他睁开了眼睛,发现清晨的阳光已经照到了他身边那个士兵的马脸上。他知道了,他们正向东南方向行驶。

渐渐地,他开始平静下来,心中想起了莫妮卡和迈克尔,也想起了欧拉姆,不管怎么说他们3个人都还活着。这真是一个奇迹,他们居然能在如此险恶的情况下逃脱了性命,这同时也意味着他自己不应该感到绝望。但是,当他一想起"埃克斯卡利伯神剑"的时候,心情又立刻变得沉重起来。按照尼哥底母的话说,他的"真正的信徒"同伙已经把这台苏联造的激光发射器运走了。因为他们已经在伊朗测试过美国的那一台激光发射器,利用原子弹爆炸为其提供能量,因此他们很清楚地知道这个武器的巨大威力。大卫虽然想不通他们为什么要使整个宇宙的系统崩溃,但是说到底这其实并不重要,疯子干出的事情是没有理由的。这些人的总头目显然就是那个所谓的"赛勒斯兄长",那个尼哥底母称之为"救世主"的家伙。大卫估计,这个人很可能是某个极端宗教组织的首脑人物,一个以救世主自居的狂热分子,但是同时,他无疑还是一个相当富有的家伙,有足够的金钱装备一支小规模的私人军队,并且拥有足够的能量说服伊朗人与他合作。在大卫看来,这样的疯子是最可怕的,因为这是一个十分精明、有组织且拥有相当权力的疯子。

汽车行驶大约4个小时之后,"真正的信徒们"开始在车里吃午餐。坐在前排的两个士兵把一大块面包和一根弯曲的黑色香肠递到了"马脸"的手上。他们没有向大卫提供任何食物,即使他们给他食物他也不会接受。此后,路面状况有所改善,汽车又继续向前行驶了一个小时,然后向右转了一个弯。过了不久,大卫感觉到路面开始往上倾斜,于是伸长了脖子向车窗外望去,只见道路两旁都是矗立的山峦。这个由"陆地巡洋舰"越野车组成的车队已经把沙漠远远地甩在了身后,驶入了一个山口。道路在陡峭的棕色山坡上蜿蜒穿行,山坡上到处布满了松动的岩石。在不到10分钟的时间里,他们的垂直高度已经上升了近千米,大卫很快就感觉到了海拔的迅速增高开始对耳膜形成的压力。

汽车继续向上爬行,大卫开始估算他们现在所在的位置。36个小时之前,他乘坐一架运输机从以色列飞往阿塞拜疆,途中他曾经仔细查看过欧拉姆拿出的那张土库曼斯坦的地图。现在,他凭着记忆把那幅地图呈现在自己的脑海里,然后从位于土库曼斯坦西北部的延吉卡拉峡谷开始向右下方“画”出一条线。他估计汽车向东南方向行驶了大约360公里，于是继续在脑海里延长这条线，发现它已经抵达了横亘在土库曼斯坦南部边境的科佩特—达哥山脉。大卫心中不禁紧张起来——他们现在正在穿越这个山脉的路上，前方就是伊朗伊斯兰共和国。

他又开始了挣扎，希望能够把束缚着他手脚的绳索挣断。他明白，一旦他们越过了土伊边界，再想逃脱就根本没有一丝希望了。“赛勒斯兄长”很可能就在卡维尔试验场等待着他们的到达，同样等待着他们的还有那一台俄国造的X射线激光发射器和另一颗原子弹。他们正在奔向一场最后的战斗，那是《圣经》中所预言的世界末日到来时善恶决战的战场，在那里人类将不惜引发一场量子崩溃来摧毁整个宇宙，以此证明自己的无限创造力。

接下来，“陆地巡洋舰”开始减速并开到了路边，最后停了下来。大卫左右扭头张望，想找到国界上的一些标志物——边防岗哨、两面旗帜和一个可以通行的闸门。他虽然被堵上了嘴，仍然拼命叫喊，希望某个边防军士兵能够听到他的叫声。但是，他也知道“赛勒斯兄长”很可能已经贿赂了这些士兵，他们即使听到了他的叫喊声，也很可能反而把头转向一旁。另一辆“陆地巡洋舰”也开到了路旁，停在了他们附近。

坐在前排的两个士兵下了车，走到车后打开了车的后备箱。与此同时，“马脸”从腰带上的刀鞘里拔出了一把尖刀。见此情景，大卫的全身立刻变得僵硬了，他又想起了露西尔的遭遇，她被割断喉咙后脸上的表情再一次浮现在他的眼前。然而，“马脸”只是挥手割断了把他的双腿拴在车厢地板上的那根绳子，然后双手抓住他的脚踝，把他拖出了“陆地巡洋舰”，站在车后的两个士兵则一左一右抓住了他的胳膊。

大卫使劲扭动着身体，企图挣脱他们的控制，但是他现在已经十分虚弱——他已经连续16个小时没有吃过任何东西。3个“真正的信徒”抬着他离开汽车，向陡峭山坡下的一块平坦的开阔的沙土地走去。他依然在毫无意义地挣扎，同时发现车队里其他的“陆地巡洋舰”早已在他们这辆车前面停成了一排，车上的士兵正纷纷走下车来。但是，他还是没有看到跨越边界的闸口，也没有看到国旗和哨卡。这里根本就不是什么国界线——整个车队停在了一个荒无人烟的地方。

接着，抬着他的3个士兵停下了脚步。他扭头一看，发现尼哥底母正向他们走来，他原来戴在头上的头巾现在已经展开披到了肩膀上。他低头看了看大卫悬在空中的身体，然后微笑着问道：“斯威夫特教授，这一路上还舒服吧？”

大卫隔着塞在口中的破布吼叫道:“去你妈的!”他的叫喊听起来就像几声模糊的咕哝,不过尼哥底母倒像是明白了他的意思,他咧开嘴大笑道:“我给你带来了好消息。离开延吉卡拉之前,我们给土库曼军队送去了一个情报,告诉他们有几个以色列突击队员已经溜进了他们的国家。土库曼军方很快就派出了几架直升飞机,现在正在搜捕那几个入侵者。你估计,你老婆和你的朋友欧拉姆会投降吗?或者会不会在枪战中被打死?”

大卫再次吼叫起来,同时拼命扭动身体,企图挣脱 3 个士兵的手冲向那个混蛋尼哥底母,但是他的挣扎也仅仅是使“马脸”绊倒在地。尼哥底母笑道:“好了,闲话少说,你同‘赛勒斯兄长’还有一个约会呢。跟我来。”

说完,他向山坡大步走去,士兵们抬着大卫紧随其后,就像抬着一具刚刚剖开的牛的尸体。山坡下有一个形状不规则的洞口,只有约 1.8 米高、1.2 米宽。这是一个山洞的入口,里面黑洞洞的。尼哥底母从腰上取下一支手电筒,低下头走了进去,显然他已经多次进入这个山洞,对里面的情况很熟悉。“马脸”抓紧了大卫的脚踝,倒退着走进洞里,抓着大卫手臂的两个士兵彼此靠拢身体,跟着挤进了山洞。

这里让大卫想起了耶路撒冷老城地下的那条走私贩挖掘的地道,整个山洞又长又狭窄,散发出一股霉臭的气味,洞壁的石灰岩上到处沾满了蝙蝠的粪便。最初 30 多米的地面比较平坦,之后便开始向下倾斜。尼哥底母放慢了脚步,向后转过身体,举起手电筒为抬着大卫的 3 个士兵照亮了凹凸不平的岩石地面。

“真是个好地方,你说是吗?”尼哥底母看着大卫问道,“这座山就像一块瑞士奶酪,到处都是洞,而且所有的山洞在山体底下又会合到了一起。我们把这个山洞称做‘后门’,因为它比主要的入口要狭窄得多。过一会儿你就会看到了。”

3 个士兵脚下不停地打滑,跌跌撞撞地在倾斜的山洞中移动,好几次几乎把大卫摔到地上。现在,他已经停止了挣扎,两眼紧盯着时明时暗的洞壁,手电筒光打出的人影像鬼魅般忽隐忽现。他能感觉到头上这座大山的存在,几十亿吨岩石和泥土高悬在他们头上。越往深处,洞内的空气也变得更加暖和和潮湿,狭小的空间和黑暗的环境让他感到窒息,他不得不透过塞在口中的破布用力呼吸。他觉得,这一次肯定是有去无回,士兵们正把他带向他的坟墓。

但是,没过多久山洞又变得平坦了,他们来到了一个地下洞穴中。洞穴中有一个椭圆形的池塘,绿茵茵的池水上方是一片岩石拱顶,上面悬挂着许多钟乳石,池塘边有一圈高出水面的石灰岩，形成一个岩石台阶。从岩石拱顶上不断有水滴落到池塘中，在水面上激起一个个向外不断扩张的圆形波纹。这里的空气非常温暖，闻起来还有一股臭鸡蛋的味道。大卫立刻明白了，这是一个地热温泉。科佩特－达哥山脉是一个构造活动区域——山底深处充满了熔岩，熔岩给洞穴中的池水加热形成温泉。臭鸡蛋的气味来自硫化氢，是含硫矿物质在热水中溶解后产生的。

尼哥底母带领着3个抬着大卫的士兵，沿着石灰岩台阶向洞穴另一头走去。大卫发现，洞穴对面的岩壁上有一个洞，一束光亮从洞口中射出。他以为那是一束阳光，心中不禁为之一振，但是随后他就意识到那束光线的颜色与阳光不同，它呈现出淡淡的蓝色，是一种人造光。那么，在那块岩壁的后面一定有另一个相邻的洞穴。他的分析很快就得到了证实，那确实是一条连接着两个洞穴的狭小通道，其宽度不足0.9米，仅够一个人从它中间爬过。来到这个通道前，大卫看到一个身材魁梧的男人站在洞口前。这个人也是一个士兵，肩上挎着一支步枪，见他们到来立刻向尼哥底母行了一个军礼。但是，这个军人的制服却不同于"真正的信徒们"身上粗糙的棕色制服，而是一身笔挺的崭新军装，上面布满浅绿色的迷彩图案。

尼哥底母举手回礼，对这个士兵道："我们找到他了，军士。所以，你现在该向我们道歉，我不是告诉过你我的人肯定会把他抓到的吗？"

军士瞪大了眼睛看着大卫。"就是这个家伙？"他扬起一条眉毛问道。

"我知道，他的外表看起来不怎么样，但是他的脑子却非常精明。"

军士一边摇着头，一边弯下腰仔细看了看大卫的模样。大卫看到这个军士剃着光头，双颊上有几处剃刀划破的伤口；他军服的袖口高高地挽起，露出两只布满文身的前臂。从通道中透出的明亮灯光照在他身上，让大卫清楚地看见了他军服上的几个字：右胸上写着他的名字"莫里森"，左胸上写着"美国陆军"，他左肩的臂章上写着部队的番号："第75游骑兵团。"

很显然，这个军士并不是那帮"真正的信徒"乌合之众中的一员，而是美国陆军的特种部队之一游骑兵的一名士兵！大卫看到了希望，立刻隔着口中的布团再次吼叫起来，高喊道："救命！救命！"但是，从他堵着的嘴里发出的声音谁也听不明白。莫里森军士仍然饶有兴趣地盯着他看，然后站直了身体，扭过头对尼哥底母说道："这么个家伙怎么可能干掉了拉姆西上校？我看他就是个手无缚鸡之力的废物。"

"我们认为他是一个间谍，但是目前还不知道他为谁卖命。肯定是拉姆西到洞穴外查看时遭到了他的偷袭，等我们审问之后就会真相大白了。这就是我们把他带到这里来的目的。所以，请你让我们进去。”

军士往旁边一步，让开了通道口。尼哥底母首先爬进了通道，接着是“马脸”。剩下的两个士兵把大卫放到地上，然后把他绑着的双脚塞进了洞口。就在“马脸”抓住大卫的脚踝准备往里拖的时候，莫里森军士一步走上前来。

“这是为了拉姆西，你这个混蛋！”说着，军士飞起一脚踢在了大卫的肋骨上。

一阵剧烈的疼痛立刻传遍了他的胸膛，他痛苦地闭上了眼睛，身体蜷成一团。“马脸”一使劲把他拖到了通道的另一边，他张着嘴艰难地吸进一口气。然后，他忍痛睁开眼睛，开始观察刚刚来到的这个洞穴。这一看让他大吃一惊，身上的疼痛一时间也被抛到了脑后。这个洞穴就像一个竞技场，足有麦迪逊广场那么大。洞顶的高度不少于 30 米，几盏用钢架支起来的强力探照灯把整个洞穴照得如同白昼一般。在他左边也有一个绿茵茵的池塘，应该说这远远不是一个池塘，而是一个真正意义上的地下湖泊，宽阔的湖面一直延伸到洞穴深处的石壁下，甚至连强大的探照灯也没能照到它的尽头。正前方向有一片开阔的岩石平台，平台上搭着一大一小两顶帐篷。大帐篷的直径至少有 12 米，小帐篷位于大帐篷的后面。在他右边是一道由石灰岩石板构成的天然石阶，石阶尽头通向另一个巨大的上层洞穴。大卫看到那里的帐篷更多，至少有几十顶，而且这还仅仅是靠近石阶边沿他能看到的地方。这个上层洞穴显然向后延伸出很远，他可以听到从它的岩壁上反射回来的数百名士兵的喧闹声，看来这里应该驻扎着一支不小的部队。他心里不免犯嘀咕：老天哪，这里他妈的发生什么事情了？

当他仍在目瞪口呆地喘息的时候，“真正的信徒们”又把他从地上抬了起来，然后向那顶大帐篷走去。帐篷的入口处站立着另外两名游骑兵士兵，他们纷纷向尼哥底母敬礼，那神情就好像见到了一位老朋友。在这里，一群宗教狂热分子大模大样地走进一座美国陆军的兵营，好像是一件再正常不过的事情。“真正的信徒们”把大卫抬进了帐篷，然后把他脸朝上放到一张宽大的木头长凳上，这种长凳在美国陆军食堂里很常见。尼哥底母拿来另一根绳子，在大卫的膝盖、腰和胸膛处分别绕了几圈，准备把他的整个身体牢牢地绑在长凳上。

“你大概傻眼了吧，呃？”尼哥底母一边捆一边对他说道，“这样吧，我正好利用这点儿时间给你解释一下。你现在所在的地方叫‘眼镜蛇营地’，在这个巨大的洞穴里驻扎着 960 名美国士兵。这些人绝大多数都是美国陆军的游骑兵士兵，他们正在积极备战，准备对伊朗发动一次突然袭击。他们的指挥官是麦克奈尔将军，而他碰巧又是‘赛勒斯兄长’的朋友。”他用力把绳子拉紧，大卫痛苦地咧了咧嘴。“在麦克奈尔将军的邀请下，‘赛勒斯兄长’和‘真正的信徒们’才来到了‘眼镜蛇营地’。但是，这里有一个问题：将军不得不向他手下的游骑兵们作出解释，为什么我们这些陌生的面孔会出现在他们的洞穴里。因此，他编造了一个小小的故事，说他安排了一支秘密特种部队小分队去寻找拉姆西上校。几天前，这位不幸的上校溜达到了洞穴之外，后来就神秘地失踪了。”他最后拉了一下绳子，然后打上了一个牢固的结。“后来，这个事情变成了一个悲剧，小分队发现拉姆西上校已经被人杀害。不过，他们总算找到了杀害他的凶手，而那个凶手就是你！”

尼哥底母用手指着他“哈哈”大笑：“这故事还不赖，对吗？只是现在这个故事已经接近尾声了。再见了，斯威夫特教授。”说出大卫的名字后，他脸上的笑容也消失了。紧接着，他带着两个手下从他们进来的入口处离开了帐篷。

大卫感到身上的绳子捆得很紧，使他的呼吸变得很困难。他扭头四处看了看，帐篷里光线昏暗而悄无声息，黑暗中他依稀看到了不远处的篷布下有几张桌子，桌子上摆放着一些电子设备——计算机、无线电通话器、地图显示器，等等。看起来，这里好像是一个指挥和控制中心，就像战场上军队的将军们指挥作战的地方。但是，他突然发现这个帐篷里除了他还有另外一个男人，这个人穿着一身黑色的裤子和黑色的上衣，手上戴着黑色的手套。他就站在帐篷的中间，背对着他，一只戴着手套的手放在一根直立的钢管上，钢管的一头牢牢地插在地面上。这根钢管大约有 3 米高，直径约 15 厘米，顶端超出这个男人包着黑色头巾的头，高高地指向上方。

“你好，大卫。”男人开口了，但是并没有转过身来。“我是‘赛勒斯兄长’。”他用手指轻轻地敲打了几下那根钢管。“这是‘小男孩’（注：1945 年 8 月 6 日，美国投放在日本广岛的第一枚原子弹的名称就叫“小男孩”（Little Boy））。”

* * * * * *

两架直升机在沙丘间慢慢地降落了。迈克尔虽然远在 30 多米开外，但是旋转的直升机水平旋翼搅起的沙子仍然像针刺一般打在迈克尔的皮肤上，躺在沙地上的“乌拉尔”摩托车也被打得“沙沙”作响。漫天飞旋的沙粒像一个魔鬼笼罩着直升机，使它们变成了两个模糊不清的黑影。迈克尔觉得，它们现在看上去再也不像飞鸟了，倒像两只头上戴着古怪螺旋桨帽子的巨大蝌蚪。

他开口笑了起来:这模样真有趣! 他不明白这些直升机为什么要在这里降落,也不知道什么人坐在直升机里。他觉得,直升机上很可能载着“赛勒斯兄长”的士兵,他们恐怕又要向他开枪射击了。但是,他已经不再感到害怕了,被枪弹打死总比被渴死要强;他们打死他倒是帮了他一个大忙。

他摇摇晃晃地站了起来,斜着眼睛向飞舞的沙子中看去。一个男人从一架直升机上跳了下来,并且立刻向他跑过来。迈克尔一开始只看出这个人个子不小,而且手上还端着一支步枪。紧接着,又有一个人从飞机上跳了下来,这个人比第一个矮了一大截,而且也没有那么强壮。两人穿过漫天飞舞的沙尘一起跑过来,当他们变得清晰后迈克尔注意到了两件事:第一个士兵的脸上戴着一个黑色的眼罩,而第二个士兵是个女人。他认出了她:莫妮卡·雷诺兹。

“迈克尔!”莫妮卡向他大喊一声,随即伸出双臂把他紧紧地搂进了怀里。

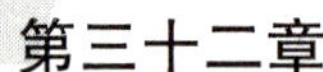

第三十二章

阿亚·戈德堡在五角大楼的联系人并不是一个犹太人,而是一个名叫乔·道林的爱尔兰天主教徒,是国防部信息系统局的一个通讯专家。道林同以色列并没有什么特殊的关系,在意识形态上也不存在任何帮助这个国家的理由,他之所以成为以色列情报机构的情报来源,仅仅是因为他认为美国国防部付给他的工资太低。所以,他把从五角大楼通讯网络上收集到的各种信息卖给以色列人,以此弥补工资收入的不足。这些信息通常都是美国部队在中东地区的部署情况。阿亚本人并不喜欢这个家伙,但是他的情报总是相当可靠。

“有一个活儿给你干,”阿亚在电话里告诉道林。他使用的是一条“辛贝特”配发给他的专用卫星电话线路,其保密系统能够防范任何没有量子计算机的人的监听。“而且要快。”

“没问题。”道林满口答应,“但是,紧急服务要额外收费,这你是知道的,对吧?”

“我知道,你的收费标准我也很清楚。你会在老地方拿到工作指令。”阿亚已经把他的指令发给了在华盛顿的一个“摩萨德”的同事,由他把指令藏到了道林收取秘密任务指示的藏匿地点。指令中提供了从国防红色交换网络上截获的那个土库曼斯坦同加利福尼亚之间的语音通讯信息,同时还提供了通讯的大致时间和通话双方的大致方位。道林只要得到这些信息之后,就能够在该网络系统中找出那次通话的记录,通过通话人所使用的个人网络接入密码确定通话人是谁。“说实话,这活儿对你不难。我们要的就是一个名字,找到那个用这个网络系统通话的人。”

“嗨,找名字我在行。那么,我什么时候可以拿到钱?”

阿亚想了想，他还没有把这个任务告诉过“辛贝特”的任何人，因为他的上级领导人中间很可能隐藏着一个“逆生树”的间谍，他不能冒险把自己的怀疑告诉他们。但是，阿亚可以肯定，一旦这个危局被解开、叛徒被揪出来以后，“辛贝特”一定会同意补付这笔酬金的。

“明天你就可以在老地方拿到现金，但条件是你的动作要快。”

“放心吧，你。一小时之内给你回话。”

*　　　*　　　*　　　*　　　*　　　*

大卫当然知道什么是“小男孩”，20 世纪的任何一个物理历史学家都不可能不知道这颗把广岛夷为平地的 1 万 5 千吨原子弹。作为最初的核子武器，那颗原子弹的设计实在是非常简单：只需要把一大块铀沿着一根 3 米长的炮管砸向位于底部的另一大块铀。同后来的原子武器比起来，当时的原子弹不仅相当原始而且其产生的效力也十分有限。但是，那样的设计也有一大好处——它绝不会哑火，因此“曼哈顿计划”的研究人员们甚至连一次实验性爆炸也没有做过，他们心中有着绝对的把握——“小男孩”肯定会爆炸。

当大卫一看到那个装置，就立刻不顾堵在口中的破布而大声吼叫起来。他使出吃奶的力气试图挣脱把他绑在长凳上的绳索，就像当初露西尔在土库曼的那个仓库里发现 C－4 炸药时一样，高喊着：“炸弹！炸弹！炸弹！”他不停地吼叫，直到他的声带已经撕裂也仍然继续吼叫，他始终抱着一线希望：这个巨大地下洞穴中的数百名游骑兵士兵中的某一个会听到他的叫喊，并在好奇心的驱使下走进他所在的这个帐篷。然而，堵在口中的破布不仅挡住了他的叫声，也模糊了他的话，自始至终始终没有一个人走进他所在的这个帐篷。

“赛勒斯兄长”从炮管前转过身体，迈步向他走来。大卫发现，“赛勒斯兄长”的头巾严严实实地遮住了他的整个脸，黑色的脑袋上只留出了一条细小的缝隙，从中可以窥见他那双明亮的眼睛。“赛勒斯兄长”走到长凳前，低头看着大卫。“不用担心，”他对他说。他的声音从头巾下传出来，也变得有些模糊不清。“你要是想叫喊，就随便叫喊好了，我并不在意，也不会影响到营地里的任何人。那些游骑兵们都坚信是你杀害了他们的拉姆西上校，而他可是一个很受士兵们爱戴的军官。他们也知道我正在这里审问你，所以你即使叫喊几声也是意料之中的事情。”

“赛勒斯兄长”的声音并不凶狠，这让大卫有些惊讶。他讲起话来平静而有条理，甚至颇有些同情大卫的味道，而且他所说的也都是不争的事实。

“再说，放开喉咙叫喊几下可能对你也有好处，”他仍然不紧不慢地继续说道，“这样也许可以多少净化一下你的灵魂。把愤怒和恐惧统统发泄出来，然后一心一意地想着上帝。在这个腐朽没落世界的最后几个小时里，你能皈依我主会让我们感到格外欣慰。”他张开双臂像是为他祈福：“大卫，不论是你还是其他任何人，也都应该感到欣慰，救赎无论对我还是对你们而言都是同样伟大的事业。是主的召唤让你承担了这项光荣的任务，而你的表现之好又让人无可挑剔。正因为如此，我才把你带到了这里，让我们一起感谢上帝并共享这个欢乐的时刻！”

大卫使劲摇晃着脑袋。这个家伙到底是个什么人？听到他说出来的话让人感到疯狂而又无言以对。他恨不能一把抓住“赛勒斯兄长”的脖子，把他推到炮管前，对着他的耳朵大喊道：耶稣基督啊，你他妈的想干什么？但是，不仅他的双手被捆在身后，就连他的嘴也被堵上了，他除了摇头晃脑和无用的叫喊什么也做不了。

“我劝你还是想一想这个问题吧，大卫。两年前，当你发现爱因斯坦的‘统一场论’的时候，也使我们第一次窥见了上帝的宏伟计划。我知道，你千方百计想把这个理论隐藏起来，但是，当你重新回到纽约和你在哥伦比亚大学的工作岗位上以后，世界各地的情报机构都纷纷开始了对这一事件的调查。我当初就一直希望能同你谈一谈，但是你和你那一家人都处在联邦调查局的严密监视之下，所以我便开始了自己的研究。我认识几个相当杰出的科学家，他们帮助我理解了那些情报的真实价值所在。于是，我明白了上帝迟早会赐福予我们。”他向前伸出戴着手套的双手，好像是准备接受一份珍贵的礼物，“结果，主真的赐福予我们了，在不到一年的时间里，我们就把‘统一场论’一半的方程式搞到了手，而且我的那些科学家们还发现，这些方程式自大爆炸以来就一直是整个宇宙程序的重要内容。他们后来竟然成功地重建了这个程序的一大部分。不过，感谢上帝，我却看出了这个程序存在一个致命的弱点，是主让我看到了宇宙程序中的这个瑕疵并且告诉了我应该做什么。”

“赛勒斯兄长”在长凳的一头坐下来，他的屁股离大卫的脑袋不过 1 尺多远。从他小心而缓慢坐下来的姿势上看，他好像患有关节炎。大卫立刻意识到，这个人已经不再年轻，很可能年龄已经超过了 60 岁，只要对准他的心口使劲地打上一拳，就一定能够把他制伏。大卫扭动着双臂，想挣脱绳子的束缚，但是他发现自己的双手已经完全麻木，而且仍然被紧紧地缚在后背与长凳之间。

“我们下一步的任务就是要收集到我需要的工具，不过万能的上帝已经为我提供了大多数东西。我年轻的时候曾经在利弗莫尔国家实验室的一个X射线激光发射器项目中工作过，所以我知道使用‘埃克斯卡利伯神剑’就可以抓住宇宙程序中的那个致命弱点。我也知道，从哈萨克斯坦的某个反应堆里不难偷到我所需要的铀，而且我还非常确定，如果我们为伊朗人提供一些核燃料，他们就会同意我们在卡维尔试验场对‘埃克斯卡利伯神剑’进行试验。后来，迈克尔·古普塔加入到了我们的行列中来，源代码中缺失的所有信息就全部补上了，现在我们完全能够非常精确地调整好我们得到的那台俄罗斯激光发射器。迈克尔不仅仅向我们展示了让宇宙程序超载的方法，而且告诉了我们如何才能按照上帝的意愿重新再造一个宇宙——一个完美无缺而又永恒的‘天朝王国’，我们都将在那里获得重生，并且生活在永久的和平之中。大卫，你也为我们提供了不小的帮助。我们的计划本来存在两个十分不稳定的因素，一个是雅各布·斯蒂尔，另一个是欧拉姆·本·扎曼，是你帮助我们把他们俩都消灭了。”

“赛勒斯兄长”说着把腰弯得更低，并伸出一只戴着手套的手放到大卫的肩上。他的举动既让大卫感到惊讶更让他感到恶心，他拼命扭动身体，若不是“赛勒斯兄长”坐在他身旁，整个长凳也会被他掀翻了。“赛勒斯兄长”随即收回了自己的手，但是仍然弯腰看着大卫的眼睛，压低声音对他耳语道：“现在，只剩下最后一道障碍了。要让宇宙计算机的内存超载，我们就必须加强激光束的能量，而加强激光束能量的唯一方法就是要引爆一颗威力更加强大的原子弹。这颗原子弹至少要达到50万吨级的当量，而一般简单的铀原子弹是达不到这个要求的。但是，如果使用一枚美国的热核弹头就非常理想了。不过，我们怎样才能把一枚美国的热核弹头安排到我们这台X射线激光发射器旁边爆炸呢？由于《全面禁止核武器条约》的限制，美国和俄罗斯都已经停止了地下核试验，即便我们能够从他们某家的核武库中偷到这样一枚核弹，我们也无法将它引爆，因为核武器的启动连接装置锁死了核弹的引爆装置，只有总统掌握着开启引爆装置的密码。所以，这是我们面临的一个非常严峻的问题，不解决这个问题我们就会前功尽弃。”

说到此，他从长凳上站了起来，嘴里发出一声低沉的呻吟。他重新走回到炮管面前，背对着大卫再次张开双臂，像是在为这个可怕的武器祝福。

“然而，我主再一次赐福予我们。主无时无刻不在引领着我的思想，是他告诉了我一切。我明白了，我们唯一的办法就是设法迫使美国把这样的一枚核弹投到这里来。我很清楚,美国总统早就作出过承诺,除非另一个国家首先发动核攻击,否则他是不会首先使用核武器的。所以,满足总统的这个条件就成为唯一的出路。”他用一只戴着手套的手指着炮管的底部,继续道,“今天下午 2 点整,我的这个‘小男孩’就要爆炸了,它会把这个美军营地烧成一片灰烬并深埋在大山之下。这个爆炸装置使用的铀同我们提供给伊朗的核原料都是铀 235,而且都是从同一个仓库里偷来的,所以从这里的核爆炸废墟中检测到的放射性同位素特征同卡维尔核试验的特征将是完全相同的。‘小男孩’爆炸后,美国中央情报局会立即派出无人驾驶侦察机到这里来调查这场核灾难的情况,当他们对收集到的放射性尘埃进行分析比较之后,就会得出一个结论:这次核爆炸又是伊朗人干的。你看,这非常符合逻辑——伊朗革命卫队发现一支美国游骑兵部队正秘密准备对他们发起突然袭击,于是投下了一枚原子弹把他们一网打尽了,这难道不是天经地义的事情吗?”

大卫痛苦地闭上了眼睛,心中的恐惧正无情地膨胀,压迫着他的身心,让他感到窒息。“赛勒斯兄长”的“小男孩”一旦爆炸,整个山洞就会坍塌,隐藏在洞穴中的美国士兵将被埋葬在成千上万吨的岩石和泥土之下。面对如此暴行,美国将不可避免地以牙还牙,向伊朗投下自己的原子弹。

“美国人报复性打击的目标将是位于伊朗阿什卡内赫附近的一处设施,那里储藏着我们提供给伊朗革命卫队的剩余铀 235。那处设施同这个营地很相似,也是一个深入地下的洞穴,因此美国空军会派出 B-2 隐形轰炸机执行这项任务,使用威力最大的掩体炸弹——改进型的 B82 核弹头。这种炸弹靠精确制导系统引导,按照设计它将在钻入地下 6 米之后爆炸。它的爆炸当量为 120 万吨,已经远远超过了我们需要的能量。我们知道这个目标的准确坐标位置,几分钟后我和我的‘真正的信徒们’就要出发了,把我们的 X 射线激光发射器直接送到阿什卡内赫。我们会把这个装置准确地安放到目标所在的位置,这样美国的核弹头爆炸的时候,激光柱就能充分地接收到所需要的巨大能量。”

“赛勒斯兄长”平静而有条不紊的话语仍在继续,听上去就像是在背诵一个长长的购物清单,而不是讲述如何带来“世界末日”。大卫不敢睁开自己的眼睛,就连看一眼这个疯狂的男人也会让他感到不寒而栗。上帝啊,“赛勒斯兄长”到底是如何得到这一切机密信息的?为什么他又对美国空军的核弹头和攻击目标如此了如指掌?仅靠麦克奈尔将军一个人是不可能获得所有这些机密的。大卫已经不敢继续猜测下去了,他不再思考这个问题,而是绝望地抬起头用后脑撞击身体下的长凳。除此之外,他还能做什么呢?

这时,他感觉到“赛勒斯兄长”把一只戴手套的手放到了他的额头上,轻轻地按住了他的头。大卫不得不睁开了眼睛,看见“赛勒斯兄长”正双膝跪在地上。“我理解你,大卫,我也早就感受过这种痛苦。我也曾经当过囚犯,被关押在兴都库什山脉的深山里。我之所以到阿富汗去,是为了现场测试一种新型无人驾驶侦察机。美国步兵派出了一个排的士兵准备把我护送到贾拉拉巴德附近的一个机场,不料我们却遭到了塔利班士兵的伏击。”他垂下头,两眼盯着地面,“撒旦的步兵抓住了我,把我带到了加扎雷克山中的一个山洞里。不久,审讯就开始了,撒旦的走狗们轮番上阵,不停地拷打、折磨我。然而,3 天之后我的老朋友山姆·麦克奈尔带领着一支特种部队冲进了那个隐秘的山洞里,杀掉了塔利班士兵,把我救了出来。但是,我告诉你大卫,其实在那之前主就已经把我拯救出来了,就是在那座大山中我第一次见到了上帝慈祥的面容。现在,你只要求助于主,同样的幸福也可能降临到你的身上。”

大卫想抬起头,想甩掉那只按在他前额上的戴手套的手,但是“赛勒斯兄长”却用力把他的头按在了长凳上。接着,他举起另一只手,开始解开包在头上的黑色头巾。他抓住头巾的一角,绕着脑袋转动着那只手,小心翼翼地把头巾一圈圈地展开。“现在,我要向你展示一样东西。过去的我是一个罪孽深重的人,狂妄自大、腐朽没落,但是时至今日我仍然生活在那个罪人的躯壳里,还在用他的舌头说着亵渎上帝的话,也仍然用着他那张可怕的脸。在过去的 7 年里,我一直忍受着这一切,就像背负着沉重的锁链,而真正的我却藏匿在这个躯壳之中,对上帝的崇拜之情也隐藏在这副丑陋的面容之后。不过,再过几个小时我就要彻底抛弃这副臭皮囊,扔掉这一身残缺无用的朽骨和臭肉,把我的灵魂交到天国里。在那里,我的精神将同上帝在一起,得到永恒的安息。”他的手又转了一圈,遮在他脸上的最后一圈黑布被扯了下来,然后无声地滑落到了地上,“大卫,现在同我一起祈祷吧,把我们真实的自我展现在主的面前。”

大卫瞪大了眼睛看着“赛勒斯兄长”。他长着一张方方正正的脸,脸上的皮肤呈粉红色;嘴唇很薄,一双灰色的眼睛,头顶长着稀疏的白发。这张脸并不恐怖,也没有任何残缺;这是一张找不到一条疤痕的脸,一张再普通不过的脸。这张脸就是一个性情温和的 60 岁老人的脸。

“赛勒斯兄长”对他微笑起来,问道:“你以前见过我,对吗?”

这话没错,他以前确实见过这个人。

*　　　　　*　　　　　*　　　　　*　　　　　*　　　　　*

58 分钟以后,国防部信息系统局的乔·道林就给阿亚打回了电话。“是阿亚吗?你要的情报我已经搞到了。我会把它放在老地方,你叫人去取吧。”

阿亚情不自禁地攥紧了手中的话筒。他不能慢慢地等待别人把它取回来,他必须立刻知道这个情报的内容。他回答说:“不,现在就告诉我。告诉我那个名字。”

“在电话上说吗?你肯定这样……”

“是的,就在电话上说!你还要不要钱了?”

电话另一头沉默了一会儿。“那好吧。情况如下:土库曼斯坦一方所使用的网络接入密码属于美国国防部高级研究计划局的局长,这个局是五角大楼的一个研究机构。这个人的名字叫亚当·赛勒斯·班尼特。”

第三十三章

迈克尔一直在哭，但是却流不出一滴眼泪。莫妮卡递给他一个罐头，叫他喝了一小口罐头里的水。然后，她扶着他站起来，带着他向两架直升机之一走去。刚刚走出一半的距离他的膝盖就一软，眼看就要跌倒，但走在他身旁的那个戴着眼罩的大个子士兵一把抓住了他的胳膊。这个士兵是迈克尔见过的身材最为高大的人，他身上散发出浓烈的体味，就好像一双旧运动鞋发出的臭气。

“你好啊！”他粗声粗气地对迈克尔说道，“我的名字叫欧拉姆。”他说话的声音很大，但是迈克尔倒不在乎，不管怎么说这总比听着自己的脉搏“咚咚”地跳动要好得多。

他们来到直升飞机跟前，另一名士兵帮助迈克尔爬进了机舱。紧接着，机舱内又走过来两名士兵分别抓住了他的两个手肘，扶着他坐到了机舱左边的一条长凳上。这些士兵的模样都很奇特——都长着又长又乱的大胡子，穿着黑色的军服，头上还戴着一种编织的小圆帽。不过，迈克尔对他们的外表也不在乎，他以前从来没有坐过直升飞机，所以他正忙着东张西望。这个机舱大约有2米宽、4.5米长，靠机体两边各有一张长凳。他想站起来走到驾驶舱看个究竟，但是莫妮卡把他按回到了长凳上，于是他只能伸长脖子远远地朝驾驶舱里看。莫妮卡坐在他的身旁，又让他从罐头里喝了一口水。这次，他喝了一大口。接着，她情不自禁地拥抱了他。

“哦，迈克尔！谢天谢地，总算找到你了！”

过去，只要任何人拥抱他，他就会大喊大叫起来。但是，不知什么原因他现在觉得莫妮卡的拥抱很不一样——既没有让他感到陌生，也没有让他感到不自在。她的拥抱就像是以前他母亲给他的拥抱。其实,迈克尔现在仍然谈不上喜欢莫妮卡的拥抱,不过倒是可以忍受了。

“你在沙漠里待了多久了?”她急切地问道,“你怎么会出现在那个地方? 那辆摩托车又是怎么回事儿?”

他没有回答。他不想谈起塔玛拉的事情,也不想谈起“乌拉尔”摩托车的来龙去脉。于是,他低下头又喝了一口罐头里的水。

莫妮卡松开手,让自己和迈克尔之间留出一定的距离,只是眼睛仍然看着他的脸。然后,她摇了摇头说:“好了,迈克尔。我只是太高兴了,终于找到你了。”

“是啊,这真是一个奇迹。”欧拉姆也说道。这个独眼大个子士兵弯着腰站在长凳旁,他要是站直了身体脑袋就会碰上机舱的舱顶。“这很像《圣经》里的一个故事,对不对? 还记得沙漠里的那口井吗? 亚伯拉罕之神虽然让我们历经磨难,但是他并没有抛弃我们。”

这个时候,迈克尔突然想起了一件事。他环顾机舱之内,把直升机上的每一个人都看了一遍,然后问道:“大卫·斯威夫特在哪里? 他是不是在那一架直升飞机上?”

莫妮卡低下头,眼泪禁不住流了下来。她没有像他那样脱水,哭起来泪水就像断了线的珍珠。

欧拉姆拍了拍她的手臂,对她说道:“不用担心,他还活着。”然后,他转向迈克尔继续道:“本来大卫一直同我们在一起,但是7个小时之前我们在延吉卡拉峡谷遭到了伏击。我看到那些混蛋抓住了他并且杀害了帕克特工,但是他们并没有杀害大卫。他们把他塞进了一辆‘陆地巡洋舰’越野车,然后一路向东南方向驶去了。”

迈克尔鼓起勇气看了看大个子的那只独眼。那只眼睛很大,几乎同一个高尔夫球一般大小;它的虹膜是鲜蓝色的。他问他:“这是你的直升机吗?”

“现在是!”欧拉姆“呵呵”笑道,洪亮的声音在机舱中回荡,“我们从延吉卡拉逃出来以后,同我派出的6个哨兵会合到一起。后来,土库曼军方的这两架Mi-8直升机就出现了。”

迈克尔很熟悉Mi-8直升机,他在电脑游戏中经常会见到它,但是直到这个时候他才突然意识到他们乘坐的这架飞机正是一架Mi-8直升机。如果不是因为他虚弱得脑子迟钝了,他早就认出这架飞机了。“Mi-8是苏联造的一种军用载人运输直升机,”他对欧拉姆说,“也可以用做武装直升机。”

“说得不错。土库曼的军队在苏联解体后从他们手中继承了一些 Mi－8 直升机。不过,我要告诉你这种飞机可不怎么样,我喜欢的是‘猫头鹰’直升机,它们就像是我们以色列的‘黑鹰’直升机。Mi－8 同‘猫头鹰’比起来简直就是一堆垃圾。”他一边说一边举起一只手一拳砸在飞机的舱壁上,“这些 Mi－8 直升机都没有悬挂火箭或导弹的弹架,飞机上唯一的武器就是一挺机载机关枪。”

迈克尔的脸上露出了微笑,他喜欢同这个大个子士兵交谈。“但是,既然这两架直升机属于土库曼军方所有,你们是怎么……”

“啊,还没告诉你呢。我们给他们使了一个小计谋。当这两架直升机接近我们的时候,我们立刻放下武器投降了。但是,当它们刚一着陆,我们又改变了主意。”他又“哈哈”大笑起来,然后把手伸进他的制服口袋里,从里面掏出了一张纸,“我们在直升机的飞行员身上找到了这些命令,才发现原来是有人告发了我们,把我们的位置告诉了土库曼军方。而且,这些命令中还有一条同你有关,说是必须把你找到。”他指了指迈克尔:“这张纸上说,你从达沙古兹州的一个绿洲村子向南逃跑了。正是这个信息让我们找到了你。”

莫妮卡抬起头,从脸颊上抹去泪水。“土库曼军队同攻击我们的那伙人正勾结在一起,指挥这个行动的人一定就是……”

“他叫‘赛勒斯兄长’,”迈克尔打断了莫妮卡的话说道,“我曾经被关在他们在达尔瓦扎的营地里。”

莫妮卡瞪大了眼睛看着他:“‘赛勒斯兄长’? 这是他的真名吗?”

“他手下的士兵都这样叫他。他戴着一块黑色的头巾,就连他的脸也都始终包在头巾里。”

莫妮卡伸出手轻轻地抓住他的肩膀,说:“这个情况很重要,迈克尔。他手下有多少士兵?”

迈克尔闭上眼睛,在记忆中仔细地搜寻。“我算了算,营地里总共有 52 个士兵,其中 25 人戴着特种部队的臂章。我还看到了 7 辆丰田‘陆地巡洋舰’越野车、6 辆丰田‘坦途’小货车和 4 辆俄罗斯的‘卡玛斯’卡车。”

“想想看,还有没有看见其他的什么? 比如说,这个‘赛勒斯兄长’有没有一个叫做‘埃克斯卡利伯神剑’的东西? 他有没有提到过这个名字,迈克尔?”

他把自己的头扭到了一边。他当然记得这个名字。“他说,他很快就要把‘埃克斯卡利伯神剑’拔出来，还说有了那些源代码他就知道如何把上帝之剑对准这个腐朽世界最薄弱的环节。”

“他说的‘源代码’是什么东西？是计算机程序中的源代码吗？”

迈克尔点了点头。他突然感到两个眼睛开始刺痛，紧接着滚烫的泪水流下了他的脸颊。“我违背了我的诺言，是我把源代码告诉他的。”

“这个程序就是物理学的定律，对吗？”莫妮卡说话的声音现在变得格外温柔，几乎变成了耳语，“它可以重新塑造整个宇宙？”

眼泪迷糊了迈克尔的视线，莫妮卡的脸在他眼前晃动着慢慢消失了。“对不起！对不起！这都是我的错！对不起！”

莫妮卡把他拉进自己的怀里，紧紧地拥抱着他。他把前额依偎在她的下巴下面，伤心地哭起来。他相信，莫妮卡绝不会原谅他，你怎么可能原谅一个杀害整个世界的人呢？但是，如果她不会原谅他，那么她现在又为什么要把他搂在怀里呢？

他心怀忐忑地趴在莫妮卡的肩上，整整1分钟也不敢动弹，任由她轻轻地拍打和抚摸着他的后背，仿佛在劝说他“别哭了，别哭了”。她终于开口了，温和地对他说道：“没关系，迈克尔，我们会解决这个问题的。”接着，她转向欧拉姆道：“我们是不是应该同在阿富汗的美国人取得联系？这架直升机上总有无线电设备吧，对吗？”

“我们对他们说什么呢？”欧拉姆的眉毛在小圆帽下纠结成了一团，“告诉他们一个名叫‘赛勒斯兄长’的家伙正准备让整个宇宙计算机的系统崩溃？就算他们能够相信我们的话，也不可能迅速作出反应。首先，他们会对这件事情展开调查，然后给土库曼斯坦总统发去一个外交电报，并且等待总统的正式答复。”他摇了摇头：“这样不行，现在已经来不及了。‘赛勒斯兄长’就要动手了！”

“那么，我们该怎么办？我们根本不知道这个家伙现在在哪里！”

欧拉姆从口袋里又掏出来另一张纸：“我们知道那个由‘陆地巡洋舰’越野车组成的车队离开延吉卡拉峡谷后向东南方向驶去了。”他打开那张纸，用手指敲了敲纸的左上角：“我们可以飞回到延吉卡拉去，从那里开始追踪车队行驶的踪迹。”

莫妮卡探头看了看欧拉姆手中的那张纸，迈克尔也禁不住伸头看了一眼。原来，欧拉姆手中拿着的是一张土库曼斯坦地图。这个国家的平面图就像一只鞋子，后跟和鞋掌踩着伊朗，脚趾伸向阿富汗。鞋掌部分像脚弓一样拱起，在那里迈克尔看到了一个熟悉的名字。他立刻用手指着那个名字说：“就是这里，库鲁兹戴。”

“什么?”莫妮卡扭头看着他问道,“你刚才说什么,迈克尔?”

“库鲁兹戴,”他重复道,“安吉尔说过,‘赛勒斯兄长’的车队正开到那里去。”

欧拉姆把地图拿到眼前仔细查看了一下,然后猛地转过身用希伯来语向他的士兵们下达了命令。两个士兵立刻站起身跑下直升飞机,越过几个沙丘向另一架 Mi-8 直升机跑去。另外两个士兵则向前冲进了驾驶舱里,开始扳动控制板上的各种开关。仅仅几秒钟过后,迈克尔就听到了直升机的涡轮发动机的轰鸣声。

欧拉姆也向驾驶舱走去,即将进去之前他回过头对莫妮卡和迈克尔说道:“250 公里的路程,我们 1 小时就可以赶到。”

第三十四章

“赛勒斯兄长”避开了“眼镜蛇营地”的主要出入口，沿着通向“后门”的山洞离开了营地。尼哥底母和大多数“真正的信徒”都跟着他一起离开，他们用手中的电筒为他照亮了山洞的石壁。“赛勒斯兄长”在身后留下了大约12个士兵，让他们守卫在放置着“小男孩”的帐篷周围。这些士兵将一直留在下层洞穴中，确保核爆炸装置不会遭到破坏，并最终成为神圣的烈士。采取这样的预防措施也许并没有必要，因为营地里的游骑兵士兵并没有人知道这枚原子弹的存在，而且麦克奈尔将军已经明确下令任何人不得进入那个帐篷。但是，“赛勒斯兄长”也很清楚，谨慎的人总会得到主的奖赏。当“赛勒斯兄长”带着他的追随者向伊朗进发的时候，麦克奈尔将军将始终留在“眼镜蛇营地”里。“小男孩”的引爆时间已经设定在了2点钟，他们还有将近1个小时的时间从这里出发并到达伊朗。

“赛勒斯兄长”沿着黑暗而狭窄的山洞向上爬，每走一步都要忍受着膝盖的痛苦。他也可以选择从洞穴的那个主要出口离开，从上层洞穴的一排排帐篷中间穿过，再经过停放在靠近主出口的几十架飞机，就可以走出洞穴。那样的话，他会感到轻松许多。但是，他不可能戴着头巾出现在“眼镜蛇营地”中，如果摘掉头巾又有可能被某个游骑兵官兵认出来。虽然亚当·赛勒斯·班尼特并不是一个军人，但是他在美国陆军中却非常有名。他的职业生涯始于1969年，那年他成为利弗莫尔国家实验室的一名研究员，也正是在那里他学到了许多核弹头和X射线激光发射器的知识。冷战结束之后，他成为了美国国防部高级研究计划局的局长，专门负责国防部最新军事技术研究经费的使用，向各相关尖端科技领域的研究人员提供项目资助。在那以后的12年里，他一直是一个尽心尽责的国家公务员，经常身临战争地区对新式武器进行现场测试，努力为前线士兵提供他们真正需要的武器装备。2004 年，他为同样的目的前往阿富汗东部地区，结果遭到塔利班军队的伏击，护送他的陆军士兵们被打死，他被生擒并被关押在加扎雷克山的一个山洞里。就是在那里他见到了上帝慈祥的容颜，终于意识到他跟错了主子。

后来，麦克奈尔的部队把他从山洞中救了出来，并用飞机把他送回了华盛顿，在沃尔特·里德医院接受了 3 个月的康复治疗。医生们都说，像他这样伤势严重的病人能够康复完全是一个奇迹。出院后他又休养了一个月，然后回到了国防部高级研究计划局的局长办公室里，继续为确保美国的军事优势而工作。但是，这个时候的他已经不再是原来的亚当·赛勒斯·班尼特了，撒旦的士兵把他的胸膛、后背和下身处打得皮开肉绽，从那一条条伤口中抽走了他腐朽的灵魂，把他的精神和肉体彻底地剥离开来。但是，拥有无限智慧的主又重新在他的躯体中注入了全新的精神，把他变成了现在的"赛勒斯兄长"，使他成为了上帝的一名谦卑的仆人。现在的"亚当·赛勒斯·班尼特"只是一个伪装，是他实现主的伟大计划的秘密工具。

这个伪装十分理想，非常有利于他执行自己的新使命。每年"赛勒斯兄长"的办公室都要支付 5 亿美元的研究经费，这个数额几乎占到了五角大楼年度机密"黑预算"的三分之一。而对于这笔资金的使用情况，五角大楼无须说明细节，这就使"赛勒斯兄长"可以轻而易举地把大量研究经费秘密地转移到他的"救赎"事业上。他不仅用这些秘密基金雇佣了一批专家，专门收集和研究与"统一场论"有关的情报信息，还用它资助"真正的信徒们"的秘密活动——比如购买大批的卡车和"陆地巡洋舰"越野车，以及在土库曼斯坦的沙漠中建立营地——当然也包括从哈萨克斯坦的一个核反应堆中偷盗浓缩铀所必需的费用。"赛勒斯兄长"还专门挪用了一笔钱建立了"逻各斯企业"，并由这个空壳公司实施了把"埃克斯卡利伯神剑"从利弗莫尔实验室转移到国外的行动。除此之外，他还为雅各布·斯蒂尔提供了 1 000 万美元，用于建立他的"神杖阵列"。

在他的整个行动计划中，雅各布的作用是最难把握的。有一天，雅各布来到美国国防部高级研究计划局他的办公室里，向他提出了建立单粒子时钟系列以证明时空的计算机属性。他立刻就意识到了这个装置将有利于成就他的事业，"神杖阵列"可以监测到在伊朗测试"埃克斯卡利伯神剑"时引起的时间紊乱，从而证明 X 射线激光发射器是否真的能够实现“救赎”的终极目标。“赛勒斯兄长”把自己的目的深深地掩藏在心底，同意雅各布把他从国防部高级研究计划局得到的研究经费用于建立粒子钟的实验。伊朗核试验以后，“赛勒斯兄长”派手下人潜入了雅各布的实验室，从他的计算机里下载了记录着时空破裂全部数据的资料，然后炸毁了实验室以消灭相关的证据。然而，这个性格孤僻的物理学家却一直保守着一个秘密——从“神杖阵列”建立之初开始，他就拒绝提供与他合作的那个以色列人的名字。“赛勒斯兄长”最后不得不派出一个“真正的信徒”当杀手，企图用他撬开雅各布的嘴，但是他万万没有想到，当卢卡斯把一把9毫米口径的手枪顶到雅各布的脑袋上的时候，这个物理学家还是没有松口。不过，好在“赛勒斯兄长”也多少获得了一些有关那个以色列合作者的信息，于是当露西尔·帕克特工来到雅各布的实验室调查爆炸案的时候，他巧妙地把那些信息告诉了她。他知道，这个女人肯定能够找到这个神秘的欧拉姆·本·扎曼。最后，当她终于找到他之后，“赛勒斯兄长”便在延吉卡拉峡谷埋下了伏兵，企图干掉这个威胁到他事业的人。

现在，“赛勒斯兄长”回首往事，情不自禁地为自己的成功感到洋洋得意。不过，这并不是他个人的骄傲，一切成就都要归功于主，没有他的保佑他怎么能得到那么多狂热的追随者。“赛勒斯兄长”得到的第一个信徒就是麦克奈尔将军，在那之后他很快又找到了许多痛恨这个腐朽世界、渴望进入上帝“天朝王国”的其他人。他和麦克奈尔一起把发展重点放到了国防部的同僚身上，先后又招募了两个将军和几十个下层士兵。这些“真正的信徒们”都是这个腐朽世界的受害者，他们亲眼目睹了伊拉克战争和阿富汗战争带给人们的苦难；战争和暴行彻底地摧毁了他们的灵魂，在遇见“赛勒斯兄长”之前，他们中的许多人都想到过自杀。然而，一旦他们意识到“赛勒斯兄长”能够消除邪恶、为他们打开通向“天朝王国”的大门的时候——这可不是孩子们幼稚的幻想，而是真正的天堂——他们就立刻义无反顾地把自己的身心献给了上帝。与此同时，“赛勒斯兄长”用国防部高级研究计划局的资金对美国和以色列的政府机构进行大肆渗透，迅速地建立起了一个有偿情报员网络。这些情报员除了向他提供极具价值的情报之外，还帮助他一次次逃过了联邦官僚机构的审查和监督，使他逐渐变得羽翼丰满起来。

“赛勒斯兄长”发现，他唯一的困难却出现在他自己身上：随着他“事业”的急剧发展，他开始变得越来越急躁；他是如此渴望早日进入“天朝王国”，以至于对自己旧有的生活和赖以生存的躯体越来越厌恶。每当他在镜子里看到自己的脸，就会想到《圣经》“约书亚记”第7章第13节的话：“**你们当中有当灭之物**。”于是，“赛勒斯兄长”开始在同自己的“真正的信徒们”见面时戴上头巾，没过多久他心中的自恶感竟然变得越来越难以承受，他不得不在独自一人的时候也需要用头巾严严实实地遮住自己的脸。他认为，宇宙的腐朽已经明明白白地写在他的脸上，他必须尽早地扔掉这张脸。

现在，经过几分钟艰苦地向上攀爬，“赛勒斯兄长”终于远远地看到了从洞穴“后门”照射进来的光亮。尼哥底母和其他几个士兵手握步枪向洞口跑去，他们要确保洞口外没有任何敌人可能威胁到“赛勒斯兄长”的生命安全。“真正的信徒们”迅速地把洞口周围的一片区域守护起来，“赛勒斯兄长”紧随其后走进了阳光里。同大卫·斯威夫特一同祈祷之后，他再次戴上了头巾。一走出洞穴，他就立刻感觉到了从头巾上传来的阳光的温暖。他向后转过身体，把目光投向他刚刚离开的山洞，一想到躲藏在这个洞穴中的960名士兵对即将降临到他们头上的灾难还一无所知，他的眼睛里不禁充满了泪水——多么优秀的年轻人啊，性格坚强而又忠诚可信！“赛勒斯兄长”想象着士兵们都像看着自己的父亲那样看着他——他自己还没有一个孩子——心中充满了无限的爱。

他多么希望把他们叫到自己身旁，分享他们牺牲的荣耀和奇迹。他们这一豪迈的举动必将让地球的腹地响起震耳欲聋的惊雷，彻底地洗刷掉他们身上的罪恶，让整个洞穴闪耀着上帝之爱的光芒。在美国、俄罗斯等国家的撒旦的爪牙们将看到这道光芒、听到这个惊雷，但是他们却无法意识到这是上帝的杰作；沉溺于这个腐朽世界黑暗之中的各国领导人看到的只有死亡。在世界上拥有最强大力量的美国总统必将以牙还牙，把更多的死亡投向美国的敌人。但是，他哪里知道他的核弹头将会启动“埃克斯卡利伯神剑”，这把威力无穷的上帝之剑现在就埋在伊朗的一座山脚下。“埃克斯卡利伯神剑”将使宇宙实现凤凰涅槃的奇迹，把死亡变成永恒的生命。

“赛勒斯兄长”带着他的“真正的信徒们”向左转，朝主洞口前方的开阔平地走去。两分钟后，他们已经可以看到两架“鱼鹰”CV－22倾斜旋翼飞机滑行到了主洞口之外，麦克奈尔将军手下的士兵们已经打开了飞机的折叠机翼并把倾斜旋翼调整到垂直起降的位置。根据“眼镜蛇行动”计划，游骑兵对位于阿什卡内赫的伊朗核设施发起攻击时，倾斜旋翼飞机将作为先锋力量率先出击。但是，这个精心策划的攻击行动实际上根本不会发生，因为攻击的时间定在了当天晚上，而再过52分钟“小男孩”就要引爆了。

士兵们早已为两架倾斜旋翼飞机加满了油,完成起飞准备工作后他们立刻返回到了洞穴中。“赛勒斯兄长”有自己的飞行员和领航员,因此他并不需要特种部队的飞行员。但是,就在这个时候一个身材高大、面容憔悴的士兵向“赛勒斯兄长”走来,在他作战服的衣领上垂直缀着三颗黑色的星。是山姆·麦克奈尔中将,他向“赛勒斯兄长”张开了双臂。

“我来为你送行,兄长,”他对“赛勒斯兄长”说,“祝你马到成功!”

同上一次他和“赛勒斯兄长”谈话时相比较,现在将军脸上的神情已经开朗多了,“赛勒斯兄长”感到自己再也不用为这个人担心。即便中央指挥部里麦克奈尔的上级指挥官现在发现了他的真实意图,他们也无法阻止他的行动,因为他们没有时间了。“谢谢你为我准备好了飞机,”“赛勒斯兄长”回答说,“你是怎样向你的部下解释这件事情的呢?”

“我告诉他们‘眼镜蛇行动’已经被取消了,因为伊朗人同意交出他们的核武器。虽然这个说法有些荒唐可笑,但是我的部下也都接受了。”他用手指了指两架倾斜旋翼飞机,“他们以为这两架飞机即将把一个特别代表团送往阿什卡内赫,监督销毁伊朗核装置的行动。其实,这个故事恐怕也骗不了多少人,不过我们只需要以此赢得一丁点儿时间就足够了。”

“那么,五角大楼的空中雷达系统发现两架倾斜旋翼机飞入伊朗领空后怎么办?你想到如何应对这种可能性了吗?”

“已经想好了,兄长。我已经下令关闭了洞穴内外的所有通讯设备。我告诉他们,在接下来的1个小时里我们必须待在洞穴之内,而且必须保持无线电静默。”

“赛勒斯兄长”满意地点了点头。麦克奈尔的工作做得很出色,他不仅对“眼镜蛇营地”作出了最后的安排,而且为“赛勒斯兄长”最后的行程作好了准备。每架倾斜旋翼飞机可以搭载32个士兵,因此“赛勒斯兄长”不仅可以把他所有的“真正的信徒们”一起带到阿什卡内赫去,剩下的空间还足以放进苏联的那台X射线激光发射器。飞越土伊边界也不存在任何问题,因为伊朗人正在等候他们的到来——“赛勒斯兄长”已经答应将另一批铀235送到革命卫队手中。整个航程只需要半个小时,所以他们将在“小男孩”即将爆炸之前抵达阿什卡内赫的核基地。他为自己这个完美的计划感到欣喜,一切都按照主的承诺一步步实现了。

“那么,再也没有其他事情要做了。”“赛勒斯兄长”说道,“我们就彼此道别吧。”他向前一步站到麦克奈尔面前,伸出一只戴着手套的手放到将军的额头上:“主为你作出的牺牲感到满意,塞缪尔。但是,我们会确保你仅仅在睡梦中度过几个小时。当夜幕降临的时候,美国空军就会迅速地展开报复性打击,到那个时候,你和我将携手步入上帝的‘天朝王国’。”

“赛勒斯兄长”准备最后一次为麦克奈尔祝福,但是将军却并没有把头低下来,而是注视着“赛勒斯兄长”的眼睛问道:“兄长,还有最后一个问题,你已经干掉大卫·斯威夫特了吗?”

“还没有。我把他留在了山洞的下层洞穴里,当然我已经安排了严密的守卫。从现在起50分钟以后,他就会和你以及你的士兵们一样作出牺牲。但愿他能够在这最后的时刻里想到主,并且意识到他犯下的错误。”

麦克奈尔皱起了眉头:“斯威夫特并不是一个上帝的信徒,他不配同我们一起度过最后的时刻。”

“即便不是上帝的信徒,他同样也要侍奉上帝。转眼之间,他和我们都会在‘天朝王国’里重逢。所以说,我们应该表现得宽宏大量一些。”他盯着麦克奈尔的眼睛看了好几秒钟,让他的话深入将军的心里。然后,他轻轻地按下将军的头,最后一次为他祝福,只是这一次他把拉丁语的祝福词说得快了些。“赛勒斯兄长”还有许多事情要做,因此急于尽快结束同麦克奈尔的谈话。他必须立刻毁掉倾斜旋翼飞机上的异频雷达收发机,然后通过无线电通知伊朗人他们到达阿什卡内赫的时间。抵达那里之后,他还必须把X射线激光发射器放置在目标的准确坐标位置上。

他深吸了一口气,然后离开了麦克奈尔,带着手下人大步朝倾斜旋翼飞机走去。这种飞机的外形看起来十分怪异,就像是多种飞机的一个杂交品种。它的机翼虽然同普通飞机没有什么两样,但是两个翼尖上却各装有一个由涡轮发动机驱动的巨大三叶旋翼。当旋翼转向上方的时候,飞机就可以像直升机那样垂直起飞,一旦升空后旋翼转向飞机前方,又变成了飞机的螺旋桨推进器。当“赛勒斯兄长”好奇地盯着这两架丑八怪飞机看的时候,一些“真正的信徒们”抬着苏联造的X射线激光发射器走向其中的一架飞机。他们一边各3个人抬着那个长长的铝制圆筒,活像抬着一口沉重的棺材。倾斜旋翼飞机后部的货舱门已经放下,士兵们小心翼翼地把激光发射器送入了机身。然后,飞机的涡轮发动机启动了,旋翼开始旋转,黑色的叶片撕扯着蓝色的天空。

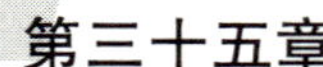

第三十五章

8200部队司令官亚龙将军慢条斯理而又有条不紊的声音从电话中传来:“对不起,阿亚,我已经把你的情报上报给了国防军总参谋部,但是其他事情我就无能为力了。”

阿亚和亚龙认识很多年了——他们俩曾经在军队密码破译部门携手共事——但是,阿亚现在才突然发现这个人的声音让他感到很厌恶。在美国,亚龙这种人被人们看做毫无情感的傀儡人物,而在以色列他这种盲目的机器人性格却颇受赏识。

“我真不敢相信!”阿亚大叫道,“他们难道看不出来形势有多么严峻吗?这个叫亚当·赛勒斯·班尼特的混蛋正同伊朗人勾结在一起!总参谋部到底认真看过我们破译的情报没有?”

“看过了,但是他们认为证据不足。”

“证据不足?那些情报再明白不过了!亚当·班尼特从利弗莫尔国家实验室偷走了‘埃克斯卡利伯神剑’,并且在伊朗进行核试验之前把它放到了卡维尔核试验场上!而且,现在他又在土库曼斯坦开始了下一步行动!”阿亚发觉目前的形势已经完全失控,而他对此又无能为力。但是,面对亚龙的冷漠,他还是决定再做一次努力,总不能一无所获吧。“那好吧。不过,能不能让国防军向美国人通报一下,告诉他们五角大楼的官员中有人已经变成恐怖分子了。”

电话里沉默了好几秒钟。这也是阿亚讨厌亚龙的地方之一:他总要仔细斟酌一番才会开口。“总参谋部已经同美国国防部的联络人联系过了。”

“美国人怎么说?”

又是一阵让人愤怒的沉默。“他们什么也没有说,只是对我们提供的情报表示了感谢。”

“天哪,你还看不出来问题所在吗?班尼特的间谍网已经他妈的无处不在,早就渗透到了五角大楼、联邦调查局还有‘辛贝特’之中。这些人现在正在保护他,你明白吗?他们正在尽力掩盖他的计划,再不行动就来不及了!”

这一次,电话里竟然沉默了整整20秒钟,亚龙一直在谨慎地思考,阿亚怀疑将军正在考虑的是他应该向阿亚提供多少实情。“也有另一种可能性,”他终于回答说,“你知道,美国人一直企图阻止我们打击伊朗的核设施,坚持要由他们自己解决这个棘手的问题。所以,那些破译出来的情报也可能同他们的计划有关。你看到了,土库曼斯坦正好是伊朗的邻国之一。”

阿亚琢磨了半天才明白了亚龙的意思,他问道:“这么说,你认为美国人正在策划一次攻击行动?他们准备从土库曼斯坦向伊朗发起攻击?”

“我说的只是一种可能性,并没有任何的证据。”

“但是,如果果真如此,那么整个局势就会变得更加危险!这个班尼特是个彻头彻尾的疯子,而他掌握的科学理论又……”

“阿亚,对不起,我得挂电话了。我建议你继续破译我们截获的通讯情报,如果你发现了什么更有力的证据,请再告诉我。”

他想再说两句,但是电话已经被挂断了。

* * * * * *

大卫躺在黑暗中,不顾堵在口中的布团声嘶力竭地叫喊着。他的双手仍然被绑在身后,两个脚踝也绑在一起,而且还有另一根绳子把他的身体牢牢地固定在插入地面的一根铁桩上。“赛勒斯兄长”离开之前,下令手下把他从放置着“小男孩”的大帐篷里搬到了小帐篷中,现在时间已经过去了大约半个小时。因为双手被绑在身后,他无法知道准确的时间,但是根据他的估计现在的时间应该是下午1点至2点之间,也就是说,“小男孩”随时都有可能爆炸。

就在这个时候,帐篷的门帘被掀了起来,两个美国游骑兵走进了帐篷。大卫感到一阵惊喜——他终于能够让美国士兵注意到他了——于是,尽管他知道自己的叫喊旁人听起来不过是一些“啊啊”的声音,但是他还是用更大的声音吼叫道:“炸弹!炸弹!炸弹!”走进帐篷的两个士兵之一是莫里森军士,就是这个留着平头、脸上带着刮脸留下的伤口的大个子向他的肋骨上踢了一脚。另一个士兵年纪较大，身材瘦高，军服的衣领上钉着3颗黑色的星，右胸上写着“麦克奈尔”几个字。大卫想起来了，这个人就是“赛勒斯兄长”的同伙，是指挥这支游骑兵部队的将军。这个人走上前来，带着毫不掩饰的仇恨目光看着他。

莫里森上前一步，指着大卫对将军说：“就是他，长官。这个狗娘养的杀害了拉姆西上校。”

麦克奈尔点点头，道：“他看起来不像是伊朗人，你说呢？也不像一个土库曼人。”

“我听说他是个美国人，长官。这是个天杀的叛徒。”

大卫使劲地摇头。麦克奈尔很清楚他是谁，只是假装不知而已，就像他假装不知道他的营地里安放着一个核爆炸装置一样。大卫看着眼前这个将军，心中感到十分恶心，就是这个冷血动物要把自己的数百名士兵作为牺牲品，毫不犹豫地判处了他们的死刑。

将军嘟囔道：“好吧，不管他是什么人，他应该听得懂英语。让他站起来，军士。”

莫里森从腰带上拔出野战刀，割断了把大卫固定在地上的绳子，但是他并没有割断绑住大卫脚踝和手腕的绳子，而最可恨的是他没有取下堵在他口中的破布。然后，莫里森和麦克奈尔一左一右抓住他的胳膊，把他拖向帐篷外。

下层洞穴被探照灯照得如同白昼，一来到门帘外大卫就不得不眯缝起双眼。见他们走出帐篷，守卫在帐篷外的两个游骑兵士兵立刻立正，其中一个喊道：“长官！要我们转移囚犯吗？我们可以……”

“稍息，先生们。”麦克奈尔回答说，“我只是想和他聊一聊。上次审讯时他没有回答我的几个问题，现在我得撬开他的嘴。”

守卫士兵点了点头，把目光投向大卫。一个守卫又问道：“长官，你需要帮助吗？要不要我来审问他？”

“不用了，谢谢。莫里森军士和我会让他开口的。”

他们拖着大卫走过岩石平台，向地下湖走去。大卫再次看到了那顶大帐篷，他就是在那里见到“赛勒斯兄长”的，“小男孩”也正静静地矗立在那顶帐篷里。现在，大帐篷四周站满了士兵，人数不少于12个，他们个个手中都端着攻击步枪。大卫扭头看着大帐篷的方向隔着口中的布团喊道：“在那儿！在那儿！”然而，麦克奈尔和莫里森继续拖着他向相反的方向走去。

很快他们就来到了湖边，绿色的湖水轻轻地拍打着灰色的石灰岩平台。这里的硫化氢散发出的臭鸡蛋味变得更加浓烈，湖面上可见一串串气泡不断升到水面上。大卫抬起头，看见一些蝙蝠在洞顶下飞过，向湖对面深处的洞窟中飞去。麦克奈尔和莫里森拖着大卫沿着湖边继续前行，离开帐篷和探照灯照亮的区域越来越远。最后，他们来到一个与地下湖相邻的一个浅水池塘边上停下了脚步。地下湖和这个池塘之间由一条狭窄的渠道连接在一起，但是这个池塘中的气泡更多，颜色也变成了翠绿色。看到这个池塘立刻让大卫紧张起来，它让他想起了几年前到黄石公园参观时看到过的那些热泉。

麦克奈尔和莫里森把他扔到了池塘边的泥地里。“我们把这个池塘称做‘酸浴缸’，”麦克奈尔指着翠绿的池水对大卫说，“几天前我们在这里开始搭建这个营地的时候，几个小子跑到旁边的湖里游泳。但是，他们发现一旦游到靠近这个池塘的地方，他们的皮肤就会感到灼痛。你看着，我为你演示一下。”

将军走上前，伸出一只脚把脚尖浸入了池水中，虽然沾水的鞋面只有几寸宽，但是大卫却清楚地听到了“嗞嗞”的响声，看到牛皮鞋面上鼓起了一个个气泡。他立刻想起了在黄石公园参观时自己的亲身经历：他在一个热泉边的石头上刚刚坐下来，裤子的屁股部位就立刻被石头上的水分烧出了一个洞。眼前这个浅浅的池塘中硫酸的含量非常高，是硫化氢和氧气不断结合后积累起来的。

麦克奈尔对着大卫微笑不止，过了一会儿他转向莫里森说道：“军士，请你后退20步。我想同这个囚犯私下里谈谈。”

莫里森看起来有些不乐意。这个牛高马大的士兵咬了咬留着剃刀割痕的脸颊内侧，说：“长官，你真要这么……”

“你知道我的座右铭，军士，决不落下一个人。这个人杀害了拉姆西上校，现在他必须告诉我拉姆西的遗体在哪儿。不管用什么办法，我都要从他口中得到答案。所以，请你退后。”

莫里森极不情愿地向后退去，一直退进了洞穴的阴影中。麦克奈尔等到他走到听力范围之外以后，才朝大卫弯下腰来，伸手把他的衬衫衣领紧紧地抓到手中。“你大概也猜到了，我根本不在乎拉姆西的死活，”他对大卫耳语道，“是‘赛勒斯兄长’下令处死了他，我也很清楚他的尸体在哪儿。”

大卫拼命扭动身体，试图挣脱麦克奈尔的手，但是麦克奈尔抓得很紧，并且开始把他向池塘边拖去。来到水边之后,将军提起大卫的胸口把他的头和肩膀伸到水面上方,恶狠狠地说:“拉姆西是被扔进燃烧的坑洞里处死的,虽然很痛苦,但是时间并不漫长。不过,你的死就没有那么快了,现在离我们最后牺牲的时间还有25分钟。”

话音刚落,麦克奈尔就开始小心翼翼地慢慢放低大卫的身体,就好像他是在为他洗礼。将军并没有把他完全扔进水里,而仅仅是让他的后脑勺和耳朵尖接触到了水面,但是大卫却感觉到好像无数只蜜蜂一起蜇刺着他的头皮。他隔着布团再次号叫起来,使劲仰起头躲开水面。

几秒钟后,麦克奈尔把他从水面上拉起来,再次把他扔到了池塘边的泥地里。“感到痛苦了,对吧?”麦克奈尔道,“别忘了,你也让我感到过痛苦。你和你那些以色列人差一点就毁了我们的计划,而你那个傻瓜儿子竟然让塔玛拉也堕落了。这个女人可是我的心肝宝贝儿。”

大卫躺在地上,疼痛开始让他感到恶心想吐。他已经意识到麦克奈尔刚才提到了迈克尔,但是内心的恐惧和混乱的意识使他无法明白他话中的意思。

将军把双手叉在后腰上,继续道:“你们这些异教徒让我始终想不明白,你们难道以为嘲笑上帝就那么有趣吗?你们还嘲笑信仰和爱国主义,也很有趣,对吗?”他鄙视地撅起嘴唇:“这些丑恶的事情在你们看来不过是一个玩笑,是不是?是你们在纽约城里同一帮狐朋狗友谈笑的绝妙话题?”

大卫痛苦不堪地微微摇了摇头。

“你想到过没有,当你厚颜无耻地嘲笑我们的时候,我的部下正冒着生命危险保卫着你的幸福?你知道吗,那些被你诽谤的士兵恰恰是你生命安全的保障?”麦克奈尔走上前,在大卫身边蹲下来,他的声音中充满了蔑视:“是啊,你才不在乎这一切呢,因为你是个忘恩负义的罪人。不过,现在你可以赎罪了。”他伸手抓住了大卫口中的布团:“我要你在上帝和我的士兵们面前道歉,为你整个肮脏的一生道歉。如果你拒绝,我就再把你放进那个‘酸浴缸’里去。”

麦克奈尔用双手把布团拉了出来,大卫立刻感到了肾上腺素的刺激——他的机会来了!但是,当他想再次高喊“有炸弹!”的时候,却发现他已经很难发出声音来。由于嘴长时间被布团撑开,他的下巴现在很疼,而刚才不停的吼叫已经使他的嗓子变得沙哑。他不得不勉强说道:“求你了,不要对你的士兵们下手……”

“闭嘴,说错话了。斯威夫特先生,这个世界上有一种东西叫做‘信念’,而我的信念就是救赎。”

“现在还来得及……撤出洞穴……拆除原子弹的引爆装置……”

麦克奈尔挥起手，一拳打到大卫的左眼下，指节重重地撞击到他的颧骨上。大卫真切地听到了拳头打在自己脸上的声音，紧接着又真切地感到了钻心的疼痛，两个耳朵“嗡嗡”作响，头颅受到了猛烈的震撼。脸上的疼痛很快就蔓延到了他的眼窝里和额头上，而与此同时从他的10个手指上也传来了阵阵灼痛。绑在身后的双手插进了泥地里，泥土里的硫酸腐蚀了手指的皮肉，双手像着火般撕心裂肺地痛。

麦克奈尔揉着指关节低头看着他：“你是我见过的最顽固的罪人，死到临头了都不肯认罪。”

“求你了，请听我……”

他的话还没有说完，麦克奈尔已经抓住他的衣领，再次把他浸入水中。大卫尽力抬起头，下巴已经顶到了自己的胸口，但是他的后背却接触到了水面，绑在身后的双手和前臂都没入了水中。剧烈的烧灼感让他痛不欲生，就好像把一双手伸进了沸腾的水中。他拼命挣扎，口中高喊道：“不，不！你住手！”但是，麦克奈尔还是不肯把他提起来。

大卫一时失去了知觉，几秒钟后他又很快苏醒过来，发现自己已经再次被扔到了池塘边的泥地里，双手难以自制地不停抽搐。他想从烧灼的泥土中站起来，但是紧绷的躯体仿佛已经散了架。就在这个时候，他突然下意识地感觉到了什么，立刻集中注意力、忘掉了疼痛，结果觉察到捆绑着他两个手腕的绳子开始松动了。他抽了抽手臂，立刻明显地感觉到绳子确实已经松弛。他又想起了黄石公园的经历，想起了裤子上被烧出的那个洞，他明白了：绑在他手腕上的绳子也同样受到了硫酸的腐蚀，正在迅速地瓦解。

麦克奈尔又一次抓住了他衬衣的领子，继续道：“好吧，我再给你最后一次机会，如果你还是一个睁眼瞎，认不清形势，那我就要毁掉你这双眼睛。斯威夫特，你听明白了吗？如果从你嘴里说出来的下一句话仍然不是请求得到上帝的宽恕，我就把你的整个脑袋按进池塘里，你那双狗眼就会变成两个血窟窿了。”

大卫默默地点了点头。与此同时，他继续在身后抽动手臂，并用双手绷紧绳索，把它们压进泥土中。“好吧，好吧。”他气喘吁吁地答应道，“对不起，都是我的错。请饶恕我的罪过。”

将军进一步弯下腰，几乎把脸凑到了大卫的脸上："你不是在耍弄我吧？"

大卫使劲摇摇头。身后持续的疼痛再次让他感到恶心，但是他能感觉到绳子已经越来越松动了，他只需要它再松开一丁点儿。"我没有耍弄你，我发誓！上帝啊，求求你宽恕我吧！"

麦克奈尔紧盯着他的眼睛，轻蔑地抽动着鼻子，然后挺直了身体，转身向站在约10米外阴影里的莫里森喊道："军士！这个囚犯总算对他的罪行悔过了。你认为我们应该饶恕他吗？"

就在麦克奈尔等待莫里森回答的当口，大卫的右手已经从捆绑中挣脱出来。他忍着剧痛把右手的5个手指插进身后的泥地中，迅速抓起一把灼热的泥土向将军的脸上扔了过去。

麦克奈尔双手捂住眼睛向后倒在了地上，站在阴影中的莫里森大叫一声："嘿！"随即拔腿向他们跑来。大卫的双脚仍然被绑在一起，因此他无法站立起来，只能像一个圆筒似的滚动身体，离开这个浅水的"酸浴缸"，向紧邻的深水地下湖滚去。接着，他滚进了湖水中，憋着一口气开始奋力游泳。

第三十六章

莫妮卡站在直升机驾驶舱飞行员座位的后面，俯身在欧拉姆的肩头上。在整个飞行过程中，迈克尔大部分时间都站在她的身旁，好奇地观看着 Mi－8 飞机仪表盘上的各种按钮和开关，几分钟前他才刚刚回到了机舱里，继续查看他感兴趣的其他东西。现在，莫妮卡透过驾驶舱玻璃凝望着前方的科佩特－达哥山脉，它就像一堵黑色的围墙矗立在沙漠南面的尽头上。随着直升机离山脉越来越近，她已经可以看到山脉灰色的山体和从沙漠上拔地而起的一条条陡峭的山脊。接着，她又看到了一些山脊侧面的巨大山嘴和山坡上扇形的石流坡。等飞机飞到离山脊一两公里处的时候，一条细长的白线出现在山体上，那是一条铺面道路，从沙漠边沿开始一路向山上爬去，最后消失在两个山脊之间的一个狭窄的豁口里。这就是那条通往库鲁兹戴的公路。

“有意思，”欧拉姆看着这条公路说。他的右手握着 Mi－8 飞机的操纵杆，伸出左手拧了一下顶部仪表盘上的一个开关。“路上空空如也。现在快到下午 2 点钟了，通常在这个时候路上总会有几辆轿车或卡车，你说是吗？”

莫妮卡仔细看了看下方的公路，欧拉姆说得很对，整条路上看不到任何车辆。“你认为是什么原因？有人把路封起来了？”

“看起来，好像整个这个地区已经被疏散了，我们刚刚飞过的村子里也见不到一个人影。”

“嗯，如果土库曼军方同‘赛勒斯兄长’正勾结在一起，那么他们要疏散这个地区的居民倒是不难。但是，他们为什么要这样做？这样做又能得到什么好处呢？”

欧拉姆耸耸肩膀，回答说：“估计是钱，也可能是害怕了。‘逆生树’相当强大，他们的朋友遍布世界各地。”

莫妮卡想起了她在沙赫维见到欧拉姆的时候,第一次听他提到了“逆生树”。“也就是魔鬼,对吗?这个词组在希伯来语中就是‘魔鬼’的意思吧?”

“它的本意是‘外壳’或者‘外皮’。按照卡巴拉理论,‘生命之树’把上帝的光芒照耀到宇宙之上,而‘外壳’就是‘逆生树’,是‘生命之树’的反面,它挡住了上帝的光芒,因此又是‘邪恶之树’。”他把一只手伸向驾驶舱前方,指了指高高的山峰和山峰之间阴暗的深谷,继续解释道:“但是,卡巴拉学说告诉我们,就连‘逆生树’也是上帝的一部分,它的存在也是有意义的。也就是说,当我们除掉‘逆生树’,也就是打破这个‘外壳’之后,上帝的光芒就会更加温暖地照耀着宇宙。你说对吗?”

莫妮卡虽然并没有真正听懂他讲述的这种神秘理论,但是仍然点点头表示同意。她对宗教的作用向来了解甚少,因为对她来说上帝这个概念并没有实际的需要,就像人们一度认为充满整个宇宙的光以太(**注:20世纪之前,物理学家为了解释诸多光学上的现象,曾经假设宇宙中弥漫着一种光的传播媒质,他们称其为“光以太”(luminiferous ether)。但是,后来的实践和理论都证明光以太并不存在,因此这种理论也就被人们所抛弃**)一样。她早就学会了一套自己的生活方式,并不需要上帝或者其他任何人的帮助。但是,现在她的无神论观点开始动摇了,在目前这种形势下她愿意接受来自任何地方的帮助。正因为如此,当欧拉姆驾驶的这架直升机和另一架紧跟在他们身后数百米外的Mi-8向群山中飞去的时候,莫妮卡不由自主地在心中做了一次无声的祈祷。她想,如果天上真有那么神通广大的神灵,那么现在就请你现身吧。请你阻止那个该死的“赛勒斯兄长”,不要让他毁掉你所创造的一切。也请你救救大卫。求你了,救救他吧。

* * * * * *

地下湖里的水温暖而黑暗,大卫奋力划动双臂潜入水中,一直游到了湖底的岩石上。他躯体中还留存着当年在岱文森高中游泳队学到的本领。被硫酸灼伤的手臂很疼,但是当他潜入水底、渐渐远离“酸浴缸”的时候,疼痛开始缓解。湖水中硫酸含量很低,他甚至可以睁开眼睛,只是水下太黑,什么也看不见。他不敢停下来,继续朝前方远处有许多石窟的方向游去。由于绑着双脚,他只能像美人鱼那样上下摆动下肢,配合着两个划水的手掌把身体推向前进。他尽量在水下多待一些时间,直到肺部仿佛要炸开的时候才悄悄地把头探出水面,迅速吸入一口气便立刻再次潜入水中。

等他第二次浮出水面的时候,他发现自己已经游进了一个石窟中。这里面漆黑一片,他可以藏在这里稍作休息,外面湖岸上的人是不可能看见他的。他听到不远处湖水轻轻拍打着石窟岩壁的声音,于是向声音传来的方向游去,很快便撞上了水面下2尺处的一块突出的岩石。他趴在岩石上,把双膝收起,再把脚踝上的绳子紧紧地压在岩石的边沿上。因为脚踝上的绳子同样也受到了硫酸的腐蚀,已经出现了松动,所以他挣扎了几秒钟后终于彻底从绳索中挣脱出来,双脚获得了自由。这个时候,他再次感觉到了手臂上灼伤的疼痛,于是他把手臂举到了水面之上,并且暗自庆幸黑暗中他看不到那些可怕的创伤。但是,他却看见了戴在手腕上的表仍在走动的指针,他发现时间已经到了1点49分,离“小男孩”爆炸的时刻还有11分钟。

这时,从大约60米外的湖对岸传来了士兵们喊叫的声音,他看到了明亮的探照灯光下一些士兵们正向“酸浴缸”跑去,麦克奈尔和莫里森还蹲在池塘边上。士兵们纷纷围了上去,有人拿出步话机开始呼喊。紧接着,3个士兵脱下了靴子,然后开始脱下身上的军装。大卫知道他们要下湖来搜捕他,但是唯一的问题是他们是否还能在原子弹爆炸前找到他。

他推了一下岩壁,然后向湖的对角方向游去,放置着“小男孩”的那顶小帐篷就在那边的湖岸上。他很清楚这么做未免过于疯狂,因为小帐篷被10多个全副武装的士兵包围在中间,而因为他又刚刚攻击了麦克奈尔将军,情况已经变得对他更为不利,士兵们无论如何也不可能听从他的警告。但是,情急之下他又想不出别的办法。于是,他尽量以最快的速度向前游,两分钟后他已经游到了离小帐篷最近的湖边,开始涉水向岸上走去。现在,他离岸边的距离大约9米,而岸边到小帐篷的距离也不过12米,他的目标已经近在眼前,他已经清楚地看见了士兵们的脸。

“嘿!”他大声喊道,“那个帐篷里有一枚炸弹!你们听见了吗?”

士兵们也看见了他。一时间他们都站在原地瞪着他看,然后其中的6个人开始向湖边跑过来。

“你们听着,赶快离开这个地方!”大卫继续喊道,“所有人立刻撤到洞外去!那个帐篷里面放着他妈的一颗原子弹,它就要爆……”

就在这个时候,只听见一声枪响,一颗子弹打在了离他几步远的水面上。大卫立刻转身扑进水中,再一次潜下湖底,向湖中心游去。他一边游一边对自己说:耶稣基督啊,看来已经没救了;所有的士兵马上就要死亡,他自己也在劫难逃。“赛勒斯兄长”

的计划安排得很周密,现在已经不可能阻止它了。

大卫尽量在水中多待一些时间,他知道士兵们正等着他浮出水面,只要他一露头脑袋就会立刻被打开花。但是,当他最终不得不浮出水面的时候,却惊讶地发现并没有听到密集的枪声,反而看见莫里森军士正向他的方向游来,速度非常之快。他拼命划动着刺满文身的双臂,在水面上激起了一片片水花;灯光下,剃得油光铮亮的脑袋像一颗子弹在水面上闪耀。

大卫不得不再次潜入水中,向黑暗的石窟方向游去。他潜得很深,在水下至少潜游了 30 秒钟。然后,他准备浮出水面换气。就在他以为即将浮出水面的时候,他的头突然撞到了什么东西上,一时间他失去了方向感。在漆黑的湖水中他开始踩水稳住身体,然后向上伸出双手,结果摸到了头顶上光滑的石灰岩。他明白了,自己已经游到了一个水下洞穴之中,于是立刻向后转过身体,希望能够沿着原路游出这个水下洞穴,但没想到的是他却立刻再次撞上了洞穴的岩壁。他伸手摸着岩壁,把身体调整到与之平行的位置,然后沿着岩壁向前移动。几秒钟后,他再次尝试浮出水面,殊不知又一次迎头撞到了洞穴的顶部。他现在开始感到恐惧,又向相反的方向游去,双手急切地在水中划动。他憋气的时间已经快到极限,胸口出现了沉重的压迫感和炽热感,嘴巴急于张开,黑水即将涌进他的肺里,他的整个身体开始在恐惧中抽搐。

他不得不再一次抬起头,却没想到突然之间他的头却浮出了水面。

他猛吸了几口气,总算捡回了一条命。然后,他扭头看看周围的水面,没有发现莫里森上校的影子,也没有任何士兵站在湖岸上朝他开枪。实际上,他已经不在原来的那个地下湖泊之中了,而是游到了一个与之相邻的另一个洞穴中的椭圆形池塘里,这正是不久前尼哥底母和其他两个"真正的信徒"抬着他从"后门"山洞进来时首先看到的那个池塘。大卫意识到,这个椭圆形池塘和大洞穴中的地下湖之间无疑有一条彼此相连的水下暗道,无意中他竟然游进了这个暗道,逃脱了莫里森军士的追捕。他向左面看去,又看到了从连接两个洞穴之间的狭小通道中射出来的灯光,就是在这个大洞穴的入口外莫里森军士朝他肋骨上狠狠地踢了一脚。不过,现在军士已经不在他的岗位上了。

大卫游到池塘边的岩石平台前,纵身爬到了岸上。他看看手表,发现表面已经破裂——他刚才在水下挣扎时肯定把它撞到了岩石上,闪着荧光的指针停在了 1 点 54 分的地方。

他的呼吸开始变得急促,他向黑暗中张望,想找到那条通往“后门”的山洞。上帝啊,要是有人能给他一个手电筒,他愿意付出任何代价!不过,几秒钟后他感觉到了一股清凉的微风,他迎着微风摸过去,终于来到了岩壁上那个约1.5米高的山洞前。他走进洞里,正要沿着这个长长的黑暗通道往上爬的时候,身后突然传来一个人的叫喊声。他扭头向后一看,微弱的光线中莫里森军士出现在椭圆形池塘里,正迅速向岩石平台游过来。

“嘿!”莫里森大喊道,“哨兵,他逃跑了!”

* * * * * *

欧拉姆开始感到越来越焦虑。他驾驶的Mi－8飞机正处在库鲁兹戴地区的上空,但是他和莫妮卡在下面的山路上并没有看到一辆卡车或“陆地巡洋舰”越野车,陡峭的山脊之间只见到一些森林覆盖的山谷和几处荒凉的高地,公路旁偶尔也能见到一两幢水泥建筑,但是始终见不到一辆车或一个人,也见不到任何其他的动静。欧拉姆发现几公里外有一个无线电发射塔,但是等他飞过去一看,才发现塔下仅有一个很小的棚屋,根本不可能藏有“埃克斯卡利伯神剑”。于是,他掉转机头返回库鲁兹戴,再一次仔细地察看了一遍下面的山口。接着,他把飞机降低到山脊以下的高度,飞进山谷中察看每一处悬崖和突出部位。莫妮卡的心情也变得十分阴沉,她开始怀疑是不是迈克尔听错了安吉尔的话,或者安吉尔并没有说实话,甚至有可能是那个家伙口误说错了地名。

就在这个时候,欧拉姆突然指着地面喊道:“看那儿!看到那些痕迹了吗?”

莫妮卡往下看去,只见两个平行的山脊之间有一片沙土平台,地面除了一些棕色的植被并没有其他东西。“什么痕迹?”

“那是一个飞机着陆场!看来不久前有两架直升机刚刚从那里起飞。”

她靠近驾驶舱的玻璃仔细辨认,终于看到靠近平台中间的地方有一个圆状的痕迹,地面的沙土显然被搅动过。不对,是两个圆形的痕迹,而且两个圆形边沿都隐约可以见到一些车辙,这些车辙又汇集到其中一个山脊底部的一个凹陷处。“你说得对,”她说,“那里肯定发生过什么事情。”

“我们去看一看,好吗?”欧拉姆抓起无线电通话器,用希伯来语同后面那架直升机的驾驶员哈鲁兹中尉说了几句话,然后他们开始降落。

* * * * * *

大卫立刻转回身迅速向倾斜的山洞上爬去。山洞内没有一丝光线，地面淌着水并且布满了松动的石片和石块，他低下头、飞快地蹬踏着双腿在黑暗中爬行。他高一脚低一脚地摸索着前行，每走几步就会跌倒在地，灼伤的手臂不断从岩壁上擦过，疼得他不住地呻吟。但是，他并没有停下来，他也绝不能停下来。他回想着同尼哥底母和“马脸”走下这条山洞的情景，试图估算出他前面的路还有多长——300 米还是 600 米？他又想到了手腕上那只破裂的手表，指针停在了 1 点 54 分上，但是他却不知道从那时起到现在又过去了多少时间。

这时，他又听见了士兵的喊叫声，声音在山洞中不停地回响。突然，一束手电筒的光芒从他身后照来，整个山洞顿时变得十分明亮。手电筒照亮了他脚下布满石块的路，于是他加快速度向前奔跑。他现在已经不再害怕身后追赶他的士兵，他害怕的只有一个东西——洞穴中矗立着的那个装有 50 公斤铀 235 的钢质炮管。他一边跑一边高喊道：“炸弹！炸弹！炸弹！”心中不禁又出现了露西尔的身影：在那个土库曼的仓库里，她张开双臂一手护着他、一手护着莫妮卡，推着他们俩冲出了仓库的大门。突然，山洞的出口出现在眼前，那一抹圆形的光亮真是上天的保佑！他高声吼叫着冲向前去，终于踏入了明媚的阳光之中。

但是，他并没有停下脚步，而是继续冲过了山脚下的平地，向公路另一侧的一个山沟里跑去。他跨过了铺着沥青的路面，向一个沙土斜坡冲下去，却突然感到有人从身后撞到了他的身上，两只带文身的手臂紧紧地抱住了他的腰。莫里森军士把他摔倒在地，两人顺着斜坡一起滚下山沟。一路翻滚碰撞之后，他们跌倒在一片干枯的灌木丛中。大卫喘着粗气仰面朝天躺在地上，而他身边的莫里森却迅速地跪了起来，得意地举起了一只拳头。莫里森长满金发的脑袋映衬在明亮的天空背景下，在他的肩头上方大卫看见了他们刚刚逃出来的那座山的山顶。莫里森扬起手臂，看准了大卫的头，但是就在他即将砸下拳头的时候，一声巨大的闷响震撼了科佩特—达哥山脉的山底，莫里森身后的山体坍塌了。

第三十七章

美国总统在白宫的主卧室里睡得正香，几名美国特勤局特工突然冲进房间里并立刻打开了灯。总统最喜欢的夜班特工汤普森拿着一件栗色睡衣走到总统的床前，另一名特工掀起了盖在总统身上的铺盖。

“对不起，总统先生，”汤普森特工对总统说道，“我们现在必须马上离开。”他伸手抓住总统的胳膊肘，把他从床上拉了起来。

“你说什么？”总统还没有完全清醒过来，摇晃着身体嘟囔道。他觉得奇怪自己的妻子为什么没在身边，但是他很快就想起来了，她和姑娘们到戴维营去了。上帝啊，现在是几点啊？“我还穿着四角短裤呢。赶快，给我……”

“我们已经在‘海军 1 号’上为你准备了衣服，先生。”汤普森把睡衣披到总统身上，并和他的搭档一起分别把总统的两只手臂塞进两个衣袖里。然后，两名特工护卫着总统离开卧室，沿着走廊走去。

当他们快步走到楼梯处的时候，汤普森把左手举到嘴边，对着衬衣袖口上的微型麦克风说道：“汤普森呼叫‘喷灯’。我们带着‘叛逆者’，正前往南草坪。完毕。”

这时，总统已经完全清醒过来，心中又开始忧虑起来。前不久也发出过假警报，某个蠢货驾驶着一架私人飞机闯进了华盛顿上空的受保护空域，结果害得他在特工们的保护下急匆匆地离开了白宫。但是，这种事情还从来没有在半夜里发生过。他问汤普森：“到底发生了什么事情？”

“不知道，先生。”汤普森回答说，“我们现在要把你带到‘安迪’去。”

总统心想，真他妈该死，这不可能是假警报。“安迪”是安德鲁空军基地的代号，总统专机“空军1号”就停在那里。不管这次紧急情况是什么性质，显然五角大楼认为事态极其严重，必须确保美国军队的总司令迅速离开华盛顿。

总统和特勤局的特工们继续向南草坪走去，“海军1号”刚刚在草坪上降落。他们顶着直升机旋翼刮起的气流跑过草坪，迅速登上了飞机。仅仅几秒钟的时间，“海军1号”已经升空，开始朝东南方向的安德鲁空军基地飞去。这时，特工们把一件灰色西装、一件白衬衫和一双黑皮鞋先后递给总统，他走进直升机上的卫生间，很快穿好了衣服。然后，他回到机舱里，坐到了他的专座上。

机舱里很拥挤，在总统对过的位置上分别坐着美国参谋长联席会议主席、美国国家安全顾问、美国国家情报局局长和美国国防部长。在机舱后部坐着中央指挥部的几位将军，他们掌握着中东地区的军事行动和协调各特种部队行动的指挥权。在机舱最远处的一个角落里，独自坐着一名年轻的空军少校，他的任务只有一个：拿好那个被称做“足球”的黑色公文箱。这个公文箱看似普通，但是在它的把手边上却多出了一根天线。

总统稍作准备，把身体稳稳地坐好，然后转过头对参谋长联席会议主席问道：“发生了什么情况？”

参谋长联席会议主席的脸上已经看不到往日的红润和庄重，苍白的脸上还留着来不及刮去的胡子，双手拿着一个牛皮纸文件夹放在大腿上。“大约1个小时之前，我们检测到一次地震，其特征同一次地下核试验完全相同。我们最初估计是伊朗人又进行了一次核试验，但是却发现震中在伊朗边界线以北，位于土库曼斯坦的库鲁兹戴地区，也就是我们部署的那个游骑兵营所在的地区。”他停顿了一下，眼睛避开了总统的目光，“我们立刻同这支部队进行联系，但是始终都没有答复。因此，我们下令把几颗即将经过该地区上空的侦察卫星的镜头对准库鲁兹戴。”说到此，他打开文件夹，从中拿出了一叠照片：“这些照片是30分钟之前拍到的，上面显示出了‘眼镜蛇营地’入口处外面的状况。”

总统仔细翻看着手中的照片。先前他曾经看过“眼镜蛇营地”的卫星照片，所以那里的地貌特征他还记得：在两座平行的山脊之间有一个条状的平坦地区。然而，在他手中的照片上，两个山脊中的一个已经彻底坍塌，大量土石从原来的峭壁上塌下来，呈扇形覆盖在山坡上。

这些照片让人震惊，整整10秒钟他没有呼吸。等他终于缓过劲来，他感到自己的胸口一阵疼痛。他低声道:“我的上帝啊！发现幸存者没有?”

参谋长联席会议主席的脸上流露出痛苦的表情:“我们正准备从阿富汗派一支搜救队过去,但是首先我们必须检测出当地的辐射强度。我们已经派出了两架无人驾驶侦察机,它们很快就能从那里收集到爆炸产生的放射性碎片。”

总统点了点头,尽量让自己保持冷静。接下来就是他的工作了,他必须对整个形势进行理性的分析,并考虑应该采取何种恰当的应对方式。但是,他现在根本无法保持什么理性的态度,他拿出最大的意志力强迫自己继续坐在椅子上,痛苦地向将军们点着头。他恨不得立刻跑进驾驶舱,抓住“海军 1 号”的操纵杆,直接飞到土库曼斯坦去;他急切地希望亲自降落到照片中的爆炸现场,用他的双手把士兵们从岩石下刨出来。“怎么会发生这样的事情？是一个偶然的事故吗？据我所知,这些游骑兵并没有带去任何战术核弹头,我说得对吗?”

“你说得对,先生,他们没有携带任何核弹头,这件事情也绝不是一次偶然的事故。在爆炸发生前大约 20 分钟,我们的雷达系统曾经发现两架直升飞机从库鲁兹戴起飞,然后向南面的土伊边界飞去了,我们还截获了从其中一架直升机上发到阿什卡内赫设施的简短通讯。”

“他们同伊朗人联系吗？同伊朗革命卫队?”

“是的,先生。这条信息使用的是波斯语,英语意思是:‘19 分钟后起爆。’”

总统再一次点了点头,他现在终于明白了为什么五角大楼要把他急匆匆地转移到首都之外,这是因为将近 1 000 名美国士兵刚刚在一次核攻击中丧失了生命,而且很可能还会发生更多类似的攻击事件。这种可能性让他感到心惊肉跳,但是也同时迫使他把自己的精神高度地集中起来。他默默地告诫自己要立刻振作起来,站出来掌控住大局。他抬起手指向参谋长联席会议主席,说道:“雷达系统跟踪到那两架直升机的去向了吗?”

“是的,它们后来在阿什卡内赫核设施附近降落了,等我们的卫星再次经过那一地区上空的时候,革命卫队已经把飞机藏起来了,很可能是将它们隐藏到了一个地下掩体中。但是,卫星图像捕捉到了地面上的一群武装人员,他们很可能就是伊朗的攻击部队。他们肯定是发现了游骑兵的营地,然后发起了先发制人的打击。”

“总统先生,”一个满头灰发、长着一对招风耳的陆军将军向他举起手。他叫菲利普·艾斯戴,来自特种作战司令部。“我们的分析专家已经对这个事件作出了一个初步的估计,他们认为:‘眼镜蛇营地’所在地是一个拥有许多山洞和入口的巨大洞穴,伊朗突击队很可能找到了一条没有游骑兵守卫的通道,然后偷偷地把一个核装置送进了洞穴里。”

听到此,总统再一次想要从椅子上跳起来,他被激怒了——在此之前,没有任何一个五角大楼的官员向他提起过这个营地如此危险的薄弱之处!他们那些资深的战略家和军事专家怎么可能忽略了这样一个如此明显的问题?“基督啊!”他大声道,“我简直难以相信这是真的!你们根本没有……”说到此,他看到了艾斯戴将军脸上痛苦的表情,于是立刻把到嘴边的话咽了回去。他刚刚想起了这位将军是麦克奈尔将军最亲密的朋友之一。“打住吧。对不起,‘眼镜蛇营地’的麦克奈尔将军当时也在爆炸现场吗?”

艾斯戴点点头,他的脸色苍白、神情忧伤,就像一个葬礼上的牧师。“是的,先生,他也在营地里。麦克奈尔下定了决心要确保这次行动的胜利,所以他一直坚守在最前线。”说到此他低下了头,沉痛地看着机舱的地面,“我开始还一直抱有一线希望,但是后来搜救队还是传来了坏消息。根据现场的情况判断,塞缪尔无疑是凶多吉少。”

其他几位将军也都自觉地低下了头,机舱里出现了几秒钟的沉默,只有直升机旋翼的声音在四周回荡。然而,总统现在没有时间悼念死去的麦克奈尔将军,他仍然满腔怒火,而且现在他已经把怒火对准了伊朗人。“你们听着,我们的首要任务是防止伊朗人进一步的袭击,因此驻扎在中东地区的美国军队必须立刻处于高度戒备状态,各单位人员必须马上回到各自的基地里,严密地坚守自己的阵地。”他转向国家情报局局长,接着道,“你们有没有得到任何情报,说明伊朗人正准备再次发起核打击?不论是在中东地区还是在我们美国的本土上?”

局长肯定地摇了摇头,回答说:“没有,先生。我们认为,他们的核装置目前仍然存放在革命卫队的阿什卡内赫核基地里。”

“那好,我们决不能给他们再次使用核武器的机会,我们要把他们的核设施摧毁掉,让它从此从地球上彻底消失。”他扭头再次看着参谋长联席会议主席,命令道,“下令隐形轰炸机升空,给它们装上 B83 核掩体炸弹。一旦我们最后确认是伊朗人实施了对‘眼镜蛇营地’的核攻击,我就会立刻授权使用核弹头。”说到此,他迅速地扭过头看了看坐在角落里的空军少校,他仍然怀抱着那只绰号“足球”的黑色公文箱,箱子里存放着实施核打击的详细计划。

“可是,我们怎样才能确认这件事情呢?”参谋长联席会议主席问,“如果你去问伊朗人,他们肯定会否认,把自己推得干干净净。”

艾斯戴将军再次举起了手:“总统先生,我们的侦察机在几小时之内就能够完成对爆炸现场收集到的放射性碎片的分析,如果它们同伊朗在卡维尔沙漠的核试验具有相同的放射性同位素特征,我们就可以认定两次爆炸使用了相同的核燃料。”

总统深深地吸了一口气。这是一个性命攸关的决定,其后果无论如何都是十分可怕的。但是,作为美国军队的总司令,他必须对自己的部队负责任,必须在伊朗再次发起攻击之前及时阻止他们的行动。“我认为这样的证据就足够了。一旦放射性碎片的分析结果确认了伊朗的罪行,我们就立刻对阿什卡内赫发起核打击,然后再使用常规武器摧毁伊朗剩下的军事力量。这些计划早就准备就绪了,是不是?”

参谋长联席会议主席举起手向总统行了一个军礼,应声道:“是的,一切准备就绪,先生!”

这时,“海军 1 号”开始降落,总统朝舷窗外看去,远处已经出现了安德鲁空军基地的跑道。在离跑道约 30 米开外的地方停放着一架波音 747 飞机,机身上印着一行灰色的英文:“美利坚合众国。”从外表上看,这架飞机同“空军 1 号”机队的其他 747 飞机并没有两样,但是总统知道这架飞机的内部却大不相同。这是一架 E－4B 型 747 飞机,经过特别改装后作为一个移动指挥部,它内部装有经过强化的电子设备,可以防止高空核爆炸引起的电磁脉冲的干扰。五角大楼给这架飞机确定的代号叫“守夜神”,但是它的另一个名字却更加深入人心,那就是“末日飞机”。

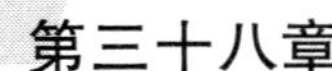

第三十八章

“赛勒斯兄长”早就料到了，在阿什卡内赫核设施的伊朗人肯定会对他很生气，因为他用波斯语发出的那条信息打破了他们的无线电静默。等“赛勒斯兄长”和他的手下乘坐两架“鱼鹰”倾斜旋翼飞机来到阿什卡内赫的时候，伊朗人就更加生气了，因为在旁人看来这两架飞机很可能是刚刚从美国海军陆战队偷来的。伊朗的士兵们本来就对美国可能发动的攻击心存恐惧，他们很清楚美国空军的侦察卫星每30分钟就会从伊朗上空经过一次。因此，他们从一处地下掩体里冲出来，迅速地把两架可疑的飞机拖进了革命卫队在山脚下挖出的一个巨大地下机库里。这个机库原本就是一个天然洞穴，洞顶呈拱形，洞口十分宽阔。地下掩体就修建在山体之下的洞穴群中，入口处修有一座钢筋混凝土的碉堡。洞穴中有许多纵横交错的天然山洞，像一张蜘蛛网一样一直延伸至山体之下360多米的地方。

飞机被拖进机库中以后，“真正的信徒”士兵们开始卸下“赛勒斯兄长”承诺提供给伊朗人的另一批浓缩铀，一个个沉重的铅衬箱子被抬下了飞机。伊朗人迅速地把这批铀235转运到深入地下数百米的地下洞穴里，那里储藏着他们所有的宝贵核燃料。紧接着，阿什卡内赫核设施的司令官贾纳提将军在两名副官的陪同下来到机库中。“赛勒斯兄长”早就认识贾纳提将军，因为这位将军讲着一口流利的英语，因此他一直是“赛勒斯兄长”同革命卫队打交道的主要联系人。将军身材矮小、形容枯槁，穿着一身不合体的军服，让人看了觉得十分可笑。他皱着眉头来到“赛勒斯兄长”面前，开口道：“下午好啊，布莱克先生。”

“赛勒斯兄长”从来没有向伊朗人透露过自己的真实姓名，他们只知道他叫“赛勒斯·布莱克”,是一个国际走私集团的头目,总是用头巾包裹着自己的脸。“将军,再次见到你真让人高兴啊。请原谅我违反了你们的安全规定,因为我们不得不临时匆忙地离开土库曼斯坦。”

贾纳提将军仍然皱着眉头,回答说:“你们应该在夜里把东西送来,而且是坐汽车来,不是坐飞机来。我们的协议中对此写得很清楚。”

“实在是抱歉。不过,现在你们终于得到了最后一批铀235,而且我还额外为你带来了一点儿小礼物。”

将军有些不自在地看了看身边的两个副官,然后凑到“赛勒斯兄长”耳边悄声问道:“就在飞机上?‘拿破仑白兰地’(注:“拿破仑白兰地”(Courvoisier)是一种法国白兰地,音译为“库瓦西耶”。中文名称之所以称其为“拿破仑”,是因为该酒的创始人爱曼奴尔·库瓦西耶曾经把这种干邑白兰地作为宫廷酒提供给拿破仑。后来,拿破仑被流放到圣海伦岛时,库瓦西耶干邑又随英舰“诺森伯兰郡”号同行,从此人们便把这种酒称为“拿破仑白兰地”)?”

“赛勒斯兄长”点了点头。贾纳提将军对法国白兰地情有独钟,但是饮酒在伊朗伊斯兰共和国是非法的,不过将军自有独自偷偷享受的办法。

贾纳提将军用波斯语向身边的两个副官下达了什么命令,两人举手敬礼后离开了机库。等他们一走,将军便一把抓起“赛勒斯兄长”的胳膊,拉着他向“鱼鹰”飞机走去。“你运气不错,及时逃出了土库曼斯坦。”贾纳提将军对他说,“我刚刚听说,那里发生了地震。”

“真的吗?”

“是啊,就在靠近边界的地方,离我们这里还不到100公里。”

“赛勒斯兄长”不禁微笑起来,心中道:赞美主;赞美伟大天堂中的主。

贾纳提将军一看到那一整箱“拿破仑白兰地”,就迫不及待地打开了一瓶“XO帝国”。“赛勒斯兄长”把尼哥底母拉到一旁,把刚刚听到的好消息告诉了他。然后,他悄悄地下达了命令,让“真正的信徒们”从“鱼鹰”飞机上卸下X射线激光发射器,再将其搬到机库外,安放到目标点的位置上。他告诫他们要慢慢仔细地做,不需要赶时间,美国空军实施报复性打击的时间一定是在入夜以后,因为只有到那个时候B-2隐形轰炸机才真正难以被发现。

一个半小时之后,“真正的信徒们”安放好X射线激光发射器后都回到了机库里。

到这个时候,贾纳提将军似乎已经喝得酩酊大醉,双手抱着酒瓶、耷拉着脑袋,昏昏欲睡地躺在一个大木箱上。“赛勒斯兄长”站在将军身旁,一面观察着他的一举一动一面得意地微笑着。他们已经站在了“天朝王国“的门口,只要再迈进一步就能进入天堂。“赛勒斯兄长”最后一次在心里默默地检查了一遍所有的准备工作,确信自己没有忽略任何一个环节。他的计划至今为止只出现了一个微小的纰漏,那就是土库曼军方未能抓获那个欧拉姆・本・扎曼。不过,在“赛勒斯兄长”看来,欧拉姆已经不能构成严重的威胁,即使以色列人向美国人发出警报,五角大楼的任何个人也不大可能认真对待这样的事情。

当贾纳提将军举起酒瓶准备再喝一口白兰地的时候,挂在他腰间的无线电通话器传来了呼叫声。呼叫将军的人口气十分恭敬,小心翼翼地用波斯语提了一个问题。几秒钟后,那个人再次重复了他的提问。很显然,革命卫队的士兵们开始担心了,不知道他们的司令官为什么迟迟没有回到地下掩体里去。贾纳提将军不想理会手下的询问,但最后终于不烦其扰,伸手抓起通话器一阵咆哮。他叫喊完之后便随手把通话器扔到了一边,扭头对“赛勒斯兄长”说道:“都是些蠢货,没有我他们就干不了任何事情;我不下命令他们就无所事事地干等着。”他摇了摇头:“我刚才告诉他们了,哪个家伙再敢打搅我我就毙了他。现在,大概可以让我安静一会儿了。”

“赛勒斯兄长”点了点头,回答说:“高明的办法。你是在教他们要懂规矩。”

“一点儿不错!每支部队都必须纪律严明。”贾纳提将军抬起手指着立正站在机库另一边的“真正的信徒们”,“看看你的人,多么忠于职守。你是怎么做到的?我估计,你在他们身上肯定花了不少钱,对吗?”

“赛勒斯兄长”再次点了点头。为了不让伊朗人对自己走私贩的身份产生怀疑,他为这批铀235开出了1 500万美元的高价。“有钱能使鬼推磨嘛。”他回答说,“不过,最重要的还是要有信仰,你必须让他们对你坚信不疑。”

贾纳提将军向前探出身体、眯起眼睛继续道:“你和你那些人都信教,是不是?都是某个基督教教派的忠实信徒?”

将军的身体已经悬在了木箱的边沿上,眼看就要滚落下来。“赛勒斯兄长”瞪大眼睛看着他,惊讶地发现这个人比他想象的要敏锐得多。“你说的没错,”他答道,“我们相信上帝。”

“你看,我早就猜到八九不离十了。”贾纳提将军举起酒瓶又喝了一大口,“请你再告诉我一件事,布莱克先生:刚才你们从飞机上搬下来的那个铝制的大圆筒中装的是什么东西?”

这个突如其来的问题让“赛勒斯兄长”大惊失色,他搪塞道:“你说什么?”

“我刚才没有看清楚,不过看上去好像在哪儿见到过。在我们的核试验之前,你是不是把一个类似的装置放到了卡维尔试验场里?”

真该死!“赛勒斯兄长”本以为“拿破仑”能够分散贾纳提将军的注意力,从而避免涉及“埃克斯卡利伯神剑”的话题,但是现在看来,不作出合理的解释是不行了。“我得向你道歉,将军,我原以为上几次见面时我已经向你解释过这件事情。我还有另外一位顾主,当然也是某个国家的政府——请原谅我不便透露它的名字——他们对核试验也非常感兴趣。他们要我提供一次有偿服务,把某种监测仪器安放到你们的试验场里,这些仪器收集到的数据将有助于他们加快自己的核计划进程。我们在讨论合作条件的时候,你们的总司令已经接受了我提出的这个条件。”

“啊,我们的司令官当时确实有些迫不及待,对吗?只要你能给他铀,他什么条件都会答应。我们自己的浓缩铀工厂生产能力有限,而上面给他的压力又很大,必须在今年内完成首次核试验。”贾纳提将军用手捂着嘴打了一个嗝,“但是,现在情况已经发生变化了,我的上司要我问你几个有关这些科学仪器的问题。”

将军的话引起了“赛勒斯兄长”的警惕,但是他仍然以镇静的口气回答说:“这当然毫无问题。请问,你想知道些什么?”

“首先,我们近期并没有进行新的核试验的计划,你为什么现在又要安放那些新的监测仪器?”

“赛勒斯兄长”慢慢地点了点头。他本来不愿意同将军发生冲突,但是现在看来这已经不可避免,贾纳提将军已经成为一种威胁,而任何威胁到救赎大业的人都必须被清除掉。“赛勒斯兄长”向前几步走到将军的跟前。“原因很简单。”他伸出一只戴着手套的手,“请跟我来,将军,我让你看一件非常有意思的东西。”

贾纳提将军在木箱上摇晃着身体,脸上挂着似笑非笑的表情,“干什么?你想去哪儿?”

“很近,就在机库外几步远的地方。”“赛勒斯兄长”把手放到了将军的背上。将军犹豫了一下,耸耸肩膀,爬起来跟着“赛勒斯兄长”向机库外走去。

两人走出机库大门,向左转并沿着山脚继续前行。机库西面大约350米远的地方是一片平坦的沙地，几周前为卡维尔核试验作准备的时候，“赛勒斯兄长”手下的“真正的信徒们”曾经借用了一辆伊朗人的推土机，在那里挖出了一个10米深的大坑。然后，他们又借用了一台起重机，把一个巨大的钢制密室放进了大坑里，在留出一条进出密室的地下通道之后，最后又重新把整个大坑填埋了起来。“赛勒斯兄长”告诉伊朗人，这个密室中装有测定卡维尔核试验引起的地震波的强度监测仪，其实并非如此。实际上，这是一个冲击室，是苏联制造的X射线激光发射器最终的目的地。

“赛勒斯兄长”带着贾纳提将军沿着一条堑壕来到了冲击室地下通道的入口。这个用原木做成的长方形入口大约3.6米高、5.4米宽，如果没有入口两侧用沙袋垒成的矮墙，看上去颇似一个两个车位的停车库的大门。尼哥底母和另外两个“真正的信徒”士兵站在黑洞洞的入口外，手里端着M－4卡宾枪。“赛勒斯兄长”举起两根手指向尼哥底母发出了一个暗号，然后转过身对贾纳提将军说道：“这台X射线激光发射器同我们安放在卡维尔试验场的那一台几乎完全一样，只不过这一台是俄国人造的，是模仿美国人的原型机造出来的。”

将军迷迷糊糊地点着头，但是随即又问道：“呃……你说什么？激光发射器？”

他们走进了入口，沿着倾斜的地下通道走下去。尼哥底母打开手电筒紧跟在他们身后。“确实是一台激光发射器，”“赛勒斯兄长”继续道，“它能够把核爆炸产生的核辐射转换成高能激光束。”

“但是，我已经说过了，近期我们没有进行新的核试验的计……”

“请稍等，将军，很快你就会明白了。”

这条地下通道的长度不足30米，所以他们很快就来到了撞击室前。室墙上装有一个宽大的观察窗，大小同公共水族馆里的展示窗差不多。“赛勒斯兄长”和贾纳提将军站到观察窗前，尼哥底母举起手电筒透过厚实的玻璃把冲击室内照亮。他们看到了“赛勒斯兄长”的手下刚刚安放在里面的那个长长的铝制圆筒，圆筒上的滑动盖板已经打开，“赛勒斯兄长”已经看见了圆筒内的12根激光柱。这些激光柱长1.2米，由捆绑在一起的数百根细小的金属线构成，再由金属支架固定在一根中心柱体的周围。这种设计很像一把收拢的雨伞的骨架，中心柱体就是雨伞的伞柄，激光柱就相当于分布在伞柄外的伞骨，所有激光柱都指向圆筒内的同一个聚焦点。

“赛勒斯兄长”忍不住默默地欣赏了一会儿这个精美的高科技武器，心中涌动着难以抑制的狂喜。然后，他转过头对贾纳提将军问道：“你对B83核弹头了解多少？”

“B83 核弹头?”将军感到很疑惑,眼睛看看“赛勒斯兄长”又看看冲击室的观察窗,“那不是美国的一种核子炸弹吗?”

“赛勒斯兄长”点了点头,“它最初只是一种重力炸弹,后来美国空军为它装上了全球定位制导系统,把它变成了一种掩体炸弹。其设计性能是钻入地面之下爆炸,从而对地下设施造成最大限度的破坏。比如要摧毁你们的这个位于山底洞穴中的设施,最佳目标点就是靠近山脚下的这一片沙土地。”

“对不起,我不明白这同……”

“我们现在就站在这个最佳目标点上。几个小时之后,一架美国隐形轰炸机就将向这里投下一枚 B83 掩体炸弹,炸弹将穿透这间密室上层 6 米深的沙土,直接撞击到这个密室后爆炸。其实,这个目标是美国人早就设定好了的。你知道吗,当初我们挖这个坑的时候我就已经知道了美国打击目标的准确坐标位置。美国的全球定位系统是非常精确的,目标定位的最大误差也不会超过 1 米。”

贾纳提将军沉默了好几秒钟,然后爆发出一阵“呵呵”大笑。“很好,布莱克先生!那么,你是不是在告诉我你是一个美国间谍?你向伊朗革命卫队提供铀,就是为了给美国空军提供一个把我们炸毁的借口?”

“不,不全是。我的目的是要制造一场比炸毁这个设施更加严重的挑衅事件,从而迫使美国总统使用 B83 核炸弹进行报复性打击。土库曼斯坦的地震实际上是一次核爆炸。美国人在那里设立了一个‘眼镜蛇营地’,在那里秘密隐藏了一支部队,准备对伊朗发动突然袭击,而这次核爆炸却把他们统统消灭了。这一切都是我精心策划的,那里留下了足够的证据证明伊朗对‘眼镜蛇营地’事件是脱不了干系的。”

贾纳提将军停止了大笑,但是仍然有些站立不稳,不停地摇晃着身体。他一本正经地对“赛勒斯兄长”道:“好了,不要再胡说八道了。到底是怎么回事儿?”

“美国奉行的威慑政策必然迫使五角大楼以牙还牙,动用自己的核武器对伊朗实施打击。我的许多追随者就在华盛顿,他们会确保美国总统把报复性打击的目标确定为这里。美国空军‘全球打击司令部’的博尔格将军就是一个‘真正的信徒’,特种作战司令部的艾斯戴将军同样也是。”“赛勒斯兄长”抬起手指着冲击室顶部安装的钢格栅,继续道,“B83 掩体炸弹将从那里穿进来,弹头一旦被钢格栅卡住就会立刻爆炸。我们已经把冲击室内的空气全部抽空,因此热核辐射就能穿过真空空间直达激光柱。因为核弹头是在激光柱的近距离内爆炸,所以其产生的巨大能量都将传递到激光柱上。”

贾纳提将军目瞪口呆地看着眼前的这间冲击室，充满血丝的眼睛里开始流露出惊恐不安的神情。“你说的都是真话，是不是？”他转身向“赛勒斯兄长”咆哮道，“你他妈都干了些什么？”

“你看到没有，激光柱的角度都对准了同一个焦点？所有激光束都将集中在圆筒内的这个焦点上，并通过一种特定的模式将进入那个狭小空间的内存缓冲区的数据流最大化。一旦内存缓冲区超载……”

“该死的，回答我的问题！你到底都干了些什么？”

“我正在向你作出解释，将军。我们即将打开通向‘天朝王国’的大门。”

贾纳提将军撅着嘴，迅速把手伸向挂在腰间的手枪。与此同时，尼哥底母猛地一挥手，把手电筒砸到了将军的脑后。当贾纳提将军踉踉跄跄即将倒下的时候，尼哥底母一伸手从将军的枪套里抽走了他的“西格绍尔”手枪，然后他一手抓住贾纳提将军的头发向后一拉，另一只手拔出格斗刀割断了他的咽喉。

贾纳提将军仰面向后倒下，一只手紧紧地捂住了自己的脖子，但是鲜血仍然不断从他的指缝中流出来。

贾纳提将军拱起后背，张开嘴向“赛勒斯兄长”吐出一口鲜血，紧接着捂着脖子的手耷拉下来，更多鲜血从脖子上的豁口中喷涌出来。

“赛勒斯兄长”从口袋里掏出一张手绢，轻轻地擦拭着衣服上的血迹。这个腐朽的世界总是让他感到吃惊，不过它也即将寿终正寝了。

他转向尼哥底母，命令道：“你立刻回到机库去，找到将军的无线电通话器。如果他的士兵同他联系，你就告诉他们司令官身体不适。”他把沾满血污的手绢重新塞进衣服口袋里，“现在看来，天黑前伊朗人不会再给我们找麻烦了。不过，为了防患于未然，立刻下令我们的士兵在这条地下通道的周围挖掘防御工事。”

第三十九章

大卫一睁开眼睛，就看见了莫妮卡。他看不太清楚她的脸——他的眼睛里进了许多沙子，正感到一阵阵刺痛——但是，他发现她梳成一排排的小辫子上也沾上了不少沙土，看上去倒也不失为另一种酷。不过，他知道她要是在镜子里看到自己的模样，肯定会感到不自在的。她俯身看着他的脸，紧咬着嘴唇并且不停地抹着眼泪。他想告诉莫妮卡她的头发上沾满了沙土，听到这话她肯定会忍不住笑起来，但是他又感到嗓子冒烟，甚至连吞咽唾液都很困难。于是，他又仔细地看了看她的脸，发现她的左脸颊上有一道锯齿状的伤痕，下巴上也有一条。他忍不住也开始哭泣，因为他不愿意看到她受到伤害，同时又为她仍然活着而感到由衷的高兴。

他发觉自己正身在某种交通工具中，一个灰色的盒子似的舱室里，身体躺在从一面钢墙上伸出来的担架上，就像躺在一个商店的货架上。他想用手肘把上身撑起来，却发现两只手臂都缠满了纱布。他想起来了，是地下池塘里的硫酸灼伤了他。他立刻情绪激动起来，坐起身一把抓住了莫妮卡的肩膀。

“那座山，”他哽咽道，“好多士兵，就在那座山底下的洞穴里。我们必须回到那里去，看看能不能……”

莫妮卡坚定地摇了摇头，说：“不行，大卫，我们不能回去。那座山已经坍塌了，而且到处是放射性碎片。”她的眼角又流出了泪水，“我从空中都看到了，一股烈焰从山洞口喷射出来，紧接着峭壁垮塌，整个山体都滑了下来。”

“你等等，你说你从空中看到了爆炸？”

“没错，我们当时正在这架直升飞机里。”她用手指了指机舱的前部，大卫跟着她所指的方向看到了驾驶舱。但是,他没有听到旋翼发出的声音,他们似乎根本没有移动。“我们就是在空中发现你的。我们当时正要飞离爆炸现场,却突然看到了山沟里有人在移动。于是,我们降落到地面,救起了你和7名美国陆军士兵。看样子,他们属于某个特别行动小组。”

“是的,他们当时正准备向伊朗发起一次攻击。可是,你要知道那个山洞里有几百名士兵!你们难道只找到了7个人?”

“只有这7个人幸存下来了。其中4个人是布置在山坡上担任警戒的狙击手,另外3个人是为了抓你而跑出山洞来的。我们和另外一架直升机上的飞行员一起在岩石和土堆中搜寻了很久,但是并没有发现其他幸存的士兵。后来,我们向西飞行了大约16公里,降落到了这个山顶上。现在风向向东,我们在这里应该不会受到放射性尘埃的威胁。所以说,我们现在……”

“你好啊!”这时,一个大卫熟悉的声音传到了他的耳朵里。“‘克特尔’的工具已经苏醒过来了?”

欧拉姆·本·扎曼走进了机舱,身上仍然穿着攻击延吉卡拉仓库时的夜行衣。大卫一时还没有认出这个黑衣汉子,却又马上看到了站在他身边的另外一个人。那是一个身材高挑的小伙子,头发蓬乱,脸上带着淤伤。小伙子把头略微转向一旁,避开了大卫的目光,但是却毫不犹豫地走到担架旁,然后好像宣誓那样举起了右手。他用平静的口吻问大卫:“你到哪里去了?我一直在找你。”

大卫也举起了右手,他同迈克尔彼此总是用这种方式打招呼,因为这孩子不喜欢与人有身体接触。“我现在就在这里,”大卫回答说,“见到你我真高兴。”说到这里,他马上把头扭到了一边,用手捂住了自己的眼睛。他感到心潮澎湃,哽咽着说不出话来。他静静地待了一会儿,渐渐恢复了正常的呼吸。刚刚涌出的眼泪使他眼睛的疼痛加剧,但他不在乎,他心中只有无比感激的心情。

机舱里一时鸦雀无声。几秒钟后大卫放下了捂住眼睛的手,他发现迈克尔已经走到了直升机的一个舷窗前,在凝结着水汽的玻璃上画着什么图案。莫妮卡把手放到大卫的肩上,告诉他说:“欧拉姆的士兵还剩下6个人,其中无线电通讯员肖姆龙在延吉卡拉受了轻伤,其他5人平安无事。现在,他们都在外面,正设法同阿富汗境内的美国基地取得联系,这座山上正好有一座无线电发射塔。”

“是啊,我们就是因此才降落到了这里,”欧拉姆补充说,“因为直升机上的无线电设备功率不够强大。奇怪的是,这个地区的军用频率好像受到了什么人的干扰。”

大卫心想,这并不奇怪。他告诉他们说:“肯定是美国空军。他们很可能接到了‘赛勒斯兄长’的某个‘真正的信徒’的命令,通过干扰无线电通讯防止‘眼镜蛇营地’事件的真相透露出去。”他脑海里再次浮现出“赛勒斯兄长”那张粉红色的方方正正的脸,他仍然觉得这张脸既平常又熟悉。“离开‘眼镜蛇营地’之前,‘赛勒斯兄长’曾经当着我的面取下过他的头巾。他就是亚当·班尼特。”

莫妮卡惊讶地瞪大了双眼,半张着嘴,并用手指捂住了嘴唇。“你说什么?‘赛勒斯兄长’就是美国国防部高级研究计划局的局长?”

大卫肯定地点了点头:“他在雅各布实验室里的所有表白都是一种伪装,只是为了让我们帮助他找到欧拉姆。这个家伙是个疯子,但是他领导的那个组织却能量极大,让人印象深刻。这个组织的活动经费很可能就是他从国防部高级研究计划局的预算中挪用来的。他的有些追随者是美国军方的重要人物,比如特种作战司令部的麦克奈尔将军,正是这个人让‘赛勒斯兄长’把一枚原子弹放进了那个洞穴里。”

“混蛋!”欧拉姆猛地把头转向驾驶舱,那只独眼喷射出愤怒的目光,“我早就告诉过你们,‘逆生树’非常强大!他们已经渗透到了很多政府机构中!”

“但是,他们为什么要炸掉一个美国的军事基地?”莫妮卡突然站起身问道,“这太疯狂了!”

“‘赛勒斯兄长’需要一次威力更大的爆炸,”大卫解释说,“使X射线激光发射器获得足够的能量,从而引发量子崩溃。”

“我还是不……”

“他有意用一枚原子弹摧毁了‘眼镜蛇营地’,目的在于激怒美国政府。他很清楚,美国总统现在必然会下达对伊朗实施核打击的命令。他会在实施打击之前把那台苏联造的X射线激光发射器安放到打击目标的坐标位置上。”

机舱内再一次沉静下来。莫妮卡紧紧地锁住了眉头,鼻梁上的前额中间又出现了那一条垂直的皱纹。大卫对她这种表情再清楚不过了:她不再感到恐惧和疑惑,她愤怒了。“这个狗娘养的现在在哪里?”

“‘赛勒斯兄长’说过,他要赶到位于伊朗阿什卡内赫附近的一个革命卫队的核基地去,那里就是美国核打击的目标。”

欧拉姆从口袋里拿出一张地图,展开来仔细地查找。几秒钟后,他用手指戳着地图中间的地方说道:“找到了,阿什卡内赫,大约在这里以南 100 公里的地方。那里也是山区,是科佩特—达哥山脉的最南端。”

莫妮卡一把抓住了欧拉姆的手臂,说:“我们必须阻止这一切! 我们必须设法恢复无线电通讯,立刻向该死的白宫直接呼叫!”

欧拉姆摇了摇头,道:“即使我们能够排除干扰发出一条信息,又怎么能确保有人能够听得到? 如果‘真正的信徒们’确实已经渗透到五角大楼之中,他们是不会让我们同美国总统直接联系的。”

“那么,我们该怎么办? 就在这个山头上乖乖地等待宇宙系统崩溃吗?”

“不,我们不等在这里坐以待毙。”欧拉姆把地图折起来重新放进衣服口袋里,“我有 5 个人还能战斗,此外还有 7 名游骑兵士兵,而且每架直升机上还各有一挺机载机关枪。飞机上的油也足够飞到阿什卡内赫。”他向后转过身,大步走到直升机的门口,用希伯来语向他的手下叫喊了几句。然后,他转过身对大卫和莫妮卡说:“肖姆龙就留在这里,继续完成通讯方面的事情。现在,你们几位要做一个选择,是留在这里还是同我一起去?”

大卫一骨碌站了起来,虽然感到眼冒金星而且缠着绷带的手臂也有些僵直,但是用一把手枪进行射击还是绰绰有余的。他看了看莫妮卡,她也毫不犹豫地点了点头——他们两个都愿意同欧拉姆一同前往。不过,他们不得不把迈克尔留在身后。

然后,大卫走到了男孩的身旁,看到他仍然十分专注地在舷窗玻璃上画画。他对他说道:“迈克尔,请听我说。你同一位以色列的先生暂时留在这里,好吗? 我和莫妮卡要离开一会儿,但是我们会尽快赶回来。我们会给你留下一些食品和饮水,肖姆龙先生也许可以给你出一道谜题解一解。你看这样行吗,伙计? 你能应付得了吗?”

男孩的表情有些难看,眼睛仍然盯在舷窗玻璃上。大卫发现他画的是一团火,几十条摇曳的火舌正从一个巨大的碗口中升腾起来。

“迈克尔,我保证很快就回来,你听到了吗? 我保证。”大卫举起了自己的右手,好像宣誓一样。

第四十章

美国总统独自坐在 E－4B 型 747 飞机上他的办公室里，“空军 1 号”正在美国中西部地区上空飞行。现在是美国时间上午九十点钟，伊朗时间的傍晚。阳光穿过飞机舷窗的玻璃照射在总统的书桌上。他在“空军 1 号”上的这间办公室很小，相当于一个步入式衣橱。E－4B 型飞机的中部是空军通讯专家的工作区，他们负责随时保持同美国军队的密切联系。参谋长联席会议主席、国家情报局局长和国防部长都在飞机上，但是总统平时的白宫顾问们却留在了地面上，这里也看不到国会议员、新闻记者或政治助手的身影，总统身边现在只有清一色的穿军服的人。

他的书桌上摆满了机密文件，每过大约 10 分钟，一名空军上校就会敲响他办公室的门，把另一份有关“眼镜蛇营地”爆炸事件的最新报告送到他的桌上。第一批身穿核生化防护服的搜救队已经到达爆炸现场，开始寻找可能的幸存者。不过，到目前为止还没有任何发现。美国国务院已经同伊朗政府进行了接触，要求对方提供那两架飞越土伊边界、最后抵达阿什卡内赫设施的直升飞机的情况，但是伊朗官员却坚称对此事毫不知情。新闻媒体中报道了土库曼斯坦南部边境地区发生地震的消息，五角大楼也并没有予以纠正。总统不久后将要对全国发表讲话，把“眼镜蛇营地”的灾难事件公之于众。但是，现在时机还不成熟。

没过多久，总统就意识到空军上校只是在浪费时间，因为他根本没有心思去读那些报告。原子弹爆炸的情景一直不停地在他的脑子里闪现，他根本无法集中思想思考其他任何事情。他想到了“眼镜蛇营地”的士兵们当时的情景——有人擦拭步枪、有人装填背包，有些人也可能正在给自己的父母、妻儿或者女朋友写信，就在这个时候，爆炸发生了，随着一道强光闪过，洞穴中的一切都化成了灰烬。最后，他看见整座山崩塌下来，把士兵们的骨灰彻底地掩埋在大山之下。

如果是伊朗人干的，那么他们就必须受到惩罚。960 名美国士兵丧失了性命，其中一位还是一名中将。更为重要的是，这不是一枚常规炸弹而是一枚原子弹，是针对美国的第一次核攻击，美国有责任拿出自己的核武器，对其进行彻底的毁灭性的报复性的核打击。尽管如此，总统心里仍然难以释怀，谈论核威慑是一回事，真正投下一枚核子炸弹又是另一回事。美国人作出的反应必将从此改变这个世界，而其结果又必然是把这个世界变得更糟。

这时，他再次听到了敲门声。他说道："进来吧。"但是，这一次敲门的却并不是那个空军上校，门开后国家情报局局长出现在他的眼前。

"总统先生，我们已经完成对'眼镜蛇营地'收集到的放射性碎片的分析。"情报局局长报告说，"其放射性同位素特征同伊朗核试验的放射性尘埃完全相同。"

总统立刻觉得自己被人当胸狠狠地踹了一脚，他脸上的肌肉开始不由自主地抽搐，两眼死死地盯在了书桌上的报告上。他问道："你肯定吗？百分之百地肯定？"

"两处爆炸中的铀 235 含量是完全相同的。我们还发现了同等含量的铍，这是制造铀原子弹不可缺少的一种稀有元素。"

听到此，总统陷入了沉思。他心里很明白他必须作出那个至关重要的决定，但是他并没有立刻说出来。

"总统先生，这个证据是无可置疑的。"情报局局长又说，"原子弹的放射性同位素特征都是独一无二的，就像人的指纹一样。我们已经确定，炸毁'眼镜蛇营地'的原子武器中的铀同伊朗前不久在卡维尔沙漠中试爆的第一颗原子弹的铀都来自于同一批产品，而且铍测试的结果还显示出这两枚原子弹在设计和构造上也是完全相同的。"

总统两眼注视着局长，好几秒钟没有说一句话。然后，他摇了摇头，他不能再继续等待下去了，现在就必须作出决定。他命令道："叫所有人都到会议室集中。我们就在那里打开'足球'计划。"

第四十一章

阿亚·戈德堡坐在沙赫维定居点那辆没有窗户的房车里,汗流浃背地继续通过欧拉姆·本·扎曼的量子计算机破译密码通讯的内容。他已经开始分析以色列监听站年初截获的通讯信息,并发现了更多有关亚当·赛勒斯·班尼特阴谋的证据。从今年 1 月开始,班尼特同塞缪尔·麦克奈尔将军和尼哥底母·奥恩的通话就多达几十次,而前者是美国陆军特种作战司令部的司令官,后者则是以色列国防军十分熟悉的黎巴嫩恐怖分子。阿亚虽然仍然不了解班尼特计划的方式和目的,但是他认为手中的证据已经足以说服以色列国防军总参谋部采取行动。到下午 5 点,他正准备给位于赫兹利亚的 8200 部队指挥部打电话,再次要求同其指挥官讲话的时候,亚龙将军却首先打来了电话。

"是阿亚吗? 你必须马上到我这里来一趟。我想,你还记得我们指挥部的地址吧?"

亚龙将军的话并没有使阿亚感到意外,但是他说话的语气却让他感到惊讶——这位一贯不露声色的将军,言语中已经流露出了明显的忧虑情绪。"怎么啦,将军? 你要我干什么?"

"我们听说了一些非常奇怪的事情,并且认为这些事情很可能同你正在破译的那些通讯情报密切相关。"

"你们听说了什么事情?"

将军沉默了,不过这一次时间非常短暂。他回答道:"我们听到了有关土库曼斯坦南部边境地区发生地震的消息。地震的强度并不大,但是震中的位置离接收有关'埃克斯卡利伯神剑'的那几次通话的无线电发射塔很近。"

“这有什么奇怪吗？从技术上讲，那个地区一直是很活跃的，不是吗？”

“奇怪的是以色列国防军并不相信那是一次地震。我们的地震监测仪显示，那是一次地下核爆炸。我们的情报部门同美国人进行了联系，想知道他们是不是也得出了同样的结论，没想到五角大楼的官员们竟然没有一个人愿意谈论此事。但是，他们自己却已经进入了一级备战状态。”

阿亚咬紧了嘴唇，心中想起了欧拉姆前往土库曼斯坦之前对他说过的话：“埃克斯卡利伯神剑”能吸收核爆炸的能量，爆炸越强烈，X 射线激光发射器造成的破坏就越大。他问将军：“你是不是认为伊朗人又爆炸了一颗原子弹？而且美国人现在要进行报复性打击了？”

“你仔细听着，阿亚，伊朗危机爆发的时候，8200 部队在阿拉伯海域部署了几艘监听船，专门监听和分析这一地区的无线电通讯情况。大约 1 小时之前，其中一艘船截获了一条通过美国军事通讯卫星用窄光束方式发出的讯息。但是，在其光束照射的范围之内并没有任何美国船只，而我们船上的雷达也没有发现附近有任何美国的飞机。”

“对不起，我不……”

“半个小时之后，我们的另一艘监听船又截获了从同一颗卫星上发出的第二条窄光束讯息，而这艘船离第一艘船的距离有 500 公里远。这说明，这颗军事通讯卫星是在向一架美国 B－2 轰炸机发送指令。你知道，这种飞机采用了最先进的隐形技术，这就解释了它为什么没有在我们的雷达上显示出来。据我们所知，离我们最近的一支 B－2 隐形轰炸机中队也远在印度洋的迪戈加西亚岛上，离我们这里大概有2 000公里之遥。”

阿亚当然很熟悉隐形飞机的情况，几年前他甚至还在美国的一次航空展上亲眼看到过这种飞机——光滑的黑色外表，形状就像一只蝙蝠展开的翅膀。“这种飞机能搭载核武器，对吗？”

“没错。而且从它飞行的方向上看，它的目的地是伊朗。”

阿亚不停地摇着头，脖子上不禁冒出了冷汗，他觉得自己的五脏六腑都已经紧紧地挤压在了一起。他开始迅速地把书桌上摊开的文件扒拉到一起，连同截获的全部通讯文字资料一起塞进了一个挎包里。他对亚龙说道：“我马上出发，大约半小时后到达赫兹利亚。”

第四十二章

在无线电发射塔基座上的小屋里，迈克尔盘腿坐在木地板上，身边放着大卫给他留下的一瓶水和一块包装上印着一头奶牛的巧克力。大卫告诉他说，这块巧克力是以色列产品，是一个穿黑衣的士兵送给他的。他还说，这种巧克力的味道就像美国的"银河午夜"牌巧克力，但是迈克尔还是不愿意去尝一尝。

那位负责无线电通讯的以色列士兵肖姆龙也坐在地板上，背靠在迈克尔对面的墙上，缠着绷带的一条腿平放在身体前。他的脸上也缠着绷带，只有嘴和一只眼睛还露在外面。刚看到他的时候，迈克尔立刻想起了裹着头巾的"赛勒斯兄长"，让他觉得很不舒服。但是，几分钟后他又觉得肖姆龙的这副模样也挺好，大部分脸都被遮住了，这样一来，他看这个人的时候就无须注意其脸部肌肉的微小变化，省去了琢磨不透人们表情的苦恼，对他来说反而是一种安慰。现在眼前这个士兵的"脸"上始终只有一种"表情"，所以迈克尔感到很放心，他不至于作出错误的判断。

肖姆龙抬起手指着他，说道："欧拉姆告诉我说，你相当聪明，还说你的数学和物理很棒，是吗？"

迈克尔点了点头。他很高兴欧拉姆对他如此赞扬，心里也很喜欢这个秃头、独眼的大块头士兵。他回答说："是，还不错。阿尔伯特·爱因斯坦是我的外曾祖父。"

"真的吗？这么说，有你在这儿我可走运了，眼下我就非常需要你的帮助。"他移动了一下身体，然后指着房间角落里的一个灰色的控制台继续道，"这个发射塔的操控台就在那儿，我必须通过那些操控按钮解决一个难题。你喜欢解谜吗？"

迈克尔又点了点头。

“很好,”肖姆龙说,“这个难题同无线电干扰有关。你知道什么是‘无线电干扰’吗?”

迈克尔在记忆中打开了那本《简明科学百科全书》,回答说:“无线电干扰就是有意扰乱无线电信号,从而阻止他人接受到这个信号。无线电干扰器通过发射同一频率的噪音实现干扰。”

“好,说得不错。现在呢,我们的敌人就正是这样做的。他们利用一架 EA-18‘咆哮者’电子攻击机在军用频道上发出了大量的噪音,所以尽管我们就在这座相当先进的无线电发射塔下,但是我们发出的信号还是被噪音淹没了。”

迈克尔想了想这个问题,说:“你知道那架电子攻击机的位置吗?”

“啊,好极了!看来,你已经开始破解这个难题了。我再给你解释一下另一个问题,就是‘电子对抗’。”

*　　*　　*　　*　　*　　*

两架 Mi-8 直升机保持在离地面约 10 米的高度,避开伊朗的雷达飞过了土伊边界线。随着直升机忽高忽低的颠簸,大卫的胃里又感到翻江倒海似的难受。他紧紧地抓住机舱坐椅的边沿,歪着身体注视着舷窗外。两架直升机一直紧贴着科佩特—达哥山脉飞行,尽量利用每一座山峰隐蔽自己的行踪,然后突然拔高越过山峰,再迅速下降躲进下一个山谷。他们飞过陡峭的悬崖、阴深的山谷和险恶的石崩地带,在夕阳和阴影中不断向南穿行。大卫看到地面上的一群野山羊被直升机的轰鸣声惊得四散奔逃,但是却看不到一个村落、一条公路或者一个人影,整个地区显得那么荒凉和空寂,仿佛这里刚刚发生过一场末日浩劫。

莫妮卡坐在他的右边,正摆弄着欧拉姆给她的那把“沙漠之鹰”半自动手枪,掂量着它沉甸甸的分量。她练了练装子弹,把弹夹推进枪把然后又弹出来,直到自己的动作已经十分娴熟。坐在一旁的大卫回过头看着她,心中又想起了露西尔。他立刻摇了摇头,想把这段记忆从脑子里赶走——眼下,露西尔的遭遇让他不堪回首——但是,悲痛的感觉却怎么也挥之不去,让他无法把注意力集中在莫妮卡身上。这两个女人在许多方面都很不一样,但是她们俩却有一个共同之处——都善于摆弄枪。

欧拉姆驾驶着他们乘坐的这架 Mi-8 直升机,其他以色列士兵都在哈鲁兹中尉驾驶的另一架直升机上。这架直升机上除了大卫和莫妮卡外,还有 7 名美国游骑兵士兵,他们都是“眼镜蛇营地”的幸存者。坐在大卫和莫妮卡对面的 6 名游骑兵中,4 人是当时在洞穴外担任警戒的狙击手，两人是同莫里森军士一起为追捕大卫而跑出来的。莫里森本人则坐在大卫左边几尺远的地方。因为军士是空着两手跑出“眼镜蛇营地”的，因此欧拉姆把从这架直升机上的土库曼士兵手中缴获的一支 AK－47 步枪交给了他。

一开始，莫里森始终内疚地回避着大卫的目光。但是起飞约20分钟后，欧拉姆驾驶着 Mi－8 直升机开始在群峰间穿行，飞机开始急剧颠簸，大卫的头“砰”的一声撞到了机舱的舱壁上。这时，莫里森转过头压过旋翼的噪音向他大声喊道：“你还好吗，长官？”

大卫觉得“长官”这个称呼听起来总有些怪异，他下意识地挠了挠自己的头皮。就是这个家伙不久前在他的肋骨上狠狠地踢了一脚，也是这个家伙和麦克奈尔将军一起把他拖到了洞穴中的那个“酸浴缸”的边上，不过那都是“小男孩”爆炸以前的事情了。“我很好，”他礼貌地回答说，“谢谢。”

莫里森仍然盯着他看，很显然军士还有话想说，但是却又鼓不起开口的勇气。大卫等待了一会儿，终于忍不住主动向他伸出了右手，说道：“你不用叫我‘长官’。我的名字叫大卫。”

莫里森赶忙抓住了大卫的手，紧紧地握在手里，布满血丝的眼睛里流露出悔恨的神情。“我真他妈对不起你，伙计，当时真应该相信你的话。我向上帝发誓，我很后悔。”

莫里森表现得很真诚，他像抓住了一根救命稻草一样抓住大卫的手，久久不愿意松开。但是，大卫现在还不想原谅他的过错，他回答说：“是啊，我也希望你当时能够听进去我说的话。”

军士摇了摇头，说：“直到现在我也不敢相信，麦克奈尔怎么能做出这样的事情？真他妈让人难以置信。”

“他认为他是在执行上帝的计划。但是，他所下达的所有命令其实都来自于‘赛勒斯兄长’，而不是来自于上帝。”

“那个叫‘赛勒斯兄长’的家伙也在五角大楼任职，对吗？他也是他妈的一个怪胎。”

“不，他并不是什么怪胎。”大卫想起了“赛勒斯兄长”的脸，那是一张平凡而冷静的脸，“他只是受到了蛊惑，自以为他所做的一切都是为了帮助我们脱离苦海。”

莫里森的手握得更紧了，再一次给大卫带来了痛苦，不过这一次他并不是有意的。“不管他是个什么东西，我向你保证他死定了。”他终于松开了手，然后指了指大卫缠着绷带的手臂，问道，“那些烧伤的地方怎么样了？以色列军医有没有给你一些止疼药？”

大卫点了点头：“给了，还给了不少。”

莫里森又指了指大卫手中的“沙漠之鹰”手枪，问道：“那玩意儿怎么样？你会使用吗？”

大卫又点了点头：“我练习过如何使用‘格洛克’手枪。这把枪要重一些，不过估计问题也不大。”

“我以前试过一次，是把好枪。”他向大卫俯过身体，拍了拍自己手中的 AK－47 步枪，接着道，“我会紧跟在你的身边，好吗？我和我的人都会尽力掩护你。这虽然无法改变我做过的一切——那些丑事都已经埋葬在那个洞穴里了——但是，我现在可以尽力为你提供一些帮助。”

大卫第三次点了点头，他现在仍然不想原谅莫里森，不过同这位军士并肩战斗总比同他为敌要好。

这时，他感到有人拍了拍他的右肩，于是转过头看着莫妮卡，发现她正全神贯注地望着舷窗外。她用手指了指南面约 3 公里外的一道山脊，在傍晚的暮色中重重叠叠的山坡下隐约出现了一座钢筋水泥碉堡，那就是通向伊朗地下掩体的入口。碉堡左边的山坡向内凹进，不远处有一块半圆形的平地，平地上有一堆新挖出的泥土，显然是刚刚修筑的防御工事。

“一分钟后降落！”欧拉姆的声音从驾驶舱里传来，“准备行动！”

* * * * * *

“美国精神”是一架派驻在迪哥加西亚岛上 B－2 隐形轰炸机的名字，当这架飞机正飞到伊朗东南部上空的时候，美国军事卫星向它发来了“导弹发射执行指令”。这个指令经美国空军“全球打击司令部”加密，而加密密钥每小时更换一次。当这架 B－2轰炸机还在阿拉伯海上空飞行的时候，密钥就通过另一份加密指令先行传到了飞机上。这时，轰炸机上的无线电通话器响了，从中传出了美国空军的一位通讯专家深沉的声音，这个声音把这条指令 10 个字组成的前导码重复了三遍：

“利马三 F 旅馆七罗密欧。”

“利马三 F 旅馆七罗密欧。”

“利马三 F 旅馆七罗密欧。”

执行这次飞行行动的指挥官乔治·阿什利上校在座位上转过身，打开了这个两座驾驶舱中的保险箱，从中取出了标有 6 月 15 日的密码本，翻到了“导弹发射执行指令验证表”。前导码的头 3 个字代表阿什利应该使用的某个特定验证表的名称，后 7 个字是验证码。阿什利上校找到“利马三”验证表，然后再在这张表上查找目前这一小时的验证码。没错，确实是“F 旅馆七罗密欧”。

于是，上校把早已牢记在心的那两句话说了出来，并尽量说得清楚而流利：“导弹发射执行指令验证无误，此指令为有效核控制指令。”

接着，他把密码本交到了这架轰炸机的领航员威尔科克斯少校的手里。少校核对了密码本上的验证码，报告说：“我同意。”

然后，阿什利上校把目光投向位于驾驶舱前方的显示屏，前导码确认后指令的具体内容立即在屏幕上显示出来。指令要求他们飞向预定目标并投下 B83 钻地弹头，同时给出了核武器启动连接装置的密码，一旦输入密码核弹头引爆装置的锁闭系统将被解除。

上校艰难地咽下一口唾沫，向威尔科克斯问道：“到达阿什卡内赫还需要多少时间，少校？”

“大约 35 分钟，长官。”

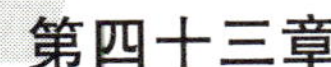

第四十三章

“赛勒斯兄长”从望远镜里发现了几公里外正向他们飞来的两架直升机。一开始，他感到一阵绝望，认为这是美国人派出的第一波攻击部队。他以为，出于某种不明的原因，他的计划还是被发现了，美国总统已经下令机载部队对他进行打击。但是，大约30秒钟后两架直升机已经看得非常清晰，他才发现那并不是美国的飞机，而是苏联造的Mi-8直升机，是40多年前设计制造的一种老式运输机。而且，他并没有发现其他飞机或者车辆向阿什卡内赫设施开来，看来这两架直升机是孤身前来，而更让“赛勒斯兄长”大松一口气的是，直升机上并没有携带火箭弹或导弹。直升机上的标志清楚地表明，这是土库曼陆军航空兵的飞机，也就是被派去追歼欧拉姆·本·扎曼及其突击队残余的那两架直升机。“赛勒斯兄长”明白了，这两架Mi-8直升机无疑已经落到了欧拉姆的手里，这个人现在要再一次向他“赛勒斯兄长”发起挑战。

“赛勒斯兄长”如释重负地微微一笑，感到很开心。欧拉姆和他的这两架直升机根本不可能对他构成威胁，这些以色列人携带的武器装备简直荒唐可笑：除了Mi-8直升机上的两挺中口径机载机关枪外，那些突击队员手中就只有一些轻武器。相比之下，“赛勒斯兄长”的装备却要强大得多，他拥有4挺美国陆军使用的最先进的XM-806机枪，而且已经部署在通道入口周围的几个散兵坑中，随时可以把来犯的飞机或车辆打成蜂窝。除此之外，“真正的信徒们”还带着“毒刺”地对空导弹和火箭推进榴弹发射器。两架直升机都飞得很低，无法使用“毒刺”导弹，但是却是火箭推进榴弹发射器的最佳目标。这种武器现在使用了一种被称做“热压弹”的全新榴弹，其威力足以炸掉一座钢筋混凝土建筑，一架Mi-8直升机就更不在话下了。

“赛勒斯兄长”低声向万能的主做了祈祷,为自己刚才一时丧失信心而忏悔。然后,挂在他腰间的通话器响了。他拿起通话器,听到了躲藏在阿什卡内赫设施地下洞穴中的革命卫队士兵的呼叫。贾纳提将军的两名副官之一用蹩脚的英语大声喊叫道:

“布莱克先生……请注意……发现两架直升飞机……从北面靠近……必须同贾纳提司令官讲话……等候进一步的命令。”

“赛勒斯兄长”按下通话器上的“通话”键,回答道:“贾纳提将军很清楚目前的情况。那两架直升机上搭载的是以色列的一支突击队,等它们进入射程后我们将立刻将其摧毁。你们的司令官正帮助我们协调战斗行动。”

“以色列”一词立刻在通话器的另一头引起了极大的恐慌,“赛勒斯兄长”可以清楚地听到伊朗士兵用波斯语发出的吼叫声:“天哪!天哪!我们怎么办哪?”

“请保持冷静,”“赛勒斯兄长”对着通话器说道,“贾纳提将军命令你们留在各自的掩体里。我们的防空武器足以消除这两架直升机的威胁。重复,留在各自的掩体里。”

“是……是,收到。”

通话器没有了声音,“赛勒斯兄长”再次微微一笑。他的愿望实现了,这个腐朽宇宙最后的一个小时确实让他感到开心。他再次检查了一遍尼哥底母的部署,确信他手下的士兵们都已经各就各位。他现在已经看不见两架 Mi－8 直升机了——它们飞到了山脊下一个山嘴的后面——但是,很快欧拉姆就会发起攻击,而“真正的信徒们”正严阵以待,必将把他们一网打尽。

“赛勒斯兄长”最后看了一眼越来越黑暗的天空,然后转身走进了通向冲击室的隧道。他早就想好了,在世界的最后一刻他要站在冲击室的观察窗前,亲眼目睹神奇的激光打开上帝“天朝王国”的大门。他很清楚他不可能真正看到弹头进入冲击室,更不可能看到巨大的辐射能量转换成激光束,因为在这一切发生的同时他那罪孽深重的躯体也就灰飞烟灭了。但是,尽管如此他仍然希望站在离救赎开始最近的地方,虽然说起来这未免有些自私,但是他仍然希望自己成为进入“天朝王国”的第一个人。

*　　　　*　　　　*　　　　*　　　　*　　　　*

两架 Mi－8 直升机在山脚下降落了,大卫跳出了舱外。他紧跟着在他前面的 6 名游骑兵士兵,迅速地离开了平坦的降落区,向山脚下的隐蔽处跑去。莫妮卡跟在大卫的后面,莫里森军士断后。他们刚刚离开直升机,飞机就立刻再次升空,旋翼搅起的沙土在他们身边飞舞。在昏暗的淡紫色光线里,士兵们的身影都变成了一个个模糊的黑点。

跑到山脚下以后,他们在一块巨大的花岗岩石下聚拢到一起。大卫把身体紧靠在岩壁上,一颗心“咚咚”地跳个不停。莫妮卡也跑到了他身边,弯着腰喘着粗气。这使他想起了他们俩一起跑步的情景,只不过现在他们身上穿的不是运动服而是黑色的夜行衣,而且手里还拿着将近1.8公斤重的“沙漠之鹰”手枪。大卫听见Mi-8直升机的轰鸣声正在渐渐远去,欧拉姆驾驶的那一架升到了他们上空,紧靠着山坡观察着整个区域的情况,哈鲁兹中尉驾驶的另一架向西飞去,把以色列突击队员们送到了“赛勒斯兄长”阵地的西面。

游骑兵们紧贴着山脚成一列纵队向西前进,几百米外就是那个向北延伸出的山嘴。大卫记得在空中见到过这个山嘴——那里就是那一块半圆形平地的边缘,“赛勒斯兄长”的士兵挖掘的防御工事就在那块平地上。游骑兵们都趴到地上匍匐前进,然后从山嘴尽头的岩石堆旁探出头观察着前方的动静。就在这个时候,只听“轰”的一声巨响,他们脚下的土地剧烈震动了一下。

巨大的爆炸声在峭壁上回响,一名游骑兵士兵同一片沙土一起飞上了天。

大卫惊呆了,但是他立刻意识到这是一枚地雷,他们已经走进了一片雷区。

游骑兵的躯体落在了几米之外,显然已经死亡,他的双腿和下身已经被炸飞。大卫惊恐地看着地面上那个黑色的土坑,那个士兵刚才就趴在那个地方。然而,其他的游骑兵士兵却非常冷静,纷纷小心翼翼地踩着自己刚才留下的脚印往后退。虽然他们脸上都流露出冷峻的表情,但是却没有一个人停下来。他们离开了雷区,又转身向山嘴陡峭的山坡上爬去。

大卫紧跟在他们身后,希望尽快离开那片平坦的开阔地。他爬到了一块狭窄的岩石上,然后伸手拉住莫妮卡的手,把她也拽了上去。他们抓住山坡上突出的石块,双脚寻找着支撑点,每爬上一步都会有松动的石块从脚下滚落。继续爬行了一会儿后,他们终于登上了山嘴顶部,眼前是一长条岩石平台。游骑兵士兵们已经在平台后排成了一排,屈膝跪在这个天然花岗岩掩体的后面。大卫来到士兵们中间,探出头向前看。

虽然天空中最后的余晖正在消尽,但是他仍然可以看见位于正西方向约90米开外的防御工事,他们现在所在的位置高出地面大约20米。“赛勒斯兄长”的士兵在前方的半圆形平地上挖出了4个掩体,每个掩体上都架着一挺硕大的机关枪,一条狭窄的战壕把各个掩体连接在一起,形成一个不规则的正方形。在这个正方形的中心还有一条较宽的战壕,通向一个地道的入口,入口处用沙袋垒起了半人高的胸墙。大卫估计,那里就是 X 射线激光发射器所在的位置。他想起了"赛勒斯兄长"在"眼镜蛇营地"对他说过的话:掩体炸弹的弹头将穿透地表的泥土在地底下爆炸。所以,激光发射器必须放置在地下,也就是在这条隧道的尽头。

他转过头,用手指着隧道的入口对莫里森军士低声道:"看那里,那就是目标。我们必须进入隧道才能毁掉激光发射器。"

莫里森摇摇头,说:"该死的,你简直是在开玩笑,战壕里至少有 40 个人,而且还有那些机枪,没有他妈的一辆坦克谁也冲不过去。"

"那就赶快呼叫直升机,让他们集中火力扫射隧道的入口。"

"听着,你还是没有听明白我的话。掩体里的那种机枪可以发射 50 口径的穿甲弹,可在约 2 000 米之外轻松击落一架直升机,这个射程比他妈 Mi-8 直升机上的射豆枪远多了。"

"不,是你没有听明白我的话!"大卫用手指着越来越暗、开始出现星星的天空说道,"现在,随时都可能出现一架 B-2 隐形轰炸机,把一枚核弹头扔到那里的激光发射器上。一旦核弹头扔下来,谁也别想再活下去,就连整个宇宙都要完蛋!"

"你小声点儿!"莫里森说着伸手取下了腰间的无线电通话器,"我们马上同直升机展开一次协同攻击。低下头别动,好吗?听到我的命令后再开枪。"

莫里森拿着通话器移动到其他游骑兵身边,与此同时,大卫迅速向 6 米外的莫妮卡跑去,她正躺在岩石平台后面,手中的"沙漠之鹰"手枪通过一个缺口对准了前方。她迅速地看了大卫一眼,然后眼睛又回到了手枪的标准器上,说道:"天哪,看来情况不妙。"

"不用担心,我们肯定能应付。"

"我们只有 8 个人,那 5 个以色列士兵降落到了另一边的什么地方,人手太少了。"

"但是,我们还有两架直升机,它们马上就要就位了。"

莫妮卡没有回答,看来她并不相信他的话。她肯定分析了眼前的形势,计算了双方力量的差距,并得出了他们不可能成功的结论。客观地讲,这个结论完全符合逻辑,是以事实为基础得出的科学预计。但是,大卫现在决不能这样去想,他必须想到自己的那3个完美的孩子——迈克尔、乔纳和婴儿丽萨，其中两个正待在地球的另一面。他不能让他们死，虽然他不知道该怎么办，但是他已下定决心要挽救他们的生命。

大约1分钟后，直升机旋翼的轰鸣声开始变得越来越大，两架直升机都已经打开了机上的航灯，正急速向他们这边飞来。大卫紧靠在离莫妮卡不远处的岩石平台下，双手握枪指向前方的战壕和掩体。在他右边，可以听见游骑兵士兵们纷纷把子弹推上膛的声音。紧接着，莫里森军士大喊一声："开火！"大卫随即扣动了扳机。

密集的枪声震耳欲聋，每扣动一下扳机手中的"沙漠之鹰"都会猛地向上弹起，身下的岩石平台在枪声中微微震动。游骑兵们向掩体和战壕射出了密集的子弹，两架直升机一边用机载机关枪扫射一边继续飞向目标。但是，就在这个时候大卫听到一种更加巨大的响声，那是一连串快得难以置信的爆炸声，就好像一阵持续不断的惊雷——掩体中的XM－806机枪向Mi－8直升机开火了。大卫看见一串串曳光弹在空中划过，直升机的轮廓在夜色中不停地晃动，倾斜着机体躲避地面的攻击。他把目光重新放到山嘴下的防御工事上，发现其中一挺XM－806机枪正把枪口转向他们所在的地方。

莫里森大喊一声："趴下！"

一时间，MX－806机枪射出的穿甲弹密集地打到了山嘴上，被打碎的花岗岩石块雨点般地落下，顺着山坡滚向地面。大卫和莫妮卡一起滚向左边，蹲伏在一块巨大的岩石后面，而游骑兵们仍在射击。虽然身边的整个山坡都被打得爆豆般响成一片，但是他们仍然坚守在各自的阵地上，不停地开枪还击。

大卫和莫妮卡继续向左边移动，他们爬上一个斜坡，躲到了另一块巨石后面。大卫探出头向"赛勒斯兄长"的阵地上看了一眼，发现战壕中打开了一盏探照灯，把整个山嘴照得雪亮。同时，另一盏探照灯对准了西面以色列突击队员们的方向。在防御工事中心靠近隧道入口的地方，一个男人正跪在地上，把一个长长的圆筒状武器扛到了肩上。因为距离太远，他无法看清那个人的脸，但是他却认出了从那人头上一直垂到肩膀上的花格子头巾。

大卫刚刚认出那个人是谁，一枚火箭弹就从那人的肩上发射出来，拖着一条长长的火焰向空中的一架Mi－8直升机呼啸而去。直升机刚刚抬起机头准备爬升，火箭就击中了它的驾驶舱，发出一声巨大的爆炸声。接下来，空中只留下了一个耀眼的火球。

*　　*　　*　　*　　*　　*

随着这枚热压榴弹在空中爆炸，尼哥底母兴奋地高喊一声："哈利路亚！"爆炸声在山坡上回响,它发出的光芒把山脚下的半圆形平地照得如同白昼,也像一缕神圣的阳光照亮了所有"真正的信徒们"。尼哥底母欣喜若狂,他认为这就是上帝的脸庞,是万能的主露出了他耀眼的容颜!主正低头看着他们,进入天堂的大门正徐徐打开。这是主在告诉他们,他们的行为让他感到高兴。

直升机的残骸像一块石头一样坠落下来,砸到了防御工事外约 100 米以外的地方。尼哥底母扔下空榴弹发射器,又把另一个装有榴弹的发射器扛到了肩上。空中还剩下了一架 Mi-8 直升机,他要把这一只撒旦的害虫也拍死,通往救赎的路就会变得畅通无阻。他把发射器稳稳地扛在肩头,把它对准了空中唯一的一架直升机。

* * * * * *

就在阿亚即将到达 8200 部队指挥部的时候,亚龙将军收到了从土库曼斯坦发出的一个呼叫。这个呼叫信号是由以色列国防军修建在戈兰高地阿维塔山上的一个无线电发射塔收到的,经确定信号来自里海中的一艘船上。那是一艘破旧的拖网渔船,是以色列情报部门专门用来秘密监听伊朗无线电通讯的。因为这艘船的船长直接呼叫亚龙将军,因此信号被转接到了将军的办公室里。但是,船长却对将军说他只是把另一个呼叫信号转给他,信号来自科佩特—达哥山上的某个无线电发射塔,发出呼叫的人叫莫德哈伊·肖姆龙。

当阿亚冲进亚龙办公室的时候,将军正在同肖姆龙讲话,他已经得知这个人曾经是色列总参谋部直接指挥的精英特种部队的老兵,是欧拉姆·本·扎曼的同志。阿亚发现,自从上次见面以来亚龙已经有些发胖,头发也稀疏了许多。他坐在一张书桌前,桌上堆满了各种通讯仪器,其中还有一个包括两个扩音器和一个鹅颈话筒的无线电操纵台,肖姆龙焦急的声音正从扩音器中传出来。

"你现在明白了吗,将军?"肖姆龙说道,"这不仅是对以色列国的生存的巨大威胁,实际上也是对整个地球的生存的巨大威胁。如果你认为最好的办法是引起国防军总参谋部的重视,那就向他们强调这件事对以色列的危险性。"

亚龙按下送话键,把嘴靠近话筒。很显然,他桌上的操纵台已经同阿维塔山上的发射塔直接连通。"遗憾的是,以色列国防军对此事无能为力。"他回答说,"现在,五角大楼已经关闭了同我们之间的联系。即使线路仍然畅通,我也很怀疑我们是否能够说服他们,让他们停止对伊朗人即将进行的核打击。"

"你有没有办法直接同美国白宫联系?虽然这个阴谋的策划人在美国政府中安

插了不少同谋,但是我们相信美国总统并没有参与此事。”

阿亚的心立刻紧张起来,他想到了美国 B－2 轰炸机正飞向伊朗,美国军用卫星正把投放原子弹的命令发送给飞行员。他也想到了欧拉姆·本·扎曼对他说过的那些疯狂的事情——核弹头和 X 射线激光发射器,内存超载以及宇宙程序崩溃,等等——他开始觉得,这一切很可能确实是真的。

他走到亚龙将军身边,用手指着无线电操纵台说:“可以让我同他说几句吗,长官?”

将军回答道:“你来吧。”同时,他伸手为他按下了通话键。

阿亚对着话筒说道:“我是‘辛贝特’特工阿亚·戈德堡。我一直在破译亚当·赛勒斯·班尼特和他同伙之间的通讯联系。班尼特确实已经完全渗透到了五角大楼之中,所以我认为要想通过通常的军事渠道向五角大楼发出警报已经很困难。”

扩音器里出现了几秒钟的沉默。“那么,你建议我们怎么做?”

阿亚抚摸着下巴上的胡楂,觉得这个问题对一个通讯专家来说非常有趣。如果要直接呼叫美国总统,最好的办法到底是什么呢?他问肖姆龙:“你使用的是哪一种发射塔?”

“我估计,这应该是土库曼军方通常使用的无线电发射塔,设备有些陈旧,但是还能工作。我们通过扫描式无线电射束把信号集中到在我们西方的一艘以色列船上,绕过了美国空军的无线电干扰。”

阿亚微笑道:“这太好了。我要你再次通过扫描式无线电射束把信号集中到你们的正南方向。”他转过头对亚龙道:“将军,你的船在里海截获了一些卫星通讯情报,能让我看看吗?我要的是那些发给 B－2 隐形轰炸机的通讯情报,我想试试把它们破译出来。”

亚龙满脸愁容地看着他,要是在一般情况下他会断然拒绝阿亚的要求,因为他这是在要求他泄露以色列最亲密盟友的最为敏感的通讯情报,这些通讯是美国空军“全球打击司令部”发往美国轰炸机的核控制命令。但是,犹豫了仅仅一两秒钟之后他还是点了点头。很显然,肖姆龙的话很有说服力,终于使这个谨小慎微的将军看清了目前危若累卵的局势。“20 分钟前,我们截获了另一个通过美国军事卫星发给 B－2 轰炸机的信号,当时该轰炸机正处在伊朗东南部的上空。”亚龙说道,“你知道吗,我们在伊朗境内还设立了几处秘密的监听站。”

“是的,这次通讯我也要。”阿亚说,“请把你们截获的所有通讯情报发送到欧拉姆在沙赫维的总部,我立刻让那里‘戴编织便帽’的人把它们输入计算机。”

* * * * * *

欧拉姆·本·扎曼看着空中燃烧的火球,默默地开始为哈鲁兹中尉祈祷,在心中默诵起犹太哀悼祈祷文。这时,又一串子弹从地面射来,他猛地拉起Mi-8直升机的操纵杆,使飞机迅速地向上爬升。50口径子弹在他的机身上打出了几个窟窿,也打碎了舷窗的玻璃。他用希伯来语低声祈祷道:“上帝,我仁慈的主啊……”

等他背诵完哀悼祈祷文,直升机已经远离呼啸的弹雨,在笼罩着山体的黑暗中穿行。但是,他很快发现直升机的油表显示他快没油了,这说明刚才的那些机枪子弹无疑打中了飞机的油箱。他失望地摇了摇头,没有油这架飞机就是一堆废铁。现在,他手中的飞机只有最后一个用途了。

他加大油门,利用剩下的一点油开始最后一次向上爬升。直升机在空中划出一道向上的弧线,升到了离地面400米的高度。然后,他压低机头,朝地面俯冲下去。

* * * * * *

就在哈鲁兹驾驶的Mi-8直升机爆炸几秒钟后,一枚榴弹击中了游骑兵们藏身的岩石平台。大卫和莫妮卡躬身躲在山坡更高处的一块岩石后面,离开游骑兵们大约有30多米远,但是强大的冲击波几乎把他们也击倒。在从地面照上来的探照灯光下,游骑兵们所在的地方腾起了一大片烟尘,烟尘下的地面上躺着五六具游骑兵的尸体,莫里森军士的尸体横躺在两具其他尸体的上面。看起来,在最后的一刻他曾试图用自己的身体保护他的战友。

大卫伤心地把额头靠在石头粗糙的表面上。他们都死了,一切都已经结束了,他们的战斗和奋争都已经白费,很快整个世界也将化为乌有,被急剧扩大的虚无所吞噬。大卫脑海里出现了世界末日的情景,超载使整个宇宙计算机停机,宇宙的每一个微小的空间里每十亿分之一秒中进行的数以万亿次的计算戛然而止,代之以无穷尽的宁静。那就是“赛勒斯兄长”所说的“天朝王国”,他也许没有说错,这个新的宇宙将没有时间、没有变化,是我们永久的安息之地。那确实是一个宁静的宇宙,不过那是因为任何事情都不再可能发生。

就在这个时候,大卫听到了一阵愤怒的喧嚣声,像是有人在做最后的抗争。他听出来那是幸存的那架Mi-8直升机旋翼发出的吼声,那声音尖利而震耳欲聋,从空中直接向地面冲来。他从岩石后探出头向平地上空望去，寻找着直升机的身影。“赛勒斯兄长”的士兵也纷纷昂起头，两盏探照灯同时转向天空中旋翼发出声音的地方。很快，两根光柱汇集到了一起，照亮了从几百米的空中呼啸而来的 Mi - 8 直升机。与此同时，地面防御阵地上的 4 挺 MX - 806 机枪一起对准了这架直升机，一串串耀眼的曳光弹升上了天空。这时，大卫再一次看到尼哥底母的身影，他跪在隧道入口前的战壕里，肩上的榴弹发射器直直地对准了天空中的直升机。

见此情景，大卫立刻发疯似的从岩石后冲了出去，他的胸膛中燃烧着满腔的怒火，那正是被“赛勒斯兄长”看做邪恶情感的无比愤怒。在这个世界即将毁灭的最后关头，他只想杀死眼前的尼哥底母；他必须杀死这个家伙！他举起颤抖的双手，把“沙漠之鹰”指向了尼哥底母。

就在这个时候，他好像又听到了露西尔的声音，那声音在他的大脑、胸膛和腹部中回响；他好像又感觉到了她那两只手，一只放在他的后背上，另一只放在他衣领下的胸膛上。她仿佛就站在他的身后，紧靠在耳旁对他讲话。

她说：右手伸直，左手握住右手，两个拇指交叉放在一起。把准星置于缺口之中，再对准目标的下沿，然后缓慢而稳稳地扣动扳机。

*　　　　*　　　　*　　　　*　　　　*　　　　*

欧拉姆把机头对准了隧道口。地面射来的机枪子弹已经在他的 Mi - 8 直升机上打出了几十个洞，但是却不能阻止直升机的俯冲。当飞机俯冲到离地面约 150 米的高度时，他看到了隧道口那个头戴花格子头巾的男人，也看到了他肩上扛着一具榴弹发射器。欧拉姆的心顿时凉了半截——这是唯一能够使他停止俯冲的东西。但是，就在这一刻这个男人突然身体一歪，手中的发射器落到了地上。他的身体倒向一旁，直挺挺地躺在了沙地上，花格子头巾上出现了一个黑红色的大窟窿。

啊哈，这就是“克特尔”的工具！宇宙的王冠指引着大卫的手！

欧拉姆“哈哈”大笑着，把 Mi - 8 直升机逆时针方向调整了一个角度，让飞机便于冲进隧道里。他以超过每小时 300 公里的速度撞到了隧道的入口处，旋翼立刻被整个切掉，机身穿过沙袋搭成的胸墙，沿着倾斜的隧道冲了进去，几乎没有丝毫减慢速度便一头撞上了隧道尽头的冲击室。欧拉姆在生命的最后时刻为自己做了祈祷，那是一段对创造我们这个宇宙的“生命之树”的赞美诗：

王冠、智慧、理解、仁慈、严格、美丽、胜利、光辉、基础和王国。

最后出现在欧拉姆眼前的一样东西是亚当·赛勒斯·班尼特，他背对着宽大的观察窗，站在冲击室前面。这个体态臃肿的“逆生树”头目向前伸着双臂，仿佛他相信自己能够阻挡这个10吨重的直升机机身冲向他的X射线激光发射器。然而，物理学的定律没有人能够改变，直升机的机身冲破观察窗的玻璃，在冲击室中轰然爆炸了。欧拉姆在死亡的一瞬间看到了“激光发射器”这个外壳破裂了，上帝的光芒从破裂的外壳中照射了进来。

*　　*　　*　　*　　*　　*

阿亚已经是第四次看表了。根据空中航线和B-2轰炸机的飞行速度判断，亚龙将军估计它将在当地时间晚上9点前后到达阿什卡内赫上空。现在是以色列时间晚上7点25分，也就是伊朗时间8点55分。但是，当阿亚焦急地在亚龙的办公室里来回踱步的时候，将军却稳稳地坐在他的办公桌前，仔细地看着刚刚从沙赫维传来的报告。

在沙赫维的那间拖车办公室里，年轻的犹太教狂热教徒艾哈德·本·以兹拉负责操作欧拉姆的量子计算机，他把8200部队截获的美国军事卫星的通讯情报输入了计算机，然后立刻把计算机破译出来的情报内容发回给亚龙将军。将军看着手中打印出的情报，脸上露出了开心的笑容。欧拉姆那台量子计算机的神奇能力让他非常着迷，他似乎已经把隐形飞机的事情忘到了九霄云外。“真了不起，”他喃喃自语道，“这台机器将改变现实，人们不得不重新撰写密码学的教科书了。”

阿亚焦急地紧握着双手，终于忍不住问道：“将军，还需要多长时间……”

“这就是那把个人密钥！”亚龙把打印件递给他看，上面印着数百个数字，“我们真得感谢那位疯狂的罗布纳先生，公钥密码系统再也没有安全可言了。我的专家正在用这把个人密钥给‘全球打击司令部’发往B-2轰炸机的‘导弹发射执行指令’解密，据说，这个‘导弹发射执行指令’可是世界上最安全的通讯手段！”

“是啊，是啊。不过，到底还需要多长时间才能完成解密？”

“很快，很快。你知道，这里面还要经过好几个步骤。首先我们要用这个个人密钥打开发给B-2轰炸机的第一个信息，也就是美国空军用来传送其他密钥的那个信息。然后，我们必须再使用其他密钥之一来给我们在伊朗的秘密监听站截获的‘导弹发射执行指令’解密。此后，我们还必须使用这同一把密钥为新的‘导弹发射执行指令’加密，让它看起来同‘全球打击司令部’发出的真正指令一模一样。它必须使用完全相同的‘传输安全’和‘通讯安全’加密方式,而且……”

这时,将军的一名助手急匆匆地闯了进来。“长官,我们已经完成了！现在可以发送了!”

阿亚几步冲到亚龙的办公桌前,伸手按下了无线电操纵台上的送话键,弯腰对着话筒大声喊道:“肖姆龙在吗？我是戈德堡。我们已经准备好了一条信息让你立刻发送出去。你接收到这个信号以后,务必通过扫描式无线电射束发出,方向正南。现在,是用你那个发射塔开始广播的时候了。”

*　　*　　*　　*　　*　　*

大卫蹲在山坡上,眼看着欧拉姆的直升机冲进了隧道里,紧接着隧道口冒出了一股巨大的烈焰和浓烟。接下来,整个隧道坍塌下去,湮灭了火焰。沙土迅速陷入地下,很快在原地形成一个浅浅的大坑,坑底的那台苏联造 X 射线激光发射器已经被彻底摧毁。大卫无须去看直升机尾部残骸上的数字,他知道是欧拉姆而不是哈鲁兹中尉驾驶着 Mi－8 直升机冲进了隧道。做出那样疯狂的特技飞行的人必然也是有些疯狂的人。一想到欧拉姆在生命最后时刻的表现,大卫的眼睛就一阵刺痛。这个人拯救了全世界,而这个没有了他的世界也显得黯然失色。

“赛勒斯兄长”的士兵们停止了射击,大约一半的人跑到了坍塌的隧道旁,呆呆地看着地面。一些士兵跪倒在地上,声嘶力竭地号叫起来,也有几个人竟然用双手拼命挖掘沙土,企图救出他们的领袖。不过,没过多久他们都纷纷放弃了。

接下来,他们一个个扔下背包和武器,跨过战壕逃之夭夭,很快都消失在了夜色中。这些人逃离方向各不相同,有的向北、有的向东、有的向西,并没有特定的目的地。大卫突然觉得,这就是所谓的作鸟兽散吧。他们崇拜的领袖已经一命归西,X 射线激光发射器也已经化为灰烬,他们已经心知肚明“天国王朝”——或者说“赛勒斯兄长”向他们允诺的那个天堂——短时间内是不会向他们敞开大门了。现在摆在他们面前的只有一条路:毫无意义地死亡并最终被人们遗忘。这样的前景让他们感到恐惧,我们大多数人也会有同样的感受,于是他们听从了内心最原始本能的召唤,尽快逃离这个是非之地。

但是,大卫并没有跟着他们离开,他很清楚这里的每一个人都已经不可能逃脱死亡的厄运,一枚百万吨级原子弹爆炸后,方圆 16 公里范围内的土地都会被烧焦,而放射性尘埃的危害范围还会更大。他已经身心疲惫,于是蹒跚着向几步外的莫妮卡走去。她正坐在一块倾斜的岩石上，静静地看着最后几个“赛勒斯兄长”的士兵把武器扔进了战壕里。作为一名物理学家，她比大卫更加清楚逃跑是徒劳无益的。大卫有气无力地哼了一声，一屁股坐到了她的身边。

“这里没人坐吧？”

她把身体靠过来，把头靠在他的肩膀上，他伸出手臂搂住了她的腰。

“你说是不是很奇怪？”她问他，“我发现今晚的夜色竟然这么美好。”

她说得没错。大卫抬起头仰望星空，看到一大片明亮的星星在科佩特—达哥山脉上空闪烁。他已经好多年没有看到过如此美丽的景色了。他突然意识到，人们竟然会如此健忘，常常把如此美好的世界忘得一干二净。

他轻轻捏了捏莫妮卡腰部柔软的肌肉，他一直喜欢抚摸她的腰。“我向迈克尔保证过我们很快会回到他那里去。我食言了，这很不好。”

“好了，大卫，他会没事的。”

“还有乔纳和丽萨。上帝啊，他们将来的日子太苦了，我不知道他们怎么才能……”

“嘘、嘘。”她伸出手，用食指和中指按住了他的嘴唇，“我们不谈这个，好吗？”

她还没有把手拿开，大卫就一把抓住了她的手腕，开始亲吻她手指的两面：“莫妮卡，我爱你。我真希望能够和你一起度过更多的时光。”

她把脸靠在他的脸上，回答说：“现在，我们不是在一起吗？”

* * * * * *

还有2分钟，“美国精神”号B－2隐形轰炸机就将飞抵目标坐标的上空，这时无线电通话器中传来了另一个人的声音。阿什利上校觉得这个人的声音比较温和，不像发布“导弹发射执行指令”的那个人那么紧张，而且这个人的年龄显然要大一些，还带有轻微的口音。

“利马三F旅馆七罗密欧。”

“利马三F旅馆七罗密欧。”

“利马三F旅馆七罗密欧。”

阿什利看了看手表，验证码仍然有效。于是，他又开始重复那一套程序：打开保险箱，打开密码簿，再次核对验证表中相应的验证码。这些繁复的程序都是必须遵守的。

“‘导弹发射执行指令’验证无误。”他说道，“此指令为有效核控制指令。”

他把密码本交给领航员，威尔科克斯少校核对完验证码，说道：“我同意。什么内容?”

上校两眼紧盯着驾驶舱里的显示屏，脸上露出了微笑：“任务取消。返回基地。”

“哇……!”威尔科克斯欢呼道，“真他妈太棒了!”

“等等，指令还没完呢。他们命令我们锁闭弹头引爆装置，然后发回信号确认已经锁闭，从而确保核弹不会被引爆。”

威尔科克斯摇了摇头，道：“肯定是有人犯了一个严重的错误。”

“我们必须通过卫星把确认信号直接发给 E－4B‘守夜神’飞机，而且还附带了一条给总统的信息：‘总统亲启。’”

“你明白这是什么意思了吧？他们绕开了国防部那帮人直达天听。肯定是五角大楼里的人搞出了这档子丑事，现在‘全球打击司令部’要告他们的状了。”

“不过，我们并不知道……”

“好了，这件事还能有其他的解释吗？天知道，就差 2 分钟我们就要把核弹扔下去了！我看，这次的问题实在是太严重了。”

阿什利上校还是同意了这个分析，他并不愿意过多地猜测下去。“我们执行命令吧，少校。”

“是，长官!”威尔科克斯转动方向舵，B－2 轰炸机急速掉转机头开始返航。

上校把手伸向武器控制板，键入了锁闭核弹头引爆装置的密码。然后，他抬起头透过驾驶舱的玻璃眺望着飞机下黑夜笼罩的大地，欣赏着他们刚才即将轰炸的群山，喃喃道：“感谢上帝！感谢上帝!”

后　记

6名手戴白手套、头戴褐色贝雷帽的美国陆军游骑兵士兵，抬着一口覆盖着美国国旗的棺材从一架C－17运输机的装卸跳板上走下来，迈着缓慢而固定的步伐走过多弗尔空军基地的停机坪。这个机场位于特拉华州，是海外遇难美国军人遗体的接收点。

在大约10米外的地方，美国国防部和联邦调查局的官员站成长长的一排，大卫站在队伍的最后，静静地观看着这个庄严的仪式。这是7月末的一天下午，天气炎热而潮湿，气温几乎达到了32摄氏度。脸上闪动着汗水的游骑兵士兵们，抬着棺材向停在离C－17运输机不远处的一辆货车走去。士兵们在货车打开的后门前停下脚步，默默地肃立了几秒钟。这时，站在停机坪上的所有官员同时慢慢地把手举到胸前，6名士兵把棺材推进了货车车厢里，然后一起向后转，迈步回到了C－17运输机的货舱里。在这架飞机上，还有另外7具同样装在棺材中的遗体。

大卫和站在他身旁的莫妮卡也把手举到胸前，向死去士兵们的亡灵致意。他们俩是应联邦调查局局长的邀请，今天上午专程从纽约市开车来到这里的，局长就站在队伍另一头的第一个位置上。阿亚·戈德堡也专程从以色列飞到这里参加这个仪式，这是一次让人伤心的团聚。士兵们缓慢地从飞机上搬下一口口棺材，再一次次送到货车上，整个停机坪上始终保持着一片宁静。

大卫担心莫妮卡的情绪，扭头关切地看了看她。她很快地点点头，让他放心。在过去的5个星期里，他们俩什么也干不了，都在努力从那场可怕的经历中恢复过来。好在两个人在夏季里都没有课要上，也没有重大研究项目急于完成，可以把他们的全部时间花在3个孩子和彼此的身上。大卫深深地感到,他度过的每一个小时都是生命的赠与,而这种感觉得来不易,没有靠近过死神是很难珍惜这种生命的宝贵赠与的。

在伊朗阿什卡内赫核设施外的战斗结束后,他和莫妮卡在星空下足足坐了半个小时,平静地等待着隐形轰炸机扔下那一枚致命的核弹头。随着时间的过去,他们才渐渐地意识到轰炸机可能已经返航,他们再也不会在烈焰中化为灰烬。然后,他们同3名在战斗中幸存下来的以色列突击队员会合到一起,通过无线电同以色列8200通讯情报部队的亚龙将军取得了联系。亚龙指示他们向南徒步行走了数公里,在一条偏远的公路上见到了前来接应他们的一名伊朗人,这个人是亚龙将军的间谍。在此后的48小时里,这个间谍设法带领他们偷偷越过科佩特—达哥山脉,进入了阿尔伯兹山脉,然后再越过边界进入了阿塞拜疆,最后成功地回到了以色列。与此同时,迈克尔和肖姆龙被派往土库曼斯坦南部的美国搜救队救起。多亏了阿亚·戈德堡通过隐形飞机转发给美国的信息,白宫立即搁置了打击伊朗的计划,并开始清除亚当·赛勒斯·班尼特在各个政府部门的秘密情报网。

等到大卫和莫妮卡回到美国的时候,报纸上已经连篇累牍地刊载出许多有关"眼镜蛇营地"核灾难的故事,联邦调查局也已经把残余的"真正的信徒们"一网打尽,不过也有一些人是在被捕前自杀身亡的,其中就有"特种作战司令部"的菲利普·艾斯戴将军。不久后,总统在黄金时间向全国发表了电视讲话,向全国人民说明了一名国防部高级官员背叛国家的罪行。他讲到了班尼特的秘密组织如何同伊朗革命卫队相勾结,挪用五角大楼的秘密预算购买浓缩铀和建造核装置,但是他只字未提"埃克斯卡利伯神剑"。他说,班尼特炸毁"眼镜蛇营地"的目的是要在美国和伊朗之间挑起一场核大战,完全没有提及那台X射线激光发射器或宇宙程序的问题,更没有提及量子崩溃的恐怖威胁。白宫决定要永远保守创世纪原始宇宙设计中存在的那个致命缺陷,他们担心一旦这个问题为世人所知,还会有某个疯子会再次利用它祸害世界。

出于同样的原因,总统也没有提到大卫、莫妮卡和迈克尔的名字,而是把阻止"赛勒斯兄长"的全部功绩记到了参加阿什卡内赫战斗的以色列和美国士兵身上。五角大楼经过一系列艰苦的外交努力,终于用这架C-17运输机把7名在战斗中牺牲的游骑兵士兵的遗体运回了美国,现在国防部长和参谋长联席会议主席都站在多弗尔空军基地的停机坪上,一同迎接回归故里的士兵们的遗体。两人像其他人一样右手举在胸前,直到士兵们从运输机上抬下了第7口棺材。然后,另一组抬棺人员走向C-17运输机，这些人包括4男2女，他们都不是军人，身上穿着统一的灰色西装。一分钟后，他们抬着最后一口棺材走下了飞机的装卸跳板。躺在这口棺材里的是联邦调查局的露西尔·帕克特工。

联邦调查局局长走出队列，大卫、莫妮卡和阿亚跟在他的身后。他们走过停机坪，向停在货车旁边的一辆黑色灵车走去。由联邦调查局特工们组成的抬棺小组迈着沉重的步伐一起走向灵车。看着眼前覆盖着国旗的棺材，大卫禁不住喉头哽咽，虽然这口棺材同刚才从C－17运输机上抬下来的棺材并没有任何不同，但是大卫却不忍心继续看下去。他把头转向一旁，看了看低着头、紧闭着双眼的联邦调查局局长，只见他的嘴唇在轻轻地自语，但是大卫却听不清他的声音。他想，局长可能是为露西尔祷告，也可能是向她致歉。大卫也闭上了自己的眼睛，情不自禁地又想起了她在那艘拖网渔船上的情景，她举着“格洛克”手枪向里海中的废弃油井射击的身影依然是那么清晰。那天早晨，露西尔·帕克过得很快乐。大卫希望把那个快乐的露西尔永远珍藏在自己记忆里。

等他睁开眼睛的时候，6名联邦调查局特工已经把棺材推进了灵车。灵车的后门关上以后，联邦调查局局长同抬棺的特工们一一握手，并逐一低声说了“谢谢”。然后，大卫听到了好几辆车向他们开来的声音。他向后扭头看去，3辆黑色豪华轿车驶过停机坪，停在了五角大楼官员们的队列前。一些身穿黑色西装的男人从汽车里走下来，迅速而老练地巡视着四周，并围着轿车站成一圈。大卫看出来了，他们都是特勤局的特工。几秒钟后，一名特工打开了中间那辆豪华轿车的后门，美国总统出现在他们面前。

官员们纷纷向总统敬礼，总统一一回礼，但是他并没有停下来同国防部长或他的任何一位副手交谈，而是直接走到了灵车前。在此之前，大卫还从来没有亲眼见到过总统，这使他感到有些惊讶。他觉得，总统看上去比他想象中的样子更苍老、更悲伤，修剪得整整齐齐的短发中已经出现了灰色的斑块。

他来到联邦调查局局长面前，握住局长的手，声音低沉地说道：“我为你失去一名优秀的部下感到痛心。”

局长举手敬礼，两眼含着眼泪回答说：“谢谢你，先生。”

“我将向帕克特工颁发‘总统英勇奖章’，希望这枚奖章能够多少安慰帕克特工的亡灵。我们整个国家都要深深地感谢她的功绩。”

“那他妈肯定的。她勇敢得不得了。”

现场出现了一阵令人难堪的沉默，总统好几秒钟都没有说话，脸上流露出很不舒服的表情。他转向莫妮卡,说道:“谢谢你为国家作出的贡献,雷诺兹博士。我还要特别感谢你没有泄露宇宙程序的存在。对一名科学家说来,掩盖真相一定很不容易,但是在这个问题上,我认为我们没有任何选择的余地。”

莫妮卡握着总统的手,一句话也说不出来,这也是大卫第一次看到她语塞。几秒钟后,总统放开了莫妮卡的手,把手伸向了大卫。“那么,你肯定就是斯威夫特博士啦?”他说道,“我在联邦调查局的报告里多次看到过你的名字。”

大卫一时有些摸不着头脑,呆呆地看着自己手握住了总统的手。“呃……是啊,是这样的。”他回答说,“联邦调查局总爱把我写进他们的报告里。”他张口结舌地站在总统面前,怎么也想不出一句更加富于智慧的话语。“我总是在错误的时候出现在错误的地方,我也习惯了。”

“恐怕我们都在错误的地方出现过。但是,你帮助我们纠正了错误。”总统严肃地看了大卫一眼,接着又微笑道:“那么,我估计你现在已经重新回到哥伦比亚大学的工作岗位上了?还在继续开展‘物理学家和平事业’的工作吗?”

大卫觉得眼前发生的这一切简直让人难以置信,美国总统竟然和他拉起了家常。“是啊,我们正在打一场正义的战争。我们已经决定,今年秋天召开第二届‘世界物理学家和平大会’。”

“这真是个好消息。你做的事情很重要,因为国与国之间旧有的交流方式已经难以为继,我们必须找到新的好方法。”

大卫点点头。总统的话说得很在理:现在,人们对和平的呼声已经越来越高。虽然班尼特的叛国行径被揭露出来以后,伊朗革命卫队交出了“赛勒斯兄长”向他们提供的所有铀235,美国和伊朗之间的战争得以暂时避免,但是伊朗政府仍然在纳坦兹的离心机工厂里继续生产他们自己的浓缩铀,两国之间的另一场冲突迟早还是要爆发的,只有美伊两国人民迅速觉醒才能真正免除战争的威胁。

总统向前一步,把一只手放到莫妮卡的肩上、另一只手放到大卫的肩上,对他们说道:“我对你们俩有一个提议。我最近一直在思考我们刚刚经历的这场灾难以及如何才能避免这种事情的发生,我得出了一个结论,那就是我必须同科学界保持更为密切的信息交流。”

这个时候,莫妮卡终于恢复了说话的能力:“你想做什么呢?”

“我认为我目前的工作状况严重失衡,在军事、外交和经济问题上,我可以找到数百人为我提供建议,但是我同科学家的联系却十分有限。他们不是被联邦官僚机构排斥在外就是被孤立在各自的大学校园里。我需要建立某种联络人机制,使我能够同各个领域最杰出的科学家保持密切的联系,尤其是在发生危机的时候。"他神情专注地看看莫妮卡又看看大卫,"想想看,你们是不是可以做一些这样的事情?"

大卫开心地微笑起来,这肯定是总统开的一个小小的玩笑。"你想让我们为你工作吗?"

"你们不会得到任何官方的职务,更像是我的顾问,只有在我们需要你们提供帮助的时候,我才会请你们来。"

"但是,我们俩都不够格啊,我们既没有在任何政府部门工作的经验也没有……"

"我要的可不是另外两个官僚或者政客,而是在科学界具有广泛联系的聪明人。这件事对你们俩来说真是再合适不过了。"

大卫这才意识到总统是非常认真的,美国三军总司令正在请求他们提供帮助。

"你们不需要现在就作决定,"总统道,"先好好想一想。我的白宫办公室主任会同你们联系的。"

*　　*　　*　　*　　*　　*

4 个小时之后,大卫已经回到了纽约市,但是他脑子里仍然想的是总统对他们的提议。他迷迷糊糊地把莫妮卡送到了他们家的门口,然后又继续驾车到上曼哈顿自闭症治疗中心接迈克尔。过去几周以来,这个十几岁的孩子一直过得很艰难,绑架以及被绑架后发生在身上的一切可怕事情给他造成了严重的精神创伤,时至今日也远远没有消除。就在回到美国两个星期之后的一天,他突然无缘无故地把治疗中心的一名教师一拳打翻在地,而此后不到一个星期,他又愤怒地砸烂了治疗中心的一台计算机。因此,大卫不得不为男孩安排了额外的治疗时间,但是至今为止仍然收效甚微。

迈克尔坐在治疗中心娱乐室的一张方桌前,等待着大卫的到来,几名中心的职员站在一旁,警惕地观察着他的一举一动。他正埋头在一大摞像是文件的东西上,不断地用一支圆珠笔在上面写着什么,大概又在默写他脑子里另一部科学读物里的文字。大卫站在一旁静静地观察了几秒钟,男孩脸上专注的神情再次让他感到惊讶。然后,他轻轻地敲了敲桌面,对迈克尔说道:"我来了,迈克尔。我们可以回家了。"

男孩停下了手中的笔,但是他并没有抬起头看大卫一眼,两眼仍旧盯着桌上的文件。"你来晚了。"他回答说,"你应该在 5 点整来接我,现在是 5 点零 7 分。"

“对不起。州际公路上的交通很拥堵。来吧，我们回家。”

迈克尔还是坐着不动。大卫明白了，男孩脑子里还在想其他的事情。他早就学会了如何应付这种情况，知道催促无济于事，于是他在方桌前坐了下来，耐心地等待迈克尔说出心里的话。

“我现在不喜欢这个学校了。”迈克尔终于开口道。

大卫深深地吸了一口气，这已经不是他们第一次讨论这个问题了。“我们已经谈过这件事情了，迈克尔。我认为，这里的教师们对你的帮助很大。”

“不，什么帮助也没有。我在这里学不到任何东西。”

“你正在学习如何同其他人打交道。这是非常重要的一课。”

迈克尔固执地摇了摇头，说：“我不喜欢这个学校。我要上另外一个学校。”

男孩的语气非常冷静，但是大卫发现站在一旁的几个职员却有些紧张了，一个个都是严阵以待的神情。他必须尽快结束这场争论，否则后果恐怕不妙。“那好吧，让我对其他学校先做一番调查，可以吗？也许我能找到另一个中心，那里……”

“你不用找了。”迈克尔拿起桌上那摞文件，“我已经找到了，申请书也下载下来了。”

大卫从男孩手里接过那些文件，开始一页页翻阅起来。这份申请书很长，仅问答题就有几十页。虽然文件的顺序被打乱了，但是大卫可以看出迈克尔已经用他那手工整漂亮的字回答了所有的问题，还按照申请书上的要求写了几篇短文，阐述他的人生目标、业余爱好和甜蜜的回忆。他甚至已经附上了报名费，一共5张20美元面额的钞票，都是他自己剩下的零花钱。大卫终于找到了申请书的第一页，看到了印在纸上方的校名：哥伦比亚大学。

“我想学习物理学，”迈克尔解释说，“我想成为一个物理学家。”

大卫的眼眶湿润了，他喃喃低语道：“这是当然。”

迈克尔用手指了指申请书最后一页下面的一个方框，说：“这份申请书需要你签字，就在写着‘父母或监护人’那里。”

大卫抬起手擦了擦眼睛，然后拿起桌上的圆珠笔，再把申请书的最后一页端端正正地摆放到自己面前。

“不胜荣幸。”他说，“迈克尔，你肯定会成为一名伟大的物理学家。”

全书终

作者注

创作科学悬疑小说的乐趣之一，就是把真实的科学原理和技术融入虚构的故事之中。在这部《终极理论之致命代码》中就包含了以下部分现实和理论：

量子计算机：2008年，当我为一篇由两位量子计算的领军专家撰写的文章进行编辑加工时，开始对这一领域产生了浓厚的兴趣。这两位专家就是马里兰州立大学的克里斯托弗·R.门罗和国家标准与技术研究院的大卫·J.维恩兰德。门罗邀请我到他位于马里兰州的联合量子研究所参观，那里的研究人员正在实施研制超高速计算机的前期工作，而这种计算机正是利用粒子来进行计算的。出现在《终极理论之致命代码》中破译密码的计算机，就是根据我在那次参观中亲眼所见的创造性装置而创作出来的。（我简化了某些细节，比如真正的粒子陷阱还需要附加电极和震荡电场。）读者可以参见2008年8月《科学美国人》杂志上的"用粒子进行量子计算"的文章，以了解有关这一技术的更多知识。

一切源自信息：过去几十年来，理论家们一直在探讨一个有趣的想法：宇宙就是一台计算机，正是它所运行的程序引起了大爆炸。杰出的物理学家约翰·阿奇博尔德·惠勒在其自传《引力电磁子、黑洞和量子泡沫：物理学的一生（1998）》中写道："现在，一个崭新的幻象抓住了我的心：'一切源自于信息。'我越深入思考量子的神秘性以及我们对自己生活的这个世界所具有的奇怪理解能力，就越能看到逻辑和信息作为物理学理论基石所可能发挥的重要作用。"麻省理工学院研究员赛斯·劳埃德在其2006年出版的《为宇宙编程》一书中，讲述了时间之初的量子涨落如何产生了简单的程序，从而组织起了整个宇宙，并奠定了支配后来一切运算的物理定律。而我本人对这个命题